[美] S. J. 金凯德 (S. J. Kincaid) 著 王小亮 译

天地出版社 | TIANDI PRESS

图书在版编目（CIP）数据

烽火游戏. Ⅱ，战争法则 /（美）S.J.金凯德著；王小亮译. —成都：天地出版社，2019.1
ISBN 978-7-5455-3624-9

Ⅰ. ①烽… Ⅱ. ①S… ②王… Ⅲ. ①科学幻想小说—美国—现代 Ⅳ. ①I712.45

中国版本图书馆CIP数据核字（2018）第039125号

著作权登记号 图字：21-2018-549

烽火游戏Ⅱ：战争法则

FENGHUO YOUXI Ⅱ：ZHANZHENG FAZE

出品人	杨 政
著 者	［美］S. J. 金凯德
译 者	王小亮
责任编辑	杨永龙 袁静梅
封面设计	肖安云 李笑冰
内文排版	海星创造
责任印制	葛红梅
出版发行	天地出版社 （成都市槐树街2号 邮政编码：610014）
网 址	http://www.tiandiph.com http://www.天地出版社.com
电子邮箱	tiandicbs@vip.163.com
经 销	新华文轩出版传媒股份有限公司
印 刷	河北鹏润印刷有限公司
版 次	2019年1月第1版
印 次	2019年1月第1次印刷
成品尺寸	145mm×210mm 1/32
印 张	11
字 数	304千
定 价	36.00元
书 号	ISBN 978-7-5455-3624-9

咨询电话：（028）87734639（总编室）
购书热线：（010）67693207（市场部）

献给梅尔狄斯

谢谢你在我的孩提时代就启发我写作

谢谢你一直充当我内心的理性之声

跨国公司联盟势力分布

海洋同盟：

欧洲一澳大利亚集团

大洋洲集团

北美联盟

中非

跨国公司（与其赞助的战斗员）：

道明·阿格拉公司

赞助的战斗员：卡尔·“征服者”·马斯特斯（成吉思汗学院）

诺布瑞迪斯公司

赞助的战斗员：埃利奥特·“阿瑞斯”·拉米雷斯（拿破仑学院）
卡登斯·“蜂刺”·格雷（亚历山大学院）
布莱特·“公牛”·施迈泽（拿破仑学院）

温德姆·哈克斯公司

赞助的战斗员：海瑟·“谜”·埃克隆（马基雅维利学院）
尤素福·“飞箭”·赛义德（成吉思汗学院）
斯沃登·“新人”·盖尼（拿破仑学院）

玛切特·雷迪公司

赞助的战斗员：莱阿·“烈焰”·斯泰伦（汉尼拔学院）
梅森·“幽灵”·梅金斯（汉尼拔学院）

汇聚点工业

赞助的战斗员：埃摩法·“极星”·奥斯特利（亚历山大学院）
阿列克·“秃鹰”·塔尔苏斯（亚历山大学院）
拉尔夫·“角斗士”·贝茨（汉尼拔学院）

黑曜石集团

赞助的战斗员：无

大陆同盟：

南美联邦

北欧集团

非洲属国

加盟跨国公司（其赞助的战斗员名单未知）：

先声公司

莱克辛肯移动公司

LM 莱默舰队公司

克罗努斯便携设备公司

强力能源公司

卓越通信

第一章

“你一定得看看这块表，汤米[1]。上面刻着‘桑福德·布鲁姆波利所有，1865’。你瞧，我们都还没有电的时候就有人戴这玩意儿了。”

汤姆摘下虚拟现实面罩，眨了眨眼睛，好适应赌场里昏暗的灯光。尼尔的脸上挂着倦怠的笑容，旁边游戏显示屏发出的光线照亮了他的脸，也照得他手中的金表闪闪发光。

“哈。”汤姆并不是很明白父亲干吗要给他看这块表，“这个什么表很值钱吗？”

“值钱？父亲传给儿子，这块表已经被这样传递了好几代了，汤姆。这可是传家宝，很珍贵的，感情价值难以估量。当然啦，对我们家来说没有什么感情价值，不过对那个银行家来说肯定很有价值。”尼尔抬手指了指身后不远处的那个秃子，几分钟前，他刚在扑克牌上把那家伙杀了个片甲不留，“所以我希望你也能觉得它很有价值，因为我打算把它送给你。十五岁生日快乐。”

汤姆花了好一会儿工夫才把这句话消化掉，“你要把它送给我？”

他根本不记得父亲曾经给他送过生日礼物……别说是生日当天，就

① 汤姆的昵称。

连接近生日的日子都没有送过。汤姆急切地抓过那块表。虚拟现实面罩从他手上顺势滑落，还好尼尔手快，在其落地前一把接住了它。

“真是太棒了，爸爸！”当然，手表对他一点用处都没有，脑子里那个与卫星同步的计时器可以精确到两千分之一秒……这也是脑子里安装了电脑的福利之一。尽管如此，能够得到一件生日礼物还是件棒透了的事。

尼尔拍了拍他的肩膀，“走吧，咱们去吃牛排。”

牛排，这感觉更棒了。

汤姆起身跟着尼尔穿过赌场里熙熙攘攘的人群。经过银行家身边时，那位手下败将的目光一直直勾勾地盯着他手中的金表。汤姆毫无顾忌地在那人面前戴上金表，不过这种明目张胆的举动似乎是个错误——银行家一脸敌意地向一个可能是保镖或是打手之类人物的大块头招了招手。

和尼尔转过墙角前，汤姆又飞快地回头扫了一眼。他们两个人走出大门，内华达傍晚干燥的热风包裹着他们，拉斯维加斯夜晚的霓虹灯光从各个方向向他们射来。

尼尔打量了一下身后的赌场，“你觉得他会派跟班追我们吗？”

也就是说刚才的一幕尼尔也注意到了。汤姆摇了摇头，“不清楚。”

“快走。”

甚至无须尼尔提醒，汤姆潜意识的生存本能也会告诉他该怎么做，那是他过去十四年里和父亲一起奔波于各个赌场的辗转生活给他留下的，而且显然这种本能还没有消失殆尽。每当尼尔弄到钱的时候——这种赢钱的机会很少——保住那些钱就成了他们最大的目标。

问题是，不知道尼尔现在的警觉性还有多高？汤姆偷偷扫了尼尔一眼，父亲走路的步子很稳，既不摇晃也不打战。很好，还很清醒，至少，和他平时最清醒的时候差不多。

经过人群时，汤姆在手里翻来覆去地玩弄着那块金表。拉斯维加斯天空广告牌上发出的光芒在金表上反射出点点金光。每个天空广告牌差不多都有一英里宽，在近地轨道上运行，广告牌下一百英里范围内的人都在它的广告辐射范围之内。透过表上的反光，汤姆看到一个跟在他们身后的人影。他回过头确认了一下：银行家的打手正跟在他们身后不远的地方。

很好。

汤姆转头看着前方，“嗯，爸。我们被盯上了。你的银行家是个吸血鬼。”

尼尔轻蔑地哼了一声，“看出来了。华尔街来的家伙都这德行。”

“吸血鬼”是圈子里的行话，指的是那种赌博时雇佣打手，赢得起输不起的家伙。如果他们自己合情合理地赢了，他们就会堂而皇之地享受胜利果实；不过要是输了，他们就会派出打手，把输掉的钱都夺回来。这种人完全破坏了游戏规则，赌博本来就有赢有输，“吸血鬼”们似乎根本就不明白这个道理。在他们看来，不论输赢，奖品都该是他们的。

尼尔用胳膊肘捅了捅汤姆，“还记得我们是怎么对付‘吸血鬼’的吗？”

“我才走了六个月而已。”汤姆抗议道。他摘下手表，故意让那个打手看到他把表递给尼尔，“后脑勺？”

“后脑勺。”尼尔同意道。

这正是汤姆在五角尖塔作为太阳系部队战斗员受训时所不会想念的那种事。在尖塔里，生活是规律的，规矩是确定的，而且他很清楚每天会发生些什么。

而和父亲在一起的生活却是混乱的、不可预知的，有时甚至是危险的。终于遇到了麻烦，汤姆可以说是松了一口气——脱离军队监护的头两周过得实在是太顺利了，甚至让他觉得必须要有颗流星坠毁在他们所住的旅馆里，情况才能算回归正常。被别人雇佣的打手追踪，身上的东西有可能会被抢走——尼尔今晚赢得的所有东西，还有可能被打一顿，嗯……很熟悉的感觉，汤姆完全知道该如何处理。

“去那边。”尼尔用大拇指指了指前面那家饭店的店面。

汤姆朝父亲敬了个礼，“一会儿见，老爸。”说完便转身朝饭店走去，留尼尔一个人继续在人流中前进。

这种事他们做得多了，基本流程都已经固定了下来。汤姆会先等打手在人群中停下、犹豫，不知道该跟踪哪一个。然后打手会下定决心继续跟踪尼尔。汤姆则会扫视一下四周，在确定没有人注意他后偷拿一个沉重的金属餐巾纸架，溜回到街上，开始跟踪那个打手。打手在忙着跟踪尼尔，肯定不会注意到他，他们从来都没有注意过。

汤姆的视线穿过人群，看到那个家伙跟着尼尔走进了巷道。他赶紧快步飞奔了过去。当他跑到巷子口时，那打手正对着尼尔大叫：“嘿，就是你！”并准备下手。

尼尔缓缓地转过身，故意摆出一副很酷的样子，准备好迎接冲突。他的眼中闪过一丝轻蔑，看到那人身后慢慢接近的汤姆，尼尔微微一笑，“有何指教，伙计？”

汤姆举起餐巾纸架，做好了下狠手的准备。只要那家伙一出手，汤姆就可以堂而皇之地以正当防卫的名义狠砸他的后脑勺。尼尔则会跳起来狠揍那家伙一顿。汤姆看到那人把手伸到了口袋里，是下手的时候了。他向前一跃，但尼尔肯定是看到了那人手中的东西，而那东西肯定不是枪。尼尔一下子睁大了眼睛挥手大叫道：“汤姆，别！停手！”

那人一下子转过身，汤姆看到了他手里拿着的东西。

是警徽。

汤姆心里一沉，他差点就袭警了。餐巾纸架脱手而出，掉在了地上。警察掏出手枪指着他，汤姆忽然感觉口干舌燥，他举起双手缓缓后退，“抱歉，我们还以为你是……抱歉。”

尼尔也举起了双手，“我儿子和我还以为你要抢我们。”

警察大声对尼尔说：“把表交出来，还有你今晚赢的钱。”

两个人的目光齐刷刷地落在了警察的身上，原来他们之前的想法是对的：这家伙确实是来抢他们的。只不过他们俩都没有想到，那个“吸血鬼”居然会雇佣一个货真价实的警察来替他干脏活儿。

尼尔嘲笑似的干笑了两声，“您在执行秘密任务吗，警官？”

和如今的绝大多数人一样，单靠工资的话，警察也是活不下去的，尤其是在自动化设备已经在常规巡逻和人流控制等领域取代他们的情况下。因此，其中一些不择手段的家伙就会接这种活儿，给有钱人当戴徽章的贴身仆从，好获取额外收入，赚取养老金。

警察收起配枪，很满意自己已经确立了掠夺尼尔战利品的合法权利。“只是工作而已，交出来。”

“你似乎还不太了解情况。”尼尔开口道，他双拳紧握，颤抖不止，“你的雇主赌输了，这公平合理。也许他还不了解规矩，但是‘愿赌服输’，这就跟合同交易一样，他不能只因为游戏结果和他想的不一样就派只警犬来把钱都抢走！”

警察一动不动。“你这是要给我找麻烦吗，先生？不想文明解决吗？我可一点意见也没有。看你这样子我就知道，你肯定有案底。所以我要是说你拒捕，或者暴力倾向太过严重，使我不得不动用武力，你觉得可信度怎么样？而且你儿子还尾随我，所以把他抓起来的理由也一点儿都不缺。”他朝汤姆咧嘴一笑，“我想你是不会愿意看到这么可爱的孩子和那么一群家伙关在一起的。所以，我觉得咱们还是文明些，把我要的东西交出来，然后咱们各走各路。”

尼尔全身的肌肉都绷紧了。

怒火灼烧着汤姆的胸腔，但他知道，和警察对着干是绝对行不通的。这家伙可以把他们俩揍得半死，然后再控告他们刑事重罪。在法庭上，他的证词分量肯定比他们俩的重。事实上，就算汤姆接上普查器，把记忆传到尖塔的系统里好让别人看到，证明了那个警察是在撒谎，他和尼尔也还是会受到指控——因为非法拍摄警察。

汤姆伸手戳了戳父亲，“给他吧。”

尼尔厌恶地哼了一声，伸手在皱巴巴的西服口袋里摸索了半天，掏出了那块表和一捆纸币。他松开手，任由金表和纸币滚落在巷道龟裂的水泥地面上。“你连流氓阿飞都不如。”

警察蹲下来去捡那捆纸币，“大家都要养家糊口。”

尼尔盯着那家伙，两眼冒火。汤姆知道，此时如果还不介入的话，父亲一定会爆发。他伸手抓住了父亲僵硬的手臂，拉着他朝街口的方向退去。但尼尔还是忍不住要在离开前发泄一下。

“要知道下一个就是你！”

警察站了起来，“你是在威胁我吗？”

哦，不。汤姆抓紧了父亲的手臂，“爸……”

尼尔的眼中充满了疯狂的火焰，疯狂的笑容扭曲了他那皱巴巴的脸，汤姆知道自己阻止不了父亲了。“我儿子和我，对，那帮公司的大爷们都觉得我们是累赘，浪费他们的空气，弄脏了他们的星球。不过老兄，对他们来说你也只是一只一无是处的蟑螂而已。他们以前还需要你们踩在我们的脖子上，好清空我们的口袋……”

“爸，我们走！”

尼尔继续说着：“下次看到天上的无人机或者街上的巡逻队的时候，我希望你能明白，你对他们来说一文不值，就算你不喜欢，他们也有电动大脚可以踢你的……”

警察几个大步朝他们奔来，枪托狠狠地砸在尼尔的脸上，将他打倒在地。尼尔大笑着，用胳膊肘撑着身子坐了起来，鲜血顺着他的鼻子流了下来，黑乎乎的。

“戳到痛处了，警官？”

警察上前一步，准备再来一下。汤姆想都没想就使劲在身后推了警察一把。刚一出手，他就知道自己犯了个错误，警察的电击枪戳在了他的身上。电流穿过他的身体，让全身的肌肉都紧绷了起来，眼前金星直冒。整个世界瞬间都变成了刺痛身体的针尖，汤姆一下子失去了对身体的控制，在地上不断地抽搐……

他趴在地上，手掌刺痛不已，膝盖也火辣辣地疼。过了好一会儿，汤姆才意识到尼尔一直在摇他。

“汤米……汤米！你可把我给吓坏了。醒醒，孩子，醒醒。”

汤姆使劲睁开眼睛，呻吟了一声：“爸？”

“哦，感谢上帝。我都不知道你这是怎么了。”尼尔脸色惨白，“好像是什么急病发作。”

“我没事。”他感觉自己的声音听起来非常奇怪，所有一切似乎都很遥远。

“哦，你把那条银行家的狗给吓跑了。”尼尔把他架了起来，“我猜他是不想背上杀害儿童的罪名。”

两个人步履蹒跚地向旅店走去，汤姆半倚在父亲肩上，脸埋在父亲的衣服里，陈旧的烟草味和酒精味充满了他的鼻孔。毫无意义的数字在他的眼前不断闪动。

汤姆晕晕乎乎地想要搞清楚发生了什么，他刚才肯定是昏迷了几分钟，要么就是计时器出了毛病。

汤姆以前也被电击枪电过，那时候他还很小，刚开始在虚拟现实厅赌博。有一次，他输给了一个大人，但是口袋里没钱，于是就想要逃跑。但他跑得不够快，那人抓住了他，把他拽到没人的洗手间，然后用电击枪电了他一遍又一遍，直到确定他之前所说的“有钱”确实是撒谎。最后他又电了汤姆一下，说是要“给他个教训”，谁让他没有赌资却来赌博。

汤姆确实吸取了教训：他再也没输过。

因此，他知道被电击枪电击是什么滋味，通常是不会感觉这么虚弱的，也不会觉得脑子在嗡嗡响，更不会有奇怪的数字在眼前闪烁。一定是大脑里的电脑在电击下出了问题，但愿损坏不是太严重。

直到回到旅店躺在床上后，神经处理器里的那些奇怪数字才停了下来。空调里吹出阵阵冷气，电视里播放着电视节目。汤姆听到尼尔正坐在另一张床上，喝着饮料，咕哝着什么。

他抬起头，迷迷糊糊地看到电视上正在播放新近公开的卡美洛级战斗员的画面。海洋同盟和大陆同盟达成了临时停火协议，好让这些战斗员们能够展开公关之旅，吹嘘他们在战争中的功绩，为跨国企业联盟做宣传。军方也抓住这个年轻学员们都不在的机会，开放了尖塔里的几个部分，举办了一系列的媒体公关活动。

自从战斗员们的身份被泄露后，他们就都成了名人。汤姆在网上看到过各种各样奇怪的流言。“布莱特·施迈泽的放荡周末”；“阿列克·塔尔苏斯的黑暗过往”；有的头条还挂上了他们往日的宠儿：“埃利奥特·拉米雷斯的禁忌之爱”。

汤姆晕晕乎乎地看着屏幕上帅气的埃利奥特·拉米雷斯，这位五角尖塔长久以来唯一公开身份的战斗员。这位深色头发的男孩儿神色轻松地坐在一群战斗员中间，和颜悦色地向记者们保证，自己很高兴能和他人分享英雄光环。斯沃登·盖尼正洋洋自得地坐在旁边的椅子上，卡登斯·格雷神色紧张地盯着眼前的摄像机。所有人都在，除了……一个。

啊，是海瑟·埃克隆。

就连汤姆现在那感觉迟钝的脑子也感到了一丝惊讶，假期刚开始的那几天，那位马基雅维利学院的黑发美女可是天天都会在媒体上露面的。不过现在再仔细想想，她好像已经在公众的视线中消失好几天了。真奇怪，那么有魅力，那么上相，汤姆本以为军方会把她作为重点推介对象展示给公众的。

“看看那帮孩子。”尼尔端着饮料看着电视，“就像一群塑料娃娃。注意到了吗，他们都不怎么眨眼。呃，汤姆，你有没有注意到？”

“没，从没注意到过。”汤姆应付道。之前他让好友华耶·恩斯洛帮他写了个程序传到神经处理器里，好让自己眨眼的频率随机变化。汤姆很确定，正是因为这个程序尼尔才没有发觉他的脸有什么异样——汤姆一直在努力表现得尽量正常。除了那个程序之外，他还故意把头发留长，好遮住神经处理器的端口。到现在为止他一直都很小心。

媒体的注意力转移到了赞助战斗员的各大公司CEO身上。电视上开始播放对温德姆・哈克斯公司CEO鲁本・劳埃德的专访。那是个瘦小的男人，怎么看都长得像只老鼠，鲁本咧嘴笑了笑，开始对着麦克风说话。

“看看那个鲁本・劳埃德，公关玩儿得真不错，温德姆・哈克斯公司下一年的财税救助计划差不多又有着落了。”尼尔叹了口气，声音听起来平淡得有些奇怪，“你瞧，汤米，只是为了你我才会在这些混蛋身上下注。不然，我会很高兴看这个世界完蛋的。我宁愿把它都毁了，也不愿意让那帮混蛋把它从我们手里夺走。”

汤姆闻到了一丝不祥的气息：自从被抢后，尼尔就一直愤懑不已。汤姆想要说点什么好分散他的注意力，可电视屏幕上的画面一下子切到了约瑟夫・文格洛夫身上，黑曜石集团的CEO。

汤姆浑身一僵。

这条新闻充满了奉承讨好。文格洛夫刚被机构投资者协会第五次提名为年度最佳CEO。汤姆一下子想起了普查器，“文格洛夫”这四个差点毁了他的字眼又在心里翻腾了起来……布莱克伯恩中尉一发现汤姆认识文格洛夫，可怕的事情就发生了。汤姆差点就失去了心智，失去了尖塔里的职位和所有的一切……

他赶紧起身去洗了个澡，几分钟后，翻腾的记忆还让他颤抖不止。他擦掉浴室镜子上的雾气，水滴顺着他那瘦削的脸颊流了下来，金色的头发湿漉漉地贴在头上。眼前那些奇怪的数字基本上已经消失了，汤姆觉得应该不用再为此而担心什么，尽管理论上而言，按照规定，一旦假期中神经处理器出现了任何的问题，他都应该立即联系布莱克伯恩中尉。

布莱克伯恩甚至还给每名学员都发了一个可以插在后颈部端口做远程接入传输器的东西。那东西可以将他们的神经处理器与尖塔的服务器相连接，好让布莱克伯恩从国家的另一端远程检查他们的硬件。

汤姆从背包里掏出传输器，在手里掂量着，思考着，然后摇了摇头，甩开了这些想法。刚要转身离开，他就注意到了身上的伤痕，肋部被电到的地方青了一大块。阴暗的情绪在他的体内发酵了起来，银行家警犬的形象从他的眼前闪过，那家伙可能已经把钱交还给银行家了，估计秃头此刻正在什么地方数钱呢。

汤姆捏紧了握着远程传输器的拳头。

也许这玩意儿确实能派上用场。

所有主要政府机构的服务器都是联网的，所以连接上位于弗吉尼亚阿灵顿的五角尖塔服务器后，汤姆没花多少时间就进入了国土安全部的服务器。

一开始，汤姆的心中闪过一丝奇怪的感觉，一种疏离感，就像是在虚空中飘浮的一串信号。说实话，每次进行这种人机交互，他都不清楚自己是怎么做到的。另一个具有同样能力的人，那个大陆同盟的战斗员，也可以说是他的前女友，美杜莎，做起这一切来要自然得多。 但很快的，因那位警察而产生的愤怒感使汤姆那迟钝的大脑又变得灵活起来。他一头扎进0和1的锁链，寻找着国土安全部和正在合众国领空飞行的国内警用无人机间的连接。

搞定，神经处理器整理出了一连串的地理坐标，汤姆从中挑了一架距离自己最近的武装无人机。

快速搜索了一下附近的持枪人员注册数据库，汤姆马上就找到了那张熟悉的脸：艾瑞克·舍尔文警官，那个抢劫了他们的警察。所有注册持枪人员的皮下都植入了跟踪芯片，汤姆一头扎进了舍尔文警官的数据序列。

在舍尔文头顶上几千英尺高的地方，在拉斯维加斯那漆黑的夜空中，在天空广告牌之下，无人机的电子眼已经拍摄到了警官在赌场外的照片，他就像只小狗一样跟在银行家的身后。照片投射在汤姆的视野中，感觉就像他自己透过电子眼看到的一样。

他的计划变了。

汤姆感到一丝邪恶的快感，之前他还打算将一切都发泄在那个警察身上，不过现在仔细一想，报复那个花钱雇来的打手并没有什么意思，主谋才是最重要的。国土安全部的国内数据库显示，这个家伙叫汉克·布鲁姆波利，在玛切特·雷迪公司下属的一家公司工作。

汤姆盯着汉克，看着他上了自己的私家车，无人机在空中划过一条凌厉的曲线，逼得私家车驶离主路，但汤姆控制着警用无人机——警用无人机可以远程连接汽车的自动驾驶系统，并接管对车辆的控制。他玩弄着汉克的自动驾驶系统，让汽车转了个弯，朝他和尼尔所住的旅馆驶来。

汉克肯定是意识到了情况不对，他启动了紧急停止系统。车子一下子停了下来；秃头男人从车上下来，摸着脖子，显然在奇怪自己这是到了什么地方。

汤姆使出了下一招；操纵无人机划过夜空，悬停在距离目瞪口呆的汉克·布鲁姆波利只有几米的空中，并将电击枪对准了那家伙的秃头，银行家呆立在那儿，大张着嘴，这幅画面让汤姆开心了半天。

谢谢你派了个警察来，汤姆暗想。电光从无人机电击枪的枪口喷射了出来，电量刚够把汉克击倒在地。汉克摇摇晃晃地站了起来，还没走到车边，汤姆就又发出了一道电流，挡住了他的去路。汉克想朝另一边跑，但汤姆的警用无人机紧跟在他身后，寸步不离。一道电光，接着又是一道。

汉克举起双手投降，一副挫败的样子，汤姆操纵无人机绕着他转了几圈，就像秃鹫在观察猎物。一看汉克就被吓得不轻，汤姆接入无人机的文字显示器，向银行家发出了命令，他知道这命令很快就会显示在无人机的交互屏上，并由电子合成音念出来。

“脱掉衣服。”

汉克摇了摇头，脸涨得通红，似乎很生气的样子。他又朝车子走去，于是汤姆又射出了几道电光，帮他打消了这个念头。

“脱掉衣服。”汤姆让无人机再次发出命令，**“马上。”**

这次汉克似乎才明白了过来，开始动手脱身上的衣服。汤姆觉得这场报复简直是太值了。

“跑，使劲跑。”

汉克犹豫了一下，于是汤姆让无人机朝他冲了过去，紧贴着地面扫过。银行家撒腿就跑，汤姆操控的无人机则跟在几步之外，过一会儿就催促一下，好确保“继续跑，继续跑”的信息通过交互屏传递出去。汤姆用无人机一直将银行家驱赶到了旅馆附近的街上，然后解除了对无人机的控制，让无人机飞回到了天上。

他回到自己的身体里，拔掉了传输器，从浴室里奔了出来。

“爸，你得出去看看。”他的声音因为兴奋而颤抖不已，“马上！”

尼尔咕哝了一声，但是并没有动。他正一脸愁苦地盯着电视，似乎陷入了某种情绪。

“爸，快啊，起来。”汤姆一把抓起遥控器关上了电视，然后夺过尼尔手中的饮料，这下才算引起了尼尔的注意，“相信我，你一定想看这个的。”

“还给我。”尼尔叫道。

汤姆不情不愿地递回杯子，“你会错过的，到时候就后悔去吧。”

“好，好，我起来。”很显然尼尔已经不高兴了，但他还是跟着汤姆来到了外面，正赶上看到裸男站在他们所在的街道上，抬着头寻找天上那邪恶的无人机。

“嘿。”尼尔站直了身子，“嘿，那不是……”

汤姆咧嘴一笑：“真是巧啊。你最喜欢的‘吸血鬼’。”他经过尼尔身边，来到街边的紧急电话旁，拿起话筒，拨通了调度中心，“这边有个疯子，全身赤裸在街上跑。骚扰儿童，还贩卖毒品，而且……还在叫嚣什么圣战。”这三项指控肯定能让警察快速行动。

“你在干什么，汤姆？”

汤姆耸了耸肩，“我觉得既然他这么喜欢警察，那就再给他多来点儿。”

特警队来抓捕那个既贩毒又恋童的恐怖分子时，银行家正忙着满街乱跑，要求别人给他一件衣服穿。汉克·布鲁姆波利从来都没有学会尊重那些被他当作私奴使用的男男女女，而且也从来没有被警察这么呼喝过。警察们刚一从车里出来，他就开始大哭大闹，指责他们的无人机为非作歹，但在警察的眼里，他的身上可没有名牌西服，没人看得出来他是个大人物。他们只知道，他全身赤裸，而且充满攻击性。于是，警察一拥而上，警棍、电击枪都用上了。

看着眼前卖力干活儿的警察，汤姆朝父亲抬了抬眉毛，“嗯，你觉得怎样？”

尼尔摸着满是胡茬的下巴，眨着眼睛，仿佛还不能相信眼前发生的一切，“我觉得我完全想不明白你是怎么做到的。”

“这么说吧，军方教会了我许多有用的技巧。我只能告诉你这么多了，这可是机密。”

尼尔靠近了一些，低声说：“他们有办法跟踪到你吗？”

“没办法。”汤姆轻描淡写地安慰道，尽管他自己对此并不确定，“他们最多也就能搞明白是我给警察打的电话，其他情况就都是秘密了。”

其实就算是汤姆本人也并不清楚为什么自己和其他那些安装了神经处理器的学员不同，以及为什么美杜莎也能那样。他完全搞不明白，为什么只有自己能和机器那样交互，而其他的学员们都做不到……

唯一清楚的是，他在某些方面有特长，而他的心雀跃于这一特长带来的无限用途。

“技术，哈？”尼尔惊叹道，“看来那帮军队里的家伙确实教会了你不少有用的东西。想想就让人赞叹啊。”他轻笑了两声，“我的儿子，在人生中真正拥有了机会……我以前都不敢想象有这种可能。”

父亲脸上的表情变得不一样了，还有他的声音也是。汤姆敢发誓，尼尔看上去几乎可以说是开心的。警察清理完了现场。汤姆对这一切感觉满意极了。这场对“吸血鬼”的复仇完全值回了票价。

和父亲相处的最后一晚，汤姆失眠了。他来到拉斯维加斯霓虹灯光照耀下的阳台上。光线从各个方向喷涌而来：下面的街道、周围的建筑物，就连头顶上都有广告牌。整个拉斯维加斯上空飘浮着十几块数英里宽的广告牌，互相争抢着下面那些渺小的人类的注意力。

汤姆抬起头，没有理会国土安全部的广告“若您听到什么风声，请暗中告知我们”，也没有理会诺布瑞迪斯的广告“我们让富人远离战争的举动是如何使全体合众国人受益的”，他脑子里所能想到的，全是展现在眼前的种种可能。他曾打算成为一个在外太空控制无人机的太阳系部队战斗员，现在的他则想，成为一个超级英雄，以一己之力维护公平正义也不错。

为什么不呢？他有能力反击汉克·布鲁姆波利那样的家伙。别人追踪不到他，一切都只是数字信号。

我可以和美杜莎组队。汤姆用胳膊肘支撑在护栏上，想象着他那伟大的宿敌、他那（不知道算不算是的）前女友、大陆同盟最致命的战士……那唯一一个他打心眼里确定，会和他一样对汉克·布鲁姆波利这种人采取报复行动的人。

哦，一想到可以把老妈那可恶的男朋友整成什么样，汤姆就不由自主地笑了起来，道尔顿·普雷斯特维克，只要汤姆想干就能做得到。对，追踪到那家伙，在他曼哈顿的家里和他好好玩一玩，或者等他在乔治敦的豪宅时再下手。可玩的花样太多了。汤姆想得脑袋都晕乎了起来。

还有卡尔·马斯特斯。

不，不，等一下。也许这么做就有点滥用超能力的嫌疑了。确实是。那么只整卡尔一次怎么样？毕竟，要是想当全世界的执刑官的话，至少能有一次报私仇的权利吧。

就在这时，一声巨响冲进了汤姆的耳朵，一个黑影迅速从夜空中降了下来，遮住了广告牌，吓了他一跳。汤姆全身都紧绷了起来，看到那架本该在外太空飞行的百夫长级无人机在空中盘旋，还正好停在他的阳台前，汤姆整个人都僵住了。

百夫长级无人机和他之前控制的那种小得可怜的警用无人机可不一样。这种无人机可不是用来监管个别嫌疑犯的，也不是用来驱散人群的，它们是在太空中打仗用的，而现在那架无人机就在他的眼前，可说是触手可及。

汤姆盯着那东西，目瞪口呆。他以前从没有这么近距离地观察过那玩意儿，至少没有通过自己的眼睛这么看过。镰刀状的导弹发射架正对着他，赤裸裸地表示着威胁，漆黑的机体与五光十色的广告牌形成了鲜明的对照。一阵僵持过后，无人机的光学迷彩系统启动了，整架机体隐没在了夜空中，只剩下一个可视体——无人机上的电子眼——紧盯着汤姆。光学迷彩只有在机体移动时才可能被发现——而且观察者还需要明白在夜空下发生的，某处景象的微小颤抖意味着什么才行。此时此刻，摄像头看起来就好像是飘浮在半空中一样。

就在这时，汤姆神经处理器里的即时通信程序启动了，文字通过网信映射在了他的视野中：*我知道你拿无人机干了什么，莫德雷德*。

意识到面对的是谁后，汤姆简直快要高兴疯了。要说想要和谁一起分享胜利果实，那个人一定非美杜莎莫属。“你看到了？”汤姆说，他知道美杜莎一定能听到。“太爽了。不过我必须承认：你的飞机更大。你从哪儿弄来这玩意儿的？我也想要一个。”

你白痴吗？

汤姆眨了眨眼。这可不是他所期望的反应。不该是这样的呀。

除非你是故意想要把我们俩都卖出去，否则就别这么胡闹！

汤姆克制住内心深处对美杜莎反应的失望，故意耸了耸肩，“我知道你想把我们的能力保密。我也同意，好吗？但昨天那件事必须得做。事关荣誉。我得纠正别人的错误。说实话，美杜莎，一个驾驶百夫长级无人机大摇大摆跑到拉斯维加斯的家伙还管我叫白痴，太过分了吧。”

我在降落时使用了光学迷彩，而且这部机器好多年前就从网络里消失了。没人会想起它。你侵入的可是正在执勤的警用无人机，肯定会引起别人注意的。这我不能接受。

“怎么，你是说我什么都不能做吗？”汤姆俯身向前，有些被激怒了，“我得等到成为战斗员然后才能像你那样瞒天过海吗？”

听到这话，无人机又威胁似地飞近了一些。汤姆知道自己肯定是惹美杜莎生气了，但他站在那儿一步都没有后退。

“你还不明白吗？”汤姆说，“我们的这种能力——我们可以用它来做任何事。我们可以让世界变得更美好。我们可以成为……”他顿了顿，知道接下来的话会让自己显得像个傻乎乎的八岁小孩儿，但眼下他所能想到的只有这个词，“……成为超级英雄。”

这可不是漫画书，莫德雷德。他们可以追踪到我们，而且我们也不是完全隐形的。我们现在还算安全，只因为没有人知道该来找我们。下次你再干这种蠢事，我会回来确保你不会再犯的。

“你要怎样？杀了我吗？”

这句话脱口而出，汤姆说话时并没有当真。

忽然，无人机朝他一转，光学迷彩褪去了一些，显示出了正对着他脑袋的机枪，瞄准用的红色激光点在他身上来回移动，周围的空气都灼热了起来。汤姆惊慌失措地跑进屋，关上了阳台门，却发觉美杜莎的炮口正对着自己，他的心脏在剧烈地跳动，冷汗浸湿了他的全身。那一刻似乎过得异常缓慢，无人机上的导弹发射器就那么正对着他的脑袋。

美杜莎很满意自己阐明了观点，无人机转向，划出一道嘲弄的曲线，一行字出现在了他的视像中心：就是这个意思。

汤姆还清楚地记得国会山峰会上自己使用美杜莎的容貌来打败她时的情景。在那之前，他们还互有好感。

是他改变了这一切。

“要是我说对不起可以吗？”汤姆问，他并没有说明是为了什么而道歉。

不，道歉纯属浪费，莫德雷德。别再这么做了。

无人机升了起来，消失在了夜空中。不一会儿，就连那微弱的波纹也从汤姆的视线里消失了，夜空中视线可及的只剩下那些闪烁不已的广告牌。

第二章

两天后，迎着清晨天空中刚刚泛出的那丝红光，飞机调转了方向舵，切换到直升机模式后着陆。汤姆走下飞机，来到了五角尖塔下老五角大楼的屋顶上。

两名全副武装的陆战队员走了过来，汤姆从口袋里掏出口令币，举起手好让他们看清上面的鹰徽，“托马斯[①]·雷恩斯，合众国太阳系部队学员。”口令币发出绿光，认可了他的声纹、指纹和DNA。最后一步，视网膜扫描，身份得到正式确认后，电梯载着汤姆进入了五角大楼。

几分钟后，汤姆斜挎着粗尼布背包走进了尖塔的前厅。他在金鹰那宽阔的翅膀下停了一会儿，然后沿着走廊朝食堂巴顿厅的方向走去。

返回五角尖塔的学员和几个新近晋升的战斗员都在那边，还有个一脸迷茫、一头刺猬般红色短发的新下级生。下级生正独自一人坐在电梯边，挠着头，看起来十分凄凉。汤姆的神经处理器立刻调出了她的个人信息：

姓名：麦迪逊·安德鲁斯

军衔：合众国太阳系部队III等下级生，成吉思汗学院

---

① 托马斯是汤姆的全称。

祖籍：犹他州康奈尔

成就：犹他州青年辩手协会主席，公平投票青年委员会委员

IP地址：2053:db7:lj71::369:ll3:6e8

安保权限：绝密3级

看到她也在看自己，汤姆笑了笑，“别担心，这里头发长得比安装处理器前快多了。”

女孩儿犹豫地笑了一下，汤姆继续向前走向巴顿将军的油画。他要找的人就在那儿，尽管才过去两周，但看到维克兰·阿斯旺——他最好的朋友——还是让汤姆兴奋不已。维克从凳子上站了起来，朝汤姆大步走了过来，他一直在等汤姆；两个人步调一致地同时将身上的背包扔在了地上。

“汤姆。”维克叫道，他的眼中闪烁着疯狂的光芒，“我们不再是下级生了。”

“我们不是下级生了。”

维克庄严地点了点头，“是时候了。”

电梯门打开了，外面是五楼的下级生休息室。汤姆和维克大步走出电梯，看着那些一脸紧张的下级生，然后做了他们自从进入尖塔以来就一直想做的一件事。

“所有人，”维克叫道，“出去！”

汤姆开始在屋子里挥舞着手臂驱赶下级生，“动起来，动起来，快点儿！”

下级生们争先恐后地跳了起来，被赶出了他们自己的休息室。

汤姆和维克心满意足地坐在空出来的椅子上。一想到自己过去也是下级生，也被高年级学员从下级生休息室里赶出去过，汤姆就觉得今天特别有成就感，因为他已经不再处于尖塔食物链的最底层了。

维克一脸坏笑地搓着双手，“接下来……”

“接下来？”汤姆一脸的渴望，既然现在这间休息室归他们了，但愿维克能想出点好点子。

两个人呆坐了好几秒钟。

“我想不出来现在该干什么。”维克终于承认道。

“嗯，我也只想到把下级生们赶出去这一步。”

“我想先去楼上放行李，我们一走那帮下级生肯定还会回来。也许，我们待会儿可以再赶他们一次——等我们想好要在这里干什么之后。”

两个人提起背包，走上中级生的楼层，进入画着利剑、写着“亚历山大学院”的那扇门。刚一进入走廊，惊人的事情就发生了：他们收到了新宿舍的位置信息，确切地说，是两间新宿舍。

直到转身沿着相反的方向前进时，汤姆和维克才意识到了情况。汤姆停下来，回过头，维克也停了下来，对他抬了抬眉毛。

他俩被分到了不同的宿舍。

“不是吧。”汤姆叫道。

“这种事确实有。”

汤姆一动不动地站在那儿，自从来到五角尖塔，维克就是他的室友。安上神经处理器后，自己见到的第一个学员就是他。他从来都没有想过，他们两个会有可能被分开。

“我就在走廊那头，汤姆。”

“嗯，我知道。”汤姆故意笑了两声，不过那笑声听起来很是奇怪，“随便了，嗯，拜拜先。”他转身向前，但这突如其来的改变还是让他一下子消化不了。汤姆不喜欢改变。

快走到自己的宿舍门口时，汤姆听到了维克那刺耳的尖叫，这让他很高兴自己能有借口回到维克的身边，“维克？”

汤姆朝维克的宿舍跑去，维克正从宿舍里退了出来。“汤姆。”他喘息着，“这太可怕了。”

汤姆一脸疑惑地绕过维克进入宿舍，不由自主地睁大了眼睛。

普通学员宿舍都是两张床，床下是抽屉，其他地方都是白墙，但这间不同，维克的宿舍里贴满了他们的朋友华耶·恩斯洛的照片。墙上到处都是恩斯洛的肖像，圆圆的大脸正对着他们，习惯性地皱着眉，不论你在宿舍的哪个角落，那双深色的眼睛都盯着你。宿舍里还有一个大型大理石雕像，主题是被靴子踩着头顶的，满面愁容的维克，雕像中的维克正互握双手摆出一副祈祷的姿势，眼睛看着上方那个没有露面的踩踏者，雕塑的基座上写着一行字：为什么，哦，为什么，为什么我要惹怒华耶·恩斯洛呢？

汤姆大笑了起来。

“宿舍本身没问题。”维克说，“她肯定是在我们的处理器上动了手脚。”

这很明显，要说华耶擅长什么的话，折腾神经处理器绝对是她的强项，而神经处理器几乎可以让他们看到任何东西。这都是华耶造出的幻象，汤姆打心底里确信是这样。

他走近了几步，仔细欣赏着墙上的照片，里面定格了维克在尖塔里的几个尴尬时刻：维克中了电脑病毒觉得自己是绵羊，正手脚并用地趴在地上啃植物园里的植物。还有一张是华耶获得战争游戏胜利时维克那一脸沮丧的表情。

“我的手不是那样的。”维克伸手指了指雕像上那双小得可怜的手。华耶经常无情地嘲笑维克有一双精致的小手，因为汤姆曾经告诉过她，可以用这种方法反击维克给她起的外号“男人手”。维克基本上已经放弃了称呼华耶为“恶妇”，汤姆觉得这和精致小手的梗有很大的关系。

就在此时，维克的新室友走了进来。

那是个瘦高的男生，一头卷曲的黑发，脸尖尖的。汤姆以前见过他，于是便从记忆里调出了他的资料：

姓名：朱塞佩·尼科尔斯

军衔：合众国太阳系部队IV等中级生，成吉思汗学院

祖籍：纽约州纽约市

成就：范·克莱本国际钢琴大赛亚军

IP地址：2053:db7:lj71::291:ll3:6e8

安保权限：绝密4级

朱塞佩肯定也看到了宿舍的装饰，他一下子僵住了，盯着那座雕像说：“你在自己宿舍的模板里编程了一个自己的雕像？太自恋了吧。”

汤姆掩嘴笑道：“哇哦，他可一眼就看穿你了，伙计。”

维克狠狠地瞪了汤姆一眼，汤姆赶紧从宿舍里退了出去。

汤姆后来才发现，自己的宿舍没有分配新室友。他从来都没有拥有过自己的宿舍，也从来没有一个人住过。他就这么坐在宿舍里，足足坐了二十分钟，想要搞清楚自己该怎么利用这新空间。他不禁想到，万一要是朱塞佩取代了他的位置，成了维克的最佳损友，那他该怎么办？

这些念头弄得汤姆烦躁了起来，于是他起身下楼，准备去参加新晋中级生的第一次会议。进入拉法叶厅，他下意识地伸手摸了摸兜里的神经导线和升级芯片。大厅里摆满了一排排的长椅，一直摆到前方放着讲桌的大讲台，讲台上挂着两面旗帜，一面是合众国国旗，另一面上印有站在海洋同盟一边的联盟内各大公司的标志：汇聚点工业、黑曜石集团、温德姆·哈克斯公司、玛切特·雷迪公司、诺布瑞迪斯公司，以及汤姆最憎恶的——道明·阿格拉公司。

汤姆来到台前，坐到了自己的座位上，华耶正在那儿等着他。

“汤姆，你今天没梳头。”华耶欢迎道。

“我也很高兴见到你。假期过得怎么样？”

但汤姆的那头乱发显然太吸引华耶的注意力了，“马什将军要是看到你这副样子一定会不高兴的。他可能会大叫。”

“咱们可以等着瞧。”

“汤姆，别这样！尤里都没有能和我们一起晋升，但他今天就好好梳了头，我之前已经见到他了。”

“也许这就是他没能和我们一起晋升的原因，他梳头梳得太多了。”

华耶皱了皱眉，一脸的困惑。大家都知道，尤里没有获得晋升是因为军方怀疑他是波尔雅国间谍，就连他的安保权限都比别人低。

汤姆举手投降，“好，好，这下高兴了？”他伸手抓了抓头发，不过显然是把头发弄得更乱了，于是华耶也伸手帮他弄了起来。

“不对，你得先把这边弄平……”

“啊！”华耶伸手一拽，汤姆大叫了起来，“别拉掉了！”

维克坐到了他俩的旁边，“恩斯洛，别骚扰汤姆。”

“我没骚扰汤姆。”华耶一脸坏笑地看着维克，“说到骚扰，喜欢你的新宿舍吗？”

“美极了。”维克狠狠地说，“要知道，我可是会报复的。毕竟，我不是汤姆。编起程序来可没那么差劲。”

汤姆这才发觉维克是在嘲笑自己，“嘿！”

“我确实能时不时地写几个程序。”维克继续道，“没有无效值，没有无限循环。”

“我也能写程序。”

“他指的是确实能起作用的程序。”华耶好心提醒汤姆。她不是故意要招惹汤姆，这更像是华耶时不时会犯的那种无心的毛病，应该说是经常会犯。

特里·马什一脸严肃地走上了讲台，大鼻子、蓝眼睛的老将军扫视了一遍室内所有的人，新晋的中级生们一下子都安静了下来。

“学员们。”所有人的注意力都被马什的声音吸引了过去，“首先，祝贺各位获得晋升。你们离卡美洛级又近了一步。连上你们的神经芯片，准备下载系统升级。”

所有人都用神经导线将脑干上的神经端口和晋升仪式上发放的芯片连接在了一起。汤姆的眼前闪过一串串编码，一个可执行文件被安装进了他的神经处理器。他的视野中出现了一个密码输入框。

马什从兜里掏出一张小纸条，戴上一副老花镜，“这上面说，激活程序的密码是‘吾目及处，均为重影！11、22、33、44、66。’”

汤姆想了想这句话，代码在他的眼前转着圈，然后又突然消失。“内容解压完毕”几个字出现在眼前。汤姆深吸了一口气，准备迎接那晕乎的感觉，每当下载太多内容而没有时间消化的时候他都会有这种感觉。但这次汤姆却发现，自己的脑子清楚得很。

看到所有人都完成了，马什点了下头，“你们应该都注意到了，更新包的内容不多。原因很简单，布莱克伯恩中尉在你们去度假之前就已经把更新的内容安装好了。这个密码只是解锁了更新包而已。现在，学员们，先花点时间研究一下新的大楼地图，把你们的芯片都交回来，以便今后重复利用。”说着马什从讲桌后踢出一个小盒子。所有的新任中级生都把他们的升级芯片扔进了盒子里，没有一个人失手。

汤姆调出了神经处理器里的五角尖塔地图。熟悉的建筑物剖面图出现在了他的视野中央，十五层高的铬钢巨塔从老五角大楼的中心升起，但等到放大地图观察楼内结构时，汤姆不由得摇了摇头，这不对啊。

尖塔变得不一样了。原来二、三、四楼标识着体育场的地方多出了一间巨大的屋子，上面写着“军械库”。

这不可能。体育场上层他去过不下几十次，那里可没有军械库，这一点他很确定。

他又看了看其他新出现的区域：供尖塔内常备军驻扎的整整一条侧翼，十二楼的一个观察平台，墙内安装有继电器或处理器附件的区域，在尖塔地下室的下面干脆多出了整整的一层，上面写着“夹层”。

等一下，他不可能整整半年都忽略掉一整层楼啊！

“你们会发现，尖塔里多了许多新的区域。”马什说明道，“事实上那些区域并不新，它们一直都在。你们能看到它们、能听到它们，但我们把那些区域隔绝在了你们的大脑意识之外——可以说是在你们的神经处理器中设置成了隐形模式。作为下级生，你们没有接触那些区域的权限，不过现在你们有了。这是我们信任各位的表示。”

汤姆的视线完全被夹层吸引了过去，那里有通向聚变－裂变反应堆的走廊。反应堆原来是在那儿。另一条走廊通往的地点标着“真空管”。

“作为中级生，你们不会全部晋级。”马什说，“而且也不太可能全部都成为战斗员，不过你们在离开时不会像下级生那样，被移除处理器。所以恭喜各位，你们已经领先了一步。你们能够获得晋升，是因为你们已经证明了自己不会不适应这里的生活。而作为中级生，只有在我们认为你能够胜任高级的时候，你才会获得晋升，只有满足这个条件才行。”

华耶举起手，想到现在不是在上课，又赶紧放了下来。看到马什点了点头，华耶开口问：“长官，既然神经处理器已经屏蔽了尖塔里的一些区域，那我们怎么知道这里是不是还有其他我们看不到的地方？”

大厅里一阵窃窃私语，马什将军僵硬地点了下头，狠狠地对华耶说：“如果真有那些地方，恩斯洛小姐，你会在我们决定让你知道时知道的。”

华耶一声不吭地坐了下来。

马什继续道：“本周五，你们全体都将参加联盟高管为你们举办的见面会。即使是你们当中那些最终当不成战斗员的人也将会发现，这种联络人脉的机会对你们未来的发展非常有用，只要你们打好手中的牌。”

汤姆又想到了道明·阿格拉公司。他曾用污水泡过公司的整个管理层，所以那家公司是不可能赞助他了。但也许他可以利用这次机会给其他的几家公司留个好印象。

刚一散会，汤姆的思绪就又飘到了军械库那里。他看了看维克，维克的眼中也闪烁着同样的光芒。

“枪械？”维克问，很显然马上就想去军械库。

“武器。”汤姆附和道。

走到大厅门口时，他们才注意到华耶没有跟他们一起。

“华耶呢？”汤姆对维克叫道。

维克回过头，看看他们的身后，这个问题的答案只有一个名字：“布莱克伯恩。”

只需这一个名字，就足以让汤姆全身的关节都难受得好像刚被电击枪电过一样。他回过头，看到了华耶和詹姆斯·布莱克伯恩中尉。汤姆的心脏狂跳，肾上腺素和敌意迅速在他的体内升起。中尉的头发剪得很短，棱角分明、布满疤痕的脸正对着华耶，好像是在说什么。他们都没注意到布莱克伯恩是什么时候进入拉法叶厅的，但很显然，他叫住了华耶，两个人正在走廊的另一头说着什么。

汤姆的眼中只剩下了这个人的形象。

就是这个家伙曾想要撕碎他的大脑。生存的本能在汤姆体内拉响了刺耳的警报。布莱克伯恩和华耶曾经有段时间闹翻了，因为布莱克伯恩以为是华耶黑进了他的个人资料，并将他的个人隐私告诉了其他不该知道这些情况的学员。

现在，那两个人又和好了。汤姆感到一阵眩晕。这是什么时候的事？他怎么就不知道？布莱克伯恩俯身用大手拍了拍华耶的肩膀。汤姆可不喜欢眼前所见的这一切，一点儿也不喜欢。

维克轻轻拍了拍他的后脑勺，“博士，枪械！”

“对，博士。”汤姆对着自己的“末日双博士”同伴笑了笑。当然，他们俩都不是真正的博士，但自从战争游戏后他们就这么称呼彼此。“武器。”汤姆说。

他现在最想做的就是冲过走廊，把他最可怕的敌人从他最好的朋友身边推开。此时此刻，汤姆感觉做出离开大厅的选择真是非常困难。

第三章

这里真是太壮观了。

军械库看上去就像是一座坐落在道路、障碍物、攀岩墙和浅湖间的迷你要塞。一进入要塞就是一条窄道。每级台阶两侧都有陈列架，上面陈列着各种武器和配件，比如可以使士兵隐形的光学迷彩服等。里面各种枪支应有尽有，汤姆的神经处理器标识出了其中的一些，更多的则没有被识别出来。大厅的尽头是一个巨大的平台，大概有肩膀那么高。汤姆和维克看到上面摆满了一排排像是外骨骼一样的铝合金机器，远看就像一支准备进行机器人世界末日大战的无头机器人部队。

汤姆和维克看着眼前的一切，被震得一句话都说不出来，根本没有注意到其他一些新晋升的中级生也走了进来，不过那些中级生看了看这里的一切后就都走了。不一会儿，军械库里就只剩下汤姆和维克两个人了。他们俩尽情地沉浸在这一切之中，汤姆想要试射这里的每一把枪，试用每一件武器，反击外星人入侵，或者和那些骨骼似的机器干一架。

维克小心翼翼地提起一个柱状体，看起来应该是某种戴在头上的加农炮，“看看这个。”

“我不知道这是个什么玩意儿，但我准备叫他‘大包’。”汤姆点了点头，说。

“你的头应该能塞得进去。”维克感叹道，“说真的，戴上给我们看看吧。”

“我才不要把脑袋塞到个加农炮之类的东西里呢。要塞你自己塞。”

“我的头发不好打理，弄不好就成鸡窝了，你又不在乎。汤姆，你肯定不会在乎的。”

汤姆并没有听他在说什么，而是伸手拿起了一件样式奇特的武器，那东西看起来很厉害的样子。神经处理器告诉他，这是微型电磁脉冲发生器。不知为何，提示中有关这东西可以把神经处理器烧焦的信息让汤姆一下子兴奋了起来。卡尔·马斯特斯被电磁脉冲发生器击中的画面不断闪现在他的眼前。

维克拿起了一个圆圆的小东西，那东西的底部是平的，汤姆在医务室见过。“你觉得这是干什么的？这东西就放在地上，没和架子上的东西放一起。”

汤姆咧嘴一笑，“哦，我知道这是什么。按一下上面那个按钮。”

维克按下了按钮，小装置嘀嘀嘀地响了起来，维克疑惑地皱起了眉头。

汤姆深吸了一口气，然后大叫道：“那是手榴弹！”

维克发出一声震耳欲聋的尖叫，一下子跳起老高。他紧靠在墙上，那东西咕噜噜滚落在地。汤姆大笑着捡起那玩意儿，然后按了下按钮关闭了嘀嘀声。“开个玩笑嘛。只是个计时器而已。我在医务室见过。”

维克一把从汤姆手中夺过计时器，半信半疑地研究了半天。“我现在就能把你送进医务室，你个蠢头。去找两件可以在这里决斗用的武器，我们来个雷恩斯－阿斯旺大战。”

汤姆高兴极了，他环顾四周，希望能找到一些类似于刀枪的东西。刚一挑好自己的武器，华耶就走了进来。看到汤姆和维克每人手拿一把枪，华耶停在了半路。

“你们两个真打算用真正的武器在这里乱搞？”她叫道，“你们脑子没坏掉吧？”

汤姆的脸红了，他把枪放回架子上，“我们又不是真要大打一仗。”

“嗯。”维克也心虚地将武器放了回去。

华耶咬着嘴唇，周围这么多武器，随便他们取用，这景象让她感觉有些不安。汤姆用尽可能随意的口气问：“布莱克伯恩找你有事吗？”

华耶伸手用手指戳了戳一件武器，就好像是在戳一只随时会咬她一口的动物。看到什么都没有发生，她又使劲戳了戳，“他发现了我在假期里做的一些事，说我干得不错。”

“什么？”维克说。

华耶轻轻耸了耸肩，“他还说他知道黑进他档案的人不是我，但他总是从最坏的角度来揣度别人，因此他要向我道歉，他不应该为罗阿诺克的事生那么大气，也不应该为此而中断我的编程学习。”

“然后呢，怎么，你原谅他了？”汤姆脱口叫道，“他那么吼你，然后好几周都不理你，一句抱歉就都解决了？”

华耶的眉毛拧到了一起，那张长脸看上去无比的严肃，“他说他真的很抱歉。”

“你也知道他这人有多神经，华耶。上次他和你闹翻可是一点理由都没有，你觉得这种事就不会再发生吗？”

“还不都是因为你要提那个什么罗阿诺克。要不然他怎么会那样？很显然你戳到他的痛处了。”

“不对，不是的，你没弄明白。”汤姆有些烦躁地说，“不是什么痛处，是他唯一的软肋。你那天见到的那个布莱克伯恩，相信我，那才是真正的布莱克伯恩。”

“我比你更了解他，汤姆。”

“不是的。”汤姆挠了挠头，不知道该怎么说，“你觉得你了解他，但你看到的只是他假装的样子。他假装自己很讲道理，假装自己思维正常，但实际上他不是的。”

他不说话了，因为华耶和维克都在看他，表情很奇怪。

事实上，他们都知道布莱克伯恩想要“用普查器榨干他的脑子”，但也只知道到这种程度。汤姆从没有告诉他们细节。他们不知道在汤姆拒绝透露有关文格洛夫的记忆时，布莱克伯恩曾发誓要把他撕碎；他们不知道布莱克伯恩曾扬言要毁掉尖塔的系统，只是为了阻止马什将军释放他；他们不知道布莱克伯恩跟约瑟夫·文格洛夫有私仇，因为文格洛夫在给他安装神经处理器时，知道这种神经处理器有可能杀死他或把他弄疯；他们不知道，在布莱克伯恩不正常的那段时间，他失手杀死了自己的孩子们，所以为了向罪魁祸首文格洛夫复仇，他可以不惜任何代价，就算毁掉汤姆也无所谓。

但汤姆根本不知道应该怎么告诉他们这些。这里面涉及的秘密太多了，很多秘密还不是他的，而这些秘密都和布莱克伯恩从他脑子里挖掘出的秘密有关。布莱克伯恩如此神奇地和华耶重归于好，这让汤姆觉得自己受到了威胁。对，告诉布莱克伯恩华耶没有侵入他档案的人是汤姆，告诉布莱克伯恩华耶根本不知道罗阿诺克是什么的人也是汤姆，但他说这些话可不是为了调和他们俩的关系……他只是想要当面指出布莱克伯恩的错误，好将布莱克伯恩狠狠地羞辱一番。

现在他后悔了。

有几个人走出军械库，加入到在体育场里准备晨练的其他中级生中去。汤姆、维克、华耶和其他新晋升的中级生都等在军械库外——马齐斯・卡缇希、凯尔希・戴蒙斯、詹妮弗・阮、默文・波顿，几个人互相点了下头，根本不需要自我介绍，他们在当下级生时都互相见过。

不一会儿汤姆就意识到了他们是在等谁，他的拳头不由得捏紧了。

布莱克伯恩中尉沿着体育场下层的台阶走了上来，停在军械库前。他在前臂键盘上按了几下，八台没有脑袋的金属外骨骼机器从平台上走了下来，站在了几个人的面前。

布莱克伯恩转向他们，“我们开始吧，中级生们。你们会发现，体育课和你们还是下级生时差不了多少——体育锻炼，通过虚拟实景来提高锻炼的动力，指引你们行动，诸如此类。只有一点显著的不同：军械库，这里放满了军方研发部门计划给未来安装有神经处理器的士兵们使用的武器。每个周一的实景都会针对其中的各种武器展开。鉴于肌肉记忆的重要性，我们会让学员实地使用没有弹药的真实武器。这样，不仅能让你们学会如何使用这些武器，还能让我们的研究人员搞清楚，仅仅依靠神经处理器中下载的资料，你们能在多大程度上掌握武器的使用方法。其中有一种武器非常危险，只能由安装有神经处理器的人来控制，而我有幸教会你们如何在不弄死别人和自己的前提下使用这种武器。上我这堂课，首先要记住的规矩是什么？”

没人回答，汤姆完全不知道答案应该是什么。

布莱克伯恩竖起一根手指，“最重要的规矩：我的时间比你们的时间宝贵无数倍。不要胡来、不听指挥，这只会浪费我的时间。我只跟你们讲一次，希望你们能记住。你们都有过目不忘的记忆力和超人一样的大脑。因此，你们没有任何理由不集中注意力，也没有任何理由忘记我说过什么。下面，我们来看看这个强化机甲。”

他拍了拍身旁的那台机器。

“这是你们最基本的力量增强工具。你们也知道，高层认为，未来的任何地面武装冲突都将由小股的武装力量来执行。减小武装单位规模的理由很充分：招募一个愿意向平民暴徒开火的人比招募几千个这样的人要容易得多。供养一名士兵的花销也比供养几千人要便宜得多。这些单兵作战的士兵就像移动兵工厂一样，他们需要同时掌控大量重武器，所以除非是能让这些士兵们具有非同常人的力量和耐力，否则没人能胜任这样的任务。这个时候，强化机甲就派上用场了。”

布莱克伯恩把腿插进强化机甲粗壮的腿里，两臂伸入机甲的双臂。他握了握拳，机甲巨大的金属手指也同步地握了握。机甲的金属框架开始贴近他的手臂，金属关节贴合在了他的手肘和肩部。布莱克伯恩伸手从后面拽住强化机甲的金属颈部，将上面的金属插头插进了自己颈部的端口。忽然间，机甲其余的部分也像手臂一样收缩在了他身体的周围，外骨骼关节贴合在了他身体的关节处。不一会儿，布莱克伯恩就变成了一个从脖子到脚都由金属网格包裹起来的人。

“现在，我的力量是普通人的四十二倍。”布莱克伯恩张开双臂向各位学员演示，薄薄的金属连他的手指都包住了。“加上一副红外夜视镜；还有高密度钢甲，带有光学纤维可以隐形的那种；还有可以分泌陶瓷药物的背心，它可以治疗任何外伤；可以调节体温的内置空调系统；再加上无人操作的机械护卫；充当我的耳目的卫星系统；挂在手臂上的火箭发射器；还有远程控制的巡航导弹发射器；以及……嗯，孩子们，我有了机甲上的这些东西，我就能成为一个超级战士，成为一个自动军械网的中心灵魂。理论上说，我们的超级战士甚至可以穿越到过去，将第三帝国扼杀在摇篮中。这才是未来的战争。现在……”他用灰色的眼珠扫视着各位学员，“穿戴这些装备时最重要的是要记住什么？”他的目光锁定了维克，“阿斯旺，你来猜猜。”

维克眨了眨眼，“是那个你的时间比我们的时间宝贵无数倍什么什么的吗？”

“那是首要规则，阿斯旺。这是第二条。”布莱克伯恩轻轻一动就将维克举过了头顶，维克被惊得大叫了一声。接下来的一幕让汤姆吓得下巴都快掉到了地上，布莱克伯恩一下子把维克抛了二十多米高。

维克张牙舞爪地飞向天花板，然后又跌落了下来，汤姆的心跳都快要停止了。布莱克伯恩很轻松地接住了维克，然后又把他轻轻地放回在了地上。

“现在愿意猜了吗，阿斯旺？我们下面将讨论哪方面的规则？”

“超能力。”维克睁大了眼睛看着头顶上的天花板。

“答对了，阿斯旺。超能力。人体是很脆弱的，很容易受到伤害，强化机甲则不会。第二条规则，充分认识这种机器的力量。任意胡来可能会让你们丧命。我还在军校学习时，这种机器的原型机就出现了，力量只有正常人平均水平的十七倍。那时候我曾亲眼见到一个学员穿着强化机甲使劲往上跳。在撞坏天花板之前，他还是有头的。不过在那之后，他的脖子上就只剩下一个和碎西瓜差不多的东西了。”

汤姆好奇地看着天花板。要是跳得太高的话，他应该会在撞到脑袋前先在天花板上砸个洞。应该行得通，他很确信。

“所以，我才要用老办法来教你们如何使用这些机器。”布莱克伯恩总结道，“教你们建立肌肉记忆，而不是直接将操作强化机甲的程序编进你们的脑子里，机器和人的根本区别就在于此。人类懂得模糊思维。对人来说，‘一点点’这个词是有意义的。要是我告诉你跳十三点七厘米高，你就得估量半天，最后还得抓狂，因为精确的数字对普通的人脑来说没有多少实际意义。另一方面，机器是非常精确的。它们不懂‘一点点’是什么意思，但它们明白十三点七厘米是多高。使用强化机甲要求你们学会将自己的动作精确化。你们之所以有能力安全操作这些强化机甲，唯一的原因就是你们的大脑已经部分机器化了。但只有小心谨慎才不会出问题。现在，挑一件机甲，连接好端口，听我的指令。”

听完布莱克伯恩的话，绝大多数学员在接近机甲时都是一副小心翼翼的样子，只有汤姆例外。能体验一下这种装备让他感觉很兴奋。他急切地钻入机甲，将机甲颈部的插头连接在后颈的接口上。随着机器渐渐苏醒，汤姆感到一阵战栗的快感。金属机甲开始收缩，包裹住了他的身体，金属关节也贴合在了他的关节上。他站在那儿，不知道是不是应该先等等其他人，最后他决定还是不等了，便使劲向前迈出了一大步。

第一步跃出了足有八米，第二步也有六米，第三步七米。几步之后，汤姆发觉自己已经到达了体育场的另一头，真想把这机甲变成自己身体的一部分啊。

几声金属巨腿前进的咣当声从他身后传来。还没顾上回头，一只铝合金巨手就抓住了机甲的铝质领口，一把拽住了他。

“你以为你在干什么，雷恩斯？”布莱克伯恩的声音暴怒异常。

恐惧感攫住了他的身体，他扭过头，和布莱克伯恩四目相对。

“没听到我说的话吗，学员？这机器很危险。我还没允许你们活动。你可能会害别人丧命！现在，不许动。”布莱克伯恩的机甲上伸出一只爪子，牢牢地抓住汤姆的手腕。他俯身靠近汤姆，灰色的眼珠紧盯着汤姆的眼睛，“这可不是游戏。”他低声说。

说完，布莱克伯恩拽住汤姆的强化机甲领口将他举了起来，抬着他一步步小心地穿过体育场。汤姆就这么悬在半空中，两臂在空中晃荡着，其他学员的目光一直紧紧锁定着他们俩的每一步。一幅老猫叼着小猫脖子的画面浮现在汤姆的眼前，其他学员的偷笑声和低语声不断地传入他的耳朵，这更让他确信，自己现在的样子真是蠢透了。

布莱克伯恩轻轻地将他放了下来，让他们做了一个练习又一个练习，学习精细控制，跳到特定的高度，迈出特定的步幅。等到课程结束时，布莱克伯恩已经可以让他们按照同样的龟速做一些基本移动了。有些人的进展比较小。华耶根本就不愿意动，尽管她移动起来要比某些人流畅得多。维克动起来没有一次不会绊到自己的腿。

汤姆想要做到精确，但这让他感觉很难受，总是要想自己是不是呼吸得太过了，这都弄得他有些不会呼吸了。事实上，他发觉强化机甲非常好操作。简单极了——就和正常走路一样自然，只不过要刺激一百倍。布莱克伯恩的声音刺激得让他总想做点出格的事，于是他决定，只要布莱克伯恩不注意，他就脱离群体凭直觉行动一下。其中一次，他回头看了一眼，觉得可以玩点儿酷的，于是就蹲下来了个后空翻。

他都不确定自己在真实世界里能不能亲身完成这个动作，但机甲的双腿稳稳地落在了地上。凯尔希·戴蒙斯和詹妮弗·阮都睁大了眼睛看着他。

他耸了耸肩膀，“我对这个很在行。”

那两个人只是翻了翻眼珠。

汤姆很失望。他本以为那两个人会对他刮目相看才对。他注意到维克正在自己的强化机甲里挣扎，于是决定溜达到维克面前跳段舞，当面羞辱维克一下，顺便提醒维克他对此有多在行。

“我懂，你玩这个玩得好。”维克咕哝道。

“只是好？我简直就是强化机甲界的爱因斯坦。这太简单了。刚才我还做了个后空翻呢。说真的，你下什么挑战我都做得到，伙计。”

“是吗？”维克的眼中闪过一丝疯狂，他环顾四周，目光最终锁定了头顶上的天花板，“三十块钱，赌你摸不到上面的灯。”

汤姆顺着他的视线望了过去，顶灯距离头顶大概有三十米，他又想起了布莱克伯恩的那个西瓜故事。

维克抬了抬眉毛挑衅道：“怎么样？还是说你要收回自己的声明呢，爱因斯坦博士？”

汤姆狠狠地一笑，“免谈。”

布莱克伯恩正站在华耶面前，想要哄她朝自己的方向走几步。他张开双臂，好像随时准备着去接住华耶，“你做得很好，恩斯洛，动一下你的腿。”

华耶咬着嘴唇，“万一我想要抬腿，结果却一下子把你的脑袋踢飞了呢？”

布莱克伯恩笑了起来，“我愿意冒这个险，来吧，华耶，你能行的。”

布莱克伯恩正忙着呢，很好。汤姆一脸兴奋地转向维克。这机会可是绝无仅有的。“来吧，博士！”

汤姆跃向空中，他越升越高，感觉越来越兴奋，这高度是任何一个普通人都跳不到的。他举起拳头，一旦遇到撞破脑袋的危险，他就砸碎天花板。不过他之前精确计算过需要跳的高度，开始下落时他的头距离天花板还有很远的距离，就要经过顶灯的旁边了，他伸出手去摸顶灯。

问题就出在这儿。

强化机甲的手撞碎了顶灯，玻璃碎片向下方的体育场飞去。

哦，不。汤姆边想边落了下去，他的心提到了嗓子眼儿。金属大脚落地时，玻璃雨也同时到达了地面。

汤姆站在那儿，感觉关节都被外骨骼擦伤了。所有人都盯着他，周围一片安静。

连布莱克伯恩中尉也一动不动地看着他。

“哇哦。”汤姆绝望地解释道，“这强化机甲，天哪。我都没打算跳。我发誓。那是个意外。一定是机器出故障了。”灵光一闪，他又赶紧补充了一句，“黑曜石集团尽卖次品货了，哈？”

这句给约瑟夫·文格洛夫公司抹黑的声明并没有取悦到布莱克伯恩。他走到汤姆身边，俯身看着汤姆，似乎难以按捺想要狠揍汤姆一顿的冲动。汤姆唯一能想到的就是“他要杀了我了”，忽然间，他感觉自己又回到了被困在普查器下的那个时候，无法回答的问题不断在他的耳边响起。他全身紧绷，几乎没有意识到布莱克伯恩已经扭过头转向了其他学员。

“你们所有人，脱掉机甲，去和其他学员一起进行体能训练。雷恩斯，你待着别动。”

其他人都拔下了强化机甲连接在后颈端口上的插头，只有汤姆站在那里，满心沮丧。那些学员刚一走出去，表情就变得茫然了起来，显然体育场的体能训练程序已经将他们接入了训练的场景。不一会儿，他们就加入了其他学员，一起爬墙翻沟了，只留下汤姆和布莱克伯恩在机甲群中面面相觑。

布莱克伯恩抱着胳膊，肩膀都快要把制服给撑开了。他的额头上青筋暴露，“断开连接，脱掉机甲。”

汤姆的心脏狂跳不止，自己都能听到自己的心跳声。他伸出手，知道自己应该遵守命令，但他就是做不到。不能那么做。他确信自己要是照做的话，后面一定会有可怕的事情发生，他十分确信。他的肾上腺素水平直线上升，同时上升的还有愤怒感，这让他感觉有些窒息。“不。”他说，“你先，长官。”

布莱克伯恩气势汹汹地靠近了他，“抱歉，是我说得不够清楚吗，雷恩斯先生？断开连接，立刻。”

但汤姆又摇了摇头，他感觉血气上涌，视线的周围都有些模糊，只有中间的布莱克伯恩位于焦点上，清晰、尖利。除了把布莱克伯恩撕成碎片外，此时此刻他什么都不想要。“我有不同意见。您的力气会比我大四十二倍，这种状况我可不太喜欢。长官。”

“你就那么怕我吗？”

“我不怕你！”

布莱克伯恩看了看他，又看了看强化机甲，汤姆可以感觉得到，他正在计算愤怒的学员驾驶自己还不能完全控制的机甲将产生多大的危害。中尉伸手拔下了后劲上的插头，断开了自己的连接。汤姆的心还在狂跳，愤怒就像毒药一样在他的血管里流淌。中尉跨出机甲，现在，他又是个脆弱的“易受伤害”的普通人了。

“该你了，雷恩斯。”

汤姆伸出手，狠狠地拔下脖子上的插头，他的手上全是汗。刚一断开连接，布莱克伯恩就咆哮了起来：“你真以为我需要机甲才能搞得定你吗？”

布莱克伯恩三步并作两步向他走来。汤姆赶紧伸手想要把插头插回去，但已经太迟了。布莱克伯恩的大手抓住了他，轻轻一提，就将汤姆彻底拽离了机甲。

“现在听好了，雷恩斯，因为我只打算说一遍……”

突如其来的愤怒击中了汤姆，双脚刚一着地，他就狠狠地挥出了一拳。拳头击中布莱克伯恩的下巴，痛感顺着指节穿过他的手臂。布莱克伯恩一个趔趄，但又迅速稳住了身子，一把抓住汤姆的脚踝，猛地一提。

整个世界都颠倒了过来，汤姆后背着地，摔得气都喘不上来。他翻过身，想要喘口气，但布莱克伯恩一把将他紧紧按在了地上。汤姆挣扎了一会儿，但压在喉咙上的重量怎么也无法挣脱，他的双腿被紧紧锁住，想要戳布莱克伯恩眼睛的手也被抓住狠狠地拧到了身后。

“停下，雷恩斯，马上。”

汤姆使劲一拉手臂，一口咬在布莱克伯恩的手上。布莱克伯恩的叫声让他感到一阵恶意的快感。他一拳打在布莱克伯恩喉部的软骨上，将布莱克伯恩也拽倒在地，好抵消两人间体重和力量的差距。但他并没有成功，一双手臂抓住了他，将他击倒在地上。布莱克伯恩的指节抵住了汤姆脖子上的痛点，汤姆痛得惊叫了起来，势头一下子被压了下去。

“那招不在你的处理器里。”布莱克伯恩评论道，“我很确定，因为我没有安装过相关的内容。”说着，他在汤姆的后颈上干净利落地来了一下。

汤姆发觉自己正躺在地上，感觉天旋地转。恍惚间，他意识到自己刚刚攻击了一位上级，更糟糕的是，他还打输了。一想到布莱克伯恩他就上火，真希望自己刚才给他造成了更大的伤害。他从眼角的余光中看到，布莱克伯恩正坐在地上，检查手上的伤痕，疲惫地整理着制服。

“我明白这是为什么。”过了一会儿，布莱克伯恩说。

“不，你不知道。”汤姆想要坐起来，但布莱克伯恩随手一击，又将他按在了地上。

“我当然明白。自从普查器的事之后，我就一直在等这一天呢。”

“不是……”普查器。但那几个字卡在了他的喉头。汤姆握紧了拳头，紧闭着双眼，一想到布莱克伯恩从他心里挖出的那些记忆，羞辱感就在他的心里翻腾着久久不肯离去——布莱克伯恩知道的那些事，以及他在那两天里所受到的种种令人作呕的折磨——真想把布莱克伯恩给撕碎，剥他的皮，抽他的筋……

汤姆因为愤怒而颤抖不止，他想要杀了布莱克伯恩，让他付出代价。尽管他威胁了布莱克伯恩，知道布莱克伯恩害怕他去找文格洛夫，但这并不能平息他心头的怒火。

汤姆抓着头发，他实在是太愤怒了，感觉都控制不住自己了。而且他很清楚，布莱克伯恩正看着他在那里纠结。

“你也够本了，雷恩斯。”过了一会儿，布莱克伯恩说，“那一拳打得很好。我就不打算追究了。”他靠近了一些，“但你不能把强化机甲当玩具玩。听清楚了吗？你对我的那种压抑已久的愤怒在驾驶可以杀人的机器时不许释放出来。”

“好。”

“我们讲明白了？”

“告诉你了，我明白！你还想怎么样？”

“我想要你好好想想。今天一早，你发觉所有其他学员操作强化机甲都有问题，而你的第一反应居然是——在你的朋友面前炫耀。你就没有考虑过哪怕一毫秒，掂量一下自己的特殊能力，想想是不是应该保密？”

“这和我的能力无关。只不过是强化机甲。”

“这可是需要连接端口的机器，雷恩斯。和机器交互，指挥机器。好好想想！”每说一个字，布莱克伯恩都在他的额头上点一下。

汤姆闪到一边，感觉自己的胃在翻腾。事实上，他都没有意识到自己的作为是那么特别。他以为自己只是对强化机甲很在行而已。

“好孩子。终于开始明白我的话了？你以后可得更小心点儿，别再到处显摆了，也别再玩你在拉斯维加斯搞的那一套。”

汤姆盯着布莱克伯恩，感觉嗓子发干。

“啊，你还以为我不知道呢。”笑容绽放在了布莱克伯恩的脸上，“你真以为国土安全部的服务器会放过所谓的幽灵战机吗？我敢打赌，就在我们说话的当口，国家安全局的黑客小组肯定还在想方设法追踪无人机的控制源呢。知道那意味着什么吗？”

“我很确定你会告诉我的。”汤姆说。

布莱克伯恩用大拇指指了指自己，“意思就是，是我抹掉了你的全部痕迹。我可不愿意再费劲跟你解释我在这破事儿上浪费了多少宝贵的时间，我也不想在未来的几年内继续帮你擦屁股，我耗不起。你只要不留下痕迹就行了，就这么简单。雷恩斯，还记得你曾威胁过我，只要我再‘找你麻烦’你就去文格洛夫那儿告诉他你的能力吗？这个威胁确实够分量，但这是一枚氢弹，只能用一次。也就是说，一旦国土安全局意识到了你的存在，你的威胁就是空头支票了。到时候你绝没有办法能阻止我敲碎你的脑子再从里面挖点东西出来。这还是你运气好先被我搞定的下场。”

“这还算运气好？”汤姆苦涩地说，“幸运的意思就是‘最坏的情况’啊？好，很好，很高兴知道。”

“长官。”布莱克伯恩纠正道。

“您的级别比我高，不应该叫我长官。”

“雷恩斯，你得称呼我长官，不然我就把你关进普查室旁边的小黑屋，直到你只记得‘长官’这两个字为止。”

汤姆怒火中烧，他还从来没有这么恨过一个人，“长官，是，长官。我会称呼您‘长官’，长官。行了吗，长官？”

“哦，差不多就先这样。去实景里找其他人吧。”布莱克伯恩在前臂键盘上按了几下，“光看到你就让我觉得不爽。”

我也是，汤姆心想。他感觉脖子麻麻的，体育场的实景接入了他的视像。虚拟的敌人正向他冲来——汤姆加入了人群，可不管他跑多快，对那个差点摧毁他心智的人的愤怒都挥之不去。

在他的想象中，每个虚拟的敌人脸上都戴着布莱克伯恩的面具。

第四章

一直到吃饭的时候，汤姆的心情才好了一些，因为今天的午餐是肉饼，而且他的哥们儿尤里·希瑟维奇正在桌旁等他。尤里还是下级生，没有和他们三个一起晋升。基本上，几个人都避免谈中级生的事情，所以聊得也不够深入。不过他们发现，尤里的假期比他们几个人的要有趣得多。他参加了一次休闲式的野外生存远足，领队的是个前任特种兵，曾经吃过昆虫，爬过大山，击退过野兽。

“不寻常，真是太不寻常了，野外能有多少可以吃的虫子啊！”

“你吃了多少？”汤姆问。

“五种不一样的。”尤里骄傲地回答。

“恶。”华耶一边哼一边擦着头上尤里欢迎她时刚亲过的地方。

“就是，别再说了。”维克一边说一边向嘴里大口扒着米饭。

“你吃的虫子是更像甲壳虫的那种，还是更像米粒的那种肉虫？”汤姆看着维克问，他知道维克非常容易犯恶心，这为他提供了无穷无尽的乐趣。

华耶领会了汤姆的意图，“哦，你说的是那种长在烂肉上一开始像蛆一样最后会变成棕褐色的肠虫吗？”

维克摇了摇头，“没用的，伙计们。我知道你们是在瞎掰。”

“不是，我吃的那些虫子和米粒一点也不像。”尤里很严肃地回答，“你说的那种虫子是长在米里的，内脏黏糊糊的，颜色灰白，和维克盘子里的差不多。”

维克终于放下了叉子，“我吃好了，因为肚子饱了，不是因为你们三个。你们没有赢。”

汤姆、华耶和尤里都笑了起来，他们可不相信维克刚才的话。

汤姆发现自己和维克在同一个虚拟实景小组，领队的是金发圆脸的战斗员斯沃登·盖尼。汤姆从记忆中调出了斯沃登的档案。

姓名：斯沃登·盖尼

军衔：合众国太阳系部队VI等卡美洛级战斗员，拿破仑学院

呼号：新人

祖籍：康涅狄格州北威彻斯特

成就：世界青少年壁球大赛冠军，合众国社会金融创新者协会会员

IP地址：2053:db7:lj71::224:ll3:6e8

安保权限：绝密6级

不一会儿汤姆就发现，斯沃登的领导风格和他的前任埃利奥特·拉米雷斯完全不同。

埃利奥特总是会在床尾等他们，显得自己好像是团队的一部分；还在他们每个人进门时欢迎他们，让人很清楚谁是团队的头儿。而斯沃登只是待在墙角，像个苍白的鬼影一样若隐若现，看着学员们陆续进来坐在床上的心电仪旁。直到所有人都就位后，他才会坐到自己的床上。

“嗯，你们这些新人可能都听说过——”斯沃登温和地说，“中级生的对战训练应用实景和下级生差不多。不过你们面对的将不再是虚拟的敌人，而是其他中级生。每周轮换。那么，想要开始了吗？”听起来像是在提问，好像是在征得他们的同意似的。

所有人都赶紧躺在了床上，汤姆扭头和维克交换了一个兴奋的微笑，“我会掩护你的，博士。”

“我也是，博士。”维克的眼中闪烁着疯狂的光芒。

汤姆连接上神经导线，感觉渐渐模糊，他进入了虚拟实景。

他发觉周围一片混乱，二战时期的水手们正大叫着从他身边跑过。他们的船颠簸得厉害，火光四溅，海水不断从船体的破损处喷涌而入。

汤姆大声叫着维克，两个人在晃动不已的甲板上汇合，想要喘口气。一艘德国潜艇正在渐渐驶离。

“我们这么快就要完蛋了。”汤姆怀疑地说。他们都还没顾上反击呢，这个实景居然是这么开始的。

“左舷！”维克指了指那群正在争先恐后想要挤上救生船的水手。

汤姆点了下头，明白了过来，这个实景的意思一定是这样：他们登上救生艇，和尤素福的小组对抗。也许纳粹会用双倍的兵力再打回来，或者他们会遇到海盗之类的东西。

汤姆和维克挤上舰上放下的最后一艘救生艇。一道巨浪将救生艇远远地抛了出去，主舰在翻腾的海水中渐渐下沉。

不一会儿，海面就平静了下来。看着眼前的景象，汤姆不由赞叹起了自己的生活，这已经不是第一次了。此时此刻，他正坐在救生艇上，和自己最好的朋友一起，目睹一场惊人的海难，就好像这一切都是真实的一样。救生艇上本该有两把木浆，但事实上却只有一把。两个人用尽全力，一边驾驶救生艇，一边将遇到的那些浑身湿透瑟瑟发抖的学员们救上船。

不一会儿，成吉思汗学院的莱拉·莫特森和汤姆以前见过的汉尼拔学院的两个中级生——沃尔顿·考夫纳与玛丽安·特劳特也被救到了船上。

等到斯沃登·盖尼也出现在救生艇上时，汤姆才意识到，这个家伙之前一直置身于实景之外，让他们自己在实景中行动。这可是个不小的变化，之前的埃利奥特可是喜欢手把手教学的。

“那么……”斯沃登有些紧张地问，“情况怎么样？”

“我看到我们组有些人落水了。”沃尔顿说。他是个大个子，肤色很深，一头浓密的黑发，浑身散发着一种禁欲主义者的气息。

“哦。”斯沃登摩挲着双手，“他们可真不幸。忘了告诉你们，我和尤素福商量过，我们会在这个实景里打开痛觉感受器。”

汤姆耸了耸肩，随后就听到莱拉愤怒的叫声：“为什么？你们怎么能那么干？”

“哦，这是个时间压缩实景……”斯沃登开口解释道。

莱拉一副要打人的样子，玛丽安也发出了一声呻吟。

“有什么问题吗？”维克问。

“时间压缩实景。”莱拉解释道，“太空战的速度都是以机器的反应为准的，所以我们用神经处理器来加速对时间的认知，好赶上机器的反应速度。有些实景就会利用这个功能，人工延长体验时间。”

“真的？”汤姆激动地坐了起来，“也就是说，我们会在这个实景里待好几天？太爽了。和海盗对战好几天……”

“是好几周。”莱拉说，“过不了多久你就不会这么高兴了。”

“看起来大家都已经就绪了。”斯沃登宣布道，“我过会儿再来。”说着，他的形象就消失了，只剩下几个留在救生艇上的学员在海面上漂浮。

汤姆看着斯沃登消失的地方，想着莱拉刚才说的话。他忽然想到，也许斯沃登不愿意参与这个实景是有原因的。

时间一点一点过去，汤姆感觉口渴得很，他很确信这一点。问题是，这个实景的感觉太真实了——就好像他们真的是在一艘救生艇上，漂浮在海中央，没有任何补给，只有沃尔顿捞上来的一壶水，而那壶水也很快就见底了。最糟糕的是，他们所有人都知道自己将会在这里待几个星期。

汤姆晃了晃水壶，里面只剩一点点水了，“现在怎么办？”

“我们会因为脱水而死，而且这过程缓慢而痛苦。”沃尔顿回答。他的声音听起来倒是很镇静。

汤姆看了看远方的海岸线，想要寻找海盗或纳粹之类的东西，但是他什么都没有找到。尤素福的小组被什么给耽搁了吗？

等到斯沃登再次出现在救生艇上查看他们的状况时，所有人都叫了起来，要求他给个解释。

斯沃登愉快地点了点头，“这是个生存实景，活下来就算赢了。”

汤姆一把抓住他，“等一下，就这样了？”

“就这样。你们面对的将是最最可怕的敌人——缺乏耐心。哦，那是水吗？我正好有点口干呢。”说着他就做了一件不可思议的事——一把拿过沃尔顿的水壶，把最后的一点水喝了个一干二净。

所有人都坐在那里，看着他的喉结上下活动。汤姆简直难以相信眼前发生的一切，斯沃登刚刚才进入实景，不可能和他们一样渴，可他居然喝光了所有的水！

玛丽安·特劳特再也受不了了。这个苗条的黑发姑娘宣布，她已经厌倦了，再也“受不了”了，然后就跳进了水里。一开始，她在水里乱蹬，尽管开着痛觉感受器，但还是一心想要把自己给淹死。接着，几道鱼鳍从海面上划过，尤素福的小组终于现身，将玛丽安撕成了碎片。

“缺乏耐心？”沃尔顿指了指水中绽开的血花，“你确定我们最大的敌人不是鲨鱼吗？”

“哦，对了。”斯沃登说，“鲨口求生也是一项。好运！”他打了个响指，然后就又消失了，只剩下几个学员、一个空水壶和一群饿坏了的鲨鱼。

实景中已经过去了三天。所有人都饥渴难耐，还被严重晒伤。他们把木桨劈成了一把粗糙的矛，但只杀死了一个尤素福小组的成员。那之后，鲨鱼们迅速让开了路——只等着他们自己崩溃了跳下水来。

晚上，沃尔顿也撑不住了，开始大口地喝海水。

汤姆被沃尔顿大口喝水的咕噜声给吵醒了，“你这么做可不会有什么好下场，伙计。”汤姆的声音嘶哑，他自己都认不出来了。

沃尔顿点了点头，海水从他的嘴里流了出来，“是很咸。”

维克正蜷缩在汤姆身旁，不住地发抖。因为长期暴晒和海水的缘故，他们所有人身上都长了疖子，维克身上的一个疖子感染了，让他的全身都布满了败血症的红斑。

汤姆的心里烦躁得很。他想要做点什么，只要不是干坐在这里幻想一杯接一杯的水和一个又一个的汉堡包就行。他想要搞清楚这个实景到底是要测试什么。压力反应？干渴难耐之下的反应？到底是什么呢？

太阳出来了，在天空上越升越高。汤姆身上还没有起泡的地方火烧一般的疼。沃尔顿则大叫了起来：“我是火星之王！”

汤姆勉强睁开眼睛，看到沃尔顿正站在救生艇中央。海水终于开始影响他的大脑了，他已经产生了幻觉。

莱拉坐在救生艇的另一头，她那结实的手臂无力地交叠在胸前，金色的头发已经在肩头纠结成了一团，“不，你不是火星之王，坐下。”

沃尔顿张开双臂，“嘀嘀嘀，嘀嘀。”

“停下。”莱拉叫道。

“嘀嘀嘀，嘀嘀嘀。”

“停下！”

“我是天线，在给海岸警卫队发报。”

“沃尔顿，快坐下，伙计。”汤姆催促道。

沃尔顿尖叫了起来：“你头上有群鸟！”他冲了过来，乱抓着汤姆的头发。突然的重心变化让救生艇剧烈地晃动了起来，差点把他们都给翻了下去。

“啊！快停下！”汤姆用长矛柄将他挡开，沃尔顿退到了救生艇的另一头。汤姆的头皮酸痛不已，他伸手摸了摸，发现有一块地方的头发都没有了。“嘿，该死的！你把我头发都揪掉了！”

“没关系，我是医生。”沃尔顿回答。

维克神志模糊地翻了个身，“医生？”

“怎么了？”沃尔顿挺了挺胸。

“不要！”汤姆用矛尖对着沃尔顿，不让他靠近一步。他转身轻轻推了推维克，“嘿，博士，我在这儿呢。”

“不要你。”维克的声音和汤姆一样嘶哑，“要真正的医生①，我好像是病了，水。”

“我们没有水。这是个实景，不是真的，还记得吗？”

“对，实景。”维克艰难地坐了起来。过了好一会儿他才缓过劲儿，“我恨这个实景。”

“要么胜利，要么死，实景总是会结束的。”汤姆知道自己说得很乐观，不过他并不清楚应该怎样赢得胜利。

“恨死了。”维克呻吟道。

他们所有人都参与过不少实景了，但这个实景完完全全就是有意在和他们作对。尤素福的小组扮演鲨鱼，完全生活在他们适应的自然环境

---

① 英文中医生和博士都是 Doctor 一词。

中。有东西吃，有好多水可以喝，海洋对于他们来说完全是适于生存的。而汤姆他们什么都没有，他们曾试图用捆起来的水草吸引海鸟，但所有的海鸟都和他们保持着安全距离。维克脱下衬衫放进水里，想要捞些浮游生物吃，但那些浮游生物让他趴在船边吐了好半天。对于严重脱水的各位学员来说，这只能是雪上加霜。

他们所能获得的水主要是每天清晨凝结在救生艇上的露水，然而就连露水尝起来也是咸的。疯疯癫癫的沃尔顿什么忙都帮不上。这会儿，他正挥舞着双手，拍打着什么只有他才能看到的东西。莱拉叹了口气，问他在干什么。

“蝙蝠。”沃尔顿一副烦躁不安的样子。

“你应该跳下去，让鲨鱼把你吃了。”莱拉建议道，“反正你现在这样和死人也差不了多少。更糟糕的是，你还会让我心烦。”

“不，我要活下去。我的地精小弟们就在附近，他们会来解救我们的。”

莱拉叹了口气，“沃尔顿，你没有地精小弟。”

“你会看到的，我去叫他们来。”

沃尔顿扑通一声跳进了水中。汤姆、维克和莱拉都在等着他的尖叫声，但什么也没有发生。不一会儿，沃尔顿就游出去了老远，汤姆已经看不清楚他了。刚开始，汤姆还在惊叹，沃尔顿这下子可真是干净利落。汤姆那缺水缺粮的大脑想要消化自己所看到的一切，但他所能想到的只是，沃尔顿也许真有地精小弟帮忙。

鱼鳍在水中划出道道水波，远处传来沃尔顿的尖叫声，汤姆的那一点点幻想也被消灭了。

“啊。”维克用手遮住眼睛躺了下来，他不断地拽着T恤，好像很热的样子，与此同时牙齿却在不停打战。“太可怕了。要么被鲨鱼吃掉，要么缓慢而痛苦地死于脱水。伙计们，只有这两个选择。”他又费劲地坐了起来，

“我们赢不了的，干脆……嗯，想个法子自相残杀吧。”

“肯定比被鲨鱼干掉来得干脆。”莱拉哼道。

汤姆不住地盯着沃尔顿在海中留下的那团血水，想着鲨鱼扑向沃尔顿时的样子。在实景中扮演动物就像是一场战斗，所扮演动物的强大本能和人类的思维意识总是在争高下。尤素福的小组都待在离救生艇很远的地方，因为他们作为人类的意识清楚地知道，离得太近可能会被矛戳到。

沃尔顿的鲜血让那些鲨鱼们都兴奋了起来。能不能想个什么法子故意刺激一下他们的野性，让他们的动物本能占据上风呢？

“伙计们，我有个主意。”汤姆兴奋地说，“我们干脆一直等，等到斯沃登出现的时候，杀了他，用他的尸体吸引鲨鱼，然后在尤素福的小组靠近时把他们都干掉。”

“能让斯沃登死我干什么都愿意。”维克欢喜地回答。

莱拉邪恶地笑道：“斯沃登牌鲨鱼饲料。真是完美极了。”

汤姆自己也觉得这主意不错。

斯沃登再次出现时，汤姆已经做好了所有准备。他用矛狠狠地戳穿了斯沃登的肚子，在那具抽搐的尸体掉下船前把他抓住，然后把尸体钉在救生艇的甲板上。周围全是臭水。“嗯，他血流得很快，我们得把他挂在水面上，或者……”

“你疯了吗？”莱拉大叫道，汤姆看了看她。

“怎么？我们之前说好的啊。”他看着维克，“你还说为了让他死什么都愿意做呢！”

维克的眼睛睁得老大，表情在大笑和大惊失色间摇摆不定，“我没想到你真会这么做。”

“哦，上帝啊。”莱拉叫道，“我还以为你在开玩笑呢，你这个神经病！”

“什么？这有什么大不了的啊？”也许是因为严重缺水已经影响到了

他的大脑，但汤姆现在是真的迷惑了。

“你怎么能杀掉小组的领导？你这个白痴！”莱拉大叫道。

“我们应该杀掉所有鲨鱼，所以就需要诱饵啊。”汤姆用手捧起一捧血水抛到船外，“这个鱼饲料绝对棒啊。”他看到远处的鱼鳍正在向他们的方向移动，“看！他们已经过来了。”

“有什么大不了！”莱拉咆哮了起来，“你的鱼饲料是拿斯沃登做的！这么想要鲨鱼饲料你自己去当啊，或许我就该把你扔下去！你怎么能杀掉我们的指导员！”

“我为什么要跳下去？”汤姆一副难以置信的样子，“是斯沃登把我们扔在这儿的。他一点忙都没帮上，还把我们的水都喝光了！”汤姆最气的就是这一点，“他根本就不需要那些水，但他还是喝了。目前为止他可是最没有用最值得消耗的消耗品，不管他是不是领导。”

莱拉呻吟了一声，“卡尔说得对：你真是个白痴。你就不明白吗？整个实景的意义就在于要让军方对你刮目相看。”

“我认为赢比输更能让军方对你刮目相看。”汤姆反驳道。

维克晕晕乎乎、神志不清地笑着，“汤姆，我真是爱死你了。”

莱拉在维克的胳膊上狠狠地打了一拳。

维克还在笑，“真是太棒了，要是有力气的话我会欢呼雀跃的。”

莱拉又打了他一拳，这次肯定打得很疼，维克挪到了救生艇的另一头，“嘿！别对我这么暴力，你想要我回击吗？”

“啊，我好怕怕。我对你可是够手下留情的了，但我不介意来点激烈对抗，要知道，这双拳头可都算是可用的致命武器！”莱拉气冲冲地举起了拳头。

“嘿，我说，我不跟你计较了。”维克不自在地说，“很高兴我们能把话说开。”

莱拉失望地放下了拳头。

汤姆转过身。他才不在乎莱拉要说什么呢——他觉得自己做得对。汤姆将斯沃登的尸体搬到救生艇的侧舷，好吸引鲨鱼们再靠近一些。第一只鲨鱼游了过来，汤姆开心地一矛插进了它的身体，并赶在鲨鱼挣扎游开以至于快把他拉得失去平衡前将矛拔了出来。第二只鲨鱼享受了相同的待遇，接着是第三只。

这感觉真是太爽了，莱拉干脆一把抢过长矛，自己也戳了起来。莱拉发出一阵动物般的嚎叫，汤姆已经有点神志不清了，居然觉得这叫声非常迷人。甚至连维克也使尽浑身的力气杀死了一只鲨鱼。海中充满了血水，进一步刺激了鲨鱼的本性，学员们的人类心智完全被压倒了。一只接着一只，鲨鱼们争先恐后地游到救生艇旁，进入了长矛的攻击范围。

不一会儿，他们就把尤素福小组的所有队员都干掉了，只剩下尤素福本人。尤素福的自制力真是太强了。所有队员都被结果了，但他还是很小心，在远处绕着救生艇游了一圈又一圈，汤姆只能看到水下的一团阴影。尤素福不敢进入长矛的攻击范围，他也不需要这么做：就算他什么也不做，救生艇上的学员们最后也还是都会死掉的。

“现在怎么办？”莱拉问，“没有指导员可供你杀了。也许这次该拿你来当诱饵，汤姆。”

她的本意是挖苦汤姆，但这却让汤姆有了新的想法，“事实上，这主意不错。”

维克目光迷蒙地抬起头，他的声音虚弱而嘶哑，汤姆几乎都听不清他在说什么，“听起来不像是个好主意。”维克嗫嚅道。

“不，确实是个好主意。我跳到水里，向前游一段距离，好让尤素福以为我没办法及时游回来，等到他追过来时，我就把他杀掉。”

“或者他把你杀掉。”莱拉满怀希望地说。

“有可能。”汤姆承认道，“但我打算放手试一试。”

他扑通一声跳进水中，一手握着矛向前游去，海水拖拽着他的双腿，尤素福还在远处游弋。黑色的阴影几次向他游来，充满杀气的鱼鳍滑过水面，但最终都转个弯游到了一边。他是在佯攻，想要确定汤姆会不会退回安全地带。

最终，尤素福肯定是意识到汤姆已经下定了决心。这次，他也没有犹豫，鱼鳍径直朝汤姆而来，看着渐渐接近的黑影，一阵恐惧涌上汤姆的心头，他忽然意识到自己在做什么，这肯定会很疼。他这是给自己找了多大的麻烦啊……就算他能一矛刺中尤素福，鲨鱼大概也会一口将他咬成两半。

接着，一阵快感充满了他的身体，就在尤素福那利刃般的牙齿在他眼前闪过的时候，汤姆满心欢喜地将长矛刺了出去……

他睁开眼睛，发现自己正在训练室。死亡居然一点痛感都没有，这让汤姆感觉如释重负。看到正俯身望着他的斯沃登，汤姆这才意识到自己是被拔线了。

“我们得聊聊。”

汤姆一下子坐了起来，“你把我的线给拔了。”

“我不喜欢被自己人给杀掉。”斯沃登告诉汤姆，“乔治·华盛顿可没被自己的手下给捅死，所以我们才能在这里说自己的语言而不是英语……我是说，我们是在说英语。”他修正道，“但没有英国口音。”

汤姆盯着他，斯沃登居然在实景最紧要的关头拔了他的线。他真不敢相信，还差一点就要赢了呀！

“也许得有人好好教教你什么是指挥链。”斯沃登做出了决定，“你的上一任虚拟实景团队负责人是谁？”

就这样，汤姆得待在自己的床位上等埃利奥特过来。汤姆看了看脑内的计时器，神经处理器一直在计算真实世界中和虚拟实景中流失的时间。从斯沃登的死到汤姆与尤素福的对决，在真实世界里时间只过去了不到三十秒。

汤姆的脑袋嗡的一声，刚才的感觉可一点儿也不像三十秒啊。他揉了揉太阳穴，不敢相信自己这几天的经历实际上就发生在短短几个小时里。

“头几次运行这种扩展实景后都会有一段不适应期。”沃尔顿的声音从旁边的床位传了过来，“你会习惯的。”

“他居然拔了我的线。”汤姆抱怨道。不知道维克和莱拉在实景里怎么样了？他拿走了长矛，而且被带离了实景。他们俩手里都没有武器。

沃尔顿侧身走到汤姆身旁，侧着身和汤姆说话，就好像是要骗过某些愚蠢的旁观者，让他们以为他和汤姆没有在交谈一样，“嗯，雷恩斯，我听说，你把斯沃登给干掉了？”

汤姆看了他一眼，不知道他的反应会不会和莱拉一样，“对，差不多吧。”

沃尔顿严肃地点了点头，“我很欣慰。”

“很抱歉你让鲨鱼给吃了，伙计。不知道这么说会不会让你感觉好一些，我当时脱水得厉害，真以为你有地精小弟了。”

沃尔顿盯着汤姆，看得汤姆都有些不自在了。他俯身靠近汤姆，手肘搭在床边，“汤姆，我可没有什么地精小弟。”

他的语气和神态非常严肃，汤姆都有些糊涂了，“啊，嗯，我也这么想。”

沃尔顿看了他一眼，一副怀疑的样子，“我在实景里判断力下降的时候说的那些话，你最好还是不要告诉别人。我可不想被别人误会，以为我真的有什么地精小弟。”

汤姆一脸的茫然，“说句真心话，沃尔顿，我觉得这种情况是不可能发生的。”

“嗯，但谣言自有其生命力，即使是我有地精小弟这种完全虚假的谣言也有可能让别人误会我真的有。”

“绝对不会有人相信你有地精小弟的！”汤姆坚持道。

沃尔顿严肃地点了点头，“还是确保万无一失的好。”他竖起一根指头，一字一顿地说，“谨慎即大勇。”说完，就转身离开了，留下汤姆一个人在床位上发呆。

汤姆越想越确信，沃尔顿是在故意扰乱他的思维——而且做得非常好，他一脸正经的样子，让人完全搞不懂他的葫芦里卖的是什么药。汤姆坐在床上，琢磨着地精小弟的事，这时，埃利奥特·拉米雷斯出现在了门口。埃利奥特伸出一根手指，招呼汤姆出来。

汤姆叹了口气。

埃利奥特叹了口气。

汤姆坐在埃利奥特宿舍的椅子上，准备好接受这位卡美洛级战斗员的非正式领导人的批评——斯沃登还指望他来向汤姆解释尊重上级的重要性呢。

“斯沃登比较缺乏安全感。”埃利奥特说，这句话吓了汤姆一跳，让他不由得收回了望向窗外的目光。“他天生缺乏领导权威，而且我觉得他本人也很清楚这一点。”

“等一下，你是在向着我说话吗？”汤姆高兴地开口道。

“我要说的是，我不怪你。而且我也想给你提些建议，好让你在以后避免重蹈覆辙。”埃利奥特抱着胳膊，靠在墙上，“你知道你之前的哪些行为不够明智吗？”

“我差点就赢了。”汤姆抗议道，他又想起了几分钟前维克通过网信发给他的消息，尤素福最终赢得了虚拟实景中的胜利。“尤素福能够凿穿救生艇杀掉维克和莱拉都是因为斯沃登把我给拽了出来。”

“你离赢还远着呢，汤姆。知道士兵杀死领袖叫什么吗？叫‘兵变’。”

“可斯沃登就是个负担啊，只有他最值得被消耗。”

埃利奥特耸了耸肩，“军队是一个从上到下的层级式组织。你真以为上层人士会欣赏你通过杀死上级而取得的胜利吗？”

汤姆想起了莱拉说过的话，有关于他应该把自己扔下去的那些。“那要是斯沃登把我打个半死扔下去做饲料呢？”

“那就是另一种情况了。”埃利奥特显然是看到了汤姆气恼的表情，于是又补充了一句，“这里的运行机制就是这样。”

“可我们并不是为了要遵守命令、冲锋陷阵而接受训练的啊。”汤姆争辩道，“我们是未来的太阳系部队战斗员，不会冒生命危险，战斗的时候也不会有人直接命令我们，我们需要自己作打算。我还以为积极主动是好事。”

“兵变可从来都不是好事，汤姆。高层会觉得你太过于积极主动，积极主动到了产生威胁的程度。你必须得尊重权威才行。”

“我确实在尊重权威啊。”汤姆坚持道，而且他觉得自己确实做到了。

比如马什将军。对，汤姆知道，一旦马什将军觉得他没有用处了，肯定会毫不犹豫地把他给扔出去。但确实是将军给了他一个进入培训计划的机会，国会山峰会的机会也是将军给的，自己欠将军不少人情，所以他很尊重将军……还有，他的父亲。尼尔倒不是很有权威的那种类型，但尼尔一直在尽力照顾他。在这一点上汤姆很尊重父亲，尽管他从来不相信自己的父亲拥有足够的判断力，会做出正确的决定——至少父亲爱他，希望他过得好。噢，还有奥莉维亚·奥萨雷，这个肯定会在背后支持他的人，但汤姆也不傻，他知道奥莉维亚只是在尽职工作而已。不过，奥莉维亚曾将他从普查器下救了出来，这一点汤姆是不会忘的。

这就是他所尊重的三个权威人士，基本上尊重，或多或少吧。

甚至是埃利奥特，汤姆有时候也会有所尊重。他现在已经知道，埃利奥特还算是个不错的人，至少心眼儿不坏。所以在埃利奥特发表下面的劝告的时候，汤姆还是努力想要听进去的，“你得改改自己的风格，学习一下如何‘表现’出尊重，不论是不是发自内心。这里生活的方方面面都是以此为出发点的。上层人士需要感受到其他人对他们的服从。就拿你们周五的联盟企业来说吧，你将会和潜在的赞助人互动，这些人的社会地位都远高于你，你得表现出对他们的尊重，不管你心里到底是怎么想的；做不到的话，你的麻烦就大了。如果你连对斯沃登表现出尊重都做不到的话，又怎么能应付周五的活动？”

“我应付得了。”汤姆保证道。

一定能，不知为何，汤姆打心底确信这一点。

毕竟，这是他必须要做到的事。那些高管们是他拉到赞助成为战斗员的唯一机会，绝对不能搞砸——后果他可承担不起。

第五章

第二天的早餐会上，汤姆的心情非常好，因为他刚刚得知，维克和新室友朱塞佩不太合得来。

“那小子的脑子有严重问题，说起他住过的旅馆来没完没了的。”维克在汤姆的耳边小声说，他们正站在亚历山大中级男学员的餐桌旁，等待着立正的口令。“而且，他还收集古董靴扣。他给我看过，那么大一堆啊，还一个一个拿起来给我介绍……你知道古董靴扣有什么特色吗？”

“什么特色？”汤姆一边立正一边问。

“没有，汤姆。”维克使劲摇了摇头，“一点特色都没有。”

汤姆一下子笑了出来，学员们正护着旗帜进入大厅，周围安静得吓人。他赶紧把笑声伪装成一声咳嗽，装出一副什么事也没有发生的严肃相，所有人都在朝他的方向看，好奇是谁在侵犯早餐会的严肃性。

很显然，维克的新室友也不喜欢维克。就在汤姆把托盘放到传送带上的时候，他听到朱塞佩·尼科尔斯正在向珍妮弗·阮抱怨，“……他居然还在宿舍模板里植入了一个他自己的巨型雕塑。什么人才能干出那种事？”

所以，编程课上朱塞佩并没有坐在他们旁边。所有学员，不分级别，每周两次聚集在拉法叶厅，由布莱克伯恩讲解如何为神经处理器编程；这门课难就难在需要用自己的大脑来学。神经处理器在这门课上帮不了什么忙。因为法律禁止电脑自编程。

因为需要用脑学习，而且也觉得自己在编程上已经无可救药，所以汤姆对这门课干脆采取了放任自流的态度。反正他在学校里的表现向来都不是很好，所以，汤姆不但不集中精神，反而干脆找起了各种借口不好好听讲。他注意到尤里正斜靠在前排的椅背上，装出一副大脑被干扰了的样子。尤里的神经处理器里原来安装了程序，好阻止他接触机密信息，就连朋友们的名字他都无法知道，华耶把那些程序都移除了。但是，在某些信息被提起的时候，以及上编程课的时候，尤里还是必须装出一副脑子被弄迷糊了的样子。

尽管在装傻，但尤里还是在认真听布莱克伯恩讲课。很显然，他也在向周围的人学习。汤姆被吓了一跳，因为尤里轻轻碰了碰他，蓝眼珠瞥了他一眼，同时发来一条网信：**你的编码有错。**

“你怎么知道？”汤姆把头转向维克轻声问，这样别人就不会发现他是在跟尤里说话了，“你都没看我写代码。”

尤里又输入道：**我能从你手指的动作分辨出你在写什么，看一下第十行。**

汤姆没有回话，而是把程序翻到了前面。

哦，哦，对。嗯。他确实把一段代码给打错了。

我给你看看正确的写法。输入完后，尤里用手指指了指他。汤姆瞥了一眼教室最前端的布莱克伯恩，然后假装随便地将手放在腿上，好让旁边的尤里能够使用他的前臂键盘。尤里靠近了一些，手指在键盘上飞速敲打了起来，汤姆的前臂放在两人之间，有前面的椅背挡着，很隐蔽。尤里根据记忆修改着汤姆的代码。

他的记忆力很好，汤姆试着编译了一下，程序运行得非常完美。

汤姆有一种受到了打击的感觉，因为尤里运用佐藤II代编程语言进行编程的能力已经远远超过了他，这还只是尤里近几个月来只靠听不能看的成果……汤姆马上又为随之而来的可能性而激动了起来——尤里可以成为一个绝妙的作弊利器。

汤姆小心翼翼地看着尤里，“谢谢啦，伙计。接下来该怎么写？”

尤里回信道，托马斯，我可不会帮你把程序都写了，那样你什么都学不到。

“说什么呢，‘那样我什么都学不到’？”汤姆一边咕哝一边把头扭到另一边，假装是在和维克说话，“反正不管怎样我都学不到，我这方面糟透了。而且，对了，这么做的话，就有人给你批改作业了。尤里，这可是个对我们俩都有利的双赢安排。你觉得怎么样，伙计？”

尤里对此似乎很满意，马上帮汤姆写起了程序。汤姆刚这么心满意足地过了半个多小时，警报就响了——布莱克伯恩教了他们另一种算法，然后沿着过道大步朝他们的方向走了过来。

“起来，雷恩斯。”布莱克伯恩打了个手势让他闪开，“我要接入希瑟维奇的神经处理器。”

汤姆的脑子里嗡的一声，尤里紧闭着双眼，是他们俩做得太明显了吗？

“为什么？”

“我们昨天说过什么来着，学员？”布莱克伯恩的重音落在了最后两个字上。

“长官，为什么呢，长官？”汤姆用更尊敬一些的语气问。他不喜欢这样。看到布莱克伯恩那严肃的目光，汤姆才意识到布莱克伯恩刚才的话是命令。他没有动，布莱克伯恩可能要在尤里的神经处理器里做点什么，甚至可能发现尤里的大脑已经不受干扰了，这种可能性把他吓得目瞪口呆。他看了一眼维克，维克的嘴都抿成一条线了，眼神空洞无比。

汤姆抬腿往外走，结果在经过维克时差点绊倒在了维克身上。他站在过道里，手心直冒汗。布莱克伯恩坐在了尤里旁边，抓住他的脖子，把他的头按低好插入神经导线，然后将另一端连接在了一块便携式的显示屏上。

维克停下了手头的程序，双手捏成了拳头。

汤姆还清楚地记得维克发现汤姆和华耶解除了尤里大脑里的干扰程序时有多不高兴。那可是叛国。维克打心底里希望自己不知道这个情况。

放松，汤姆给他发了条网信，**华耶肯定有预防措施，是吧**？

维克深吸了一口气，挺了挺胸，似乎是坚持住了。

汤姆看着布莱克伯恩的脸，想要找出点蛛丝马迹，“您在找什么呢，长官？”

“不关你的事，雷恩斯先生。”布莱克伯恩的目光一刻也没有离开显示屏，上面的文本刷新得非常快，没有神经处理器的人根本跟不上那个速度。“不过，希瑟维奇学员的神经处理器里有套过滤程序。每次离开五角尖塔，他的处理器都会切换到警戒模式，记录下所有修改他软件的企图。本来他一回来我就应该进行扫描的。”布莱克伯恩看了汤姆一眼，“要不是某些学员白痴到给我弄出个收拾残局的活儿的话。”

汤姆感觉到了一丝希望。修改尤里的程序是好久之前的事了，远在假期之前。那时候尤里还在尖塔里，所以布莱克伯恩应该查不出什么。

事实上，他确实什么也没查出来。布莱克伯恩在前臂键盘上点了几下，关闭了扫描程序，然后抓住尤里的肩膀让他坐直。“你们继续。”说完，他就回到了前台。

汤姆瘫坐在座位上，全身都湿透了。确认布莱克伯恩已经走远听不到他们的声音后，他拿胳膊肘捅了捅维克，如释重负地笑了一声，“嘿，伙计，没事啦。我们都没事。”

“嗯，都没事。”维克缩在座位上，“这次而已。”

午餐的时候，汤姆感觉脑袋里的神经一跳一跳的，不是因为布莱克伯恩扫描尤里大脑的事，而是因为沃尔顿·考夫纳想要扰乱他的思维。汤姆正准备去拿芝士汉堡，沃尔顿就从他面前走了过去，后面还跟着一群小地精，看得汤姆睁大了眼睛。看到他的表情，沃尔顿抬起一根手指按在了嘴唇上。

“不可能。”汤姆摇了摇头，冷冷地说，“不，不，不。我那时候可是快死于脱水了，沃尔顿，那是我相信你有地精小弟的唯一原因。我现在感觉很好，绝不可能相信这些！”

沃尔顿干脆利落地点了点头，“你继续，雷恩斯。听到的人越多，相信的人越多。”说完，他就大步离开了。

汤姆坐到了华耶旁边，一头扎在桌子上。华耶戳了他好几下，弄得他眼前直晃，华耶还不断抚摸汤姆的后脑勺，汤姆只好又坐了起来。然后这时他才意识到，华耶摸他的头只是想安慰他一下。

“一切都还好吧？”华耶问。

听他解释完地精小弟的事，华耶在他的键盘上敲了几下，授予自己远程接入汤姆神经处理器的权限，然后开始运行快速扫描程序。整个午餐时间，文字进度都在汤姆的眼前闪来闪去，直到他们进入十五楼的天文馆麦克阿瑟厅准备上中级战术课时扫描才完成。看到扫描完成了，汤姆从大荧幕前站了起来。那个荧幕是半球形的，遮住了整个穹顶，荧幕收起来就可以看到外面的天空。

“嗯，你确实中毒了。”华耶一边敲击着前臂键盘检查结果一边说，

“病毒的名字就叫地精，看起来似乎能扰乱视像。”

“沃尔顿·考夫纳。”汤姆怨念道。

“他肯定是把病毒放进你的作业订阅源里了。”

“你能把它弄掉吗？我可不想天天都看到地精。”即使是现在他也能看到，地精们正在另一头，聚集在沃尔顿身边。

“我今晚就给你的防火墙打补丁。在此之前你得先忍忍那些地精了。”

小地精们显然也很清楚汤姆想要把它们都处理了，因为他们正朝汤姆挥舞着拳头。汤姆差点也摆了个挥拳的姿势以示回敬，还好他忍了下来，直接把手插进了口袋里。不行，他可不愿意和根本不存在的地精一般见识。

华耶又开始研究起了程序的编码，汤姆则观察起了周围的人。中级生在学员中所占的比例最大，这是一个瓶颈，因为中级可不是一个轻轻松松六个月就能搞定的级别，可不像下级。 但对于大多数中级生来说，移除神经处理器完全退出也已经太迟。汤姆觉得这反而是个安慰。经过至关重要的头六个月后，他们的大脑对神经处理器越来越依赖。汤姆觉得，不管以后发生什么，大脑对神经处理器日渐增长的依赖性至少能够保证，他以后再也不会受到移除神经处理器的威胁了……嗯，除非有人想直接干掉他。

克伦威尔少校走了进来，周围的人都安静了下来。少校俯身靠在讲桌前，“这个培训项目最大的弱点之一，就是缺乏经验丰富的老兵。”她用自己那特有的沙哑嗓音说，“你们是成功植入神经处理器的第一代人，也是成为太阳系战斗员的第一代人。所以我们的培训更加依赖于现役的战斗员，这种依赖远远超出了应有的限度。这是不得已而为之，因为像我这样的军人没有你们所需要的那种经验。你们需要从战斗员那里获得的经验之一，就是伴飞。”

她在讲桌的键盘上敲击了几下，一个交互式太阳系演示图迅速冒了出来。汤姆发现，图上的区域划分和战斗员们谈论战役时所用的划分一样。划分的标准是这个区域距离太阳系中心的距离。太阳到水星之间的区域上标示着“炽区”，水星到小行星带外沿间的区域是“核区”，木星到土星间的区域是“牧区”，从距离海王星最近的行星轨道——天王星轨道开始，一直到柯伊伯带间的这块区域是“界区”。剩余的整个宇宙都标示着“界外”。人类的活动大概超不出太阳系的这个界限，因而界外的宇宙也就和现在的这场战争完全无关。

一想到人们这么容易就接受了这种限制，汤姆就觉得有些不爽。图像消失了，取而代之的是一份名单，上面有些是新晋级的中级生，有些是老中级生。

“在开始学习伴飞前，你们需要先和战斗员一起进行一些心理练习。”克伦威尔说，“名单上这组今天列队到巴特勒会议厅报到，第二组留下听课，周四到楼下报到。”

汤姆坐直了身子，他看到自己的名字在名单上，华耶也在这一组。维克斜靠在椅子上，看来他得留下来听课了。

“现在，名单上的人马上到十二楼史沫特莱·D. 巴特勒会议厅报到，周四再来上课。解散。”

汤姆和组里的其他人来到了宽敞的简报室。会议厅的墙上有一幅巴特勒将军的巨幅油画，这位将军曾在20世纪30年代挫败了法西斯主义分子针对富兰克林·D. 罗斯福总统的政变。会议室的长桌上放着一些十边形的设备。中级生们坐了下来，埃利奥特·拉米雷斯走进了会议室。伴随着埃利奥特灿烂的笑脸，海瑟·埃克隆也走了进来，清了清嗓子。

随后进入简报室的其他战斗员都冷冷地看着海瑟，但埃利奥特点了下头，示意海瑟开始授课。

漂亮的棕发姑娘走到长桌的一头，“你们当中的一些人是新晋升的中级生，所以我先简要解释一下我们在这里要做什么。”海瑟那琥珀色的眼睛里闪着光，她的笑容似乎只是淡淡地浮在表面上，“这些十边形的设备是团队网络通信中继器，可以让你们通过思维交互来和团队里的成员联系。今天我们就要练习这个。”

思维交互？汤姆感到一丝紧张。

“为什么是海瑟负责？”华耶咕哝道，“他们居然还让她来负责，她可是……”华耶不吱声了。

汤姆没有顺着话头问下去。看到汤姆在注意自己，海瑟对他眨了下眼。汤姆点了点头作为回应，海瑟还是一副那种令人眩晕的“见到你真是太高兴了”的笑容，就算是到了要给汤姆递毒药的时候，她大概也还是这么一副表情吧……不过，海瑟的身上还是有些东西时不时地会吸引汤姆。她沿着桌边走了过来，拿起了一个设备，汤姆的目光一直没有从她身上离开。

“你们的神经处理器里有项叫作网信的功能，这一点你们可能已经知道了，这项功能可以让你们直接给对方发信息，通过键盘输入或思维交互界面都行。网信的思维交互功能不适用于战争，因为网信会直接抓取你脑子里所想的任何事……”

汤姆在座位上动了动，他想起了和维克用思维来发网信时的情景，**牛排大胸怎么运作**？他对思维交互可不太在行。从那次之后，汤姆每次发网信都只用前臂键盘。

“另外，网信还会发生延迟，通常只有几微秒，但在太空战中也可能变成几小时。而这些设备可以方便地进行瞬时群体通信，而且发送的信息仅限于大脑当前最关注的事物。没有延时。在和我们一起飞之前，你们必须先进行一些基本的心理训练，来熟悉我们在战斗中所用的交流方式，并掌握进行有效交流的方法。今天的练习，每个中继器将有两到三名战斗员，学员自由组队，两人一组，大家一起练习。”

汤姆和华耶组成了一队，两人来到了海瑟和埃利奥特的中继器前，看到卡尔也走了过来加入他们，汤姆的心不由得一沉。

“准备好了吗？”埃利奥特边问边取出一根神经导线。看到海瑟抬了抬眉毛，埃利奥特笑了笑，“啊，当然，抱歉，H，我忘了，该由你领头的。”

“是吗，谢谢，埃利奥特。”海瑟转向汤姆和华耶，“把神经导线插入中继器的端口，坐好，然后像连接其他机器时一样连接在自己的端口上。”

汤姆坐在了其中一把椅子上，他注意到卡尔还站在那里，直勾勾地瞪着他。汤姆将神经导线的一端插在中继器上，另一端插在颈后，周围的世界一下子变黑了。

我瞎了！他想要喊出来，但发觉自己也发不出声音。他想要挥手示警，一阵恐慌闪过他的脑海，这该不会是卡尔的什么诡计吧……

一阵脚步声传来，两只手按在了他的肩膀上，汤姆差点跳了起来。

“放松，汤姆。”海瑟的呼吸声撩拨着他的耳朵。感觉到海瑟的双手抚摸着他的后颈，汤姆不由得起了一身鸡皮疙瘩。海瑟的手拿开了，汤姆不由得感到一丝失望。“我们用程序关闭了你的视力和声带，好帮助你在头几次接入时集中注意力……恩斯洛，你看起来很沮丧嘛。”她的声音里有一丝威胁的色彩，“你是要和汤姆一起呢，还是宁愿跳过这一节？”

“我参加。”华耶开口道。汤姆看到她的名字出现在了漆黑的视野上。

不一会儿，海瑟的名字也出现了。

开始了吗？汤姆和华耶不约而同地想道，这几个字闪现在了他的眼前。

海瑟想，不知道他们谁会先想令人尴尬的东西？这几个字在汤姆眼前闪过。

别想海瑟的胸。汤姆在心里对自己说，令他倍感羞耻的是，这几个字也闪现在了眼前。

耶，不是我！华耶想。看到这几个字，华耶又想道，抱歉，汤姆。

汤姆，华耶，集中注意力。海瑟想道，你们可以控制住自己的想法。

胸部。华耶想，啊！这是从哪儿冒出来的？

这叫词汇传染，很正常。海瑟想，你可以想些其他的东西把思维占住。试试乘法口诀。

二二得四、四四十六、十一乘十一等于一百二十一……华耶想，真管用，发送。真难得她还能提出好建议。

你说什么？海瑟想。

埃利奥特的名字出现了。大家好！别紧张，我来了！刚才出了点小小的技术问题，我错过什么了吗？

又想要救人于水火了。海瑟想。

汤姆想，嗨，埃利奥特。发送。埃利奥特人还行。

至少埃利奥特不会想什么……等一下，我把这给想出来了。海瑟想。

有人能告诉我，我们该想些什么吗？发送。华耶想。

看来有点缺乏领导啊。埃利奥特想，我来得正是时候。

哼。海瑟想。

现在怎么办？发送。汤姆想。

是啊，为什么没有人告诉我该想些什么？发送。华耶想。

你们不用想发送，海瑟想，都不要再想发送了。

发送，汤姆想。他就是忍不住。

就在这时，卡尔的名字出现在了中继器上。蠢狗。

我恨卡尔，去死吧，卡尔。汤姆想。一阵恶毒的快感穿过他的身体，发送。

我要把枪管从雷恩斯的嘴里塞进去，看他噎个半死。卡尔想。

上帝啊，卡尔，海瑟想，你俩有什么问题吗？

哈—哈—哈—哈，汤姆把这几个字打了上去，反正自己也发不出声音。

可恨，可恨，杀了那小子……卡尔想。

这么恨我，却连一条威胁都不敢付诸实践，汤姆兴高采烈地想，阿—哈—哈—哈—哈……

一串骂人的脏话出现在眼前，算是卡尔的回应，脏话甚至顶走了视野上的其他文字，看着不断冒出的脏话，汤姆笑得越来越厉害，不一会儿，卡尔的咒骂就被随机出现的“哈”字给敲了个七零八落。

已经变成一团糟了。海瑟想。

埃利奥特想：之后我得和卡尔谈谈，这已经有点烦人了。

我又不是小孩子，卡尔想，埃利奥特老是一副我们都只有五岁的样子。

卡尔经常放臭屁。汤姆想。

这句话又引发了一连串的咒骂，只有华耶走神的思绪“我的程序起作用了”和汤姆的“哈，哈，哈，哈”偶尔穿插其间。

布莱克伯恩中尉看到时还拍了拍我的后背，华耶想，他说我很聪明。我父母从没那样夸奖过我。

真是可悲。海瑟想。

把他的脸揍扁，牙打断，鲜血横流，少来那张自鸣得意的臭脸。卡尔想。

可是上次你化妆的时候我还夸你漂亮呢，卡尔。汤姆想。

卡尔的脏话又冒了出来。

接下来是埃利奥特的想法：汤姆在故意刺激他。真是个聪明孩子，不过我敢说他这是在拿木棍戳睡熊。

埃利奥特觉得我聪明，汤姆惊讶地想，也可能是觉得我蠢。

精力旺盛，不过还需要指导，并且得学学餐桌礼仪，埃利奥特想，抱歉，汤姆，我是在沉思，别理我就行了。

餐桌礼仪？汤姆想。

卡尔真的很恨汤姆。但他不了解汤姆，汤姆比表面上的样子有深度多了。华耶想，等一下，别老想汤姆了。汤姆。汤姆。汤姆。为什么没有发送键好让我选择发什么不发什么啊？

发送。汤姆又想到了这个。他还是没办法控制，你在想我什么呢？

停，停。不能这么做。华耶发送道，不要发送，不要发送，不要发送。

发送，埃利奥特想。

1……1……2……3……5……华耶想。

斐波那契数列，聪明。埃利奥特想。

我讨厌她。海瑟想。

雷恩斯去死，滚出这里。卡尔想。

只要一点指导，把那过于旺盛的精力引导到更加具有建设性的事物上，埃利奥特想，这么大的潜力，都被他给浪费了。

尼格尔说得对，埃利奥特确实像个夏令营指导员。海瑟想。

34……55……华耶想，胸部，不！

胸部。汤姆想。

噎死雷恩斯。卡尔想。

上帝啊，卡尔。埃利奥特想。

这帮家伙在浪费我的时间。海瑟想。

海瑟猛地断开了连接，光线一下子涌入了汤姆的眼睛，把他吓了一跳，周围的人也都在一边眨眼，一边拔出连接设备的神经导线。华耶缩着脖子，恨不得整个人都缩成一小团。卡尔的脸红得吓人。只有埃利奥特还是一副笑眯眯、兴致不错的样子。海瑟一脸蔑视的表情，但还是僵硬地点了点头，“好了，看起来大家都有基本的了解了。”

剩下的时间，汤姆和华耶轮换到了其他三个由战斗员值守的中继器进行练习。华耶的数列越来越复杂。而汤姆呢，他对那些以前并不熟悉的战斗员又有了更进一步的了解。

在第二台中继器上，尤素福·赛义德不停地琢磨着，要不是被强行带离了鲨鱼实景，不知道汤姆会不会真的把他给杀掉，而且他很想在日本武士的场景里和汤姆再对战一次。卡登斯·格雷的心里静寂得可怕，只有偶尔冒出来的“嗯”表明她的思维确实还在活动。埃摩法·奥斯特利对这项活动完全没有耐心，她一直觉得自己是斯巴达武士型的人，而不是能应付得了一群吵闹的小学员的那种——什么时候人们才会真真正正视战斗员为国家的财富呢？

在第三台中继器上，斯沃登·盖尼一直在思考别人对他的看法，汤姆就在脑子里详尽回忆了一遍他在虚拟实景对战中的种种愚蠢表现作为回答。梅森·梅金斯非常想去上厕所，就快要忍不住了。布莱特·施迈泽在想一个他在巡回宣传时遇到的女孩儿，这让“胸部”这个词再次从华耶的脑子里冒了出来。

在第四台中继器上，黑色头发一脸严肃的战斗员阿列克·塔尔苏斯刚一上线就在想，汤姆是个没受过教育的傻子；华耶又太过聪明，以至于缺乏做人的基本能力，所以没有人喜欢她。这可伤了华耶的感情，也侮辱了拉尔夫·贝茨，因为拉尔夫很喜欢华耶那双美丽的长腿。华耶想起了自己刚到尖塔时拉尔夫带她参观的情景，然后又想起了那时候，尽管没有吃洋葱，但拉尔夫一身的洋葱味儿。

华耶伤了拉尔夫的感情，于是拉尔夫又用想华耶有一张马脸来安慰自己，这又伤了华耶的心，而且让汤姆气得想要一拳打在拉尔夫的脸上。拉尔夫觉得汤姆果然像传说的一样疯狂易怒，华耶则觉得有人为自己挺身而出去威胁别人是件非常爽的事。莱阿·斯泰伦烦得不得了，因为她觉得华耶不该鼓励汤姆的行为。骑士精神一点儿也不迷人，只是父权社会的残余而已，而且，说一千道一万，这完全是在浪费她的时间，因为她已经决定要和沃尔顿·考夫纳搭档了。结果在剩下的时间里，汤姆一直都在想地精小弟，很不幸地让阿列克·塔尔苏斯觉得自己的论点得到了证实。

不一会儿，整个团队就解散了，经验丰富的战斗级学员们聚集在一起，交流着从年轻学员的思维里搜集到的笑话。

只有海瑟没有参与。她站在一边，看了看其他人，然后就转身离开了。汤姆想起了华耶之前说的话，于是就戳了戳她，“她到底发生什么事了？”

华耶挥了挥手，示意汤姆跟她去楼梯间。即使已经走到了那里，华耶也还是不敢放大声音，“战斗员巡回宣传的时候，有人开始向小报透露八卦消息，都是外人不可能知道的真货。”

汤姆想起了自己在网上看到的那些有关战斗级学员们的传言，“布莱特·施迈泽的放荡周末？”

华耶点了点头，“就是那一类的。阿列克·塔尔苏斯在假期的时候给我发了网信，问我能不能查出是谁在搞鬼。我发现是海瑟。我想，她是想通过贬损其他战斗员来提升自己的形象。我告诉了马什将军，结果她的所有公关活动就都被取消了。”

“干得好。”

“谢谢。”华耶点了下头，深色的头发滑了下来，遮住了半边脸，“汤姆，我得问你一件事，这很重要。总之，我需要你对我完全诚实，不管会有什么后果，你能为我做到这一点吗？”

汤姆感觉有些迷惑，“行啊，说吧。”

华耶扭扭手指，就像一只神经紧张的松鼠，“我真有一张马脸吗？”

“没，你没有。”

汤姆希望这样说能让她感觉好些。但华耶的眉头皱得更紧了，“为什么要对我说谎！”

说完，她就扭头走下了楼梯，留汤姆一个人在楼梯间里困惑不已。

晚餐后，汤姆回到了宿舍，发现维克之前并没有闲着。不知道是在下午的什么时候，维克复制了大半个华耶制作的宿舍模板，偷溜了进来，把模板转用在了汤姆的宿舍里。

汤姆在宿舍里转了一圈又一圈，想要看清楚所有的变化。海报上，愤怒的华耶盯着汤姆，汤姆走到哪儿，华耶的目光就跟到哪儿。还有些海报是汤姆最尴尬时刻的定格：当自己是羊的汤姆，拿刀子戳牛排吃的汤姆，还有在镜子前做头发的汤姆——那时候的汤姆刚被道明·阿格拉公司的道尔顿·普雷斯蒂克重新编了程，一脸的庄重拘谨。屋里还有一座巨大的汤姆雕塑，和维克的那座非常相似。雕像张嘴宣布道：“现在时间，十九时十五分，蠢头在叫嘎嘎嘎！”

晚上玩“不朽的武士”的时候，汤姆报了一箭之仇，他在实景里赤手空拳地拧下了维克的脑袋。

“啊！”维克大叫着扯下了有线手套，雕像又叫了起来：“现在时间，二十一时十五分，蠢头在叫嘎嘎嘎！”

“啊，看看你的头，血和皮下组织滴得到处都是。”汤姆用戴着有线手套的双手握着那颗头，“它在说什么呀？在说什么呢？”他靠近维克，“脑袋说：‘你要是再不让那个雕塑闭嘴，汤姆就会用你自己的脑袋把你揍个半死。’”

维克挠了挠自己真正的那颗脑袋，“它真那么说了？我一直以为我的脑袋还挺口齿伶俐的呢，不过你转述的时候，我只听到‘嘎嘎嘎，嘎嘎嘎，嘎嘎嘎，嘎嘎嘎，嘎嘎嘎’只有你能说得出来的那种，汤姆。”

“这可是你自找的。”汤姆狞笑着一把抓住维克虚拟脑袋的头发，像抡锤子一样抡了起来，狠狠地砸在了正在大笑着跑开的虚拟维克的肩膀上。维克这才站了起来，举手投降。当天晚上晚些时候，他删掉了模板里的音频。蠢头的雕塑终于大发慈悲地安静了下来。

不过汤姆从没有向维克坦白：自己其实挺喜欢这个新宿舍模板的。维克离开所带来的空旷感被这些装饰一扫而空，这也算是一种视觉警告：他的这位最好的朋友在未来的时光里还是会继续折磨他，不管他们是不是室友。

第六章

周五早上，一条推送消息弄醒了汤姆：**意识启动，现在时刻，5时20分**。他还没有起床，另一条推送就来了，要求他挑选参加联盟公司活动的服装，接着是第三条，要求他选定出发的时间，必须在6时整到7时整之间。汤姆看到维克的名字已经出现在了一个时间段的下面，于是就和维克选了一样的时间。

汤姆又看了看那条有关服装的提示，他翻了一页又一页，回答后面的问题。领带的颜色选第一个，套装的样式选第一个，鞋子的样式也选第一个，汤姆就这么一路点了过去，一直点到那些问题不再跳出来烦他为止。洗完澡后，他按照神经处理器提示的路线来到了十二楼的仓库。那是一间挤满圆角塑料抽屉的大房间。墙上的一个抽屉自动打开了，里面的架子上挂着一套上装和衬衣。汤姆取出里面的衣服，脱掉身上的制服，换了上去。

接着，一个小抽屉又打开了，里面放着皮鞋、袜子还有领带。汤姆也穿上了袜子和鞋，只有领带拿在手里不知道该怎么办。尽管已经想不起来道尔顿・普雷斯蒂克教他的那种打领带的方法，但他还是咬着牙硬系了上去。把脱下来的制服扔进旁边的洗衣房滑槽后，汤姆就转身下了楼。

不一会儿他就遇到了维克，天色尚早，食堂里光线暗淡。看到尤里也穿了一身套装来到了食堂，两个人都吓了一跳。

“你来做什么，伙计？”维克叫道，“回去睡你的美容觉去吧，尤里。不得不去参加无聊见面会的应该是我们才对。”

“我可以给你们做伴呀。我也被邀请了。”

“真的？太棒了！”汤姆叫道。尤里也能参加只有中级生才能参加的活动，这也许是个好迹象。

“嗯，确实是。”尤里笑着说，但他的蓝眼睛里似乎带着一丝伤感的神色。

等到华耶也来了后，他们就一起出发去夹层了。夹层不在尖塔官方的楼层列表里，但神经处理器里的指示告诉他们，同时按住电梯的1、4、9三个按钮就可以到达。尤里收到了特别豁免权，也解锁了神经处理器里有关“夹层”的信息，所以一路上他一直都在逼问各位同伴，还有哪些地方是他看不到的。汤姆和维克抓住这个机会戏弄起了尤里。

“你们没说实话。”尤里说。

“我们说的可都是真的。”汤姆回答。

“我可不相信这里还有男女共用的裸体球场。肯定是你瞎编的。”

“说实话，你的指责伤害了我的感情。”维克愤愤地说，“所以，下次我们去CNRC[①]的时候一定不带你一起，对吧，汤姆？”

“绝对不带。”汤姆摇着头说，“你不相信我们，就别想进我们的球场玩。要玩就去找别人吧。”

尤里狠狠地瞪了他们俩一眼。

“别担心，那都是他们编的。”华耶安慰道，好像真有人相信了刚才的

---

① 男女共用裸体球场的首字母缩写。

话一样。

他们来到了一条走廊，走廊的地板是大理石的，中央还有一个喷泉，旁边的指示牌清晰地指明了夹层内各个部门的方位。一条走廊指向行政区，另一条直通聚变－裂变混合动力反应堆，还有一条通向所谓的“保险库”，那里是严格限制区，连朝那个方向看一眼眼前都会出现警告：**擅自侵入击毙**。看到这句话，所有人都不由得加快了脚步。第四条走廊通向五角大楼，第五条通向一间空屋，屋子里只有两排假树，另一端是一扇巨大的玻璃双开门，再往后就是纯粹的黑暗。汤姆的神经处理器告诉他，这里就是“真空管”的入口，他应该从这里进去。

“‘真空管’是什么东西？”维克问。

“显然是某种交通方式。”华耶说。

“受益匪浅，恶妇。”

经过假树时，某种机制被触发了，塑料树干上射出一道道绿光扫过了他们的眼睛。所有人的视网膜一个接一个地被扫描，轮到汤姆时，他看到自己的视像中心出现了这样的文字：**身份确认，学员雷恩斯·托马斯。请到门口**。

所有人都收到了同样的提示，走到了玻璃大门前，好奇着后面漆黑的房间里有什么。

这时，一个合成的声音在空中响起：“减压程序启动。”

维克猛地转过身，惊讶地说：“在这里减压？”

“肯定是外面。”华耶指了指玻璃门外，“绝对不可能是这里，不然我们的肺肯定已经爆裂了。”

“这样的话我肯定会注意到。”汤姆说。

尤里点了点头，“我们的血也会沸腾。”

“这我肯定也会注意到。”汤姆说。

门后的房间里有个巨大的金属物体升了上来。那东西在地上发出一声巨响，吓得几个人都跳了起来。看上去，那东西像是一截迷你金属火车车厢，黑暗中，客舱里的光线是那间减压过的房间里唯一的光源。

难怪要定好多个不同的出发时间。金属火车里是有一些座位，但显然拉不了太多人。相关信息出现在了汤姆的脑海里：*真空管是一系列磁化的真空管道，供磁悬浮列车使用，这种车辆由磁场提供动力。由于没有摩擦力，且曲率极小，磁悬浮列车的时速最高可达五千英里每小时。整列列车都有屏蔽，以防止内部设施受到磁场影响。*

“加压程序启动。”合成音忽然在他们头顶上响起，所有人又都一下子跳了起来。随着一阵轰鸣声，玻璃推拉门打开了，他们终于进入了那间停着列车的房间。

几个人走了进去，刚在袖珍金属车厢里坐好，车门就关上了。

“我们……没按什么按钮吧？”华耶小心翼翼地问。

合成音又在空中响了起来：“减压程序启动，准备出发。目的地：纽约市，温德姆·哈克斯公司总部。”

外面漆黑的屋子开始减压，地板再次打开，汤姆抓住最后的机会又看了一眼玻璃门外的假树，接着列车就掉进了真空管，速度快得要把他的五脏六腑都甩出来。

所有人都紧张了一下，但列车没有落在轨道上，而是一直磁悬浮在真空管中。车外一片漆黑，他们的速度一点一点地增加，直到达到每小时几千英里。加速度让汤姆的内脏也颤动了起来。

“嗯，说说吧。”维克抱着胳膊靠在座位上，看着尤里，“说真的，你为什么和我们一起去？”

尤里叹了口气，伸手搂住坐在旁边全身僵硬的华耶，“是他们让我去的，因为奥莉维亚·奥萨雷相信，见一见不在太阳系部队工作的专业人士对我有好处。”

奥莉维亚是驻尖塔的社工。汤姆知道，奥莉维亚曾经鼓励尤里放弃太阳系部队的职业生涯，向环境投降，因为他根本不可能获得晋升。

“也许确实是个好主意。”维克说。

华耶看了他一眼，“一点都不好。”看到她愁苦的表情，所有人都觉得应该换个话题。

维克张了张嘴，又闭上，汤姆则什么也没说。他们从来没有和尤里谈过这些，谈这些他们并不擅长。于是，几个人又聊起了其他事。

不一会儿他们就到了纽约。列车将他们带到了另一间黑屋，然后迅速加压，几个人爬出车厢，上了电梯，一路朝着温德姆·哈克斯公司大楼的八十三层升了上去。电梯是全玻璃的，随着高度的增加，下方曼哈顿的街景清晰可见。

“奇怪。我没看到天空广告牌。”尤里趴在玻璃外壁上看着外面的天空说，电梯还在继续上升，“这么大的都市居然没有天空广告牌，有意思。”

“在上面呢。”华耶说，为了看清天空，她的鼻子紧贴在玻璃上，“曼哈顿人交钱购买了光学屏障，就在比天空广告牌低一些的轨道上，这样就把广告画面反射到城市之外了。康涅狄格州我住的那个地方，大家也会付钱买这种东西。”

“他们在华盛顿市也这么干吗？”尤里问，“我在那儿也没见过天空广告牌。”

“华盛顿市没放广告牌。领导们可都住在华盛顿市郊呢。”华耶说，“他们不喜欢广告牌。”

汤姆基本没有注意他们在说什么。他的目光追随着下方曼哈顿越来越小的楼群，心思却渐渐沉浸在了小时候来到这里时的情景。那时候，他搭便车、蹭货运列车，一路从亚利桑那州来到纽约市，为马上就要见到妈妈而兴奋得睡不着觉。

在此之间，他一直相信妈妈的本意不是要离开他。他想象了很多很多，结果一见到妈妈，这一切想象就都消失得一干二净了。回想起妈妈在家门口看到自己时的表情，汤姆心中那黑色的空洞越张越大。他从来都没有想到过，妈妈见到他时会是那么一副表情，就好像他完全不值一提。

维克在他的肩膀上推了一把，“想什么呢，雷恩斯？”

汤姆眨了眨眼，这才发觉电梯门已经打开，他们已经到达八十三楼了。

几个人进入走廊，走廊里陈列着两列机械警卫，那是一种由黑曜石集团生产的军用级机械卫兵，专门卖给有这种需求又付得起钱的人。汤姆的神经处理器显示出了地图，告诉他直接向前走。经过那两列机械警卫时，他不由得小心打量了起来。

休眠状态的机械警卫和金属衣架差不多，但汤姆看过电影，也玩过有关的虚拟实景游戏。他知道这些细瘦的机器具有怎样的能力：轻型机可以把自己缩小到咖啡杯的大小，以降低敌人锁定他们的可能性；它们还能像远程电击枪一样发射电流；可以发射电磁波，使人产生一种要被烧死的感觉，以达到驱散人群的目的。只要远程操作员在远处按一个按钮，机械警卫就能发射激光扫荡几百士兵。再安装一个离心钳基座，它们就能爬上垂直的墙壁，运送炸药或毒气。

黑曜石集团把它们设计成了蟑螂一样的存在，进攻敌方据点，消灭一切阻碍。温德姆·哈克斯公司却把它们弄来当便宜的看门人用。

很显然，也是衣服架。

经过走廊时，还没有挂上衣服的机械警卫一直在用精确定位的单镜头摄像机盯着他们。

他们和其他中级生一起在一间大简报室里等候着。很显然，CEO们通常都会亲自来见这些学员——他们更愿意亲自查验即将投资的财产。

汤姆看到学员们都在整理套装、扶正领带。沃尔顿·考夫纳和他们站到了一起，汤姆忽然发现，他们俩都是每样都选第一项，结果身上的穿着一模一样。

“我们可以说我俩是双胞胎。”沃尔顿边说边提起裤脚露出了袜子，想看看他们是不是连袜子都选了一样的，“双胞胎就爱穿一样的。”

汤姆放下裤脚，“可我们的年龄差一岁多呢，你比我还高六英寸①，我俩种族不同，姓氏也不一样。我觉得没人会相信我俩是双胞胎的，伙计。”

“我的计划确实还不完备。”沃尔顿承认道，“但我们可以试试嘛。”

汤姆摇了摇头，“不，沃尔顿，不行。”

“不吗？”

“不！”

沃尔顿露出一副略带责备的表情，好像很确定汤姆犯了个可怕的错误，但又出于礼节不便指出。沃尔顿转身离开了，留下汤姆一个人在那里迷惑不已——就像往常一样。

鲁本·劳埃德走了进来，这位温德姆·哈克斯公司的首席执行官是一个猥琐的小个子，眼睛很小，耳朵很大，脑袋光秃秃的。他笑了笑，露出了巨大的门牙。汤姆越看越觉得，这人长得非常像啮齿类动物。

“见到你们真是太高兴了。”他那黄鼠狼一样的鼻音给消除啮齿动物印象的努力尽帮了倒忙。“我没有时间和你们一一握手，我们公司赞助了海瑟、斯沃登和尤素福，所以想要拍马屁的话就去找他们吧。我会简要介绍一下我们公司的情况，然后就不得不去进行其他工作了。”

他带着各位学员穿梭于温德姆·哈克斯公司的各条走廊，语速很快，显然是想要给他们留下深刻的印象。他会告诉他们每把外形时尚的椅子、每幅画作的价值，扔给他们各种各样的数字，就好像那些数字能代表一切

① 约合15厘米。

一样。对于那些名画，每一幅他最多也就是匆匆瞥了一眼。

从头到尾他都没有提温德姆·哈克斯公司到底是干什么的。汤姆对这问题的答案也不太清楚。联盟内的其他公司之所以能在中产阶级的灭亡和随后而来的全球大崩溃中幸存下来，多半是因为他们都掌握着关键性的资源，或者说，像黑曜石集团和LM莱默舰队公司一样——能够保护那些掌握着关键性资源的公司。

温德姆·哈克斯公司和这些企业都不一样。据汤姆所知，这家公司没有掌握任何一样具有真正价值的资源。但这家公司一直很有势力，控制着许多其他的公司，拥有合众国本土的很多产业。甚至在跨国企业联盟成立之前，人们就已经公开承认，掌管这个世界的不是各国政府，而是温德姆·哈克斯公司。尽管知道这些事实，但很少有人能够说得清楚，为什么温德姆·哈克斯公司——一个作为交易中间人而出现的公司——对于全球经济如此至关重要，以至于每隔几年公司做了太多不良投资的时候，纳税人就得出钱帮它摆脱困境。这家公司从来没有生产过一件产品，从来没有发明过一样东西，从来没有做过任何实质性的工作，但政客官僚仍然将它作为社会的重要基础大加吹捧。

“他们为什么总是要破产？”汤姆问华耶，希望能从她那里得到答案。

华耶发出一声怪响，摆出了一副奇怪的表情，嘴唇抿得紧紧的，眼睛睁得老大，看起来就像一种鱼。

尤里替她回答道：“因为他们地毯买多了。”说着还指了指地面，好像汤姆没有看到一样。

“嗯，我看到了。”汤姆翻了翻眼珠，“我只是不明白为什么不强迫他们出售。听着，要是我老爸买了辆车又付不起钱，他就得把车还回去。不能留下车然后又让别人帮他付账。”

“你爸又不是鲁本·劳埃德。”尤里说。

下一条走廊解开了这个谜团。鲁本·劳埃德带他们来到了一堵墙边，墙上挂满了各式肖像。“这些是温德姆·哈克斯公司最有价值的财产。”

汤姆阅读着照片下面的提示牌，神经处理器开始把那些名字都标识了出来，他们都是极具权势的政府官员。国土安全部长谢尔顿·拉夫纳、总统幕僚长克里斯蒂尔·切托维茨、联邦最高法院首席大法官奥布里·伯瑞默、美联储主席巴克莱·J. P. 古德曼、副总统朱利安·里奇，还有唐纳德·米尔格兰姆总统本人。所有这些人不是温德姆·哈克斯的前任高管就是现任股东。

汤姆看着那些照片，终于明白了过来。

这才是温德姆·哈克斯公司掌握的关键资源：政府。政客们当然会说温德姆·哈克斯公司对世界经济至关重要了。他们就是温德姆·哈克斯的人，完全是自卖自夸。这就是一个全球性的大骗局，汤姆摇了摇头，这帮家伙居然把全世界人民愚弄了这么久。

鲁本·劳埃德结束了介绍，他转过身，挺着胸，一副骄傲的样子宣布道：“希望你们现在能明白，和我们公司结盟将会是一件多么幸运的事。我们温德姆·哈克斯人做的可是上帝的工作。”

整间屋子都安静了下来。

除了汤姆，他笑了起来。

鲁本·劳埃德看着汤姆，一脸的惊讶。

汤姆赶紧闭上了嘴，毕竟，他原打算是要来这里取悦那些高管的。鲁本·劳埃德所期望的反应肯定不是大笑。他想要的是敬畏，是全场安静。

可就在这时，汤姆听到华耶又从嗓子底发出了怪声，他回头看了一眼，华耶又在做那种奇怪的鱼一样的表情，眼睛大睁，双唇紧闭。

汤姆一下子忍不住了，他又大笑了起来。这发笑时机真是差得不能再差了，想到这儿，汤姆笑得更响了，自己根本控制不住这种笑意，由此带来的恐惧感让他笑得越来越大声。他想了起来，这种情况以前也在他身上发生过，还不止一次。布莱克伯恩进入宿舍指控他叛国时，也是同样的冲动让他笑得停不下来。这种情况曾经多次使他面临的困境更为恶化。但他就是忍不住，所有人都看着他，但他就是停不下来。

汤姆跪在地上，半张脸都埋在手臂里，咯咯咯地笑个不停。如果能给他一点时间，说不定他还有可能控制住自己。但这时华耶却觉得自己应该帮点忙，她朝汤姆隐晦地竖了一下拇指，撸起袖子露出里面的键盘。汤姆朝她摇着头，他看到维克和尤里也在摇头，想要引起华耶的注意，但已经太迟了。华耶释放的病毒击中了周围的其他学员，所有人都歇斯底里地大笑了起来。华耶是想转移鲁本·劳埃德对汤姆的愤怒，用的方法是将这种愤怒稀释到每个人头上。

不一会儿，整间屋子里就充满了歇斯底里的笑声，所有人都在笑鲁本·劳埃德——温德姆·哈克斯公司权倾天下的CEO。其他人的笑声让汤姆笑得更响了，他干脆躺在了鲁本·劳埃德那价格昂贵的地毯上，感觉胸口都疼了起来。

总之，这可不是汤姆来这里前想要留下的“好印象”。

下行的电梯上，每个人都灰头土脸的，维克挠着头，愤愤地说：“你到底为什么要那么干，华耶？你把情况搞糟了一百倍。汤姆现在不但是笑话他的人，而且还成了领头让其他人一起笑话他的人。”

随着电梯的下降，周围的建筑变得越来越高，“嘿，伙计们，没事的。”汤姆双手插兜，看着玻璃上自己傻笑着的影像，“温德姆·哈克斯公司这场没弄好，那又怎样？我们还有好几家公司要去呢。后面会好的。”

第二站是伦敦市，汤姆对此并不感到高兴，因为道明·阿格拉公司的总部就在伦敦金融区。刚一走出真空管，其他学员就被带去了见面地点。

在那里，他们将与道明·阿格拉公司新任CEO戴蒙德·麦克辛和公司主要股东罗奇兄弟见面。汤姆没有和他们一起。

他预见到自己可能会遇到麻烦，被禁止进入，或者直接赶出来。但他没预见到会被大批的私人警卫给围起来，这些人构成了整个不列颠一大半的警力。他们给他戴上手铐，把他拽进一间幽闭的审讯室，将他铐在椅子上，然后就审问起了他在英国期间的计划。

很显然，汤姆在某个重点关注名单上被标记成了低级别的恐怖分子，多谢那些被他用污水淹过的道明·阿格拉公司高管们。

一个小时就这样慢慢过去，警员们在警局里进进出出，每进来一个都会带来一堆新问题。就在汤姆快要无聊愤怒到发飙的时候，道尔顿·普雷斯蒂克洋洋自得地走了进来，欣赏着汤姆戴着手铐的样子。

“哈，哈。你这下可麻烦了，小子。”

看到妈妈的这位虚情假意的男朋友，汤姆就感到一阵厌恶。这家伙一头抹了发胶的棕发，一身昂贵的西服。“你来这儿做什么，道尔顿？亚特兰大那边能被你拍马屁的人你都拍完了吗？”

道尔顿眯缝着眼睛，“你现在可是在道明·阿格拉的地盘儿上。在我的地盘儿上。如果是我的话一定会收敛一些。”

“需要吗？”汤姆在椅子许可的范围内尽可能地向前躬身靠近道尔顿，看着他的眼睛，“要知道，只要我愿意随时都可以毁了你，上次见面的时候我们俩对此可是有一致意见的。这也算是我在这里的一点优势吧。”

道尔顿的脸微微有些泛白，尼格尔·哈里森曾告诉过汤姆道尔顿在战斗员姓名泄露事件中扮演了什么角色——这可是叛国罪。这就让汤姆有了勒索道尔顿的资本，而他们俩对此都心知肚明。

“我可没忘我们之前的谈话，汤姆。正因如此，你才能坐在这个椅子上，毫发无伤。”

汤姆靠回到椅背上，对道尔顿隐晦的威胁无动于衷，“真不敢相信你会因为贝灵格俱乐部的事把我定性为恐怖分子。”

道尔顿笑了笑，一副蛇一样的表情，“凭什么认为是我做的呢？那天被你吓着的高层人士可多得很。”

“这么说，‘恐怖主义’的意思并不是指‘为了达到政治目的，制造恐慌且杀死无辜市民’，而是指‘不尊重权贵’了，是吗？”

“上帝啊。”道尔顿说，“你才弄明白吗？”

汤姆不说话了。这话听着很讽刺，尼尔也有可能说得出来——但从道尔顿的口中说出来味道完全不同。他的语气里有种幸灾乐祸的味道，好像是非常乐在其中。

“事实上，我只是路过这里，顺便给你些友好的建议，小子。”

“省省吧。你说什么我一点儿也不在乎。”

“哦，我觉得你还是应该听听。”道尔顿绕到了他的身后，汤姆要是还想再看到他，就必须要转过身摆出一副很白痴的姿势。因此，汤姆只是直视着前方的单向玻璃，道尔顿则把双手放在了他的肩上。

“你瞧，你是蒂莱拉的儿子，而你家老头子是不会为你指引正确的人生道路的……”

“得了吧。你也别想给我指什么路。而且我说过，以后不许在我面前谈论我爸。”

“我觉得这是我的责任。毕竟，你惹恼的可不仅仅是道明·阿格拉公司的高管，还有一大帮有权有势的人，他们的朋友也都是权贵中的权贵。人言可畏，人们会互相交流有关学员们的各种信息，如果某个学员是个缺乏教养的小混蛋，他们也会互相提醒。”

汤姆的脸上泛起一丝酸涩的笑容，“嗯，这个缺乏教养的小混蛋可是唯一一个在国会山峰会上打败那个大陆同盟最伟大战斗员的人。谢谢你关心我的声誉，道尔顿，不过我觉得我总是会通过的。”

道尔顿看着镜像里汤姆的眼睛，“你听说过不够格当战斗员的学员们会有怎样的下场吗？”

汤姆眨了眨眼，愣了一下。太阳系部队还很年轻，但他们知道确实有些学员找不到赞助商。他们当中的有些人仍然在努力寻求机会；另一些则放弃了这条路转到了其他地方——其他政府部门、联盟公司提供的其他种类的职位等。尼格尔·哈里森想要炸掉五角尖塔杀死所有人，不过他只是个例外。

“他们怎么了？”汤姆不情愿地问。

道尔顿站直了身子，整了整衬衣的袖口，“神经处理器使他们成了稀有产品，因此找工作对他们来说非常容易。不过有一点你得明白，绝大多数此类的职位都需要某种，怎么说呢，信誉，作为保证。任何与联盟企业有关的职位都需要无瑕的声誉。而你没有。至于政府职位，嗯……都需要达到某种安保级别。而恐怖分子……”他的语气有如玩笑一般，“似乎达不到那种级别。”

汤姆明白了他的意思，“所以我才会在恐怖分子名单上。有人想把我完全毁掉，是吗？哼，让他们做梦去吧。就算万一当不了战斗员，我也会自己找事做的，没问题。我靠自己也活得下去。”

看到他的反应，道尔顿做了个夸张的被吓到的表情，“事实上，伙计，那是不可能的。一旦安上了处理器……”他指了指自己的太阳穴，“你就只能在圈子内活动。如果联盟不想要你，政府部门你又进不去，那样的话你就只有两个选择了：有很多机构做梦都想研究你，你会成为一只光荣的小白鼠……”

汤姆觉得嘴里很干。

“还有另外一个机构，它们一直都在征召学员——国家安全局。你以为那个叫尼格尔·哈里森的小子会被谁捞上？”

汤姆的胃一沉，“他进国家安全局了？可他都不是合众国人。”

道尔顿甜腻地笑了几声，“真正掌握权力的人是不会在乎什么国家种族的。”

“尼格尔差点把尖塔给炸掉了！”

“哦，这你不用怕，汤姆，估计他现在应该已经完全变成一个新人了。所以我才觉得国家安全局可能会想要你。这家机构最出名的地方就是他们操纵控制电脑的能力。”

愤怒灼烧着汤姆的胸腔，“我不相信你。不可能会有那种给人重新编程的机构，他们不会像你和约瑟夫·文格洛夫一样。”

“也许有一天你会相信的，到时候你就会明白，我可都是在为你考虑，到那时候，你就会为自己忘恩负义的举动而感到后悔了。”道尔顿后退了几步，品味着这几句话给他带来的快乐，“等到那天来临的时候，我希望你知道，你可以给我的助理打电话约个时间。如果你在来访时能表现出适当的尊重，叫我普雷斯蒂克先生，然后再……嗯，我不知道该怎么说，跪下来，诚心实意地求我再给你一个机会，我也许还会考虑一下。”他眨了眨眼，“也许哦。不做任何保证，伙计。”

“嗯。”汤姆讽刺道，“也许我会的，但在那天来临之前，我会先把自己的眼珠子挖出来吃掉。知道吗。我会先这么做的，道尔顿——在我跪下来求你，或者求其他人之前，就像你在贝灵格俱乐部对我做的那样。”

道尔顿的脸一下子变得通红，这让汤姆的心情一下子好了起来。道尔顿的一脸苦相几乎让这次来访都值回了票价。

第七章

汤姆被铐在椅子上，感觉时间过得很慢。最后他终于决定，不再这么干坐着了。要知道道尔顿这会儿肯定正在什么地方喝马提尼呢。既然想把他困在这儿，那就让他们先找到他再把他拽回来吧；反正不干坐着了。汤姆的胆子忽然大了起来，一想到即将采取的辉煌壮举，他的心跳加快了。

应该能行，一定行。

汤姆前倾身子站住，身后的整把椅子都被他抬了起来。他使劲向前做了个空翻，审讯室的灯光从眼前闪过，剧烈的震动穿过他的身体，伴随着一阵巨响，椅子在他的身子底下变成了碎片。

这时，通向走廊的大门打开了，埃利奥特·拉米雷斯走了进来。埃利奥特停住脚步，看着地上的汤姆和椅子的残骸，"汤姆，你这是在干什么呢？"

汤姆拽了拽缠在碎片上的手铐，碎片还戳着他的背，"想干点非常非常酷的事儿。"他不好意思地笑了笑，"这招儿在游戏里很管用。"

只有少数几个人知道汤姆在贝灵格俱乐部的所作所为，埃利奥特就是其中的一个。也许就是因为这样，他才决定要到道明·阿格拉公司看看汤姆的情况。眼前的情况让埃利奥特决定，提前带汤姆去诺布瑞迪斯公司的会面地点，不让他再在羁押室里待着了。

两个人坐在大楼的前厅里，喝着浓得一塌糊涂的咖啡。很显然，这座位于迪拜中部的建筑是世界上最高的大楼。汤姆把道尔顿跟他说的话告诉了埃利奥特，“我们以后的生活就都由联盟来主宰了吗？如果没有公司愿意要我，而我又达不到政府工作所需的安全级别，即使在那种情况下我也脱不了身？”

埃利奥特揉了揉头发，“理论上不是这样，军队没有决定权——除非我们入伍。联盟公司也没有说话的权利。但实际上呢？我们的脑子里安的是他们的电脑，只有他们能修。这就给了他们一定的权利——你只能接受事实。”埃利奥特顿了顿，“看起来你还没听说过我之前的事。”

“你之前发生什么事了？”

埃利奥特耸了耸肩，“两年前，我已经很出名了。上电视，做网络广告，出演宣传片，都是那一类的东西。那时候我遇到了一个人——列兵亨得里克斯，他比我大一岁，不用说，我们都很喜欢对方。”他的声音有些尖利，“可以这么说，就是在那时候，我遭遇到了我这个角色不得不面对的阴暗面。他们明确告诉我，尽管严格意义上而言我只是个平民，但他们不能容许我继续这段感情，那是拿‘精心打造的公众形象’冒险，我必须立刻和他断绝关系。至于列兵亨得里克斯，他被调走了。”

汤姆感到一丝惊讶，但那种感觉只持续了一小会儿，事实上，他并没有太惊讶。

“不用说，汤姆，我并不开心。我从没有为自己感到羞耻，也不甘心就这么扮演另一个人。既然联盟要掌管我对自己的看法，那我就退出。”他的声音中充满了张力，“随后他们就告诉我，这也不是我能决定得了的。”

“什么？他们拒绝你了？他们不能那么做。”

“按照他们的说法，更像是个警告。”埃利奥特靠近汤姆，手肘支在膝盖上，“你瞧，汤姆，虽然我们不是他们的财产，但事实上，除了黑曜石集团和军方外，没有人会使用这种计算机。”他指了指自己的脑袋，“他们很明确地告诉我，要是我离开，不仅以后要是发生了故障不能找他们帮忙，而且在不久的将来发生故障的可能性也会大大增加。”

“这简直就是死亡威胁！”汤姆愤怒地叫道，“埃利奥特，别理会他们，你应该去做自己想做的事。离开这儿，把事情闹得尽可能大，这样联盟那帮家伙就不敢把你怎么样了。只要出了事所有人都会知道是他们做的。要是没人知道，我发誓，伙计，我会到网上把一切都宣扬出去的。”

“这个世界不是这么简单的。”

“为什么？”

“事实上，我确实——嗯，有个计划。作为目前最出名的战斗员，我的行为必须不表现出任何异常。其他人的身份现在也都已经公开，我打算挑选一个人，尽可能地帮他获取公众的关注，可以这么说吧。这样我的价值就下降了，只要没有入伍，我就还有机会按照自己的想法行事。事实上我原来已经有了候选的对象，只不过后来发现，她获取关注的愿望有些太过急切。”

“海瑟吗？”汤姆猜测道。

埃利奥特咧了下嘴，“我知道她很容易就能取代我的地位。她很招人喜爱，人人都为她着迷，而且她总是知道该说什么，不该说什么。她天生就是从政的料。汤姆，我想问题就在于她天生太适合从政了。你没有办法信任她，到最后，她总会不惜一切代价地抢占优势，就算这么做会反噬到自身也在所不惜。”

电梯开始上升，载着汤姆和埃利奥特前往诺布瑞迪斯公司CEO阿布哈曼王子的候客厅。埃利奥特又抓紧机会给汤姆提了几条建议，“他是个很传统的人。记住，在他的国家他可是皇室成员。”

汤姆有些糊涂了，“他的国家已经不在了呀。那里被中子弹炸过，人都死光了。”

“土地还在，所以技术上而言，那里还是他的国家。整个皇室家族也都还在。”

“让自己的臣民去死，这皇室可真不错。”

“中子弹轰炸的时候他们已经不是皇室的臣民了，皇室那时候已经被推翻了。”

“也就是说他们已经不是真正的皇族了。”

“中子弹轰炸后，他们就又是皇族了。道明·阿格拉和先声两家公司一起帮助他们复位了。”

还真是便宜了他们，汤姆想，*先被推翻，臣民被杀光，然后又弄回了王位*。

汉雷德·阿布哈曼王子的仆从护送他们进入了会客室。汤姆本打算等到最后再进去，但埃利奥特主动要求让他先去——“长痛不如短痛”，埃利奥特是这么说的。汤姆被带到了王子面前，王子穿着传统民族服装，似乎在等待着什么。

“你应该鞠躬。”埃利奥特抿着嘴小声对汤姆说。

汤姆全身一僵，埃利奥特之前可没说过还要这样。

“鞠躬。”埃利奥特轻声催促道，室内的所有人都看着他们俩。

但汤姆做不到。他不会对人鞠躬，不应该鞠躬——这个人又不是他的主上。鞠躬只会让这家伙感觉高人一等，突出他的优越感，汤姆才不要这么做呢。阿布哈曼王子只不过钱多一点，有点权利，还觉得自己拥有点什么而已，不就是这样嘛。

两个侍卫气势汹汹地站在王子身旁，手里还握着弯刀，这让汤姆无法按照自己喜欢的那样和王子握手。既然鞠躬门都没有，汤姆决定按自己的方式来，他朝王子竖起大拇指，“很高兴见到你，伙计。”

“我怎么知道这个手势在他的国家和竖中指一样？”事后，汤姆向他的朋友们承认。他们刚刚挤上电梯，准备通过真空管前往汇聚点工业的会面地点。王子的侍卫们挥舞着弯刀冲向他，高叫着要让他为侮辱他们的君主而付出血的代价。一想到当时的情景，汤姆就忍不住有些发抖。他觉得他们的反应有点夸张了。要不是埃利奥特及时介入，真不知道后面会发生什么。埃利奥特现在还留在诺布瑞迪斯，努力平息事态。

来到天竺国，进入汇聚点工业巨大的建筑群后，汤姆下定决心这次一定不能惹麻烦。

还有两家公司。汤姆咽了口唾沫，他只剩下两个机会了。这次绝不能搞砸。

在乘坐电梯的时候，华耶郑重地向汤姆建议，“我发现了一个绝对不会冒犯到任何人的方法：别说话。一个字也别说。确保没有人注意到你，这样你就不会冒犯到任何人了。”她坚定地点了点头，“每次会见的时候我一个字都不说，你注意到了吗？很有效果。”

他们来到了一座八角塔的顶端，周围的玻璃幕墙可以让他们清楚地看到一望无际的厂房屋顶和远处克什米尔的峰峦。夜晚的地面被一块巨大的天空广告牌所发出的光芒照亮，广告牌在夜空中不断地闪烁——**汇聚点：世界经济的中心！**窗边耸立着一座高脚杯摆成的玻璃金字塔，小提琴手们正在角落里小心翼翼地演奏着音乐。

汇聚点工业的首席执行官潘蒂娜·拉姆法女士在公司赞助的战斗员

的簇拥下穿梭于学员之间。她一张接一张地检查着学员们的脸，有时候还会让旁边的助理拍张照片。

轮到他们的时候，潘蒂娜看了看手上的便携式电脑，“啊，你是恩斯洛女士，头抬起来一点，让我看看你的脸。”

华耶睁大了眼睛，抬起头。

潘蒂娜又看了一眼小电脑，“那么，恩斯洛女士，告诉我，为什么汇聚点工业需要关注你呢？你有什么特别之处？”

华耶一言不发，她的眼睛越睁越大，又露出了那副鱼一样的怪相，紧闭的嘴唇发出一阵阵哼声。汤姆对她的行为越来越担心了，她的不说话策略这次肯定会产生不良后果。

潘蒂娜的助理在她耳边咕哝了几句，潘蒂娜摇了摇头，“这个不照了。”

汤姆觉得自己必须得说点什么，“华耶很擅长机械，还有数学，她只是太谦虚了不愿意提而已。”

潘蒂娜看了看汤姆，“你。”她注视着汤姆，“我知道你。几个月前你带我和我的同事们游览五角尖塔时表现得很好。我记得那时候你真是个能言善辩、充满魅力的年轻人。”

汤姆还记得那次。那还是道尔顿·普雷斯蒂克给他编了程的时候。整整一个月，汤姆都是个可悲的马屁精。那时候的他急于建立人脉，甚至自告奋勇地带领商界领袖们参观五角尖塔。

“呃，谢谢。那真是……嗯。”汤姆不知道该怎么回答。

潘蒂娜皱了皱眉，很显然是在奇怪汤姆这次怎么这么缺乏魅力又笨嘴拙舌。但她还是伸出一根手指招呼助理过来给汤姆照了张相。潘蒂娜刚刚转身离开，华耶就开口道：“你说话了！不应该说话的。”

“华耶，要是我们俩都不张嘴的话，她肯定会觉得我们俩的脑子有什么毛病。”

“是！”华耶急切地点了点头，“但你知道那能避免什么吗？冒犯别人。”

汤姆又糊涂了，他溜达到一扇远离人群的窗户边，想要尽可能地不引人注目；他是在模仿华耶——华耶正在对面的窗户边，尽可能地表现得低调。

这时，维克出现在了他的身旁，“你在这儿偷偷摸摸地干什么呢？想到什么鬼点子了？”

“我没想什么鬼点子，只是听取华耶的意见，保持低调而已。”

维克惊恐地睁大了眼睛，抓住汤姆的肩膀，“上帝啊，博士，你在干什么？”

汤姆皱起了眉头，“我说过了……”

“你在如何与人打交道的问题上听了华耶·恩斯洛的建议。”

“我只是……”

“我着重强调一次：你在如何与人打交道的问题上听了‘华耶·恩斯洛’的建议。”维克不说话了，等待着汤姆消化这句话的意义。

汤姆一下子明白了过来，“哦，不，我这是在做什么？我怎么能这么故意跟自己过不去？”

维克点了点头，“别怕，蠢头。有我呢。”

“听上去可不怎么可靠，伙计。”

维克抱着脑袋，“你得学点闲谈的艺术。跟我说一遍：‘说得对。’”

汤姆抿起了嘴，维克看着他，清了清嗓子。

“说得对。”汤姆咕哝道。

“真是太对了。”说完，维克又等着汤姆重复。

“真是太对了。”

“您的学识让我惊叹。”

“得了吧。”汤姆说。维克抬了抬眉毛，汤姆只得说，“好，您的学识让我惊叹。”

“很好。现在我们给这几句话加上上下文。嗯，我说，‘维克兰·阿斯旺的游戏玩得比汤姆·雷恩斯好十倍’，你回答……”维克抬了抬眉毛。

“维克兰·阿斯旺的游戏玩得比汤姆·雷恩斯好十倍……在他那可悲的妄想里。”

“小托马斯啊，这可不是你该说的话。听你的博士朋友怎么说：维克兰·阿斯旺的游戏玩得比汤姆·雷恩斯好一百倍。”

“这回是一百倍了？”汤姆叫道。维克轻轻地摸了摸他的头，汤姆露出一副挖苦的笑容，“真是太对了，博士。”

维克又让汤姆练习了几遍。汤姆同意维克比他聪明，这个比较容易，因为事实就是如此。他还同意维克比他好看得多，这一点汤姆在心里怀疑过，但从没说出口。然后他又同意维克可以在击剑决斗中打败他，尽管觉得这是赤裸裸的谎言，但汤姆还是同意了，他甚至还在后面加了一句：维克光用剑术知识就能把他击倒。这样，他就算通过了维克的测试。维克宣布，汤姆已经做好准备在现实生活中使用新学到的马屁大法了。

维克把汤姆领到一位正在窗边小口喝着香槟的漂亮女高管旁边。汤姆的神经处理器显示，这位女士的名字叫阿拉娜·劳伦斯。维克确信，汤姆肯定会觉得拍美女的马屁比较容易，而汤姆本人也觉得这个想法不错。

“嗯。”维克警告汤姆，“你知道的，间谍一旦在外国被抓，本国政府一般都会予以否认，这样政府就不用面对他们的行为所带来的相应外交后果。”

“知道。”汤姆边说边猜，“也就是说，万一我搞砸了……”

“我们俩今天才认识，而我和你之前的行为没有任何关联。我甚至都没有注意到你也在。事实上，我都不知道你是谁。你是谁呢，汤姆？我不清楚。”

“明白。”汤姆回答。

维克竖起了大拇指，然后就走到了那位高管跟前。他清了清喉咙以便引起女士的注意，然后开口道，“您这里的工厂真不错，夫人。”

汤姆吃了一惊，维克说话的语调有点奇怪，像是在假装英格兰老男爵的声音。

女士懒洋洋地转过身，透过酒杯上方看了看维克，“是吗？谢谢。看来你已经知道我的名字了。那怎么称呼你呢？”

“维克兰·阿斯旺。很高兴认识您。”他握了握女士的手，说话时用的还是那种奇怪的高雅腔调，要是再配个单片眼镜就齐了。

阿拉娜扭头看了看汤姆。

“托马斯·雷恩斯。”汤姆伸出手。

“哦。”她慵懒地握了握汤姆的手，“我听过一些关于你的事，很有趣。”

维克看了一眼汤姆，微微点了点头，提醒他学以致用。

汤姆开口对女士说：“您的学识让我惊叹。”

阿拉娜的额头上出现了几道皱纹，维克赶紧敲了敲窗户把她的注意力吸引了过来。他们谈论起了下面那一望无际的厂房，还说到汇聚点是目前仍在工厂中使用人力的少数企业之一。汤姆时不时地迎合几句，“说得对”或者“真是太对了”。

这时，阿拉娜对维克说的话一下子引起了汤姆的注意。

“……非常经济，因为我们用的人都是罪犯。”

“罪犯啊？”维克说，“啊，真是物尽其用。”

“是啊，事实上，各国政府还会为此付钱给我们。你瞧，要是雇佣劳力，他们就会因为有各种期望而变得易于被煽动。使用犯人呢，你说什么他们就得做什么，更别提薪水了，当地工人经常漫天要价。要是有一笔订单需要在三十六小时内完成，犯人们就一定会在三十六小时内完成，毫无怨言。他们知道抱怨没有用。”忽然间，她的笑容在汤姆的眼里没有那么美了。

他又想起了尼尔，想起了尼尔被抓住扔进监狱时的情景。“那么……”他说，“他们在刑期结束后会怎么样呢？”

阿拉娜笑了起来，很喜欢听众这么认真，“这么说吧，既然培训了他们的职业技能，我们就得收获必要的投资回报。延长囚犯刑期的理由多的是，员额比例维持在90%左右最具经济效益，我们只需要发挥点创造性而已。”她喝了口香槟。

汤姆血气上涌，甚至都没有注意到维克正在给他使眼色。他使劲摇了摇头，“他们就是你们的奴隶。”

阿拉娜放下酒杯，“奴隶？他们都是罪犯。社会不需要他们那种人。我们把他们留在这儿，只不过是帮了全世界一个忙而已。”

汤姆看着这位高管，手握酒杯，脚下是一片巨大的奴隶集中营。想到自己的父亲，愤怒不由得在他心头升起。尼尔因为在火车站和警察发生冲突而被投进了监狱，一个月后才放了出来。当时他也有可能被汇聚点给弄走，刑期一再延长，这样汤姆就再也见不到他了。

“你知道我觉得怎样才算帮了全世界一个忙吗？”汤姆的愤怒就快要从身体里爆发出来，“在这里开个大派对，把所有那些同意你们做法的人都请来，然后把你们所有人都炸飞，这才是帮了全世界一个忙。”

“那也不真算是炸弹威胁嘛。”在真空管里前往加利福尼亚州萨克拉门托的路上，汤姆还在和朋友们争论。他揉着手腕，汇聚点工业的安保人员把他铐起来审问了半天，手腕现在都还在疼。他对戴手铐已经腻味到家了。“我的意思是，要是某个不是我的人把他们都炸飞了会是件好事，仅此而已。要不是因为技术上而言我还是个恐怖分子的话，根本没人会把那句话当真。”

朋友们只是一言不发地瞪着他，他们一路上都是这个表情。

“真该一开始就答应沃尔顿，去当他的双胞胎兄弟。”汤姆靠在椅背上抱怨道。

维克叹了口气，“汤姆，这么说真的让人很痛苦，不管是生理上还是心理上，但我还是得说，华耶好像是对的。”

“真的？”华耶惊讶道。

“到玛切特·雷迪后什么也别说。”维克祈求道，“一个字也别说。还有你，恶妇，不许幸灾乐祸，我一个字也不要听。”

华耶开心地笑了起来，“我对，维克错，哈哈！”

尤里在她的额头上吻了一下。

维克呻吟了一声，“这绝对是幸灾乐祸，而且还说话了。”

“事实上，是幸灾乐祸，外加说了五个字。”华耶纠正道。

“还有两个‘哈’。”尤里爱怜地看了看华耶，然后转向汤姆，“我同意他们的意见，这次你一定得坚持住，一个字也别说，托马斯。见面的时候点点头，最多也就这样。事实上，你也许应该藏到一个没人找得到的地方。离开前我去叫你出来。”

“知道了。”汤姆一边哀怨一边蜷缩在座位上。真不敢相信这一切真的发生了。仅仅几个小时的时间，他未来加入太阳系部队的唯一希望就落在了玛切特·雷迪公司喜怒无常的高管们身上。

仅剩这一次机会了。

真空管将他们带到了位于萨克拉门托市的加州议会大厦。他们在那里换乘直升机，飞到了一片广阔的原野，降落在悬崖边。汤姆和其他人走下飞机，准备参加玛切特·雷迪公司高层主办的见面会，公司赞助的两位战斗员莱阿·斯泰伦和梅森·梅金斯也在现场，他们俩都是汉尼拔学院的学员。

公司的高管们站成一排欢迎他们的到来。汤姆紧闭双唇，在和高管们依次握手时也只是很男人地点点头，一路相安无事，终于轮到了排在最后的那位高管。

汤姆敢发誓，自己的心跳停止了几秒。

哦。呃……

他忽然意识到，玛切特·雷迪这儿也完蛋了，从他在拉斯维加斯让警察抓走裸体“吸血鬼”的时候起就完蛋了。

他又看到了汉克·布鲁姆波利那熟悉的眼神，那个秃头男人一下子就认出了他，“是你！”

“是我。”汤姆说。

“是你！”布鲁姆波利又说。

“是他。”站在汤姆旁边的维克问都没问就回答，说完后才疑惑了起来，“出什么事了？”

“啊？”站在他旁边的华耶说。

“我认识你。”布鲁姆波利说，“上星期叫警察来抓我的就是你！我的律师还为这调取了监控录像！你知道我是谁。”他用手指戳着汤姆的胸膛，“居然还跟那些警察讲我是个贩毒恋童的疯子、恐怖分子！”

汤姆注意到华耶把手捂在了嘴上；维克一脸疑惑，不知道是该大笑还是该惊恐；而尤里正冷静地注视着这一切。汤姆思考着自己的退路，他可以装傻，或者直接道歉。

但他所能想到的只是那个警察打了父亲，汉克差点逃脱了惩罚，这家伙之前肯定干过不少次这种事。

汤姆不想道歉，他一点儿也不觉得抱歉。而且他也不傻，知道自己已经完蛋了。一切都已无可挽回，只有享受这一刻了。于是，他摆出一个大大的歉意的笑脸。

“很高兴又见到您。”汤姆说，“一开始我还没认出您。不过也是，这次您既没有裸体，也没有像个小姑娘似的尖叫。嗯，在监狱里认识新朋友了吗？”

汤姆甚至都懒得去大厅参加宴会。其他人在里面握手言欢，而他却拖着沉重的步伐穿过树丛，绕过玛切特·雷迪公司CEO西格德尔·维托豪华的宅邸。他站在悬崖边，凝视着豪宅里的人每天都能看到的风景。

眼前的景色令人惊叹。下方是一个巨大的峡谷。汤姆看着那一望无际的绿野，绿野中间时有河流穿过，锯齿状的山脉上，银色的瀑布飞流而下。广袤的原野让汤姆产生了一种奇怪的感觉，就好像闯进了一个虚拟实景而自己还没意识到一样。他看着远处的山脉，其中一座就像一堵石墙，另一座则像是个扁平的半圆。

汤姆看着瀑布，还有树木、山峦。他以前从没见过如此壮丽的美景。这么美的地方是不会存在于现实中的。

一块岩石像平台一样从悬崖上伸了出去。汤姆走上那块岩石，站在边缘，感觉好像自己正站在世界之巅。下方的峡谷深得惊人。太阳正挂在天边，给悬崖涂抹上了一道金边。这时，汤姆的身后响起了一阵脚步声，埃利奥特的声音传了过来，“约塞米蒂谷可真不一般，是不是？”

汤姆回头看了一眼，看来埃利奥特已经处理完了诺布瑞迪斯那边的后事，“真不敢相信西格德尔·维托每天早上醒来后看到的都是这样的一番景象。”他的脑袋有点消化不了。

汤姆还记得自己唯一一次见到和这里差不多一样惊人的美景时的情

景。那时候他还小，和尼尔搭不上顺风车，唯一一个肯拉他们的人是个在诺布瑞迪斯工作的矿工。尼尔灵光一闪决定充分利用这次搭便车的机会免费进入大峡谷参观一下。

时间一分一秒地过去，太阳渐渐沉向怪石嶙峋的山崖，远方的河流看上去就像蓝色的丝线。汤姆从没有见过这么美的景色，尽管目力所及之处布满了诺布瑞迪斯公司的铀矿和钻井平台。尼尔一直在咆哮着他所谓的“海盗化”，但汤姆清楚地记得，当太阳逐渐落下，整个峡谷都沐浴在红与橙的光芒中的时候，就连尼尔也安静了下来。

可是这里……

汤姆想象了起来，要是尼尔能看到这番景象，不知道他会有什么反应。他也许会……应该……

伴随着一丝苦涩，汤姆忽然意识到，这种胡思乱想一点意义都没有。尼尔永远也看不到这样的景象，这里是私人产业，是某人的后花园，只不过是又一处不对像他父亲那样的人开放的世界奇观。

“西格德尔不在这儿住。”埃利奥特指了指下面的某个地方，“看到维纳尔瀑布上方的那座豪宅了吗？在两个瀑布中比较低的那一个上。”

汤姆看到了从悬崖上飞流而下的瀑布，一个瀑布上摞着另一个，大宅就横跨在第二座瀑布上。

“那里才是西格德尔·维托真正的住所——弥尔顿庄园。整整一层楼的地板都是透明的玻璃，可以清楚地看到瀑布飞驰而下的情景。我上半年的时候来过一次，真是激动人心啊。崖顶这座冰川角大宅从来都不是日常居住的场所，这里只是公司接待宾客的地方而已。”

“这样不对。”汤姆半是自言自语地说。微风吹过他的头发，强烈的愤怒灼烧着他的心。他的爸爸就是到死也没有机会看到这样的美景，而西格德尔·维托对这一切根本就不在乎。“这不应该是某个人的财产，所有人都应该有欣赏这种美景的权利才对。”

“这里以前是约塞米蒂国家公园。全球大崩溃之后被出售还债了。”

汤姆捏紧了拳头，“是温德姆·哈克斯那种债！那些人欠下的债，让我们其他人来还。”看到温德姆·哈克斯公司墙上那些政府官员的肖像后他就明白了。鲁本·劳埃德买下其他公司、买下另一张精美的地毯但又付不起账的时候——他所控制的政府就会让公众来替他们付账。等到民众也破产了的时候，西格德尔·维托那种人就会像秃鹰一样叼走人们的财富——那些真正有价值的东西——比如这里，约塞米蒂。

汤姆恶心地摇了摇头，那些高管们就是这么做的，而且还不会受到追究，而今天，他们在接见汤姆和其他学员的时候还要求获得“尊重”。就好像其他人还欠他们什么一样，已经夺取了这么多，他们却还想要更多。

“听说你今天过得很有意思。”埃利奥特开口道。

汤姆不耐烦地摇了摇头，“嗯，我差不多是搞砸了。玛切特·雷迪肯定搞砸了。”他顿了顿，然后又承认道，“还有汇聚点、温德姆·哈克斯。诺布瑞迪斯的事很抱歉，顺便说一句，但愿没给你的善后工作带来太多的麻烦。”

太阳的最后一点光芒也消失在了远处的山崖上。埃利奥特静静地说，“还好我们今天没去黑曜石集团。大概你在那里也有些绝活的吧？”

“根本用不着去。”汤姆转过身，平静地走下岩石，“约瑟夫·文格洛夫和我已经认识了。我们俩不太投缘。”

“你觉得很有意思吗？”埃利奥特的声音里有种出人意料的热度。

汤姆都没有意识到自己的脸上挂着扭曲的笑容，那完全是下意识的。但埃利奥特看起来很生气——一点也不像平时的埃利奥特。

“得了吧，伙计。我知道我今天算是撞在枪口上了……”

“撞枪口？汤姆，这可不是撞枪口。这简直就是兴登堡大空难[①]！愿意赞助海洋同盟战斗员的公司有五家，你却成功地惹恼了每家公司的老板，绝大多数连半个小时的时间都没用到！就说诺布瑞迪斯，很容易的事啊，汤姆。容易得不能再容易了，你只要向王子鞠个躬然后离开就行了。王子甚至都不想和你们当中的任何一个说话。就这么简单，本该这样就完事的。”

汤姆也激动了起来，“我从不向人鞠躬！好吧，也许在和武士或者功夫大师对决前我们会相互鞠躬致礼，但只在那个时候，这可不是那种情况。单方面鞠躬绝不行。”

埃利奥特呻吟了一声，“你可真是骄傲啊。希望这能给你很大安慰，因为你要是再这么继续下去的话，这点安慰就会是你仅剩的一点东西了。你在国会山峰会上占得了先机。大家都知道你，他们都知道你是赢家，都想要喜欢你。但你要是继续这么一意孤行不给自己留后路，那你的先机根本就一文不值。我甚至都不想知道你淹没贝灵格俱乐部的原因，只要你用脑子想想……”

“对，你不知道。”汤姆打断了他的话，“贝灵格俱乐部的事你什么都不知道。所以那根本就不关你的事。那些道明·阿格拉的家伙活该。知道这些就行了。”

“对，对，那个玛切特·雷迪的高管肯定也是做了什么活该的事了？那你告诉我，汉克·布鲁姆波利认出你的时候，你跟他说什么了？”

汤姆可不愿意中他的圈套，他看了看远方摇摆的树木，冷风拍打着他

① 1937年5月6日，当时最大最舒适的飞行运载工具“兴登堡”号飞艇在一场灾难性事故中被大火焚毁。当时飞艇正在新泽西州莱克赫斯特海军航空总站上空准备着陆。仅在32秒时间内飞艇就被完全烧毁，起火原因现在仍不清楚，普遍观点认为是由发动机放出的静电或火花点燃了降落时放掉的氢气所致。这次空难直接导致飞艇退出主流空运舞台，航空业开始进入飞机独霸天下的时代。

的衣服，“嗯，虽然你是在问我，但我觉得你应该已经知道了。”

“是。”埃利奥特点了点头，“我知道你嘲弄了他。你本来有机会道歉或做点什么事来缓和局势的，但你却选择让情况朝最坏的方向发展，简直就是火上浇油。我们几个连接在中继器上时，你对卡尔也是这样。你故意刺激他，而事实上完全没有这么做的理由。完全是愚蠢、傲慢、毫无意义的，但你却乐此不疲。”

汤姆被激怒了，他大叫了起来：“所以我应该向汉克·布鲁姆波利道歉，是不是？顺便再吻一吻他的脚趾头？”

“在他有权毁掉你的前程的时候？当然，就应该那样，至少一开始是要那样。”

汤姆咬紧了牙关，“我绝不向他道歉。他、贝灵格俱乐部的那些人，一个也不行。他们都是活该。我可不愿意装出一副抱歉的样子好满足他们的虚荣心。”他又想起了道尔顿，那个自鸣得意地要他跪下来乞求原谅的家伙。汤姆感到一阵苦涩，“不能随他们的意。”

埃利奥特无奈地揉着鼻梁。

“得了吧，伙计。”汤姆大叫道，“你就不觉得这些溜须拍马的活动很恶心吗？你不是他们中的一员，你获得今天的地位没有靠坑蒙拐骗的手段开路，也没有靠牛掰的老爹，你也不会为使用那些不入流的手段而洋洋自得。你有技术、有天赋，获得今天的成就是自己努力的结果，理所应当。你所获得的一切都是你应得的。所以你怎么还能摆出一副认为这些人比我们更强的样子？”

埃利奥特举起双手，“因为我认识到这个世界就是这样！你可能不喜欢那些高管，但是，事实就是，正直而又有尊严的人，只要不玩弄花招，财富和地位就会被玩弄花招的人夺走。所以最差劲的人才会成为我们世界的首脑。不管我说什么、做什么，这个世界的运行方式都不会变。那些人为这个世界制定规则，我们只是按规则生活下去而已。所以我接受了事实，努力玩转他们的规则。”

“可这不对！”汤姆纠结着想要找出能够描述自己现在感受的确切词汇，句子源源不断地从他的口中冒出，“那些人都是贼，但最让我不爽的不是这个，我最不爽的是他们居然觉得我们应该尊敬他们。这点最让我难以接受。这里本该是所有人的财富，他们窃取了这个地方，而且不受任何惩罚，但他们可别想得到我的祝福。给我再多的钱我也不会装出羡慕他们的样子。”

“那好。”埃利奥特不耐烦地打断了他，“那就别玩这个游戏。为了反对这个你无法改变的世界去粉身碎骨吧。去啊，汤姆。我告诉你接下来会发生什么：什么都不会发生。你什么也得不到。那些高管可不会介意你毁掉自己。就算你消失了他们也不会注意。你唯一伤害得了的人就是你自己。”

汤姆感觉胸口很闷，“那就这样好了。”

埃利奥特重重地叹了口气，“我本来是来邀请你和我伴飞的。我想要帮助你，指导你。现在看来我只是在浪费自己的时间和精力。”

这话有点伤人。汤姆耸了耸肩，“没人强迫你。”但看起来埃利奥特对他真是失望透了。埃利奥特是真心希望他能够表现出色的，这让汤姆感到了一丝后悔，“嗯——抱歉，为这所有一切。”

“嗯，我也是。”说完，埃利奥特就转身离开了。

汤姆独自一人站在悬崖边，天上的光线渐渐淡去，他想要摆脱那种恶心的感觉，于是只能在心里一遍又一遍地说服自己——事情只能是这样了。

第八章

这次联盟公司之旅最棒的部分就是从约塞米蒂乘坐亚轨道飞机返回五角大楼的行程。亚轨道飞机在地球大气层外飞行，只用二十分钟就能穿越合众国本土，一般的飞机得花几个小时。这种飞机的速度甚至比真空管列车还要快，而且这也是普通人所能获得的最接近于太空旅行的交通方式，因为亚轨道飞行只能感受到轻微的重力。在亚轨道飞机上看，地球就是下方圆圆的球。能够乘坐得起这种飞机的都是富得流油的人。

还有太阳系部队的学员。

当汤姆和维克、华耶、尤里以及其他十几名学员一起登上那架由几名军人驾驶的亚轨道飞机后，他感觉今天发生的那些事似乎都变得不重要了。

“飞行期间不得离开座位，从起飞到降落的全过程都是，我说得够清楚吗？”一名军官厉声问道。

维克一脸沮丧，“可是我们只有几分钟体验零重力的时间，就不能浮起来一下吗？”

军官看了他一眼，“不行。”

“万一这是我们这辈子唯一一次进入太空的机会呢……”汤姆说。

“坐在座位上不许动，学员。”

汤姆的心沉了下去。坐着不动？维克和他一样也是一副失望的表情。汤姆忽然想到了一个主意，他悄悄对维克说：“真可惜你的胃不好，嗯？博士？”

维克的眼中闪过一丝诡异的笑意，“哦，是啊，我的胃是很不好。”

亚轨道飞机飞上了天空，加速度把所有人都按在了座位上。汤姆看着窗外，感觉自己的大脑正在头盖骨下晃动，下方的景物正在随着距离的上升而慢慢缩小，蓝色的天空逐渐变成了黑色。

飞机忽然顿了一下，引擎停了下来，周围一片寂静。每一个细胞似乎都失去了重量，汤姆这才意识到，自己是真的失重了。他张开嘴，惊叹地喘了口气，感觉自己的胃都飘了起来，真奇特。他看了看维克，使了个眼色。

维克大声呻吟了起来：“我不舒服。”

“哦，不，可别在这儿啊，伙计。”汤姆也同样大声地叫道。

“我……我感觉……感觉很……”

“哦，上帝啊，这里有没有厕所什么的？”汤姆叫道。

“帮帮我，谁来帮帮我！”维克祈求道。

“我来帮你，伙计！”汤姆边说边解安全带。

汤姆飘浮在了空中，军官叫了起来：“坐下！”

“可我朋友病了！很严重！”汤姆叫道。

维克一边发出干呕的声音，一边解安全带。

“他要吐了。”汤姆边叫边拉起维克，“会吐得到处都是的！”

华耶紧张了起来，“不要！会飘得到处都是的！这飞机上就没有呕吐袋吗？”

周围的学员们都骚动了起来，“呕吐袋，呕吐袋……”所有人都在到处翻找，想要找个东西来装维克即将要呕出来的东西。

“可不能吐得到处都是啊。”詹妮弗·阮哀叫道，“会弄到头发里的！”

“好吧。”军官叫道，“卫生间在后面，快去！”

汤姆把维克从椅子上拉了起来，两个人一下子忘了要继续演下去，而是一头撞在了天花板上。他们的眼中充满了笑意，汤姆很快反应了过来，赶紧换上了一副惊慌失措的表情。

“可别吐在我身上了，维克。”

“快，汤姆，快，马上就要吐出来了！”

整架飞机上的学员们都发出了“恶，恶”的恶心声，汤姆和维克飞到尾部关上舱门后，那些声音才听不到了。不过他们没有去最里面的盥洗室，而是就这么飘浮在空中。在没有重力拉扯皮肤的情况下，他们的脸看起来都怪怪的，头发也都蓬了起来。

“博士。”维克对汤姆说，“我们到外太空了。”

“我们到外太空啦。”两个人都忍不住笑了起来。

接下来的几分钟，维克都在使劲地“呕吐”，只要有人敲门，他的声音就会更大一些。

“哦，哦。太恶心了。”汤姆也在大叫着，他一边翻着跟头一边大叫，“朝管子里吐，别吐在我身上了！”

“我吐歪了，汤姆！我吐歪了！”维克一边在墙上弹来弹去一边大叫，“哦，不，我忘了关厕所门了！到处都是啊！”

“太恶心了！简直就像宰了一头猪啊！”汤姆大叫道。

“人肉碰碰车。”维克小声说。

汤姆使劲朝墙上一蹬，维克也在墙上推了一把，两个人在半空中狠狠地撞在了一起，然后又猛地弹飞到了一边。维克先撞在了墙上，这让他有机会调整方向冲向汤姆。汤姆刚到达墙边，维克就冲了过来，像个橄榄球选手一样狠狠地撞在了他的身上。维克又飞了回来，他一边翻着跟头，一边高举着双拳，“命——中！”

但他的胜利没维持多久，汤姆用尽全力蹬开墙壁，直冲维克而来。维克看到了汤姆，但他正快速地翻着跟头，根本停不下来。维克疯狂地挥动着四肢想要改变飞行路线，就像是在空中游泳。但这一点用处也没有。汤姆在半空中狠狠地撞上了他。

“触地得分！”汤姆宣布道。

一阵敲门声传来，汤姆和维克赶紧恢复“常态”，又吐了起来。

“哦，上帝啊，到处都是啊！”汤姆叫道，“恶心得让我都想吐了！”说着，他也大声地装吐了起来。

但门还是打开了，汤姆和维克一下子意识到，自己的谎言要被揭穿了。

幸运的是，进来的是华耶和尤里。华耶也在假装恶心，“我就知道，我就知道你们俩是装的。到时候让别人一看这里根本没有呕吐物看你们怎么办！”

“有餐食。”维克说，“我以前和家里人坐过亚轨道飞机，尾舱里肯定储藏着餐食呢。着陆前我会撒点儿出来的。你之前也是在做戏吧？”维克语带赞扬。

“你以为我是才认识你们俩的吗？”华耶满意地点了点头，“整艘飞机上的人都听到你的呕吐声了，我跟他们说你之前喝了汇聚点的自来水。”

维克不太高兴了，“可我是天竺国人啊。在汇聚点的天竺国工业区喝自来水得是多白痴的天竺国人才能做出来的事？我们国家人人都知道。”

华耶笑了起来，“所以我才告诉别人我是食物中毒，好不让别人以为我和你一样也喝自来水了。我可不想让别人以为我很蠢。”

“恶妇。”维克一脸惊讶地叹息道。

华耶发出了一声很响的呕吐声。

“啊，太恶心了！”尤里开心地叫道。

维克飘到华耶身旁，一把将华耶从尤里的怀里拉了出来。

“你干什么？”华耶一边轻声问，一边扭动着身子。

“你毁了我的名声。我们现在玩人肉飞球！”维克宣布道。说着，他一把将华耶扔向了汤姆。

华耶一脸惊恐地在空中乱挥着双臂，她还不习惯在这种微重力条件下自由飘荡。汤姆抓住了她，冲击力让他们俩都撞在了另一侧的墙上。

“没事吧？”汤姆在半空中问。

华耶笑了起来，这个回答已经够明显了。汤姆拽着华耶转了个圈，躲开冲了过来的尤里，然后在天花板上一蹬，顺势将华耶抛向了维克。尤里撞上了汤姆，两个人都撞在了墙上，然后又弹了出去。维克想要把华耶扔出去，但已经太迟了，尤里已经冲了过来。

“这次不行。”尤里一把抓住了华耶的腿，然后将她揽入怀中。两个人就这样在空中旋转着飘过了俯瞰着窗外地球的窗户，华耶的长发像一朵云一样将他们包裹了起来。

从窗边飘开后，尤里靠住天花板停了下来，他低头吻了华耶。华耶的长发像美人鱼一样浮在空中，遮住了他们的脸。汤姆看着眼前的一切，感觉维克撞了一下他的肩膀。

“我看尤里是不会把她扔回来了。”维克说，“现在干什么呢？”

“反正干不了那个。”汤姆告诉他。

“我需要个女朋友。”维克抱怨道。“嘿，你觉得莱拉·马丁怎么样？”

“她太吓人了。”汤姆说。

“还是金发。”听起来维克对这两样都还挺满意的，“我不打算骗你，汤姆：我们一起被鲨鱼吃掉的时候，我觉得有个瞬间似乎和她心意相通了。”

尤里松开了华耶，两个人扭头看了看飘浮在半空中的汤姆和维克，而那两个人也在看着他们。

“你们继续。”汤姆开口道。

“对，我们不介意。”维克挥了挥手示意他们继续，“享受这种零重力的机会可不多。”

华耶叹了口气。

尤里指了指他们俩，一副很有气势的样子，“转过去，看窗外，你们俩都是。”

“知道，知道，隐私。”汤姆和维克不再看他们俩，而是公事公办地转过了身。

维克来到放军需补给的箱子前，开始翻找里面的凝胶汤，“假冒的呕吐物马上就好。你觉得用什么好呢，汤姆——番茄酱还是鸡汁？”

“随便。”汤姆飞到窗边，最后又看了一眼窗外的景色，以后应该再也没有机会用自己的眼睛从外太空看到这种景象了吧。他看着窗外，漆黑的夜空映衬着地球的曲面，在内心的深处他终于意识到，自己看到的不是一幅照片，也不是虚拟实景，而是实实在在的真东西。

想到这儿，他的心忽然静了下来，完全沉浸在了幽暗星空映衬下的这颗生机勃勃的星球上。他看着翻卷的白色风暴云，那看上去就像白色的幕帘在激荡的深蓝色海洋上投下的阴影。他的视线又扫过合众国东海岸鲜绿色的海岸线，海岸蜿蜒起伏，一直通往大西洋。

“伙计们。”汤姆说，“我们真的到外太空了。”

透过玻璃上模糊的反光，汤姆看到伙伴们也都飘到了他的身旁。所有人都看着窗外，维克的凝胶汤凝成了一个个小球飘浮在四周。

汤姆花了几分钟才看清下面的东西。天空广告牌就像小萤火虫一样环绕在地球四周，阳光在镶嵌着太阳能电池板的背面闪烁。那些广告在地面上看的时候真大，让人无可逃避，可从空中看，就缩成了一个个不显眼的小点，这感觉真奇怪。汤姆觉得用一根手指头就能把它们都弹飞。

“哇哦，从这儿看可真小。”维克说。

“所有一切都是。”尤里的声音里带着一丝敬畏。

是啊，一切都很小。看着眼前这广阔的宇宙，汤姆所害怕的一切似乎都缩成了一个小点。

他感觉自己的心都飞了起来，真希望这颗星球上的所有人都有机会看到眼前的这幅景象，看看那天空广告牌之外的天空，哪怕只有一次。也许他们会发现，宇宙并没有终结在跨国企业联盟的界限之内，那令人惊叹的无限可能远远地超越了联盟的存在。

难怪他们要用广告遮住天空，用灯光淹没星空。如果人们看到联盟界限之外的天空，也许他们就会发觉人类本来的面目：渺小，如同昆虫一般，不论从任何层面而言都微不足道。

也许到时候会有更多的人愿意把鲁本·劳埃德当成一个鼠辈当面笑话。

第九章

见面会过后不久，尖塔内的故障就渐渐多了起来。在斯沃登小组与卡尔小组对战的时候，汤姆和维克经历了他们的第一次故障。卡尔选了博斯沃思原野战役[①]的场景，并扮演理查三世。他的军队蹂躏着斯沃登——或者说是未来英王亨利七世的部队。斯沃登并没有费神扮演亨利七世，所以汤姆和维克可以随心所欲。

汤姆杀掉了卡尔的一名手下，换上了他的制服，并把头盔拉低遮住脸。他和维克在战场上一边移动一边假装打斗，两个人互相提醒对方周围的危险，并希望其他人看到他们打得火热就不会搭理他们。维克看到了卡尔，并给汤姆发了个信号，汤姆立刻策马飞身直奔卡尔而去。

卡尔的几个学员似乎认出了他——汤姆对此很确信——但在汤姆从身后接近卡尔时他们谁都没有发出警告。

卡尔正忙着给手下的学员们训话，他的王冠歪歪斜斜地戴在头上，“你们这帮蠢货有注意听吗？我说过了，干掉斯沃登的学员，行动！哦，

---

① 15世纪后半叶，兰开斯特王朝与约克王朝间的内战，玫瑰战争中的倒数第二场战役，战火遍及全英格兰。1485年8月22日开战，终由兰开斯特王朝获胜，其领袖里奇蒙伯爵亨利·都铎登基成为都铎王朝首任英王，约克王朝最后一任国王理查三世战死。

别杀雷恩斯！把他活捉回来。他是我的，听明白了？在我杀掉他之前他必须活着。”

汤姆在他身后笑了起来，“你只说对了一半。”

卡尔扭过头，脸被汤姆用长矛插了个正中。

“关于‘雷恩斯必须活着’的部分。”汤姆对着卡尔的尸体解释道。他拔出长矛，在卡尔的尸体上擦了擦，尸体从马背上跌落了下来，“我指的就是这个。”

维克骑马来到汤姆身旁，两个人合力找到了跌落在树篱中的王冠，“把那玩意儿拿上，给斯沃登戴上，汤姆，就像理查三世在博斯沃思原野战死后一样。”

但汤姆没有理会，“嗯。”他把王冠戴在了自己的头上，“我宣布，我将登基成为英格兰国王托马斯一世。”

“好吧，忘了历史吧。”维克说。接着，他的剑柄就砸在了汤姆的头上，汤姆双腿一抽，跌落在地，感觉头晕目眩。

维克捡起王冠戴在了自己头上，“我宣布，我将登基成为英格兰国王维克兰……”

一声巨响盖过了维克的声音，阴影遮蔽了天空。汤姆抬起头，看到纳粹党的飞机遮天蔽日。

汤姆揉着脑袋，“博斯沃思原野战役还能看到这个？”

“看不到。”维克说，“中世纪可没有纳粹闪电战。”

可是，纳粹的闪电战还是开始了，而凯撒大帝也带着一队百夫长抵达了战场，准备开战。战场的另一端，拿破仑·波拿巴的部队渐渐接近。一阵巨大的噪音冲入汤姆的耳朵，汤姆和维克刚刚俯下身子躲避，虎克船长[①]的战船就驶入了博斯沃思原野。

---

① 《彼得·潘》里的角色。

与此同时，大群的鲨鱼从天而降，它们在战场上翻滚着，撕咬着附近的战士。一只巨乌贼也从天上掉了下来，牢牢地锁住了海盗船，虎克船长则用安着钩子的那支手疯狂地拍打着乌贼。

来自其他实景的元素不断地涌入，一道刺眼的强光在地平线上闪现，是一颗氢弹被投掷在了远方。克林贡武士①出现在了战场的各个角落。等到死星②在半空中遮蔽住太阳的时候，汤姆扔掉了手中的长矛，维克也把长剑收入了鞘中。两个人坐了下来，欣赏着眼前的景象，然后开始向参战各方下注。汤姆在霸王龙身上压了十块钱，维克则支持终结者。看到霸王龙无心恋战，一口撕裂了附近的一头鲨鱼，两个人都沮丧地大叫了起来。

维克用胳膊肘捅了捅汤姆，“已经从见面会的阴影里走出来了？”

“什么见面会？”汤姆配合地问道，但是他的情绪已经迅速低落了下来。

之后的体育课和对战训练应用中不断冒出的故障再也没有吸引住汤姆的注意力。有些小组面对故障时的经历实在是凄惨，在一个场景里，土耳其人将疫病患者投掷进君士坦丁堡城内，也就是学员们待着的地方。直到开始因为黑死病而死亡的时候学员们才发现，他们的痛觉感受器是全开的，而只有痛苦地死亡才是逃离这个实景的唯一方法。

华耶的经历还不错。卡登斯小组和埃利奥特小组在亚马孙丛林战士的场景中战斗的时候，故障让场景进入了透视模式。华耶是埃利奥特小组的，所以她什么都看到了，结果直到第二天她都还表现得晕晕乎乎的。汤姆和维克听到的细节描述足够他们虔诚地祈祷下次接入时自己也能遇到这么爽的故障，但这种情况却再也没有发生。

---

① 《星际迷航》系列中的一个外星种族。

② 《星球大战》中帝国建造的超级星际武器。

汤姆发现，布莱克伯恩和华耶越来越频繁地在一起工作，想要锁定系统错误的源头。两个人每次都是一副精力耗尽、挫败不已的样子。不过汤姆对此并没有太在意，因为他也有自己的问题要担心。见面会过去一个月后，所有中级生都收到了各个公司的反馈评估。

汤姆躺在床上，通过网信传来的判决书就停留在他的视像中心。他终于放弃了纠结，打开网信，评估里并没有特别的评价，只有很简单的选项：*是/否希望该学员再次造访*。

选项很简单，但却决定了一切。像尼格尔·哈里森那种获得了回访邀请，但却缺乏魅力的中级生，在这种时候就只能怪自己了，明明以冲击卡美洛级为目标，为什么在自己职业生涯的这一阶段却找不到赞助商？

和尼格尔不同，汤姆公开地疏远了所有的公司。他打开自己的评估，视线扫过那五个“否”以及旁边对应的公司名字，胃里一沉。这一点儿也不奇怪，但他还是感觉好像肚子上被人打了一拳，抽干了所有的空气。他看着那几个悬在自己视野前方的字，不知道该怎样消化这个来自官方的确认：他已经彻底毁掉了自己的未来。

汤姆关掉了程序，但却走不出那种情绪。他把自己的评估表转发给维克，并在上面标注“我是不是赢得了什么？”然后就这么呆坐着，感觉自己还没缓过劲来。

不到一分钟时间，维克就气喘吁吁地跑到了他的寝室，“你正式获得了世界上最最蠢头的博士的称号！”

汤姆觉得这个反应还算正常。他从床上跳了起来，“我就知道，对不对？五击全中！咔砰！”说着还摆出了一个拳击的姿势。

“肯定破纪录了。”维克惊叹道，“你这肯定是破天荒头一遭，伙计。我估计以前从来没有人这样过。一天搞砸五个。尖塔的历史上有人达成过这种成绩吗？”

汤姆笑了起来，“不可能。我敢打赌我肯定是第一个。我该把这玩意儿裱起来挂在墙上之类的，就像奖状一样。”

维克打了个响指，指了指他，“行啊！汤姆，绝对行，伙计。我确定。可以加到你的宿舍模板里。”

不一会儿，汤姆的蠢头雕塑手里就多了一张卷轴，就好像那是《独立宣言》之类的东西一样。其他学员们纷纷进入汤姆的宿舍咯咯咯地笑着欣赏着这一切，或者向汤姆道贺。

当然，并不是所有人都持欣赏的态度，朱塞佩就皱着眉头，“为什么要把自己惨败的证据挂出来？”

维克悲伤地叹了口气，“你就是明白不了啊，朱塞佩。”

汤姆失望地耸了耸肩，“就是啊。”

这让朱塞佩生气了起来，“对，我就是不明白：你们俩为什么都那么自恋，在自己宿舍模板里放自己的巨型雕塑。”

维克又悲伤地叹了口气，“你就是明白不了啊，朱塞佩。”

汤姆又失望地耸了耸肩，“就是啊。”

朱塞佩被气得转身离开了。他刚一走出两人的视线，汤姆和维克两人就咯咯咯地笑了起来。可惜的是，他们并没有能够笑多久，因为尤里和华耶似乎也不欣赏这种玩法。他们俩看了看那张写满失败的卷轴，然后尤里就走了过来，捏了捏汤姆的肩膀，“真是非常遗憾啊。”

“哈？遗憾？”汤姆重复道，尤里就要把他的努力都给毁掉了。

“他不介意的。”维克坚持道，“真的，尤里。”

“如果我的成绩单上全是‘不及格’，我可不会把它贴在墙上。”华耶告诉汤姆，“我也不会拿那东西向所有人炫耀，给他们谈资。”

汤姆强迫自己笑了几声，“这东西可和成绩单不一样。我是说，要是没有那些金钱势力，谁在乎鲁本·劳埃德还有西格德尔·维托……”

“可是没人能拿走他们的金钱和势力。”华耶指出，“这里人人都在乎他们。”

“我觉得你是在否认现实。”尤里对汤姆说，“这对你可没好处，托马斯。”

汤姆抬起头，直视着尤里的眼睛，“到底谁更否认现实呢？”这句话差点冒了出来。

相比之下维克就更缺乏自制了，“你要是想提否认现实，那为什么不说说……”

“说说华耶。”汤姆插话道。作为一个万年下级生，尤里在这里根本没有什么希望，但从来都还没有人跟他这么说过，至少现在时机不对。

华耶焦躁了起来，“我怎么了？为什么说我否认现实？”

“因为……因为……”汤姆在心里盘算着如何找一个足够可信的借口，“啊，你是康涅狄格来的，所以觉得那个州还不错。但事实上，康涅狄格烂透了。”

华耶的心情一下子低落了下来，因为汤姆在贬低她的家乡。她的情绪真是太低落了，以至于喜悦浮现在了维克的脸上，“上帝会保佑你的，汤姆，你帮我发掘出了一样光芒万丈的新兵器。”

“闭嘴，维克。”华耶说。

但维克已经坐在了汤姆的床上，嘴里咕哝着，“康涅狄格……康涅狄格……咱们拿康涅狄格怎么办呢？”

“我非常清楚，我已经彻底搞砸了评估。”汤姆对华耶说，他把话题又引到了之前断开的地方，“我没有否认现实，只是接受事实而已。”

“不是接受事实。”维克又加入了谈话，“而是享受，恶妇。正因如此你才是最棒的，博士。你是英雄，是我们所有人的偶像。”

汤姆谦虚地耸了耸肩，“我只是尽力而为。”

“站着说话不腰疼！”华耶抗议地转向维克，“所有公司都邀请你了。”

“是啊。”尤里接了上来，“我知道你非常想要淡化汤姆的事，但我不得不说你本人对此并没有亲身经历。”

“汤姆完全有权利觉得抑郁。”华耶坚持道。

“汤姆为什么要抑郁？”维克被激怒了，“对，他是砸锅了，但如果他一觉醒来后却发现自己在康涅狄格才更值得抑郁吧。”

周围一片安静，华耶花了几秒钟才消化掉维克的话，她的表情一下子严肃了起来，“你就是这么用康涅狄格来转移话题的。”

“就是这样。”维克确认道。

“你确定？维克，你这样就太过分了。”

“过分？不，恩斯洛。你才没搞清楚汤姆的困境和康涅狄格哪个更糟糕。”维克说。

华耶在他胳膊上狠狠打了一拳，气冲冲地离开了宿舍。

尤里叹了口气，拍了拍汤姆的后背，“坚强些，我的朋友。”

尤里离开了，汤姆反而觉得有些不好意思，很显然，这个大个子波尔雅国人觉得汤姆需要鼓励。这可真糟。一直到和维克开始玩游戏的时候，那画面都还在他的眼前闪动。

“你今天不在状态啊，博士。”维克提醒道。

“我就要赢了。”

“是说你的人。嘿，你不会真的抑郁了吧？”维克问话的声音听起来很尴尬。汤姆摇了摇头。

“没，伙计，我没事。”

“我觉得啊，你会转运的，博士，你每次都会。”

但等到后来一个人待在宿舍的时候，看着那五条标明他摔得有多惨的证明，汤姆急切地想要像维克所说的那样为此而感到骄傲，但挂在脸上的笑容只让他觉得，自己像个纯粹的白痴，而他的胃也因为恐惧而拧成了一团。

汤姆并不期望马什将军对他的耻辱有什么好的反应。看到将军召唤他的信息出现在视野中心时，他的胃抽了一下。对他来说，这次会面可不是个好兆头。他很确信，马什一定觉得，招募他是个错误，完全是浪费时间。走在去十二楼观景台的路上，他的腿感觉就像铅一样重，马什将军正在观景台上等他。

夜晚的空气很冷，汤姆走到外面，立正，微微有些发抖。马什挥了挥手，示意他稍息，汤姆就这么站在那儿，等待着自己的命运。

“您想见我，长官？”

马什示意他走近些，“你知道吗，我有个孙子，年龄就和你差不多大，雷恩斯先生。”

汤姆犹豫了一下，然后还是走到了将军身边的栏杆旁，“这我不知道。”

“比你还小一点，但他是个好孩子，非常聪明。要是生在不同的时代，真不知道会有什么样的成就。”马什对着天空点了点头，“你在那上面看到了什么？”

“呃，月亮，长官。”在华盛顿市晴朗的夜空上，月亮看起来很亮、很鲜明，而且还是满月，要是有个合适的望远镜，汤姆很确信自己肯定能在上面找到东亚联合体的设施。

“不是月亮。那是大陆同盟的领土，是战争的界限。”马什抬手指了指那圆圆的石头，“我们在忙着给温德姆·哈克斯铲钱，掏空我们的学校把人扔进沙漠里给诺布瑞迪斯干活；东亚联合体人呢，他们在忙着培育成百万上千万的科学家，建设自己的太空项目，并且对那块在战争中最具战略价值的领土申明了主权；而我们，甚至都没有想要争一下。掌握了月球就等于掌握了太阳系，雷恩斯先生，而掌握了太阳系就等于掌握了人类的未来。”

他不断挥舞着自己那粗短的手指，好像要指出那些设备和武器，指明自己的论点。

“那是他们那完美的低重力发射台，但还不止这些。他们明天就可以调转船头，一边接近地球一边毁掉我们所有的飞船。只要他们愿意，他们完全可以让那些武器环绕在地球周围，点对点精确打击我们在太阳系的各个基地。这场战争几天之内就能结束。”

“他们签署条约了。”汤姆说，他记得战术课上学过这个，“他们同意设立中立区。”

“条约是什么？就是一张纸而已。所谓的共识本身没有任何意义——就是这样。这一切就是这么滑稽。”

马什用两臂支撑着栏杆，月光照耀在他的脸上。

“事实是，孩子，我们还能和东亚联合体人打，只是因为他们让我们打。他们没有使出绝招，因为这场战争的重点并不在于东亚联合体是否能赢得太阳系。重点也不在于合众国，甚至和任何国家都无关。真正和这场战争有关的只是你在见面会上见到的那些男男女女。”

汤姆微微松了口气，他原以为会被将军责骂，但看起来马什的自省多于愤怒。“哦，这我知道，长官。我知道我这次搞砸了。”

“我明白你为什么会觉得那些人卑鄙可耻，我也这么觉得。太空中的所有资源他们都想分一杯羹，但是，你知道他们更想要什么吗，雷恩斯？他们需要永不结束的战争。所以东亚联合体人占据了月亮却不利用。月亮会终结他们想要的一切，人人都知道。知道我会怎么做吗？”

汤姆摇了摇头。

“我会召集军队，佯攻防区附近的船坞……”

汤姆知道这个词指的是围绕在中立区外的紧密防护区。那个区域十分危险，气氛紧张，要想回到安全的地球老家，防区是必经之路。

“而且，雷恩斯，我也要攻击东亚联合体在月球上的防御工事。偷袭，就让历史去指控我玩阴招吧。我要毁掉他们的每一个设备，找出他们藏在地下的所有东西，全部炸掉。把那张美丽的石头脸炸得稀烂。我会把那个战略要地夺过来，然后好好利用。我可不要一只手绑在背后打架，他们也不会再如此。大家总会分出个输赢。”他停了停，“知道为什么掌权的不是我了吗？”

“因为你会把月亮炸掉？”汤姆猜测道。

“因为我会结束战争。这对他们将会是毁灭性的打击。战争结束，纳税人出资合同也会终止，还有媒体上的战争宣传、战斗员漂亮的小脸，以及那些麻痹平民镇压不同意见者的所谓爱国理由。还有一样东西也会终结，那就是他们用来解释为什么我们的国家要这样运行的借口。人们会去想，为什么他们的账单中有一半的钱都被拿来替那些拥有公共事业、拥有道路和国家公园的人还账。他们会去想，为什么他们要每周工作八十个小时，去支持那些夺取了他们中产阶级工作和房子的人。没有了敌人作为大靶子，人人都会看到真正的问题。”

“他们可以制造新的敌人啊，然后开始新的战争。”汤姆说，他还记得尼尔对这个问题做的那些经常性发言。

马什揉了揉下巴，看着天空上的月亮，“要知道，在我还是军校学员的时候，合众国的天空上飞翔着三万架无人机，现在则是三千万架。以前，成千上万的人会聚集起来，抗议新建设的合众国版万能防火墙。现在，国土安全部放出几架无人机，朝人群中发射一下微波武器，所有人一有那种灼烧感就全都散光了。之所以会发生这些变化，就是因为有人一直在喊‘狼来了’。一遍又一遍。你知道那个故事是怎么结局的吗？”

汤姆摇了摇头，他不太确定马什在说什么，也不明白狼是怎么掺和进这场对话的。

“故事的结局是，男孩最后真的遇到了狼，但是没有人来帮他……我害怕的是，也许我们已经太迟了。无人机太多了，监控也已经太多了。有时候我想，就算游戏今天结束，要想回到我们曾经拥有的那个国家也已经太晚了。对于我们这些人来说，这个世界已经成了一个监狱。对于我们的精英来说，即使没有人来对抗下一头狼也无所谓——我们也许已经无法改变这一切了。”

汤姆看着远处树木的黑影，想起了自己在恐怖分子名单上所占有的一席之地。这应该就是马什所谓的“狼来了”吧。显然，他现在就是头狼。

“国家安全就是一记铁拳。”马什说，“它正在捏紧我们的喉咙。每当看到我的孙子，我都会想象他的未来，但我什么都看不到。你所见到的那些高管都是精英俱乐部中的一员，而我的孙子却永远也进不了那个圈子。强化机甲、无人机、神经处理器，这只是我们其他人命运终结的开始。用不了几年，那个俱乐部就再也不需要士兵了，他们也不会需要农民、不会需要所有那些曾经对他们有用的人。事实上，即使现在，你要是知道约瑟夫·文格洛夫想要弄进这里来的下一代神经处理器是什么样子——就是那些他为普罗大众准备的玩意儿……想一想我都觉得浑身发冷。大多数的平民都已经跟不上这个时代了，而这样的安保级别，就意味着我们所有人都可以被随意摆弄，而他们不用承担任何后果。我曾参与了这一切，孩子，这是我欠下的债，对我的儿子、孙子欠下的债，我必须得做点什么，好为我们其他的人争取点什么。必须从现在就开始行动，因此我需要你的帮助。”

汤姆不确定地看了看他，“长官？”

“我跟你说过为什么招募你，雷恩斯：我们需要一种不同的战斗员。

需要那种具有赢得战争的本能的人，而不仅仅是公众支持的人。我打不过那些人……”他挥手指了指华盛顿市，“但我能推动他们。我需要一个强有力的战士，他要能为我们赢得些许有利地位，用胜利的滋味填饱那些高管的胃口，而不仅仅是赢得大众的宠爱。让他们看看真正的胜利，这样也许才会给我更多权利，招募那种我想要的战斗员，能赢得战争的战斗员。有足够多的人之后，我就能挥师月球，用我们的方式结束战争，那之后会发生什么就不好预测了。也就是说，我需要你尽自己的努力，修复与那些CEO的关系。”

汤姆看着远处的树木，说起来容易做起来难啊。

“我不管你觉得他们怎么样。重要的是，你要有目标——那就是进入太空。从今往后你所做的一切，雷恩斯，都要围绕这个目标展开。”

“你不明白的，长官。那些公司已经都回绝我了。”

马什看了他一眼，“你真的已经竭尽全力了吗，汤姆？有吗？我知道你是个聪慧敏捷的孩子。你有自己的脑子，所以我也不用跟你说这些。我这么信任你是有原因的，孩子：我知道你能挺过去。我知道你会找到办法。”

汤姆真不清楚马什为什么这么确信，他自己都不知道该怎么做。

“你会让其中一家公司愿意为你投入数十亿的赞助，你会成为战斗员。我打心底里确信这一点，这就是我对你的全部期望，中级生。”

回到宿舍后，汤姆还是感觉有些怪怪的。他本以为……他不太确定。他本以为会被马什将军训斥，至少，马什也会告诉他他到底有多失败。

汤姆站在黑暗中，看着蠢头雕塑手中那张写着五个否的卷轴。

马什对他怀有强烈的信心，确信他能弥补这一切。但这毫无可能啊，真的。有一会儿，汤姆觉得那压力实在是太大了。他闭上眼睛，感觉整个世界都在周围旋转，而他则是中间固定的那个点，不断吸收着各种期望，直到不能承受那种压力而崩溃。他知道自己做不到。他会让马什失望的，他会搞砸，他会被扔进外太空，因为马什会放弃他的，到时候他就完了，完完全全地垮掉。

这时，他忽然想起了美杜莎。

汤姆睁开了眼睛。

美杜莎！

那个形象闪过他的脑海，那感觉就好像发现了真空中存在的通路，从另一头解救了他。那种重压感消失了，就好像从来没有存在过一样，他想到方法了，有办法了。

美杜莎也没有赞助商，一个也没有。但她在天上飞翔。所以这不是不可能的。

一种坚定的感觉在他的心底升起，他抬起头，看了看评估，下定了决心。对，他知道美杜莎不想再和他联系，他知道美杜莎威胁说要是再引起别人对他们的注意就把他炸飞……但他可不是个喜欢被威胁的人。

接着，汤姆在前臂键盘上飞速输入了起来，他删除了雕塑手中的卷轴，换上了一把利剑。他的抗争还没有结束呢。

第十章

以前，汤姆曾用论坛公告牌来和美杜莎联系。现在，知道了他们俩都有那种能力，中介物就都不需要了。他躺在床上，连上端口，按照老办法进入太庙：进入五角尖塔中央处理器能量巨大的信息流，跟上以前跟过几次的那一串1和0。

汤姆的意识进入了环绕地球运行的带有电子传感器的卫星。他努力集中精神，抓住下一串信号流，进入了环绕水星运行保卫钯矿的卫星。

信号回到地球，进入太庙的主系统，那里是大陆同盟学员们受训的地方。汤姆一个目录挨着一个目录地查看，直到大陆同盟战斗员们的IP地址浮现在了他的意识中。他认出了美杜莎的IP，然后通过网信向那个IP发出了一条事先准备好的信息：我想和你谈谈。

美杜莎的意识在系统里浮现了出来，汤姆感觉自己在太庙的系统里已经游荡了好久，结果发现真实的时间只过去了不到二十秒。

电击般的感觉穿过了他的身体，将他的意识一下子扔回了床上。两个大字在他的眼前闪动了好久才渐渐消退：滚开。

汤姆躺在床上，大口喘着气，美杜莎的拒绝让他有点发懵。不过决心很快又回到了他的体内，接下来能做的事很简单：再试。

下一次联系美杜莎的机会出现得比他预想的还要快：那是在他第一次和海瑟·埃克隆伴飞的时候。

海瑟应该不是汤姆的第一人选，不仅仅因为她向媒体走漏消息抹黑其他战斗员，使自己名誉扫地；更因为自从海瑟把他出卖给卡尔·马斯特斯后，他对海瑟就有一种不信任感。那还是他刚进入尖塔头一周的事，结果让他被卡尔狠揍了一顿。唯一让他感觉不爽的是，他自己大概也不是海瑟的第一人选。

不过，他们现在是一队了。早上4时整，推送信息就叫醒了汤姆，让他在4时30分前去双螺旋找海瑟报到进行伴飞。这是他第一次有机会亲身体验战争……算是吧。

汤姆非常兴奋，他赶紧洗澡、换衣服，在4时8分就到达了九楼。在那里，神经处理器告诉他，今天的战斗将在界区进行。

汤姆知道，界区从天王星轨道一直延伸到柯伊伯带。那里离地球实在是太远了，每场战争都要提前几个月规划，而且攻方几乎每次都能占上风。事实上，那里的空间实在是太广阔了，定位敌方的船坞、卫星还有采矿平台反而成了最困难的事。

军方和航空航天局一起负责部署必要的军备——在计划的战斗开始前几个月就要安置移动炮台、发射卫星和支援用的无人机。有关未来六个月到一年内所有外层太阳系攻击计划的信息都储存在尖塔夹层内的保险库里。战斗员们和中级生一样，直到计划的战斗开始的那天醒来时，有关信息才会从保险库下载到他们的神经处理器上。尽管在传统战争中，计划总是赶不上变化快，但界区内的袭击通常都是迅速而又具有毁灭性的，敌人根本没有还手之力。

不一会儿，另外几个有幸今天参加伴飞的中级生也走了进来。华耶也在其中。她看起来脸色蜡黄，脾气暴躁，连汤姆兴奋的问候也没有回应。等到海瑟过来领汤姆到走廊里头的时候，华耶的眉头皱得更深了。

海瑟挽着汤姆的胳膊说：“准备好了吗？”

“准备好了。”汤姆回答。

“这次伴飞，我们只使用限制版的思维交互。你能听到我，但听不到其他战斗员。”他们站在双螺旋指挥中心的门外，这是一条连接九楼与十楼的蜿蜒走廊，战斗员们就在这里连接上太空中的飞船参加战斗。“有问题的话，可以在脑子里想出来，我可能会用思维回答你。不过到时候我也许会太忙顾不上。”

“明白。”汤姆说。

中级生目前还没有进入双螺旋的权限，但九楼入口外的走廊里就摆着一排床位，伴飞时他们可以在那里进行连接。中级生们应当躺在这些床位上，接入系统，分享战斗员们在太空战中的感官知觉。

汤姆趴到床上，海瑟在她的前臂键盘上输入了一串授权码，好让汤姆分享她的意识。

汤姆感觉兴奋不已，“祝你好运。”

海瑟摇了摇头，“这和运气没什么关系。在太阳系外层输掉一场战斗，原因只能是某个后勤人员在半年前计算错误，没有设定出正确的航线，导致无人机和兵器没有按时进入战区。或者因为卫星出了故障，使我们无法进行实时通信。有时候，也会因为航空航天局漏掉了一片星尘，使得普罗米修斯阵列的能量射不到我们这里。”

汤姆点了点头。他在战术课上学过，普罗米修斯阵列位于炽区，在距离太阳很近的轨道上运行，通过太阳能电池板收集能量，然后用聚合波发射出去，让太阳系另一端的设备接收。在界区开战时，军方后勤部会发出指令，指示几百个普罗米修斯阵列将能量发射到太阳系外层，这项指令通常会在战斗开始前半小时到四十分钟内发出，具体取决于战场到底有多远。海洋同盟在界区内的所有飞船都能利用这种能量。波束击中飞船后，飞船就会将能量聚集以便进行核反应，反应时产生的爆炸就是推动飞船前往战区的动力。

“也就是说……”海瑟继续道，“在界区，决定胜利与否的不是我们，而是普罗米修斯阵列。”

“总之还是好运吧。”汤姆说。

汤姆听到埃利奥特正在向华耶——他的伴飞中级生——解释类似的问题，“界区里通常不会出什么意外，这场战斗会很快，里面见。”

海瑟向汤姆露出迷人的微笑，“一会儿见。”

汤姆感觉到什么东西推了一下自己的后颈，有个东西接入了神经处理器端口……

他走过走廊，雪白的墙壁环绕在四周……更确切地说，是海瑟走过了走廊，而他在透过海瑟的眼睛观察，感觉真怪，这是到哪儿了？

你没有观察双螺旋内部的权限，海瑟对他想，所以有关的画面都被审查了。

海瑟整理了一下衣装，意识到自己正在用通常的那种眼光观察海瑟，汤姆感觉不自在了起来。真想不通，海瑟只要保持本色就能吸引所有人的注意力，为什么还要故意泄露其他战斗员的情况呢……

你怎么知道的？

汤姆忘记海瑟的思维正和自己连接了。他赶紧在心里默数，1……1……2……3……5……华耶告诉我的……等一下，等，我怎么……

恩斯洛告诉你的？一小会儿停顿，她是怎么知道的？

行了吧，海瑟。

他们可真是大惊小怪，海瑟想，说得好像其他人就不会这么干一样。

等一下，我怎么这么想。汤姆，我被骗了。是那些记者给我下的套。这我一定要跟你说清楚。停顿，难道是恩斯洛发现的？

斐波那契数列没有管用，汤姆只得想其他法子来控制自己的思想：海瑟的胸。这个管用。这个主题占据了他的大脑，华耶被扔到了一边。

男孩子们可真是白痴，海瑟想，然后就放弃了刺探。

汤姆透过海瑟的眼睛，看到她拔出了一颗金属银星，用修长的手指在中心拨号盘一样的东西上转了几下。银星的几个角亮了起来，细细的光线形成了一个将银星包裹起来的五边形。汤姆感觉到海瑟把那个东西插在了后颈上，就像使用神经导线一样。

有关远方飞船的意识迅速涌进了他的脑海，飞船CPU中量子纠缠态的光子对尖塔CPU中对应光子的变化迅速做出反应。飞船的传感器与海瑟的意识建立了连接，成了她身体的延伸。而汤姆的意识连接着海瑟，所以他也感受到了这一切。汤姆在心里惊叹着，这感觉比自己在国会山峰会时交互那艘无人机时要生动多了，甚至比他在系统间跳跃时的感受都要鲜活……

汤姆？

他隐约意识到自己那还在远方的身体抽动了一下，他刚才想到了“那个”，不知道在这种有限的思维交互中海瑟听到了多少。即使现在海瑟也还是能听到一些，他得赶紧停住，想些别的。

汤姆，你是怎么……开始了。

普鲁米修斯阵列明亮的电磁波束脉冲发射了过来，是警告脉冲，也就是说第二拨脉冲很快就会过来。海瑟的飞船消耗着极其有限的金属氢燃料，飞往预定位置。接着，普罗米修斯阵列的第二拨波束击中了飞船后部的护甲——汤姆感觉到一股强到令人难以置信的热量，核反应被触发了，后面护甲处不断发生的爆炸推动飞船朝漆黑的深空飞去。

其他飞船也一艘接一艘地跟上了海瑟。电磁波击中他们，触发核反应——以及其他的一些什么。飞船是导电的，能量除了被用来加速外，还被向前传导。这样，海瑟后面的飞船在自己加速的同时也会推动海瑟的飞船飞得更快。汤姆注意到，海瑟的神经处理器正在监控飞船所能承受的最大能量，她的飞船领导着整个编队，在前方飞得最快。

海瑟在脑中发出一道命令，飞船退出了加速模式，后方传来的能量不再被用来触发核反应，而是直接充入了飞船的电磁武器。接着，她又将能量分了一部分出来，发射给了远处的武器系统。那些武器是六个月前航空航天局发射的，但海瑟的神经处理器知道它们的确切位置，并通过发射能量将它们推到了最终的预定战位。她在战斗中确实扮演着最重要的角色，汤姆在心里想道。

接近大陆同盟的船坞时，海瑟调转航向，带领编队沿螺旋线飞向预定战斗地点。先是大圈，然后小圈，他们的速度越来越低，她的传感器开始传来船坞的数据，传感器监测到了接近中的自动武器系统，也监测到了前来加入战局的几艘天竺国飞船。伴随着小行星的旋转，嵌在星球上的船坞逐渐显露了出来。

这种时候就要尽早赶在被灭前尽可能搞破坏，海瑟一边向船坞开火一边恶狠狠地对汤姆想。飞船进入预定位置，大陆同盟的自动武器系统也被激活并锁定了她。不过海瑟的时机把握得非常好，她的飞船爆炸了，但飞船的碎片也成了武器——飞溅的碎片击中了船坞，只有很少一部分飞到了美军一侧。

汤姆还没看够，意识刚一回到身体，他就又探进了尖塔的核心处理器，沿着五角尖塔系统内的信号流，寻找通向战场的信号……

伴随一阵颠簸，汤姆发觉自己正在透过埃利奥特·拉米雷斯飞船上的传感器观察外面。埃利奥特的飞船距离战场太远了，远到传感器上什么都观察不到。

我们比其他人慢一点……埃利奥特正在跟华耶解释，他们正沿着螺旋线接近战场。

嗯，也可以这么说，被扔在后面真是无聊啊。

让他吃了一惊的是，埃利奥特想道，*很抱歉让你无聊了，华耶。要是在太阳系内层开战的话情况会好得多。*

汤姆轻轻地离开了埃利奥特的飞船，回到了核心处理器，换了个方向又冲了出去。

这一次，他发觉自己进入了卡尔·马斯特斯的飞船。

*爆炸真漂亮。*卡尔一边穿过大陆同盟船坞被撕裂的反应堆核心一边想，*我喜欢爆炸。*

卡尔真是个白痴，汤姆在心里想。

*白痴？等我揍扁你的脸时再让你看看谁是白痴，朱塞佩！现在别想了，你破坏了我的注意力！*卡尔对他的中级生想道。

汤姆离开卡尔，穿过层层数据流回到了自己的体内。尽管很喜欢给卡尔或者其他人添乱，但就这么在数据流中穿梭，泄露自己的思维，实在是太危险了。

想要进入战场还有其他的办法，自动武器系统、卫星，所有没有连接神经处理器的机器都行。

他的神经处理器可以接入那些设备。

汤姆穿过五角尖塔内的一个又一个系统，就在战斗快要接近尾声时，他进入了一架海洋同盟的自动武器，这部武器没有直接连接神经处理器的功能。

自动武器打着转，已经偏离了轨道。过不了多久它就会因为距离太远而在战斗中失去作用，汤姆接过了武器的控制权，并用它的传感器来观察战场。但没过多久他就忍不住了：他想要开几炮。汤姆小心翼翼地瞄准大陆同盟的战斗员，他可不想背叛自己的良心。一道离子束从炮口射出，击中了一架飞船，偏离轨道的飞船挡住了尤素福·赛义德的航线，被尤素福一炮打成碎片。汤姆又开了一炮，这一炮打在一艘敌舰的前方，飞船的自动导航系统立刻转向，迫使飞船减慢了速度，这给了海洋同盟的战斗员极其充足的时间将飞船炸成碎片。

透过电磁传感器，他看到大陆同盟的无人机纷纷改变了航向，仿佛一下子都变成了由战斗员操纵的飞船，灵活地应对合众国军队的侵扰。是那个人出现了，汤姆开始四处寻找她的痕迹。

透过密集的弹雨、离子束和剧烈的爆炸，汤姆的电子眼终于锁定了美杜莎。

当然，他锁定的并不是美杜莎本人，而是美杜莎的意识控制之下的大陆同盟战舰。美杜莎的飞船在阳光下闪着光，飞到了海洋同盟的阵前。三……四……五……一共五艘，全在她的控制之下，每艘飞船面对的都是不同的敌人。

汤姆又忍不住了，实在是忍不住。他将那个半残机器的最后一点能量对着美杜莎发射了出去，离子束在空中划出了一个大大的“M”，这是他所能写出的最接近于“Hi”的东西。

美杜莎的反应暴怒异常，汤姆周围的每一部自动武器都调转炮口，莫名其妙地放弃了自身编定的攻击程序，向汤姆开炮。

随着自动武器被摧毁，汤姆又回到了自己的身体里，他放声大笑了起来。美杜莎，真是太令人怀念了。

汤姆再次离开自己的身体，一个接一个地更换着控制的自动武器。其中一架是一部离子加农炮，喷射着火花，即将爆炸。汤姆启动了加农炮上的一个推进器，将加农炮推到了一个大陆同盟战斗员的航线上，他认出那个战斗员是盲闪。盲闪刚一爆炸，美杜莎就摧毁了汤姆的加农炮。

汤姆再次回到战场，这一次，他占据的海洋同盟武器功能完好。他锁定了黑死神，这位大陆同盟的战斗员看着就让人上火，他总是直来直去，从来不耍手段，也不回避，每次都直奔目标一路开火，掩护的工作完全交给其他大陆同盟的战斗员来做。每次看战斗视频，他都能立刻找到这个缺乏想象力的家伙。

汤姆决定恶搞一下黑死神的策略。他接管了一个移动炮兵阵列，然后模仿黑死神的行动——火炮朝黑死神的飞船直飞了过去。黑死神没有改变航向，火炮也没有。直到最后一刻黑死神才意识到这次没人给他打掩护了。他刚打算躲避，汤姆的火炮就一炮击穿了他的船壳。

美杜莎又将他打成了碎片，还没等汤姆从系统里重新回到战场，他的神经导线就被拔了出来。汤姆睁开眼睛，发现海瑟正站在他的床位前。

“通常，上面会有好几架无人机供我操纵。”海瑟说，周围的强光刺得汤姆眯起了眼，“不过你也知道，最近我的声誉不太好，所以温德姆·哈克斯公司这次只付了一架无人机的钱。现在……”她有些羞涩地笑道，“查看一下你的计时器，汤姆。”

“为什么……”汤姆目光蒙眬地坐了起来，看到体内时钟上显示的时间，他一下子惊呆了。汤姆一帧一帧地检查之前的记忆，查看每段记忆上标示的时间戳，他这才意识到，从海瑟的飞船进入战区，到他最后一次被消灭，时间只过去了不到三十秒。

这个时间让汤姆目瞪口呆。

难怪，难怪战斗员需要神经处理器。地球上没有任何一个人能够跟得上那种节奏。

“哇哦。”汤姆低声说，“我们真是超人啊，真真正正的超人。”

海瑟眨了下眼，“耳目一新，是不是？”

第十一章

系统的故障越来越多，而且已经超出了虚拟现实的范围。几个高级将领来听取马什将军汇报最新情况，所有经过他们身边的学员都好像忽然闻到了一股恶臭，捂着鼻子跑开了。看到越来越多的学员做出同样的动作，马什示意布莱克伯恩解决这个问题，布莱克伯恩赶在病毒在整个系统中扩散前很快将其分离了出来。不过，高级将领们对此已经心怀不满了，而且马什将军和布莱克伯恩也觉得很丢脸，尤其是布莱克伯恩，他发现自己找不出这种病毒的源头。

所有这些混乱让布莱克伯恩陷入了一种易怒的状态。这些程序里充满了恶趣味，足以使他怀疑是学员所为——但据华耶说，布莱克伯恩也认为这可能是个策略，好转移他的怀疑。要说谁想让布莱克伯恩被解雇的话，也不难猜。黑曜石集团已经开始游说参议院国防委员会，想要夺回他们为五角尖塔编写软件的老工作——最近的系统故障就是他们证明这种必要性的证据之一。

布莱克伯恩比平常更加关注汤姆了，就好像怀疑汤姆也在其中扮演了什么角色一样。汤姆再一次不安了起来，他不知道布莱克伯恩是不是已经知道了他想要做什么。美杜莎还没有搭理他，所以为了惹恼美杜莎，汤姆进入了太庙的系统，将“地精”病毒直接植入了美杜莎的神经处理器。做完这些后，他就去了体育场。他们又进行了周一早上的例行运动，布莱克伯恩指导他们用强化机甲行军演练，捡起地上的东西，然后再放下。

汤姆满脑子想的都是美杜莎。维克的金属手指捏碎了一颗甜瓜，布莱克伯恩说，“祝贺你，阿斯旺，炸弹被你引爆了，你已经被炸成灰了。”

接着，他们又体验了一种看起来像电熨斗一样的金属工具，那东西叫作“离心钳”。只要按下按钮，激活内部的离心机，离心钳就会黏附在周围的任意表面上。华耶用这工具顺着墙爬了上去，然后就被困在了墙上——尽管下面有六七个人随时准备接住她，但她还是不敢往下爬。汤姆想要上去背她下来，但布莱克伯恩命令他原地待命，然后自己爬了上去。他爬到华耶身旁，轻声安慰华耶，最后两个人一步一步地慢慢爬了下来。

课程结束时，汤姆是最后一个脱下强化机甲的。绝大多数学员都是降下支架，让机甲站到支架上，然后自己再爬出来。汤姆则会略过等支架下降的过程，在支架还高时就直接跳上去，然后脱掉机甲。每次被抓到，布莱克伯恩都会罚他周末禁足外加打扫尖塔周围的卫生——但汤姆还是照做不误。

今天，汤姆刚一从强化机甲里出来，一件奇怪的事情就发生了：其中一件机甲自己活了过来，两只金属外骨骼大手一把抓住他的上臂，将他举在了半空中。汤姆被吓了一跳，惊慌失措地乱蹬着腿，这时，一行字出现在了他的眼前。

为什么我眼前都是愤怒的地精?

汤姆在半空中笑了起来，原来因为“人工智能反叛引发世界末日”的想象所带来的惊慌消失了，取而代之的是终于获得回音的喜悦，“你来了！真高兴你在这儿！”他张口叫道。

不要再发地精了，我是认真的！

汤姆晕晕乎乎地傻笑着，这双大手不会捏碎他，只不过是想吓吓他而已，“美杜莎，我们线上聊。”

我不想和你说话，不要再联系我了。

“线上聊。一次，就一次。听我跟你解释。”

不。你根本不知道自己在做什么，莫德雷德。不要进入我们的系统。再让我看到地精，我就来杀了你。

“不对，我不这么认为。也许有一天你会杀了我，但绝不会是因为地精。”

你不知道到处都是那玩意儿有多烦!

“不对。”汤姆真诚地说，“我完全清楚那玩意儿有多烦。但我还是相信你不会因为这个而杀我。金钱、势力、爱情，这才是杀人的动机，地精可不是。”

我不是在开玩笑!

“我也不是。见个面吧，和我聊聊，然后我就不会再打扰你了。”

机甲的双手收近了一些，汤姆面前空荡荡的地方应该是机甲眼睛的位置。向我保证，给我发誓：不要再进入太庙的系统。答应我我就来。

“我发誓。”汤姆说。

机甲一把放开了他，汤姆从架子上滚了下来摔在了地上。他站了起来，看着强化机甲，机甲已经一动不动了。美杜莎走得非常突然，就像来时一样。

和海瑟的第二次伴飞本该是个简单的任务——巡环取货。那天机会难得，维克、汤姆和华耶都有伴飞任务。一群合众国战斗员和天竺国基地的战斗员要共同负责为采收船警戒，那些飞船能从星球大气层(例如木星卫星的大气层)中采收碳氢化合物。

海瑟抓住机会刺探起了汤姆。

我几乎可以百分之百确信，是恩斯洛告诉了马什我做的事。你可以告诉我我想的对不对。我想知道。在他们绕飞木星的卫星欧罗巴时，海瑟对汤姆想道。

你就不能放过这事儿么？汤姆在心中想道。

她毁了我的事业。海瑟近乎咆哮地对汤姆想道。

海瑟的事业是她自己毁掉的，汤姆忍不住想道，华耶只不过是注意到了发生的事情而已。汤姆畏缩了一下，自己一不小心把秘密给泄露了。

海瑟想，哈！就是恩斯洛！我要毁了她。

不，你不会的。汤姆想，华耶看起来可能很废柴，但相信我，还是不要招惹她比较好。

采收船误入了大陆同盟的雷区，打断了两个人的交流。战斗员们迅速采取行动，启动他们的推进器，进入鱼雷与采收船之间的区域，鱼雷锁定了战斗员的飞船，加速而来，战斗员们则引着鱼雷飞向欧罗巴的表面，直到星球的重力将鱼雷拉下，撞毁在欧罗巴厚实的冰层上。

汤姆不由自主地盯着那颗卫星。那里是太阳系内可能存在外星微生物的两个地方之一，另一个地方就是火星的地下。不过也仅仅是可能。由于这两个地方都具有巨大的战略价值，蕴藏有丰富的资源，联盟禁止了所有在这两个地方寻找生命的活动。毕竟，要是真的发现了太阳系内唯一的外星生命，然后又一不小心用战争给毁掉了，那应付起公众的大规模抗议来就太麻烦了。

完成了对欧罗巴的巡航，他们直接飞向木星，好赶上那些采收船。

我们会再绕着木星飞，利用它的引力获得加速度返回泊位。海瑟想。

知道了。汤姆想，他又想到了那些作为收集站的磁化爪状泊位，用过的无人机都会停泊在那里，等待重新添加燃料，以供下次使用。

接下来，我会很高兴和华耶·恩斯洛聊聊的，海瑟恶狠狠地想道。

华耶只不过是尽了本分而已，搞砸的是你。

我可不能让他一直想这个，他会提前警告华耶的。嘿，汤姆，你知道吗？我们马上就要经过大红斑了。

汤姆的注意力完全被吸引了过去。酷！他想道，太酷了。

巨大的红斑缓缓地出现在木星表面。汤姆透过飞船上的电子眼看着眼前的景象，感觉头晕目眩。他看着那翻滚的云层，神经处理器告诉他，组成大红斑的风暴云体积是地球的三倍，整场风暴已经刮了几百年。

就在这时，事情发生了。

他们护送的那艘采收船从传感器上消失了。接着，其他采收船纷纷坠向木星表面。汤姆看到卡登斯·格雷的飞船沿着一条坠毁的航线飞向了木星，尤素福·赛义德的飞船紧跟着也坠了下去，撞上了埃利奥特的飞船，两艘飞船都炸成了碎片。

等一下，海瑟想，等一下，等一下，出事了。

忽然就轮到了他们。他们的飞船推进器一下子激活了，推着整艘飞船直冲木星表面而去。

呃，海瑟？看着眼前翻滚的红斑越来越大，汤姆想，你应该把目标定到其他地方吧。随着木星的引力越来越强，整艘飞船都疯狂地震荡了起来。汤姆能够感觉到，海瑟正在竭尽全力地想要从不知名的敌人手里夺回飞船的控制权。

透过飞船的传感器，汤姆看到越来越多的战斗员飞船正在下坠，防热板在木星大气的摩擦下纷纷爆裂。

哦，上帝啊，我的飞船失去控制了，海瑟想，我们可能是被劫持了。

汤姆感到一阵战栗，半是因为兴奋，半是因为恐惧。

飞船进入了木星大气，防热板被摩擦得发出了光，整艘飞船因为压力的增大而剧烈震动着，这种飞船本来就不是为在大气层中飞行而设计的。飞船坠向木星大气的深处，温度越来越高。木星的引力使飞船的速度越来越快，根本无法逃脱。

不一会儿，船体就因为巨大的引力而变形了，周围的红云撕扯着他们，时速六百公里的飓风拍打着飞船。在飞船被毁之前，汤姆将精神专注在神经处理器的轰鸣上，进入了飞船的系统，各个系统的警报让他眼花缭乱，整艘飞船正在木星的引力作用下缓缓走向死亡。

这时，在一微秒间，他的大脑接触到了另一个人的意识，那个意识的来源不是他的神经处理器，也不是海瑟的。它正在和飞船交互，引导飞船在死亡的道路上前行。汤姆被惊呆了，这是谁啊……

就在此时，他们的飞船解体了，汤姆的意识被扔回了五角尖塔，回到了自己的体内。

所有学员都接到通知，要求他们到普查室旁边的小厅集合，然后一个接一个地被护送进普查室，接受有关这次事件的记忆检查。

卫兵的头从门里伸了出来，叫出了下一个名字：“考夫纳，该你了。马丁准备。”沃尔顿站了起来，跟着卫兵进了屋。

汤姆胃里一沉，自从布莱克伯恩审问他所谓的叛国行为以来，他还从未接受过普查器的扫描。周围的中级生们都在有一句没一句地聊着。

“我还从来没被普查器扫描过呢。”詹妮弗·阮说。

“哦，很简单啊。”莱拉告诉她，“只要你想起某件事，有关的记忆就被上传上去了，还挺酷的。”

汤姆笑了起来，他就是忍不住。他看着那扇门，没有理会那两个姑娘投来的怪异的目光，感觉有些紧张。对，他知道这次肯定和上次自己被捆在布莱克伯恩操作的金属爪下面不同。理智上而言，他对此非常确信。但要说那个曾经差点儿把他弄疯了的机器会很酷，那就太扯淡了。

他强迫自己忍住笑，靠在墙上——那间关押了他两天的房间的墙。这里也是预约记忆检查的等候室。他的目光停留在了自己身心俱疲时曾一遍又一遍地击打的那个地方。

“伙计们，想想看。”维克叫道，他的眼中闪过一丝疯狂，很满意所有人的注意力都转移到了他的身上。维克张开双臂，“我们是人类历史上新的勇猛先驱：今天，我们都残忍地被木星了。”

“被木星？”莱拉重复道。

“被木星给干掉了。”维克解释道，“以前还从没有战舰被木星给压碎呢。我们是第一批。”

角落里传来了一个声音，是靠在墙边坐着的华耶，“埃利奥特和我的飞船不算。”

维克惊讶地看了她一眼，“你们没被摧毁吗？”

“我们确实被摧毁了，埃利奥特和我被尤素福的飞船给撞毁了，在他坠向木星的时候。”华耶解释道。

“那你们还是被木星了嘛。”

“撞毁我们的是尤素福，不是木星。”

“那你们就是被尤素福了——因为木星的缘故。”维克说。

“是因为动能！”

“直接由木星引力带来的动能。”维克举起了握紧的拳头，“所有行星里最凶残的那一颗。”

“这太白痴了，维克。木星一点也不凶残，它是气态的行星，是我们的救星，因为木星的引力，好多本来会撞上地球引起生物灭绝的小行星最后都撞在木星上了。”

维克摇了摇头，“你别忘了，恩斯洛：好多本来哪儿也去不了的小行星也是因为木星引力的作用才飞向地球这边的。如果人类没有到达这么遥远的地方，很有可能有一天，我们都会被流星给灭了，那颗流星能到地球也很有可能都是因为这颗被你急切维护的木星。也许有一天全人类都会被木星。被它凶残地干掉。”

华耶翻了翻眼珠，“要是想提世界末日的话，总有一天太阳的氢还都会用完呢，到时候太阳变成红巨星，我们的星球一样在劫难逃。按你的说法太阳也是恶魔了？”

“几亿年里我们是不会被太阳了的，恶妇。但也许明天，我们就会被木星了。”

“别再说‘被木星’了。根本就不通顺，都是你瞎编的。”

“我又被华耶了。”维克对汤姆抱怨道。

“别再硬造词了！”华耶叫道，“烦死了！”

莱拉开口道，“你们俩都很烦。”

华耶一副很受伤的样子，维克则不知天高地厚地笑了起来，汤姆也笑了起来。不知道为什么，他感觉怪怪的，还有点晕乎，越等这种感觉就越明显。

“你也是。”莱拉指着他，“尤其是你，雷恩斯。根本没什么可乐的。别笑了。我们都知道，你是吓坏了而已。啦啦啦。”

汤姆不笑了，“我没有。”

莱拉用尖细的假声模仿道，“哦，不，我好怕好怕普查器啊。”

“我不怕普查器！”

莱拉冷笑了一声，维克为汤姆打抱起了不平，他指着莱拉，“你错了，马丁。错得一塌糊涂。汤姆唯一害怕的就是餐桌礼仪。”

“对。”汤姆一下子反应了过来，他转向维克，“嘿！”

维克咯咯咯地笑了起来。这时，通往内室的门打开了，奥利维亚·奥萨雷走了进来,“你们好,各位。”

汤姆感到一阵不安,莱拉的话还在耳边。哦,不。要是奥利维亚过来是为了查看他的情况的,那还不如让他死了算了。莱拉肯定会笑个不停的。

幸好,奥利维亚并没有对他做出什么特别的表示,“我听说了发生的事,你们都还好吗?”

伴随着一阵嘈杂,所有人都确认自己没什么事。汤姆的声音尤其大,但愿奥利维亚能明白他的意思。

奥利维亚用她那深色的眼珠看了汤姆一眼。看到奥利维亚的表情,汤姆觉得她大概是明白自己的意思了。奥利维亚没有引起其他人对汤姆的注意,她只是站在那儿,用柔和而坚定的声音向他们解释,按照法律规定,在有关普查器使用的问题上,布莱克伯恩中尉必须接受她的咨询意见。不仅如此,他们所有人都有不接受记忆扫描的权利。

“不管别人是怎么告诉你的,他们不能强迫你接受。”她总结道,声调有些刺耳,“那么做是违法的,只要告诉我说你们不想参与,我就会确保你们置身事外。”

但没有一个人出声,没有人愿意当那个不能像其他人一样面对普查器的胆小鬼,尤其汤姆更是如此。通往普查室的门打开了,莱拉被叫了进去,下一个是维克。

奥利维亚给他们带了些苏打水,汤姆拿了一罐喝了一口,很高兴手里能有个什么东西。接着轮到了维克。看着他进去,汤姆所有轻描淡写的姿态也和维克一起消失了,汤姆不住地看着那扇门,模糊地意识到奥利维亚坐在了他的旁边。

卫兵出来叫詹妮弗进去,“雷恩斯,下一个就是你。”

詹妮弗也进去了,汤姆的注意力只剩下了视野中心的那一个小点,他的心在狂跳，耳朵里都能听到那跳动声。没事的，会没事的，一定会没事的。一定不会像上次那样。布莱克伯恩这次不会挖个不休的，一定不会。

他感觉到奥利维亚轻轻地捏了捏他的肩膀，突如其来的身体接触带来的惊讶瞬间冲淡了他的胡思乱想。汤姆这才意识到，自己握着饮料罐的双手在不住地发抖。

奥利维亚的表情很柔和，眼中充满了理解的神色。她用另一只手拍了拍汤姆的后背。汤姆感觉自己胃里一沉，喉咙发紧，奥利维亚知道他的真实感受，但并不觉得他是个懦夫。她理解。汤姆的胸口没有那么闷了，肩上的重量也减轻了。奥利维亚来到了这里，待在他的身边，那种需求感这才从他的内心深处涌出，伴随而来的还有深深的感激。

这时，汤姆注意到了华耶的目光，他这才意识到华耶还没轮到，刚才的一切她都看在了眼里。汤姆感觉自己脸上发烫，自己刚才这是怎么了？

“我没事。”汤姆说。他一点一点地从奥利维亚的身旁挪开，直到从椅子边挪了出来。“我很好。”

“你可以退出的。”奥利维亚认真地看着汤姆，轻声说，“你不需要这么做。”

汤姆看了一眼华耶，又将视线挪到了一边，“不要啦。”他又笑了起来，“我很好，我没事。”

尽管这么说，但在踏进普查室，看到坐在屏幕前的布莱克伯恩时，他的心里还是不住地发出了几声尖叫。普查器发出的光照亮了布莱克伯恩的后背，在屏幕上投下了一个巨大的黑色阴影。汤姆看了一眼悬在座椅上方若隐若现的金属爪，那个他曾被捆了两天的地方。他的视线怎么都无法从椅子扶手上的绷带上移开。

“雷恩斯。”

汤姆吓了一跳，他转过身，看着坐在阴暗中的布莱克伯恩，感觉耳朵都在发烫。

布莱克伯恩打量了他一会儿，“你有看到什么不方便在官方记录中出现的东西吗？”

汤姆眨了眨眼。

“嗯？”

“呃，什么？”

“所有这些画面……”布莱克伯恩用大拇指指了指普查器，“……都将被外部审查员观看，不只是我。所以，你有没有看到什么让除我之外的其他人看到后会对你不利的画面？”他的语调另有深意，而汤姆完全明白他的意思。

“呃，有，长官。是有些东西。”

“是吗？”布莱克伯恩的眼中闪过一丝可怕的神色。

汤姆后退了一步，不安地看了看普查器。

“雷恩斯，要是有不能让其他人看到的东西，我就不能对你使用普查器。也就是说，你得亲口告诉我你在伴飞中看到的事。”

等一下，也就是说……哇哦。这一次，他对机器的特殊能力真成了他的护身符。汤姆长出了一口气，感觉晕晕乎乎的。

“嗯，我确实看到了些东西，大概吧。”汤姆脱口而出；他很害怕，万一自己没有马上说出一切，布莱克伯恩就有可能收回之前的承诺，“我能感觉到幕后有一个带神经处理器的人。是神经处理器在远程遥控那些飞船。我不知道是谁，也不知道他们在哪儿。我没有机会自己查看，真的，刚一发觉我们就坠毁了。我能感觉到还有一个神经处理器在和飞船交互，不是我的，也不是海瑟的，是另一人的。我感觉得到。”

布莱克伯恩用他的大手摸了摸嘴。

“就是这些。”汤姆有些底气不足地说，“长官。”

布莱克伯恩转过身，看着屏幕上一幅静止的画面——是斯沃登与詹妮弗的飞船在撞向木星时拍摄的。他穿过房间敲了敲门。奥利维亚·奥萨雷走了进来，她和布莱克伯恩互相注视着彼此，敌意在空气中弥漫。自从布莱克伯恩冲进奥利维亚的办公室抓走汤姆时起，这两个人就互相看不顺眼。

“你说得对。”他移开视线，“是太早了，这孩子很紧张。他退出，你赢了。现在，把他从我眼前弄走。”

奥利维亚一言不发地经过布莱克伯恩身边，走向汤姆，“和我一起上楼吗？”

汤姆回头看了一眼，屋子里只剩华耶·恩斯洛了，她正睁大了眼睛看着眼前发生的一切。汤姆的脸红了，意识到华耶听到了所有这一切，忽然产生的屈辱感瞬间冲淡了逃过一劫的如释重负。

“嗯。”他低声说，“我们走吧。”

第十二章

接下来的时间里，汤姆满脑子想的都是普查室，不过这种情况在当天晚上的晚饭前就发生了改变——维克拉着他一起溜进了汉尼拔学院，等华耶回宿舍。之前的几个小时华耶一直在五角尖塔里跑来跑去到处帮忙，布莱克伯恩则在查找无人机被劫持的原因（并反击别人对他工作能力的指责），要不是因为太忙，华耶早就发觉维克的企图了。

但她没有发现，于是维克决定付诸实践。

进入华耶的宿舍时，汤姆夸张地遮住了眼睛，因为华耶的宿舍里现在到处都是维克的画像：维克赤裸上身展示肌肉；维克对着照相机摆造型；还有一张动图：维克弯曲一根管子，然后露出俗气的微笑；屋里还有一尊大理石雕塑，雕塑上的维克高举着双臂，就像是个疯狂的独裁者。显摆完自己的成果后，维克和汤姆靠在墙角的拐弯处，等待华耶回来。

刚过了几分钟，华耶就回到了宿舍，屋里传出一声尖叫。汤姆和维克笑得满地打滚，听到越来越近的脚步声，两个人赶紧朝汉尼拔学院的大门逃去，然后在中级生休息室里又大笑了起来。

“哇哦，听到那声惨叫了吗？”维克揉着下巴，回味着：“我觉得听起来还有喜悦的成分。”

“当然，我们晚上可以去问问她。”

维克夸张地叹了口气，“她肯定不会说实话的，面对现实吧，汤姆：恩斯洛是绝对不会承认她觉得我有吸引力的。”

“不对。”当天晚些时候，几个人又聚在一起的时候，华耶急切地向尤里解释道，“我一点也不觉得维克有吸引力。”

“维克说你觉得。”汤姆反驳道。

汤姆在虚拟现实游戏里击败过尤里无数次，结果尤里坚持要用自己在行的游戏再比一次，这就是为什么他们俩今晚会聚在棋盘前，由华耶督战。

维克没和他们坐在一起，而是睡在下级生公共休息室的地上。刚一把下级生们都赶走，他就夸张地声称自己会死于无聊综合征，又是惊叫又是假装呕吐的，只是因为他觉得下棋是世界上最无聊的事，仅次于看别人下棋。

不过汤姆、华耶和尤里却一致保持沉默，装作对身后的戏剧性画面完全视而不见。但维克并没有放弃自己的戏剧表演，他重重地摔倒在地，撞翻了一张桌子，然后躺在那里装起了死。

“我说的是真的，我真不觉得维克有吸引力。”华耶又大声说了一遍，所有人都等着维克从地上翻起来和他们争辩。

但他没有，华耶抬了抬眉毛，有些不情愿地赞赏了一下。

“他可是下定决心了。”汤姆说。

尤里清了清嗓子，汤姆才发觉轮到他了。华耶忍不住地“切”了一声。

“将军。”尤里又走了一步。

汤姆看了看棋盘，拿起了主教。

“别，汤姆！”华耶叫道，“别走那一步。”

“华耶。”汤姆说：“你要是想和尤里下的话也行，但别搁我这儿指手画脚的。我们俩这是一对一的对战，不带场外支援。”

“也没有电脑支援。”尤里补充道。

“电脑支援？”华耶问。

“没有电脑支援，我和汤姆都同意，象棋应该是用人脑下的。”尤里轻声向华耶解释，“我们不用神经处理器代劳，不然就变成两台电脑对战了，那可不值得鼓励。”说着，他吃掉了汤姆的主教。

汤姆的卒被困住了，于是他拿起骑士走了一步，华耶又哀叹了一声。

“华耶！”

“我没忍住，汤姆。”华耶说，“那可是步臭棋。”

汤姆看着棋盘，不用电脑，也就是说不能从尖塔的数据库里下载任何国际象棋策略数据，也不能用神经处理器计算每一步的价值和后续的步骤。由于华耶的大脑已经是人脑里最接近超级处理器的了，所以她不断地看出汤姆的错误，不断地发出烦人的声音。

当然，尤里又用皇后吃掉了汤姆的骑士。

华耶伤心地摇了摇头，“汤姆，你已经输了，只不过你还没意识到而已。”

不论是不是真的看了出来，华耶都成功地唬住了汤姆。三步棋后，她的预言成了现实。

“将死。”尤里边说边满意地走了一步车。

“我就知道。”华耶说，“不用神经处理器我就看出来了。不用电脑，只用人脑，我的脑子。”

“你有一颗神奇的大脑。”尤里低声说，华耶轻笑了起来。汤姆忽然觉得自己是在偷窥别人的私人空间。

“你们完事儿了吗？”维克从地上爬了起来，“哦，感谢上天。咱们去干点儿别的吧。我都无聊坏了，感觉好像到了康涅狄格一样。”

华耶一下子站了起来，“哦，维克，我还以为你已经不再用这个梗了。”

“哦？为什么不呢？挺好的呀。我所需要的只是你，还有一个具有负面意义的词，这就有了康涅狄格的段子嘛。”

华耶叫嚷着要报仇，然后就把一个抱枕扔了过去。抱枕从维克的头上弹开，维克夸张地倒退了几步，“啊，好疼啊！比在康涅狄格还要疼！”

华耶追着维克满屋子跑，维克抓起一个沙发垫挡在前面，然后手一松，差点让抓住坐垫的华耶摔倒在地。尤里也站了起来，“你这么做是不会有好结果的，维克兰。”

“维克，快跑！”汤姆大叫道。

尤里也冲了过来，维克惊恐地大叫着跑回了亚历山大学院，大个子波尔雅男孩儿紧跟在他的身后。

门在两个人的身后关上了，汤姆笑得前仰后合，华耶也忍不住咯咯地笑着。她理了理头发，看着汤姆。汤姆知道，华耶就要说了，他很确信。

“你没事吧，汤姆？”华耶说，“之前在等候室的时候你看起来有点奇怪。”

“谢谢，华耶。”

“我不是在指责什么。”

“只是说我有点怪，是吧？嗯，我没事。”他拿起一枚棋子扔回棋盒，“我很——好。”他看了看亚历山大学院的大门，有些希望那两个家伙能跑回来听他接下来的话，不过他们并没有出现。于是汤姆急切地说了下去，希望能早些结束这场对话，“之前我也没事。是奥萨雷女士反应过度了，知道吗，而且我不想说出我不需要她之类的话。我是说，你也知道之前根本没有人去找她。我觉得这么说会让她伤心，明白？所以，呃，就是这么回事。而且，嗯，那个地方可能确实有点让人不舒服，但那只是因为我知道布莱克伯恩只要一秒钟时间就能把我的心撕碎。”

“他决不会那么做的。”华耶皱眉看着汤姆，“你这就有点偏执了。”

“我没有偏执！”汤姆爆发了，“偏执的是布莱克伯恩！他就是个精神病偏执狂！”

“那是以前，他已经能控制住自己的症状了。要是说他偏执，那也只是他的个性使然而已。”

“我还是觉得你不应该原谅他那么对你。”汤姆紧紧地捏着一枚棋子，“我绝不会原谅他所做的事。他差点就把我给弄疯了。要是完全由着他，我现在已经是个疯子了。”

“他也是不得已。他以为你犯了叛国罪。”

“根本不是不得已。”汤姆松开手，棋子在他的掌心中留下了一个红印，感觉有些疼，“算了，反正你也不愿意相信我说的话，信不信都由你，不过帮我个忙。”

他一直等到华耶和他四目相对时才继续说道：“别在他面前提起我，华耶，一句也别。他要是问你我的事，就别回答。不管那个问题听起来是多么的无害。什么也别告诉他。”

华耶盯着他看了好长时间，然后说：“我又不会一天到晚老提到你，世界可不是围着你转的。”

“这我知道。”他确实知道，至少在理智上是如此。他知道这些话听起来很自大、很自我为中心，但是他就是忍不住会去想，有时候……嗯，其实是从第一次遇见海瑟时起，很多事情，确切地说是多得不成比例的事情，最后结果都是和他有关的。也许自己确实是有点偏执了。

“布莱克伯恩从没在我面前提过你。”华耶安慰道，“只有一次我们在拿写餐桌礼仪程序开玩笑的时候，当然那时候提到你是很正常的。哦，当时我告诉他有个学员被所有公司都咔嚓了，他说：‘让我猜猜，是汤姆·雷恩斯吧。’就这些了。”

汤姆叹了口气，把最后一枚棋子扔进了盒子，换了个话题，“那么，你觉得尤里现在把维克干掉了吗？”

华耶鬼笑了几声，“不，我觉得他现在应该正在折磨维克呢。”

这时，通向下级生休息室的门打开了，汤姆抬起头，进来的是海瑟·埃克隆。

这可真麻烦。在思维界面上他把华耶给出卖了，海瑟说过要威胁华耶。

海瑟看了看华耶，她的笑容就像是看到猎物的食肉动物一样贪婪，“恩斯洛！”她叫道，声音中充满了甜蜜的毒液，“在这儿找到你真是太好了。我非常想和你谈谈。”

华耶犹豫地看了一眼通向亚历山大学院的大门，尤里和维克还在里面。海瑟穿过大厅，走到华耶身旁，上下打量着华耶，然后说：“听说你在散播一些和我有关的流言。”

汤姆一脚踢在桌子下的棋盒上，站了起来，“海瑟，等一下。我想的那些事……”

“这和你无关，汤姆。”海瑟目不转睛地盯着华耶，说：“华耶和我正在闲聊呢。”

华耶微微挺了挺胸，“不，我没有。”

海瑟抬起头，双手放在臀部，“你说什么？你的意思是你没有散播关于我的流言吗？”

华耶的声音大了些，“不，我没有。毕竟，流言指的是没有根据的话。”

海瑟向前走了一步。看到两个姑娘怒视着对方，准备开斗，汤姆居然感觉有些激动，充满了期待感，但他知道自己必须要插手。他伸出手准备把两个人挡开。

“嘿，别这样，你们俩……”

“不关你的事，汤姆！”华耶厉声制止道。

“对，别管闲事。”海瑟低声威胁道。

被吓了一跳的汤姆退了回去。

海瑟琥珀色的眼睛里闪着光，“我从来都没喜欢过你，恩斯洛，我和你也没什么过不去的，所以没有理由让你过得生不如死……不过现在……我很不喜欢被人从背后捅刀子，所以我也不会用在背后阴你的手法报复的。”

“为什么对我就例外呢？”华耶冷冷地说。

“我警告你，你可是挑错敌人了。我会注意你的，恩斯洛，随你怎么想。我在战斗级学员里很有影响力，这种影响力每天都在增加。我会让你永远当不上战斗员。不仅如此，我还要让你在这儿的生活变得一团糟。”

华耶面无表情，目光冷峻。“很高兴和你谈这些。”说完，海瑟就转身朝电梯走去，深色的长发在空中划出了一个圈。

汤姆不能坐视不理，他想要跟上海瑟，但不知道该说些什么，但愿待会儿能想出来。

还没追上海瑟，华耶就一把抓住了他的胳膊，“你要干什么？”

“跟她说说。”

“说什么？”

“她在威胁你，我也要威胁她一下，总会想到办法的。”汤姆耸耸肩，“会想出来的。”

“不要。”华耶恼怒地说，“我的敌人我自己威胁。”

汤姆看了看华耶，华耶那种下定决心的表情他只见过几次，但那几次已经足够教会他要小心了。“好吧，但要威胁就要尽快哦，她可马上就要出去了。”

华耶抬起前臂，在键盘上飞快地输入，调出了一个程序。电梯门打开了，但海瑟的脚步停了下来。她呆立在门廊里，然后猛地转过身，回头看着他们俩。

“你干什么了？”她盯着华耶的脸大叫道。

“哎呀。”华耶低头看了一眼键盘，“我刚才敲掉的是你的防火墙吗？我觉得好像是。”

海瑟瞪着她，花了好一会儿工夫才恢复了过来张口回击，“没什么，我还有备用防火墙。”

她在前臂键盘上输入了几下，升起了另一道防火墙。华耶的唇边闪过一个微笑，她的手指在前臂键盘上飞舞——又一个程序。

“哎！”海瑟一边叫一边举手抱头，好像要用双手来保护自己的神经处理器一样。

“哎呀。是不是有什么东西把你的备用防火墙也给灭了？”华耶用天真的语气说，“真不知道为什么总是这样。”她把一根手指放在嘴唇上，做出一副思考的姿态，“哦，等一下，是我干的呀。”

海瑟张了张嘴，然后又闭上，最后终于忍不住开口道：“你是想说明什么观点吗？”

华耶耸耸肩，“只不过是我不小心发现，我可以关掉你为神经处理器设立的绝大多数防御系统，而且居然都很容易。我是说，连一秒钟时间都花不上，而且是这两次加起来。但你设计那些防火墙大概花了几个月吧。现在想想，要是没有防火墙保护你的神经处理器的话，我大概就可以对你做任何事了。记住这一点，之后你大概就会觉得，在‘让我的生活变得一团糟’之前，花点精力写个更强大的防火墙程序才是明智的选择。当然，如果你还蠢到想自己再试一次的话。”

“你这是在威胁我吗？”海瑟低声说。

“不是。”华耶淡淡地说，“我只是在陈述事实。”

海瑟站在那儿，紧握着双拳，一脸的挫败。最后，她终于做出了决定，玩笑般地拍了拍华耶的肩膀，“得了吧，恩斯洛，你有点太当真了。”

这回轮到华耶张口结舌了。

“你知道我是在和你开玩笑的。这是战斗级学员经常会对中级生做的事。善意的捉弄而已。我知道你只是在尽职尽责，真的，一开始上了那些记者的套乱说其他战斗级学员的事就是我太笨了。现在想想都还觉得自己蠢呢。还是你厉害，一下子就发现了！”

华耶大张着嘴，一脸茫然。

“我得走了。你可真是明日之星啊，丫头！”海瑟对她眨了眨眼，然后就扭头消失在了电梯里。

华耶终于能说出话了，“发生什么了？我不明白！我们是在对峙啊，然后她忽然就表现得好像是我反应过度了，胡乱威胁人一样。”她皱着眉头，急切地对汤姆说，“不是我在捕风捉影吧？是不是？”

“是海瑟在找台阶下。”汤姆解释道，“你赢了，她输了，但她不愿意承认而已。”

“真的？”

“真的。”汤姆捡起一个扔在地上的沙发坐垫，把它放回原处，然后把靠枕也放了回去，“你可真会威胁敌人啊。伙计，我都被吓住了。”

“是吗？”华耶开心地说，“哦，你能告诉维克这些吗？告诉他我很有威胁性，然后跟他说下一个就轮到他了，好好吓吓他。”

“我会告诉他你在说这些话的时候还在挥舞拳头。”汤姆保证道，这让华耶激动得不得了。

尤里和维克从亚历山大学院上气不接下气地跑了回来。尤里的卷发就像顶在头上的鸡窝一样乱蓬蓬的，维克全身湿透，好像刚从池塘里爬出来。

“别问。”维克一屁股坐在沙发上，抢先对汤姆说，沙发老旧的绿色布面上留下了一坨坨的油渍。

尤里迷迷糊糊地笑着，看到华耶主动走了过来，将手臂笨拙地绕在他的身上，就好像不太清楚应该怎样拥抱一样。“谢谢你为我的荣誉而战。”

“这是我的荣幸。”尤里吻了吻华耶的前额，然后解释道，“我追着维克兰跑了好多层楼，他用计算机病毒对付我，然后我也对他用了一条，所以我们俩最后都同意移除病毒。然后我追他追到体育场，他激活了一个训练程序，为了追上他我不得不面对一百多名越共战士，不过一想到向你宣告我的胜利时的情景，我就有了坚持下来的动力。最后，我终于在一片沼泽边找到了他，成果就是你看到的了。”

维克咕哝了一句，他被扔进了体育场的一个小湖里。

“他发誓再也不开康涅狄格的玩笑了。”尤里告诉华耶。

维克厌倦地点了点头，“我可没有这么狠的波尔雅国机器人站在我这边，我只有汤姆。”

“不，你没有汤姆。我可不敢和尤里对着干。”汤姆抗议道。

尤里笑着搂住华耶，维克摇了摇头，一脸不满。

汤姆看着他们，他的朋友们，不知为何，眼前的这一刻似乎被镶上了黑框。没有什么合理的原因，也许只是因为汤姆打心里深信好事都不会长久吧——他有种不安的感觉，就好像是要赶在手中的无价之宝从指缝间溜走前再看最后一眼一样。

第十三章

在确认所有人都能胜任强化机甲后，布莱克伯恩结束了对他们的培训，并按以前对待中级生的方式为他们举行了“结业仪式”——让他们从外墙爬上五角尖塔的十五楼楼顶。

“不许胡闹，都清楚了？”不知为何，说这话时他直勾勾地盯着汤姆和维克，尽管旁边还有五名新近结业的中级生。“谁在上面胡闹，谁就给我从楼梯上下来。摔坏你们一个就意味着一大堆案头工作。知道那些案头工作要谁来做吗？我。所以你们都给我穿好机甲，两人一组，小心谨慎。”

汤姆和维克肩并肩地站到了一起，华耶每转向一个人，那个人就扭头与其他人配成了一对，这让华耶很受刺激。布莱克伯恩带了很多登山索，并给每对都扔了一根。

“意思就是：如果你们当中有一个人没抓稳——这种事不应该发生——另一个人还能拽住他。”他拿起一根登山索，站在汤姆和维克面前，“哦，不，不，不，你们俩不能一组。”

“啊？”汤姆说。

“啊？”维克说。

“阿斯旺，你和恩斯洛一组。”

维克转向华耶，抬了抬眉毛，“真想不到，我们俩是一组。现在我的命可就交到你手上了。至于你的呢？由我说了算。”他摆动着眉毛。

华耶似乎害怕了起来。

汤姆不自觉地看着凯尔希·戴莫斯的方向，希望布莱克伯恩再拆散一对，好让他和那个卷发姑娘组队。但他感觉有个东西挂在了自己的机甲上，回头一看——他的胃不由得一沉。

“不是吧。”他抗议道，他可不愿意和布莱克伯恩中尉绑在一起，“不要啊，长官，真的。”

“没有讨价还价的余地。”布莱克伯恩边说边拽了拽绳索，检验它的强度。

“但我是这里强化机甲技术最好的人了，不需要和导师用登山索连在一起。”

“问题不是能力。”布莱克伯恩语速缓慢地说，似乎是在艰难地维持着耐心，“我怀疑的是你的判断力。”

“我的判断力棒极了。”

“你的判断力糟透了。所有这些学员里，最有可能严重高估自己然后做出一些极端鲁莽愚蠢行为的就是你了。所以你要和我在一起。事实已经证明，你无法准确估量自己的能力，所以，我只能替你估量。要么就这样，要么你就不要爬了。”

汤姆生气了起来。

“怎么样？”

“好，长官。”

和布莱克伯恩绑在一起完全毁了他的兴致。所有人都套上了光学迷彩，将光纤材料连接在了强化机甲上。这样平民在朝五角尖塔的方向看时就不会看到他们。他们也用上了熨斗形的离心钳，这样才能沿着墙壁爬上去。

冷风穿不透光学迷彩，强化机甲又代替了体力运动，汤姆发觉自己在整个攀爬过程中都极其的无聊——再加上还要被布莱克伯恩拖累。布莱克伯恩坚持要走到最慢的学员詹妮弗和莫文后面，好盯着他们点儿。

汤姆知道华耶和维克登顶的确切时间，因为他们俩都用网信把加粗的“**胜利！**”发到了汤姆的视像上。

刚一到顶，汤姆就满腹牢骚地解掉了连接自己和布莱克伯恩的绳索。他通过处理器观察着周围气流的波动，想要看看附近有没有穿强化机甲的人在活动，他的眼睛甚至能够根据波动描绘出物体的外形。他朝神经处理器标识为华耶和维克的物体走去，他们俩在巨大传输塔的另一侧。传输塔从尖塔顶部升起，直入云霄。汤姆仰起头，想要看清传输塔的全貌。整座尖塔就是一座发射台，传输塔就是顶尖上的顶尖。

“爬得怎么样？”维克的声音从一个隐形物体周围波动的空气中传出，“我和恩斯洛玩得还挺好的。大概是我太有吸引力，她消受不起吧。”一个抖动着的胳膊的形状朝他挥了过去，维克跳到了一边，“你现在可是有超人的力量啊，怎么能随便打人！”

“哦，是啊。”华耶想了起来。

汤姆并没有分享维克的好心情，“布莱克伯恩动不动就拉住我，嫌我爬得太快。感觉就跟狗一样，我跟你说啊，伙计，就好像脖子上拴了跟绳子。”

华耶去和布莱克伯恩聊天了，留汤姆和维克在那里抬头望天，传输塔的塔尖高耸入云，一直伸向明亮的天空。

“听着，沿墙向上爬是一回事，要是沿着这玩意儿爬上去……”维克说，“那才是真正的攀岩呢。”

汤姆看着眼前的景象，心跳微微加快了一些，要是能爬上去可就太爽了，“我赌我能行。”

维克笑了起来，“不可能。”

汤姆用神经处理器迅速过了一遍传输塔的结构图，计算了一下到哪里才太窄不能爬，“五十块，赌我能爬到距离塔尖十米的地方。”

“成交，博士。”维克说。他本来是要和汤姆握手的，但强化机甲的手却捏住了汤姆的手腕。

这简直就跟探囊取物一样容易。汤姆使劲一跳，伸出离心钳，钳子立刻吸附在了传输塔上。没问题，在有人注意到之前他肯定能……

但他的第二跳还没跳起一臂的高度，一只手就从后面抓住他的强化机甲把他拽了下来。他回过头，胃里一沉，神经处理器上显示的是布莱克伯恩的IP地址。

“瞧啊，雷恩斯，我之前不是说过你会做出一些极端鲁莽愚蠢的行为吗？”布莱克伯恩的声音就在他的耳边，“这就是我说的那类行为。”

“我没想要爬。”汤姆马上撒谎道，“只不过有只大蜘蛛，我想把它打死，离心钳一不小心自动吸附在传输塔上了。

布莱克伯恩拖着他走过屋顶，来到通向十五楼的楼梯口，一把将他按下，“待在这儿，坐下，不许动。”他的声音中似乎隐含着愤怒。

汤姆可不想就这么干坐着，这可一点都不体面。他站了起来，可布莱克伯恩又把大手按在了他的头上，把他按了下去，“我说了不许动！”

汤姆咬了咬牙，坐在地上没动。

“好孩子。”布莱克伯恩说，“我去和阿斯旺聊聊。你，就在这儿待着，不许和别人说话，好好想想你的行为到底有多愚蠢。把这当成关禁闭吧。”

“禁闭？”汤姆叫道，“你以为我五岁吗？”

布莱克伯恩恶狠狠地笑了几声，“真让我震惊啊雷恩斯，你居然还记得这个词的意思。不过，要是我不能用对待其他学员的方式在你的厚脑壳里埋下点理智的话，也许我会试试用对付淘气包的办法来对付你的。而你现在的表现不折不扣就像个淘气包。你觉得这法子怎么样？”

“不怎么样！”汤姆抗议道，“我都十五了。”

“那就证明给我看，证明你确实能像个十五岁的人一样集中注意力坐在这儿。”

汤姆憋着火坐在那里，又过了一会儿，布莱克伯恩满意离开的脚步声才传了过来。但汤姆想了一会儿就意识到了接下来会发生的事：布莱克伯恩肯定是回去收拾维克去了。也许维克已经想好借口了？汤姆清楚自己必须配合好维克，不然他们的故事就会穿帮，所以他又站了起来，尽可能轻地朝维克和布莱克伯恩的方向走了过去，想要听清楚维克要说什么。他停在传输塔圆形的基座旁，竖起了耳朵。

他听到了布莱克伯恩的声音，“……真以为这是个好主意，阿斯旺？”

“不是的，长官。”

“哦，但听起来确实是这么认为的。毕竟，你撺掇他了。那么你就给我演示一下这个主意到底有多好吧，爬上去。”

维克愣了一下，“长官？”

“我说了，爬上去。”

汤姆感觉很不可思议，这不公平。维克要爬上去？他俯身向前，观察了一下维克所在位置周围的气流，显然维克并没有爬。

“让我猜猜：这东西看起来好高啊，是不是，阿斯旺？假如你爬上去了。这东西……”伴随着气流的波动，传来了一声强化机甲外壳撞击传输塔的声音，“……发射无线电波指挥地球周围中立区里的导弹，信号会让离心钳短路，也许还会直接穿过金属外壳进入你的神经处理器。告诉我，这是个好主意吗？”

维克的声音听起来很震惊，“不是，长官。”

“对，确实不是。当然也有可能，在你爬的时候，更有可能是在雷恩斯爬的时候，并没有信号在传输……但是万一要是有呢？我告诉你会发生什么：上面的人会摔到屋顶上，或者干脆摔到下面去，就是这样，阿斯旺。到时候他们就跟肉饼一样了。你们赌了多少钱？我没听清数字。”

“呃，五十块，长官。”

“你朋友的命换五十块。”

“我不知道，要是知道的话我是不会做的。”

“你就是这样，阿斯旺。”汤姆看到一个闪动的影子向前走了一步，另一个则退后了一步，“我一直觉得你的脑子应该还算正常，以为那个脑壳下面还有点理智，所以我愿意打个赌：你怀疑过会有风险，但你还是让你的朋友去做极端危险的事，那种你因为自己的小聪明而不会去做的事——因为这种风险只会让这一切更惊险有趣。”

汤姆感觉到愤怒，他真想冲上去告诉布莱克伯恩他说的关于维克的话一点儿也不对。维克肯定也很愤怒，因为他也叫了起来，“不是那样的，长官。”

“啊哈。你知道这种类似的情景我在你们俩身上看到过多少次了吗？战争游戏的时候，我记得雷恩斯铆足了劲儿要跟我找麻烦，根本不管我的衔级是不是比他高。面对现实吧，那小子搞砸了一次一次又一次，他要是不搞砸我都会吃惊。但你呢？你不一样，你立刻立正，说‘长官，是，长官’，就像个听话的小无人机，因为那是应该做的事，你也很清楚。你不会越界一步，而且我也知道原因：因为有人，在你生命的某个阶段，给了你很好的教育。”

“可那和……你说得不对，长官，就是不对。他是我的好朋友，我不会给他下套的。”

汤姆后退了一步，他有种奇怪的感觉：要是维克知道他听到了这些话一定会感觉很尴尬。

“那就愿上帝拯救汤姆·雷恩斯吧。”布莱克伯恩说，“你必须清楚，你的所作所为对他一点好处都没有。”

汤姆回到了布莱克伯恩让他待的那个地方，看着布莱克伯恩放了几根绳子下去，让愿意的学员不用机甲，而是沿绳索从尖塔一侧荡下去。布莱克伯恩给马齐斯、凯尔希和维克系好保护索，放他们下去，其他人则更愿意像上来时那样穿着强化机甲一步一步爬下去。布莱克伯恩收好设备，装进袋子里，一把扔给汤姆，然后打开了门，“从这儿走下去，到二楼楼梯口等我。其他人一完事儿我就下来。”

“我不能爬下去吗？”

布莱克伯恩扒下了光学迷彩头套，让汤姆看清他的脸，“听清楚了，雷恩斯：这项活动是福利，不是你的基本权利。行动就有后果。你搞砸了，滥用了特权，这就意味着你出局了。”

“好，随便，反正我也不在乎。”

布莱克伯恩看了看他，一副很明白的样子，“不，你在乎。”

汤姆走进楼梯间，一脚关上了门，周围又黯淡了下去。好，不让爬下去就不爬，无所谓；反正他还穿着强化机甲呢，这就还不赖。他扯下最后一块光学迷彩，俯身趴在楼梯栏杆上看了看，楼梯间里没有其他人。带着一丝激动，汤姆一个跟头翻到了下一层楼，着地时发出一声巨响。他又做了一次，翻过了一层楼，偷偷干坏事的快感简直棒极了。

要不是听得到楼下传来了开门声，有人快步走了过来，汤姆肯定还会再翻一层。他小心翼翼地轻声走动，不让强化机甲发出太大的声音。

结果尤里一头撞进了他的怀里。尤里满头是汗，中级生们结束体育课时，下级生们已经在吃午餐了。不过很显然，尤里打算利用这一个小时在楼梯间里进行徒步锻炼。

“托马斯。”尤里惊异地叫道。

汤姆顿了顿，不知道作为下级生的尤里是不是看到了他的强化机甲。但尤里似乎没有什么反应，所以汤姆觉得，他的神经处理器大概是把强化机甲给过滤掉了。

“你不是不用上体育课吗？”尤里问。

中级生是不应该向下级生提起强化机甲之类的细节的，因为他们“没有获得相应的特权”。汤姆考虑着该如何撒谎。

尤里猜到了答案，“啊，我明白了。”他的脸色沉了下去，“是我不该知道的事。需要我帮你扛袋子吗？”

“不用，我能行。”就算没有强化机甲，这个袋子对汤姆来说也不算什么。他把袋子扛在肩上，小心脚下的步伐，尽量不发出当当的响声。谈论着午餐和即将到来的假期，汤姆不由得又想起了自己偷听到的布莱克伯恩和维克的对话。

愿上帝拯救汤姆·雷恩斯。你的所作所为对他一点好处都没有。

汤姆的胃一沉，他从没想过，这里的人会觉得他是个不成事的家伙。当然，卡尔、道尔顿和布莱克伯恩之类的家伙肯定会觉得他是个不知道天高地厚的浑小子，活该吃瘪，但他从未想过，其他人也觉得他毁掉自己人生最大的机会是理所应当的事。最糟糕的是，他根本不知道该如何补救。他又想起了马什将军命令他修补和CEO们的关系时的情景。说起来容易啊，就好像他能在街上碰到他们随便言归于好一样。

就算他能在什么地方遇到那些高层人士，他也很清楚自己没办法补救。他做不到马什期望他做的事。也许维克也很清楚这一点，所以才为汤姆庆祝，给他打气……这只不过是朋友为了防止他因为搞砸了一切而意志消沉所采取的手段。

意识到这一点的汤姆似乎受到了触动，他停住了脚步，尤里又走了几步才意识到汤姆已经停了下来。他转过身，问："托马斯？"

汤姆看了看他的朋友，意识到自己也是这么对尤里的，他们所有人都是这样。他们都避免提到那件事，也从不在他面前谈论，似乎是要帮他逃避现实。这种作为确实对他一点好处也没有。

"尤里，伙计，为什么你还要待在尖塔里呢？"汤姆突然问，"你肯定知道他们是不会提升你的。你在这里没有前途。"

就算是吃了一惊，尤里也没有表现出来，他只是在微光中看着汤姆。

"你知道的，是吧？"汤姆继续道。

尤里扭头看着护栏，"知道。"

"那你为什么还要在这儿浪费时间？我也爱这个地方，我知道你喜欢华耶。我知道你想要留下，但是尤里，伙计，你会变成那种二十多岁还在高中混的人。不应该是那样的，你不是输家，光明的未来还在前面等着你呢。"

尤里叹了口气，"你说的这些我都想过。"

"那为什么？你有什么打算呢？"

尤里舔了舔嘴唇，抬起头，目光中充满了坚定，"你可能会觉得我很傻，但我总有种感觉，我必须要留下——必须留下，要是离开了就等于忽视了我的使命。"

"什么使命？"

尤里耸了耸宽阔的肩膀，"不好说。那种必须要留在这里，怀有某种目的的感觉，只有'使命'这个词能够描绘。即使是想到要离开都会让我觉得很难受。我能够感觉得到，我很确信，离开将会是个巨大的错误。每次想在心里理性地思考这个问题的时候，那种感觉就会更加强烈，就好像有什么东西重重地压在我的太阳穴上一样。"他在头上比画了一下，"你肯定觉得我已经疯了。"

汤姆靠在墙上，“不，不，伙计。你一点也不疯。嘿，真的，我知道那种感觉。就好像，我不知道要是没有这里我还有什么地方可去。什么地方也没有。”汤姆从没说过这些，即使和维克也没说过，他的声音低沉得好似耳语，“真的，什么地方也没有。我不知道要是没被招募的话我会沦落到什么地方。也许已经，我不知道，进了监狱之类的吧。”他耸了耸肩，甩掉这种想法，“可是尤里，这对你来说并不是二选一的选择题，你和我不一样，你更强，可以成就很多事，而且大家都喜欢你，关心你。你在这个世界上是会有所成就的。”

尤里看着汤姆的眼睛，“你对自己太严苛了，托马斯。”

汤姆心里一震，不说话了。

“不好意思打扰你们的温馨时刻。”布莱克伯恩的声音伴随着他的脚步声在楼下响起。汤姆和尤里都吓了一跳，布莱克伯恩走过转角，出现在了下方的楼梯上，他用清晰的语调对尤里说，“接下来五分钟，我们要谈谈佐藤II代语言。”

尤里立刻明白了他的意思，马上换上了一副迷迷糊糊的表情——就像听到和编程有关的内容时布莱克伯恩在他神经处理器里写的程序起了作用一样。

布莱克伯恩指了指楼梯，“楼梯间里没有别人了，也就是说我们得谈一谈。”

“听着，在楼顶上时……”

“在楼顶上时发生的情况完全在我的预料之中，雷恩斯。”布莱克伯恩一边走下楼梯一边轻快地说着，“不，我要和你说的是你看到的和无人机交互的神经处理器的事——那个系统中的幽灵。我本来打算在爬楼的时候和你说的，要是你当时和我步调一致的话——就像你本该做的那样。”

汤姆回头看了一眼尤里，高处的尤里睁开了眼睛，脸上充满了好奇的表情。他没有眨眼，汤姆在转身下楼梯的时候在心里暗想，**闭上眼睛假装迷糊吧，你在干什么呢，伙计？**

“希望你明白，我知道你一直在试图和尖塔外的某人联系。”布莱克伯恩说，他的声音在楼梯间的墙面间回荡。

汤姆停下了脚步，“我不知道你在说什么。”

在跟着布莱克伯恩往下走时，眼角的余光让他看到有个东西在动。意识到那东西是什么的汤姆吓了一跳，真不敢相信尤里居然正悄悄地跟着他们，小心不让布莱克伯恩发现，偷听他们的谈话。

他这是干什么呢？想要被抓住吗？

“不要跟我撒谎。”布莱克伯恩转向汤姆，“你在太庙里有个朋友。这让我想了起来：我们的系统里没有发现后门，没有外部渗透的证据，但还是有个神经处理器在和我们的无人机交互，控制那些无人机。如果不是尖塔外的神经处理器，那就是我们系统内的，但如果是系统内的，我一定能跟踪到，但我没有。”

“那么？这和我又有什么关系？”

“这就是说，有人隐藏了自己的行踪，雷恩斯。他有意识地隐藏了自己的痕迹，在攻击系统的短短几分钟内就做到了这一点。这个世界上只有三个人能用这么娴熟的技巧隐藏自己的数字脚印。第一个是太庙里负责我这项工作的人——在尖塔的系统外，第二个是约瑟夫·文格洛夫——同样地，也在系统外。第三个，就是我。”

“也许就是你呢。”汤姆一边说一边小心地注意着尤里，“也许你还有个自己不知道的人格。我是说，你有精神……”布莱克伯恩忽然一把抓住他把他提了起来。

“也许，那个人并没有隐藏自己的踪迹，因为他从没有留下踪迹。也许他就是你的那些朋友中的一个，单纯依靠神经处理器就可以不被察觉地穿过防火墙。如果是这样，那么他确实有可能进入我们的系统，控制无人机，然后一点线索也不留下。”布莱克伯恩眯起了眼睛，“是你联系的人吗，雷恩斯？是不是太庙里来的那种可以随意穿越我的防火墙的家伙？”

不，美杜莎是不会做这种事的。不会用这种方式，不会暗中捣毁无人机，“我觉得不是。”

“这会让我丢了工作。”布莱克伯恩轻声说，“黑曜石集团已经抓住这个机会游说国防委员会解除我的职务了。你会很高兴看到我滚蛋的。”

“是啊。”汤姆诚心实意地说。他真的会。“但这并不是说我会在这件事上撒谎。我觉得你怀疑错人了。”汤姆刻意顿了顿，又补充道，“又一次。”

布莱克伯恩放开了他，但在汤姆想要转身离开时又伸手挡住了他，“替我给你的朋友带个话。不管是不是钻进机器的幽灵，我都要，并且一定会抓住幕后的家伙。”说出这句话之后，他终于放开了手，让汤姆从他身边走过下了楼。

汤姆一直往下走，直到听到一声门打开又关闭的声响才停了下来。确定布莱克伯恩确实离开了后，他就一直在那里等着尤里，不一会儿，尤里的脚步声传了过来。

尤里全听到了，一字不落。

汤姆看了看他的朋友，他不知道该如何向尤里解释。他有太多事情对朋友们保密了，也许得先想想如何将损害降到最低。“呃……你都听到了，是吧？”

尤里截住了他的话头，“听到什么，托马斯？”

“我们说的话，我和布莱克伯恩，就刚才？”

尤里皱了皱眉，“我下来看看你是不是还好，没听到你们说什么。”

“可你……”汤姆犹豫道。

他以为尤里在偷听。尤里一直跟着他们下了楼，看起来很像是在偷听。他肯定听到了——他们距离很近的，对不对？

汤姆把手放在口袋里，“呃，很好。反正也没什么值得听的。没啥重要的东西。”接着他就滔滔不绝地讲起了布莱克伯恩对他在体育课上胡闹是如何的生气。反正维克可以为他作证，这么说似乎最安全。

不过。

尤里居然没有听见，当然这也为汤姆省了事，至少不用想怎么解释了。说到底，这才是最关键的。

第十四章

寒假越来越近，汤姆和维克的心情也低落了下去，看起来在一月份开学后，他们俩就不会在同一个对战应用小组里了。自从汤姆和斯沃登通过保持距离的方式维持表面的和平后，他们俩在课上就一直玩得很好。绝大多数时候斯沃登都不进到应用里，即使进入实景，也会离汤姆远远的。通过这种方式，他们互相容忍了对方，这也给了汤姆和维克使劲折腾的绝佳机会。

而且他们确实闹腾得很欢。

在匈奴王阿提拉[①]的军队中服役时，他们血洗了扮演罗马人的梅森小组。扮演罗马人时，他们又屠杀了卡登斯小组的迦太基人。他们在波斯湾击败了拉尔夫的小组，还作为狮子撕碎了埃摩法小组的土狼。他们扮演外星人摧毁了布莱特·施迈泽小组的老式苏联军队，还在卡尔领导的蒙古人入侵中扮演农夫反抗侵略。汤姆死过很多次，降落伞故障、溺水、枪击、各种刺杀、火烧，以及咬死，不一而足。海瑟和她的印加武士小组曾经拿汤姆献祭，尤素福的日本武士小组也砍掉过他的脑袋。他刷新了中级生的

① 阿提拉（Attila，406年—453年），古代欧亚大陆匈奴人的伟大领袖和皇帝，史学家称之为“上帝之鞭”，曾多次率领大军入侵东西罗马帝国，并对两国构成极大的打击。

致死率排行榜，甚至还杀了卡尔三次，每一次都让他的心情好上一分。

要不是因为惹恼了每一家联盟公司的CEO，他肯定会获得晋升的机会。结果呢，他们几个当中只有华耶完成了升级，只用了六个月的时间就结束了她的中级生生涯。

他们在斯沃登领导下的最后一次对战训练发生在一个老派的《执法悍将》式的西部场景中。尽管和《执法悍将》中的那位主角同名，华耶・恩斯洛却处在敌方，扮演一个不法的牛仔。讽刺的是，扮演西部警长华耶・厄普的却是维克。汤姆扮演他的挚友枪手达克・哈勒帝，和维克一起一个接一个地猎杀埃利奥特手下的牛仔。最终，他们在经典的小镇枪战场景中遇到了华耶。

华耶躲开子弹，跑到一家酒馆里做了一堆燃烧瓶。她的燃烧弹破坏了这个实景中手枪决斗的特质，也杀掉了汤姆小组的大部分人，让所有人都知道了她被提升可不仅仅是因为编程编得好。她对战斗的厌恶居然戏剧性地将她变成了一部致命的杀戮机器。

汤姆和维克很担心正面冲突的后果。枪械非常原始，子弹的精度也很差。他们只有一次机会，必须要小心谨慎。

幸运的是，华耶也有她的弱点：朱塞佩和她一组。

朱塞佩正在酒馆前的椅子上晃悠，靴子慵懒地踢着门栏上的栏杆。华耶紧握着手枪，每隔几秒就从破窗后往外看一眼，朱塞佩则喋喋不休地谈论着他的靴子被磨破了多少。为了这次精心策划的奇袭，汤姆把自己绑在了一辆马车的底下，透过马车的下侧，他能看到那两个人的方位。他扯开在车底捆住自己的绳结，伸直胳膊撑住自己，直到奇袭的时刻到来。

“我的脚后跟都起水泡了。”朱塞佩说，“为什么要在实景里把水泡都编程出来呢？真是太细碎了。我要写封投诉信。我可不想要忍受这些……”

华耶忍不住了。她举起枪从后面一枪崩碎了朱塞佩的脑袋。

汤姆忍不住一下子大笑了起来，手不由得一松，就提前从车底掉了下来。他的手枪也在落地撞击中滑出了皮套。他赶紧滚到一边，刚好躲过差点就碾到他的车轮，也借机闪过华耶射来的子弹。

“刚才那下真是太爽了！”汤姆一边躲避子弹一边对华耶叫道。

“他太烦人了！”华耶一边回叫一边扔出了一个燃烧弹，燃烧弹擦过汤姆的肩膀，点燃了他身后木制的邮政局办公室。伴随着一声尖叫，维克很不幸地暴露了自己的藏身之处。一些自动生成的小镇居民没命地来回跑动着想要灭火。

华耶和维克疯狂对射，不一会儿两个人的子弹就都用完了。随着枪口的浓烟散去，事实也清楚了起来：两个人一枪也没有射中。而且华耶的燃烧弹也用完了，汤姆的枪在摔下马车时滚到了一边，几个人只能干站在那里，面面相觑，周围浓烟环绕，邮局还在燃烧。

“现在怎么办？”汤姆问，“那些居民都没有枪，镇上不准持枪。”

“也许可以来场肉搏。”维克脱下牛仔帽，揉了揉前额，他那个角色的两撇八字胡在风中飘荡着。

华耶也摸了摸自己的胡子，“我不喜欢脸上长毛，胡子里老是有面包渣。”

汤姆靠近一看，华耶的胡子里确实有食物的碎屑。

“我有个提议。”维克抬起一根手指，“我认为，我们可以说这场战斗是个平局，因此我们应该假装这一切都没有发生过，大家各走各路，下次遇到时再继续开战。”

汤姆觉得这个建议很合理，华耶也点了点头，她还在忙着整理胡须。

“下一次，可就要见血了。”维克摆出打枪的姿势对着华耶，高兴地叫道。

华耶拿真枪对着维克，“死伤一定不会缺。”

他们分开了，汤姆和维克一起骑马离开小镇，而周围是一片一望无际的沙漠。

“要去找莱拉吗？”汤姆问，维克最近经常会在实景里找到莱拉，然后在她面前表现战绩。截至目前，这么做并没有产生什么作用。

“嗯，我想去看看。”

汤姆在阳光下看着维克，“这可能是我们最后一次一起战斗了，伙计。”

维克笑了笑，“‘在进入战斗级之前’，你应该是这个意思。”

汤姆也笑了笑，但他还是说：“算了吧。”

维克的笑容消失了。

“不需要假装的。”汤姆耸了耸肩，“除非发生什么天大的巧合灭掉了联盟里的所有高管，不然的话我基本上就是玩完了。我们俩都清楚这一点。”

维克半天没有说话，“你知道的汤姆，那天在房顶上，要是你没有去爬传输塔，布莱克伯恩也没有看见的话，我就会去爬的。我肯定会。”

“嗯，我知道，伙计。”汤姆伸出手，两个人互相捏了捏对方的臂膀，“再见。”

“再见，博士。”

维克转身朝墨西哥的方向出发了，汤姆则朝炙热荒芜的沙漠前进，寻找最最凶残的牛仔强尼·林戈，扮演这个角色的是埃利奥特。

在实景中，汤姆并没有刻意不去杀死埃利奥特，因为他并不是个仁慈的人，但前几次他都没有马上动手。埃利奥特曾想要帮他，这种认识让他有些心软。

不过这一次，汤姆觉得自己必须要出手了，埃利奥特的角色可是敌方最厉害的枪手。

汤姆在实景中花了足足六个小时才确定了埃利奥特的位置，他的角色有肺结核，这让他不得不经常停下来休息。发现埃利奥特正和两个学员格洛弗·斯台普顿与阿特·麦基一起躲在一间谷仓，汤姆点燃了谷仓，把他们俩给逼了出来。格洛弗第一个从门里跑了出来，汤姆一把从他的枪套中夺过手枪，一枪击毙了他。阿特跑出来时，汤姆的枪管堵住了，因此他用套索套住阿特的脖子，另一头拴在马身上，赶着马跑了起来。那匹马拖着阿特穿过了整片场地。

最后，埃利奥特走了出来，周围空气灼热，两个人四目相对。

“我一直在等你。”埃利奥特淡淡地说。

如果这话是其他人说的，汤姆一定会提高警觉，因为这句话通常都出现在超级恶棍展开毁灭性打击之前。但是埃利奥特不一样，这句话应该就只是陈述事实而已。

“我来了。”汤姆边说边给手枪上膛，“我们还是用诚实的方式来解决吧，一场决斗。”

两个人绕着对方走动着，靴子带起了滚滚尘土，亚利桑那的烈日照在他们的肩头，“今天早上的时候我听到了一些关于你的事。”埃利奥特开口道。

“这次又是什么坏消息？”

“我希望那个消息是真的。黑曜石集团要在一月份举办一场见面会。很显然，约瑟夫·文格洛夫今早联系了马什将军，指明要你到时候去见他。”

汤姆顿了好几秒才回过神，继续绕着圈子，“哦，真好。”

“我以为你已经惹恼约瑟夫·文格洛夫了。看来他愿意再给你一次机会。”

“又有什么关系呢？反正绝大多数学员都不会去黑曜石的见面会。文格洛夫又不资助战斗员。”

埃利奥特看了看他，“汤姆，虽然我曾说过再也不管这些了，但我还是想给你一些建议。”

这让汤姆吃了一惊，“呃，好啊，说吧。”

“尽力赢得约瑟夫·文格洛夫的心。”埃利奥特摘下帽子，用手套擦了擦额头，“我知道他在资助战斗员上的立场。黑曜石集团的客户都是政府部门和内部公司，他们并不需要战斗员来进行公关，但也许有些情况让他改变了主意。如果是这样的话，见一面也没有什么坏处。而且，只要你能让他们当中的一个人为你说好话，修补和其他人的关系就会容易得多……我绕圈子都绕得有点晕了。”

“还是办正事吧。”

两个人都拔出枪，但汤姆抢先了一步，一枪将埃利奥特击倒在地，他快步上前，在埃利奥特的眉间又补上了一枪。

“谢谢你的建议。”他对埃利奥特的尸体说，这句话是真心的。

汤姆环顾四周，然后又眯着眼看了看刺眼的太阳，在心里计算着埃利奥特小组剩余的人数。他的马跑了回来，拖在后面的阿特已经不省人事了，不过汤姆在上马前还是又补了一枪。这时，一颗子弹激起了马蹄边的尘土，惊得马儿拔蹄飞奔。

汤姆举起枪对着那个在热气中晃动着的越来越近的人影，是个女人。他的神经处理器迅速检索人物数据档案，好确定她的ID和在实景中的角色。

最终，处理器确定了来者的身份：安妮·奥克利，传奇女神枪手。

她不是这个实景中的角色。

难道是……

汤姆的心狂跳了起来，手心不住地出汗，手套上的血迹也让他感觉尴尬了起来，尽管在现实中他并不会咳血。他策马朝安妮·奥克利奔去，两个人的距离越来越近，直到能够看清对方宽檐帽下的眼睛。

“这样进入系统可比劫持无人机要谨慎多了，是不是，托马斯·雷恩斯？”

汤姆看了看她，她知道自己的真名？她是怎么知道的？

美杜莎的化身大笑了起来，“我早就进入你们的系统了，我看过你的个人档案。”

“喂，这不公平。你让我发誓不进入你们的系统，但你却跑到我们的系统里翻档案。”

“我知道，对你是不公平。”

确实不公平，那感觉就好像她了解他的一切，而他对她却一无所知。要是知道她的名字，那一切就会不一样了，“好吧，你可以告诉我你的名字。”

“我为什么要那么做？”

“因为要是你不，美杜莎，我就会瞎猜，你可能不会喜欢我猜的结果。”

“在东亚联合体，基本上任何一个字都可以被用来命名。你是没有什么机会猜对的，所以随便。”

“好吧。”汤姆把枪套进皮套，“是叫蓉吗？”

美杜莎顿了顿，“什么？”

“蓉，是蓉吗？”

“为什么要是蓉？”

“我遇到过一个叫蓉的女孩子。所以这个名字就在我脑子里冒出来了。很显然我猜错了。”

“这双关语烂透了[①]。”

汤姆笑了起来，“是啊，我知道，所以我才会说你可能不会喜欢我猜的结果。”

“我们该来场决斗了吧？”

“哦，对。”汤姆低声说。

两个人绕着对方，在漫天尘土中绕着圈，汤姆又想起了国会山峰会上的事，想起了美杜莎的脸，她那烧伤的皮肤，以及自己的所作所为——他利用这一点赢得了胜利。他是个混蛋，汤姆心里很确信这一点。

“那么在我干掉你之前——”美杜莎说，“我想给个机会，让你解释

① 猜错的错（wrong）和蓉（Rong）发音相似。

一下，为什么一直坚持要和我联系。然后我会向你解释，为什么你不能那么做。”

汤姆不喜欢这话中隐含的意味，“好啊。你先来。”

美杜莎点了点头，“在你因为联系我而面临叛国罪指控的时候，你们那边有人向我们这边泄露了消息，说我们俩在私下接触。我们军方发现我在和合众国人联系，我也受到了讯问。”

汤姆笑了笑，“他们怎么发现的？”

美杜莎冷冷地说：“我很确定，我们这边有人买通了你们的一个参议员。”

汤姆心里一惊，他应该猜得到的。父亲说得对——国会议员就应该只效忠于他们的银行账户，什么活儿也别干。

忽然，他觉得有点冷，“他们把你怎么了？”

“这不是重点。”美杜莎厉声说，“已经结束了。军方现在在监视我，不论我做什么、去哪里、什么时候接入网络。所以你应该清楚，你不断地进入我们的系统让我的日子很不好过。”

“哦。”汤姆木然地说，“知道了。”

“还有。”美杜莎走近了一些，在烈日下投下了一个大大的侧影，“我在我们的服务器里嵌入了数据挖掘程序，只要有关于我的数据交流我就会知道。我发现了一条我们的军方和LM莱默舰队公司高管交流的信息。很显然，LM莱默舰队让他们盯着点我。里面没有解释原因，但我怀疑他们已经注意到了我的不同之处。”

亚利桑那的骄阳似乎没那么火热了。LM莱默舰队公司是大陆同盟的神经处理器制造商，也可以说是大陆同盟版的黑曜石集团。事实上，约瑟夫·文格洛夫在叛逃前就是那家公司的领导人。要是他们对美杜莎有特殊兴趣，那原因不言自明。

“你觉得他们盯上你了？”汤姆轻声说，“因为你的能力？”

“有可能。”

“要是他们知道了我们的能力，会把你怎么样？”

“反正不会有好事，莫德雷德。他们会想要找出原因，确认到底是什么让我们和别人不一样，然后把它应用到其他战斗员身上——而且为了达到目的他们会不择手段的。所以我才要低调行事。你每次联系我都会让我处于危险之中。”她又走近了一些，“你说有个问题要问我，现在就问吧。然后就别再来烦我了，现在正在风头上。”

汤姆脱下帽子，擦了擦汗湿的额头。他让美杜莎陷入了危险，而这么做的理由现在想想真是自私而又愚蠢。即使说出这句话都让他觉得自己是个蠢蛋，“我想问问你为什么没有赞助商也能上天。”

“就这个？”

汤姆不知道是不是自己产生了幻觉，但听起来美杜莎的声音似乎很失望。“我也很想你。”他赶紧补充道。他觉得自己说的是实话，“真的，我很想念和你打斗的日子，还有……我知道我在国会山峰会上做的事情很低级，但我想……”

“干掉我？”美杜莎掏出枪，黑色的剪影遮住了汤姆眼前的太阳。

汤姆意识到美杜莎对太过私人的话题很不自在，至少是不像以前那样了。他只能接受美杜莎的邀请，“好啊，那样也不错。”

汤姆真希望自己能有什么办法抹掉过去，让一切都各归各位。但现实生活就是这样，不像电子游戏可以重来，有第二次机会。和美杜莎有关的事就只有一次机会。

“回答你的问题。”美杜莎轻轻地抚摩着套子里的枪，“我没有赞助商，理由很明显。”

“因为你……”汤姆犹豫道。

“因为我的长相？”她咬了咬牙，“美杜莎的呼号是我自己选的，没人强迫我。”

“嗯，我想也是。”

“我从没跟你说过这个。”

“我了解你。”汤姆说，“我看过你的行动。你是不会让别人把那个名字强加给你的，你也不会容许别人有那个权力。每个弱点都会成为你的新武器，所以只有低调行事才能在战斗中击败你。”

美杜莎顿了顿，汤姆感觉自己似乎是说了什么美杜莎喜欢听的话，她的声音变得轻柔了，“没有什么能够绕得过联盟，莫德雷德。所有公司都在资助我，因为我帮他们赢得财富。总有一天‘美杜莎’的身份会公开——但那将会是另一个女孩儿，长着另一张脸，当她公开身份的时候，先声公司就会成为她的赞助人，不是我的。我会一直待在幕后。”

汤姆停了下来，原来是这样，就这样了。这个结果像个拳头一样打在了他的胃上，挤干了他体内的氧气。他的最后一丝希望，最后一根救命稻草，就这么没了。

他永远也成不了战斗员了，意识到这一点的汤姆不由得笑了起来。

“有什么好笑的吗？”

“没有。”汤姆轻声说，他又走动了起来，“我是个傻瓜，仅此而已。我想我是把自己在这里的发展机会都给毁掉了。”

这次轮到美杜莎笑了，她摇了摇头，“你上次也是这么说的，我不信。”

“你不知道我做了什么。”

“是不知道，但是我了解你。你太倔了，输不起，总会想办法赢回来的。”

奇怪，这些话正是他希望听到的。美杜莎语气里那种绝对的信任让他欢欣不已。他掏出枪，但美杜莎掏枪掏得更早，尽管汤姆尽量加快了速度，但两个人还是同时开了枪。

美杜莎的子弹射入了汤姆的体内，与此同时，汤姆的子弹擦过了美杜莎的肩膀。汤姆跌倒在灼热的沙地上，感觉一阵剧痛。但疼痛感迅速就消失了，这是实景中的设定。美杜莎快步走了过来，她一声大叫，猛地冲向汤姆，结果两个人都倒在了地上，扬起的尘土呛得汤姆喘不过气。他比美杜莎的力气大，也比美杜莎重，一使劲就把美杜莎按在了身下。两个人注视着对方，距离只有几寸。美杜莎全身紧绷，就像个被俘获的听众，汤姆觉得自己必须要说点什么好弥补一下国会山峰会上的事。

“嘿，你也知道我长什么样了。所以我没占上什么便宜。”汤姆说。

美杜莎脸色一沉。

哦，哦，不，等一下。他是不是又伤害到美杜莎的感情了？

“我的意思不是……”他开口道，但美杜莎一枪敲在他的鼻子上，将他打翻在一边。汤姆回过头，发觉美杜莎的枪已经上了膛，正顶着自己下巴上最柔软的地方。她的脸上挂着挑衅的笑。

“怎么，没预见到吗？你这是退化了呀。”

汤姆也笑了起来，一种恍然大悟的感觉穿过他的脑海，“我就该知道你那是在使诈。”他本想伸出手，用自己那粗糙的手掌捧住美杜莎的脸颊，但意识到他将要触摸的地方在现实生活中长满疤痕后，他的手停在了半空。一丝不确定的神色从美杜莎的脸上闪过，她的手指在扳机上微微发抖。

“我很想你。”汤姆诚心实意地说，“美杜莎，我说的是实话。你的脸还有其他那些事，对我来说都无所谓。没有什么意义。我当时吓了一跳，而且被逼入了绝境，我只是必须要赢，而且……”汤姆灵光一闪，“知道吗，那都无所谓，美杜莎，一点关系都没有。我们俩处在敌对的双方，明白吗？长相问题在这个事实面前根本就不是问题。反正我们永远也不会在现实中见到彼此，这样的话想用什么外形都行！”

但这些话并没有产生他所预期的效果。枪口顶在他的下巴上，使他不得不抬起头。过了一会儿，美杜莎才站了起来，那样子就像一只不死鸟，“好啊。要是我们真的不幸在现实中相遇，我可以在头上套个袋子。”

这可不是汤姆的本意，但美杜莎没有给他解释的机会。她扣动了扳机，汤姆的意识被拽回了训练室，远离了美杜莎。

因此，汤姆错过了实景最后的部分。

维克和莱拉终于找到了华耶和他们小组剩余的人员，跟踪他们一直到了里奥格兰德。最后，维克和莱拉干掉了埃利奥特小组的绝大多数人——除了华耶。在大屠杀的过程中，维克赢得了莱拉的芳心，两个人都发觉了自己对于对方的好感。然后他们就在一场激烈的争执后又各走各路了。在那之后不久，华耶就用燃烧弹干掉了莱拉。

痛失所爱的维克决心在实景中展开报复，但他落入了华耶挖下的陷阱，那个陷阱的坑底竖立着好几根长矛。维克勉强保存着精力，尽管悲惨地被长矛刺穿了身体，失去了女友，濒临死亡，但他还是握着手枪时刻准备着。就在华耶伸出脑袋想要查看他是不是已经死在坑底了的时候，维克一枪崩掉了华耶的脑袋。

为前女友成功复仇让维克充分体验到了胜利的喜悦。路过水池边时，汤姆尽情地取笑着维克，之前他们已经把华耶扔进了水塘里——为了庆祝她的晋升。“你们只约会了十二分钟。这可不算是真正的男女朋友，维克。”

“你没有发言权，你都没见过你的前女友。”维克说。

“是呀，但至少我们的关系持续了不止十二分钟。”

维克推了他一把，“那可是一整天，虚拟实景时间，蠢头。”

汤姆还在笑，“但在真实时间里只有十二分钟啊，维克。比十分钟多两分。你洗一次澡的时间都比和女朋友在一起的总时间长。”

“去死吧，汤姆。”

华耶和他们一起回到了尖塔里，她全身湿透，瑟瑟发抖，一路上一言不发。

“你没事吧？”尤里问，华耶微微点了下头。

“嘿，你知道我们把你扔进水里是为了庆祝，对吧？”汤姆说。

“是啊，我们觉得这肯定很有意思。”维克说，“事实上，确实很有意思，对我们而言。”

华耶瞪了他们一眼，“我想到了一件事，我是高级生了，你们不是。”

“哪壶不开提哪壶。”维克说。

但这是事实。“我不和你们一起上程序设计，因为我要和布莱克伯恩一起工作。现在，其他任何事我也不用和你们一起了。”

“只有六个月而已。”维克说，“除非你马上升入战斗级，但就算是你，恩斯洛，也不可能在那么短的时间里迷倒一片赞助商。”

就算是你……一想到华耶在社交聚会上谈笑风生的样子，汤姆就忍不住想笑。

“但要是你永远都升不进高级呢？”华耶一脸困扰地说，“要是你们几个都不行呢？那我就再也见不到你们了。”

“哇哦，恩斯洛。你对我们的信心可真是大大的啊。”维克说，但汤姆却在实实在在地考虑这种可能性。

只有确实有能力成为战斗员的人才会被升入高级，如果他们能引起潜在赞助商哪怕一丁点儿的兴趣的话。但汤姆不行。他也不会。

“听着，恶妇。”维克说，“我们没有马上获得提升，但这并不是说以后就再也没有机会了。”

“除了我。”汤姆尽量轻描淡写地说。

“还有我。”尤里轻声说，所有人都陷入了沉默。

华耶是自海瑟·埃克隆以来第一个在六个月中级生生涯后就被升入高级的学员。汤姆听到过不少所谓“布莱克伯恩的宠物”的闲言碎语，也注意到了在编程课上宣布这一消息时海瑟那一副喝了一瓶子醋的表情，因此他知道有些人对这一结果并不满意。不过自那次防火墙事件以来，海瑟就一直憎恨着华耶。华耶在自己的神经处理器里发现了一个记录她所有网上活动的跟踪cookie。设计者很聪明地将cookie加入了全体作业更新源中，然后将其设定为下载后自我删除，除了在华耶的神经处理器里。海瑟大笑着否认自己与此有关，但他们几个都不相信她说的是实话。很显然，她还在想方设法地想让华耶的生活变得“一团糟”。华耶的晋升再一次刺激了她。

所有人都聚集到了拉法叶厅，参加晋升仪式。维克的表情在喜悦和羡慕间交替，汤姆则顾不上什么羡慕，他的情绪实在是太低落了。

不过汤姆还是目睹了一件有趣的事。华耶在被叫到名字时走上了讲台，在布莱克伯恩递给她载有升级信息的神经芯片时正眼都不瞧布莱克伯恩一下。她直接绕过布莱克伯恩走到克伦威尔跟前，然后又和马什将军握了握手。布莱克伯恩抬了抬眉毛，显然也注意到了汤姆注意到的事——不知为何，华耶对布莱克伯恩有些不满。

但汤姆并没有在这个问题上纠结太久。发觉马什将军正在看他，汤姆不由得低下了头，因为他意识到自己并没有达到将军的预期。他并没有找到补救的方法。马什对他的信心并没有得到回报。一股无边无际的凄凉感像沼泽一样在汤姆的心头升起。看到别人获得自己可能永远也得不到的机会，不知道尤里的感觉是不是和他一样。

第十五章

每次五角尖塔的假期，军方都会用飞机接送汤姆。对于汤姆来说，用这样的方式往返于尖塔与父亲的住处之间为他省掉了很多的麻烦，因为他还在恐怖分子名单上，去机场乘坐飞机会受到很多限制。他搭了趟去印第安老酋长赌场的便车，一进赌场就到餐厅坐了下来，等候与父亲会合。

不一会儿尼尔就来了。尼尔先给了他一个笨拙的拥抱，然后又说起了他上一次玩扑克时的一个作弊事件："……原来有个家伙在用双筒望远镜，然后通过微型耳机在和他联系……"

这时，一位身着西服套装的女士快步走了过来，"打扰一下，先生们。"

"先生们"这几个字让汤姆和尼尔都觉得她是在和别人说话。那位女士停在了他们的桌子旁，汤姆和尼尔两个人都不自在地坐直了一些，每次遇到那些看起来很有身份的人找他们的情况，最后都不会有好结果。

女士对他们俩笑了笑，"我猜您是雷恩斯先生吧，这位是您的儿子？"

汤姆看了父亲一眼，不知道这次他又干了什么惹麻烦的事。尼尔皱着眉，似乎也在使劲思考着，不知道自己干了什么。

尼尔放下吃了一半的汉堡，用餐巾擦了擦手，"你是？"他的声音听起来很镇静，但汤姆听得出其中暗藏的紧张。

“看来您就是尼尔·雷恩斯了？”女士再次问。

尼尔在座位上挪了挪身子，看了看周围。那位女士是一个人。没有什么警察或者魁梧的保镖等在后面时刻准备着将他拖走。最后，他好奇地看了看那位女士，抱着双臂，抬起头，“对，女士，你找对人了。再问一遍，你是谁？”

女士将一块小小的塑料筹码放在他们面前的桌子上，“来自朋友的祝福，这位朋友在您身上押下了一万美元，就在上面的绿厅。”

尼尔小心翼翼地拿起那块筹码，就好像不知道那是什么东西一样。

“玩得尽兴。”说完，女士就离开了。

汤姆看着筹码，完全顾不上自己的汉堡了。他在衬衫上擦了擦手，然后接过了筹码，研究了一会儿，又递回给尼尔。尼尔用两根指头夹着筹码，好像生怕那东西会爆炸一样。

“哇哦，你之前肯定是连胜。”汤姆赞叹道。只有在别人觉得你会赢，并且能让他们获取利益的时候，他们才会在你的身上下注。

尼尔摇了摇头，看着筹码，“有赢有输。要知道，上次有人在我身上押下一万美元都是远古时代的事了。

一个不好的念头闪过汤姆的脑海。一般人是不会这么随便地扔出这么多钱的。这后面一定有阴谋。他靠近尼尔，“你不会去那个什么绿厅的吧？”汤姆猜那应该是赌场楼上某个设备更好的游戏厅，“要是个陷阱该怎么办？你还欠别人钱呢。阿列克斯·卡萨诺，爸爸。”

尼尔看了汤姆一眼。“你还记得那个？”

汤姆耸耸肩，因为普查器的缘故，他记起了好多被封闭起来的儿时记忆。卡萨诺的手下冲进他们在旅馆里的房间把尼尔狠揍一顿的事就是其中之一。

“听着，合法债务我是会偿还的，汤米。卡萨诺设定了一个利率，我是按照商定的利率付钱的……”

“不需要告诉我。”

“然后他就提价了，还不止一次！要是按照他的价钱，我的债务就翻了五倍，而且现在还欠着呢。要是想忍受那种破事儿，我就去办信用卡，不找那些高利贷了。”

汤姆火了起来，“信用卡公司可不会揍你，只有恶棍会。”

“对，因为没有政客帮恶棍制定法律。也没有监狱警察乃至整个政府听候恶棍差遣。看看老阿列克斯·卡萨诺后来怎么样了。听说他因为逃税被判了三个月，接着就被发配到天竺国的什么地方干活儿了。之后再也没有人听说过他。政府让他消失了。他们可以这么对待我们当中的任何一个人。这都要感谢《国防授权法》！”尼尔讽刺地对着空中敬了个礼，“以前和我打交道的是恶棍，现在都变成黑道公司了。”

汤姆心里一跳，有些东西一直都没变，“好，随便，你打算怎么办？”

尼尔在手中翻动着筹码，眼中闪过一丝兴奋的光芒，“只有一个办法能找出送这东西的人。一起来吗？”

“需要有人在后面帮你盯着以防万一吗？”

“我儿子真聪明。”尼尔溺爱地揉了揉汤姆的头发。

这主意真糟，但这是雷恩斯家的主意。

尼尔向门卫出示了筹码，然后两个人被护送到了赌场的夹层，接受了视网膜扫描。汤姆放松了下来，看起来不像是陷阱。

周围的人全都衣冠楚楚，那些女招待都穿得非常少，其中一个朝他们俯下身子时，汤姆不自觉地停下了脚步，自己都没有意识到。

尼尔轻轻地在他头上弹了一下，“养得起小孩前不许挤眉弄眼。”

他的声音很大，听到这话的女招待咯咯咯地笑了起来。

汤姆的脸红了，“爸，别这样。”

尼尔笑着穿过人群，似乎对自己的笑话十分满意。人群渐渐散开，露出了站在当中高大魁梧的约瑟夫·文格洛夫。汤姆停下了脚步，看了看那家伙。文格洛夫头发花白，眼仁的颜色也很浅，他的脸棱角分明，显得很刚硬——即使是出现在印第安老酋长赌场最豪华的包厢，看起来也还是那么的异乎寻常。他实在是太富有、太有权势了，这个地方根本容纳不下他。

汤姆看了看文格洛夫，文格洛夫也在看他，汤姆知道自己的脸上正在失去血色，世界上最富有的寡头正和他的父亲共处一室，他的父亲，自从汤姆有记忆时起他就一直在批判这些人的统治。

要是让尼尔看到，他肯定会失控的，然后就会袭击文格洛夫，被文格洛夫的保镖击毙。

汤姆转过身，鼓起勇气准备阻止尼尔做出任何鲁莽的事。尼尔也看到了文格洛夫，他停下了脚步，看着文格洛夫——但并没有像汤姆想象的那样，仇人见面分外眼红。尼尔张着嘴，脸色苍白，目光闪烁，似乎很害怕的样子。

“你怎么了？”汤姆问。

尼尔看了看汤姆，他的目光空洞，好像是沉浸在了噩梦之中，根本没有注意到眼前的汤姆，汤姆从来都没见过父亲这个样子。从来没有。

“爸？”

这时，文格洛夫转身朝他们走了过来，他的保镖一路在人群中清出一条路，“啊，雷恩斯先生。”文格洛夫看了看尼尔手中的筹码，“看来你收到我的邀请了，很好。”

汤姆看了看两个人，“你们俩认识？”

文格洛夫对尼尔笑了笑。

“不认识。”尼尔紧盯着文格洛夫说。

文格洛夫的笑容舒展了开来，“不认识。”

“从没见过。”尼尔挺了挺胸，好像是在鼓足勇气面对什么不好的东西。

“我叫约瑟夫・文格洛夫。”说得就好像这世界上真会有人不认识他一样，“你一定是托马斯的父亲尼尔・雷恩斯了。”

尼尔浑身一僵，“你知道他？”

“我当然知道你儿子了。”文格洛夫回答，那抹怪异的笑容仍然挂在脸上。他顿了顿，然后继续道，“你肯定知道，你儿子参与了我属下的一个项目。”

尼尔的脸变白了，“你和那个也有关系？”

“只是顾问而已，不过我希望在不久的将来能有更多参与。”

嗯，汤姆敢打赌这是文格洛夫的实话。他知道文格洛夫正在利用系统故障的事篡夺布莱克伯恩的权力。

尼尔的脸黑了下来。

绿厅里的喧闹声变成了背景噪音，因为汤姆的大脑飞速运转了起来，想要搞清楚这到底是什么情况。肯定有事情在发生，他只是没弄明白。

“当然，我押在你身上的钱可不是为了扑克。”文格洛夫流利地进行着话题，“是为了另一项冒险。”

尼尔手一抖，愤怒地将筹码扔回给了文格洛夫，“我不想掺和。”

文格洛夫接住了筹码，不费吹灰之力，反应像蛇一样快，“我觉得你会的，我押轮盘赌。”

汤姆眯起了眼睛，文格洛夫正在玩弄手段，但他的目的是什么？

文格洛夫接着说：“我很欣赏这种游戏。”他看了看汤姆，“和运气无关，全都是关于小球落点的数学计算。这么说吧，对于一台精密的电脑来说，只要听取轮盘转动的声音，就能精确计算出小球最后将停在哪一格。”

汤姆明白了过来：他安装了神经处理器。文格洛夫知道。他知道汤姆能计算出正确的数字。

“来吧。”文格洛夫说，就像使唤自己的手下一样。

令人难以置信的是，尽管一副愤怒难耐的表情，但尼尔还是跟了上去。

汤姆跟着尼尔走向了轮盘赌的赌桌，感觉自己好像进入了某个怪异的平行宇宙。玩家们在桌边坐定，小球随着轮盘的转动滚动，只要能猜出小球最后落入的槽子的花色，就算赢了，如果能正确猜中所落入的格的数字，则赢得更多。

“我们别用押在你身上的那一万来赌了。”文格洛夫对尼尔说，“我打算押……这些。”伴随着一声响指，一个跟班将大得吓人的一堆筹码放在了他的面前，“雷恩斯先生，在上面加一点你的本金吧。我们的游戏大家都该参与。”

“但这不是他的游戏，是你的游戏。”汤姆脱口而出，“你凭什么以为他会玩？想玩的是你。”

“我还等着呢。”文格洛夫说，他的眼睛紧紧地盯着尼尔的眼睛。

“我有的东西不多。”尼尔咕哝道。

“那样的话。”文格洛夫轻声说，“把你的钱包押上就好了。”

尼尔猛吸了一口气，他所有钱都在钱包里。

“不要。”汤姆恳求父亲。

但尼尔表情严峻地从后兜中抽出了钱包，扔在桌上。

“你要干什么，爸爸？”汤姆叫道。他又转向文格洛夫，“他不像你那么有钱，可以挥金如土。扑克至少还有赢的可能。这个……”

“只不过是我们俩的小小冒险。”文格洛夫说。

“对你来说一点风险也没有。”汤姆叫道，“这对你来说连零钱都不算。真正冒险的只有我爸爸。”

“要是输了对你父亲当然是一个沉重的打击，这我同意。”文格洛夫说，“所以我相信他不会输，我们俩都不会。”

汤姆集中精神，他知道自己必须要这么做。轮盘开始转动，伴随着叮当声，小球在轮盘的最外围弹跳着，汤姆的神经处理器开始工作：计算轮盘的减速速率。他知道小球将会落在哪儿。尼尔双手一推，将筹码推入了错误的颜色。汤姆一动不动，故意想让文格洛夫紧张，他咬紧牙关，听着轮盘减速的声音，感觉文格洛夫那精于算计的目光正紧紧盯着他。

汤姆终于忍不住了，“不是那儿，爸爸。”他将筹码挪到了黑色二十二的格子。

轮盘慢了下来，小球落入了槽中：黑色二十二。

尼尔吓了一跳。

“恭喜。”文格洛夫说，“黑色二十二。选得真好，雷恩斯先生。再来一把？”

“再来？”尼尔脱口而出，“不可能比这更好了。”

“我觉得可能。”文格洛夫盯着汤姆，说。

汤姆捏紧了拳头，但他还是按照文格洛夫所期望的那样做了。他们又赢了一把。这一次，尼尔一言不发。多亏了汤姆，几分钟时间文格洛夫就赢了一百万美元。

尼尔也赢了五万多，但他似乎并不在意。他盯着汤姆，就好像根本不认识眼前的这个人一样。汤姆也盯着尼尔，因为他也觉得自己不认识眼前的这个人了。这个温顺、胆怯的家伙不可能是他的父亲。

“我看要是再赢一轮的话，他们应该就坐不住了。我会把你赢的钱送到你房里的。”文格洛夫慵懒地挥了挥手，让一个工作人员过来清点筹码。他看了看汤姆和尼尔，“我们今天都满载而归，真是令人愉快啊。晚安，雷恩斯先生。”

汤姆和尼尔都不确定他指的到底是谁。文格洛夫潇洒地转身离开，只留下静寂悬在汤姆和尼尔之间，就好像飓风眼地带的宁静。

回房的路上，两个人间的紧张感越来越强，好像空气中都带上了静电。想到尼尔对文格洛夫的反应，汤姆的胃搅成了一团。

尼尔居然是那种反应。那个敢和警察争执并因此被投进监狱的尼尔，那个在争斗中从不退缩并因此而屡次搞砸了他们生活的尼尔……居然被约瑟夫·文格洛夫给吓倒了。

汤姆不住地想着这些。尼尔憎恨文格洛夫这种人，憎恨汤姆在见面会上惹恼的那些高管。然而就在今晚，在面对这个代表了警察国家、军事—工业—媒体共同体以及这个世界所有癌变部分的人的时候，尼尔没有仗义执言，他什么也没做。

汤姆不明白这是为什么。那种阴暗丑陋的感觉正在他的内心滋长。尽管这么想毫无道理，但他还是觉得好像被父亲狠揍了一拳。他一直以为，尼尔不断地惹麻烦是天性使然。可今晚，他在文格洛夫面前表现得很顺从。他在文格洛夫面前控制住了自己。

回到宾馆房间时，汤姆的太阳穴正在剧烈地跳动。他站在门口，全身紧绷，感觉那个伟大父亲的形象正在被他从心里删去。尼尔双手颤抖地倒了一杯酒，然后一口灌了下去。

“你知道连赢两把轮盘赌的概率有多小吗，汤姆？”

汤姆知道，“肯定是今天运气好。”他的声音空洞，听起来一点可信度都没有，他知道这一点，但就是没那个力气。

“运气？”尼尔将玻璃杯狠狠地墩在桌子上，里面的液体大部分都洒了出来。“那可不是运气，汤姆。就算是文格洛夫那么富有的寡头也不会把几十万美元押在所谓的运气上！你自己可是确信得很。他对你也很确信。跟我解释一下。”

“不，是你要跟我解释一下：他对你颐指气使，而你毫不反抗。你有把柄落在他手里吗？”

尼尔鼻孔微张。他一把抓起杯子，将剩下的酒都喝了下去。

“回答我。”汤姆脱口而出，“这些年来我们一直漂泊不定到处流浪，就是因为你非常憎恨文格洛夫那种人。等到文格洛夫近在咫尺你却什么也没做！你没有羞辱他，也没有揍他。你以前可从没有这么保留过！肯定有原因。你今天的表现很不一样。”

“那么做可不明智。这就是原因。”

“不明智？”汤姆重复道，“这个理由什么时候阻止过你？爸，他肯定有你的把柄，一定是。告诉我是什么。告诉我吧。因为要不然的话……”

“要不然怎么样？”尼尔盯着汤姆狠狠地说。

汤姆捏紧了拳头，“你知道的，在我小的时候，我什么都没有。没有钱，没有地方可去，除了你之外什么都没有，那时候的你可是一点也不怕惹麻烦。拘留、打斗、大声向别人宣扬你的见解，不论情势如何你都无所谓……”

尼尔叹了口气，揉了揉松弛的眼袋，“汤米……”

“那些事没有一样是明智的，但你还是做了。为什么现在又关心起后果来了？约瑟夫·文格洛夫能把你怎么样？会比那次被投进监狱两个月还糟吗？啊？你从来都没有为我担心过，现在却有什么事情让你担心了？告诉我事实吧，爸爸！”

尼尔没有回答。他看起来就像是个悲伤的瘦小老头。那种难受的感觉更强烈了，汤姆甚至都无法继续面对自己的父亲。

“我还是回尖塔吧。真不知道我为什么要来这儿，我们又没有一起度假的习惯。”反正尼尔从头到尾都是在喝酒，汤姆在心中涩涩地想道。

“随你便。”

他走到柜子门口，拉出自己的背包，他的背包还没有开过呢。

“圣诞快乐，新年好，提前先说给你。”

“嗯，你也是。”尼尔说，他并没有阻止汤姆离开。

新墨西哥州的赌场大都在荒郊野外，缺点就是不好打车。汤姆沿路走了四分之一英里，站在路口的收费站旁，等着看有没有车经过，这个收费站要收八十块。

他的运气还不错，不一会儿两束车灯光就照了过来。

那辆车停了下来。等眼睛适应了灯光后，汤姆才看清那是一辆豪华轿车，应该是防弹的，估计导弹都打不穿。车后还跟着一排安保车和自动巡逻车。这附近应该只有一个人需要这种级别的安保。意识到这一点后，汤姆不由自主地后退了一步，他上次乘坐豪华轿车的结果可不怎么好。

“不可能。”他冷冷地说。

汤姆转身离开，但那辆轿车一直跟在他的身后。车窗摇了下来，车子开到了他的旁边，车轮扬起的尘土让他的嗓子有些发痒。

汤姆转过身，“为什么？”他恶狠狠地问，“我为什么要和一个曾经想要把我重新编程的人坐进一辆车里？”

文格洛夫在昏暗的车里抬起一根手指，“因为好奇害死猫，雷恩斯先生。”

汤姆停住了脚步，车子也停了下来。他站在烟尘中，心中的伤口阵阵发痛，但是确实，疑问正在他的脑中盘旋。为什么文格洛夫要来，他到底想要什么？

他听到了开门的声音。司机走下车打开了另一侧的车门。

汤姆纠结地走向豪华轿车。*我的大脑会再次被清空的*，一个声音不断地在他的脑海中响起。他斜坐进文格洛夫对面的座位，摆出了一副很舒适的样子，仿佛他身上的每一块肌肉真的没有紧绷在一起，随时准备逃离一样。

“机场，是吧？”文格洛夫说。

“机场。”汤姆没有看文格洛夫。

他们出发了。

第十六章

头几分钟，两个人都静静地坐在车里，文格洛夫透过搭成了塔状的双手手指上下打量着汤姆，碰都没碰一下旁边放着的饮料。汤姆从冰箱里拿出一罐苏打水，但是也没有喝。

“搭便车可不太安全。”文格洛夫说。

“嗯，确实有可能在豪华轿车上碰到某些变态。”汤姆想都没想就说了出来。

文格洛夫的目光闪都没闪一下，他几乎都没眨眼，“啊，你可真是狂妄啊。道尔顿·普雷斯蒂克写的那些程序要是还在的话，你和那些公司的关系会好得多，根本不会上他们的黑名单。”

火焰在汤姆的胸腔里灼烧，“我不在乎。”

“我可不敢说我相信你说的是真话。你的表情可是够饥渴的。我怀疑你比自己表现出的样子要有野心多了。否则，我也不会在你身上浪费时间。”

橘黄色的路灯灯光不断地打在他的脸上，他们终于到达了这条收费公路的终点，走上了一条便宜些的路。司机将轿车调节到了颠簸路面模式，车辆颤动了几下。由于缺乏光线，车窗自动调节到了红外模式，文格洛夫懒懒地挥了下手指，取消了设定。外面除了年久失修的老旧建筑外没什么好看的。

“你想要什么？”汤姆的声音很冷，“我知道你来这儿可不是为了用我的神经处理器赢几百万。你今天晚上那么做是什么意思？你想说明什么……是想要让我父亲明白我脑子里有电脑吗？”

文格洛夫抬了抬眉毛，汤姆觉得他似乎有些吃惊，“雷恩斯先生，我只是想要表达一下善意。”

这个答案汤姆可没想到。他感觉自己好像被闷在了一个罐子里，尽管豪华轿车的内部很宽敞。

“著名赌场包厢的进入权，还有增加家庭财富的机会，这就是我送给你的礼物。”文格洛夫解释道，“因为我，你父亲变得更有钱了。我以为你会高兴的，并且会因此而更愿意听听我的提议。”

也就是说那是文格洛夫友好的表示？

这让他吓了一跳。“你想从我这儿得到什么？”

“我觉得你和我可以共同做出一项安排。我对大陆同盟的某位战斗员有私人方面的兴趣，雷恩斯先生。她很致命，技艺非凡，而且正好和你的私人关系也不错。”

汤姆心里一惊，是美杜莎。

“你可能也清楚，很多人都在这场战争中投入了巨资。”

“嗯，我知道跨国企业联盟在从战争中榨取财富。这和美杜莎有什么关系？”

“很简单，她很强大，太过强大了，以至于对我们这些在这种情势中的投资人而言有些不甚方便。我们当中的有些人已经开始觉得，她正在威胁各方势力的平衡。”

汤姆忽然觉得自己有些羡慕美杜莎。他忍了好半天才没有笑出来。

对，美杜莎独自一人就能造成很大的破坏。“怎么，你觉得她能让一方获胜？这让你不爽了？”

“是让对方获胜。所以我们需要从冲突中把她撤走。”

汤姆的笑意消失得一干二净。

“很简单。”文格洛夫慵懒地说，“如果某个她所信任的人引诱她在网上见面……”

“不。”汤姆立刻说，他听出了文格洛夫的意思。

“……然后放出一个可以消除她战斗力的可执行程序。那么那个人就对国家做出了巨大的贡献，定将受到重奖。”

“没听到我说吗？不行！”

“你肯定不会想要自己一方输的，雷恩斯先生。难道你不爱国吗？”

听到一个鄙视国家这个概念的全球化主义者谈论爱国可真是好笑，但汤姆还是说，“如果在战略上真的那么重要，那么军方肯定已经有人命令我这么做了。你只是个商人。”

“由我这个商人来向你提出这项建议的理由很简单。”他拿起玻璃杯，顿了顿，似乎是在思考如何向汤姆解释自己的想法，“交战双方的政府有共同同意的行为准则，所以大陆同盟才没有一个一个地将你们都干掉。”

“嗯，是啊，我们这边也是这么做的。”

“完全正确。不过在私下里，双方政府的代理人和工程承包商们都在另一方国内尽力地接近敌方的战斗员。所有这些官方之外的行动都必须要保持私密。就拿日内瓦公约来说吧：军方不得虐待敌方战俘。这时候私人承包商、雇佣兵就能派上用场了——因为我们可以。只要不是官方实体干的，有些条款就可以被违反。我可以违反日内瓦公约；愿意的话我也可以直接攻击战斗员；因此我也可以策划美杜莎的毁灭，而你的马什将军却不行。”

“但你让我去做。”汤姆指出，“我是军方的雇员，也就是说干事的还是军方。”

“据我所知，你和她见面的事发生在军方的管辖范围之外。即使再见一次，也是你个人的行为，没有别人命令你。如果你这么做，那么你的攻击就不会违背任何条约。另外，她还能怎么办——告诉别人你是袭击她的幕后黑手吗？这样她首先就得承认自己在和敌方人员私下会面。另外，听着，我们已经向他们的政府透露了消息，说她在和你联络。她已经被人盯上了，不可能再随便向别人透露你们之间的联系。”

汤姆把胳膊肘支在膝盖上，眯起了眼睛，“我为什么要为帮助道尔顿·普雷斯蒂克给我编程的人做事？别跟我提什么‘为了国家’之类的。像你这样的人都快把国家榨干了，但却什么回报也没给。”

“哦，确实还有个理由，雷恩斯先生。按照目前的状况，几乎可以确定不会有人赞助你。如果按我说的做，我就会改变这一状况。”

这个提议让汤姆吃了一惊，“黑曜石集团不赞助战斗员。”

“为什么要赞助呢？你们用的可都是我的处理器，就是我的一部分。这就像是个经典的两难问题，父母必须要选择打死哪个孩子。我怎么能偏爱你们当中的任何一个呢？”

汤姆大笑了起来。

文格洛夫的声音有些尖涩，“我的话很让你开心吗？”

汤姆斜靠在椅背上，“嗯，我从没听说过那个挑孩子打的两难问题。”

“枪手强迫父母挑一个孩子用枪打死，我听说过。”

“太可怕了。那可不是什么经典两难问题。父母挑选最偏爱的孩子才是两难问题，挑一个孩子打死可不是这种问题。”

文格洛夫看着汤姆，目光中散发出一丝寒意；他似乎是在思考着汤姆对“打死孩子”的评论，就好像他真的挑错了比喻对象，正在想如何有效地纠正错误一样。接着，他似乎是放弃了这个想法，说，“不管我们是不是会赞助，但我和那些愿意赞助的人关系都不错。只要我说几句话，其他公司对你的看法就会大为不同。”

“他们都恨我。”

“他们都是高管，雷恩斯先生。利己主义、货币激励，这些词想一想都会让他们感到骄傲。感情、价值观以及其他一些影响判断的东西并不是他们的优先考虑对象。”

“良心也不是，哈？”

“不论何时，比起良心来我都更关心如何冷静地获取自身利益。自身利益更好预测，正如这些高管们好预测一样，如果我告诉他们应当赞助你，那么我敢保证，他们肯定都会这么做——好取悦于我。”他用手指慢慢地敲击着台面，观察着汤姆，“你应该明白，我不是要你在她身上造成什么永久性的损害。”

“不是吗？”汤姆又吃了一惊。

文格洛夫摇了摇头，“当然不是了。”他从口袋中掏出一个平板电脑，“你可以自己检查一下这个程序。”

他在键盘上敲了几下，华耶给汤姆写的防火墙就失效了。汤姆一下子跳了起来，一个压缩文件包出现在了他的处理器里。

“嘿！”汤姆抗议道，一行字出现在了他的眼前：请设置触发口令。汤姆恼火地想着，自己不能这么对待美杜莎。提示文字消失了。

文格洛夫又恢复了汤姆的防火墙，他说话的语气就好像汤姆根本没有表示过抗议一样，“一旦在她身上应用程序，她就会丧失行为能力，无法连接上太阳系内的飞船。她不会死，也不会受到永久性的伤害。我觉得这更像是个……”文格洛夫在空中打了个手势，好像是在寻找着确切的词汇，一丝诡异的笑容闪现在他的唇边，看来他找到了，“……研究一下她的消失对战争有什么影响，仅此而已。真正的问题是，你是否愿意满足我这个合理的要求，还是说需要我采取一些不那么令人愉快的说服手段？”

汤姆满腹狐疑地抱着胳膊，“我不会因为威胁而答应你任何事。”

这话似乎逗乐了文格洛夫，“让我说得更清楚些吧，雷恩斯先生：我想要贿赂你，所谓的威胁只是为了防止你拒绝接受我的慷慨而不得不采取的必要措施。”

要不是文格洛夫提醒，汤姆都没注意到已经到机场了。

“你到了。”

“我没答应你任何事。”汤姆坚持道。

“自然，你需要时间考虑。在你仔细考虑过如何行事才最明智之前，我也不想听到你的回答。过不了多久我们还会再见的。”

汤姆胃里一沉。对了。一月份有黑曜石集团的见面会。他从车里走了出来，站在路边，文格洛夫的豪华轿车沿着路开远了，那个电脑病毒压缩包就像只毒蛇一样盘踞在他的处理器中。

“被确认的恐怖分子”的身份让汤姆在华盛顿市寸步难行。所以寒假剩下的时间他几乎都是在尖塔里度过的。玩电子游戏，努力不去想父亲，还要思考要拿美杜莎和那个病毒怎么办。

他知道自己应该做什么，知道怎么做才是正确的——删掉病毒，明确拒绝文格洛夫，随他怎么威胁，然后面对可能的后果。

但他的心里还有另一个自我，那个在国会山峰会上为了赢而不择手段的自我，那个自我渴望成功，想要有所成就，并不断地在他的心里低语：*这是我成为战斗员的唯一机会了。*

他尽量不理会这个声音。

五角尖塔里并非只剩他一个人。还有一些学员也留了下来，大多数都是其他国家来的，要么是因为这几个节日在他们的国家里并不重要，要么是因为飞回去成本太高。战斗级的骨干也留下了一些。其中有些是新人，新近晋升，公众还不知道他们的身份，比如拿破仑学院的莱斯利·维尔、汉尼拔学院的桑迪·范伯格、亚历山大学院的沃伦·西蒙斯和成吉思汗学院的格里芬·培伦吉奥。很多老战斗员，像是海瑟、卡尔、阿列克和埃摩法也都在。这是抽签决定的，尽管他们有的人并没有排假期值班。当然，交战双方都同意在圣诞和新年连成的寒假间停火，他们也都同意在东亚联合体的春节期间停火，但军方总是会安排几个战斗员留下。

新年前夜，海瑟用她写的一个程序让所有人都吃了一惊。环绕在她身边的战斗员们也让汤姆吃了一惊，很显然她终于重新赢回了他们的效忠。汤姆觉得，要是看到这些，埃利奥特应该会很高兴的。这样就离让海瑟接替他在尖塔中心的位置更近了一步，离埃利奥特的自由更近了一步。

海瑟也邀请了汤姆一起接入实景。发现这是一个马上枪术实景后，汤姆全身都兴奋了起来。他急切地跑进一间训练室，接入实景，选好盔甲，挑了一把长枪，骑上战马，冲向巨大城堡下方的比武场，兴奋地想在决斗中拼杀一番——结果却发现绝大多数接入的学员并没有玩马上枪术，甚至连那个时代的装束都没穿。原来，这个实景只是个由头：他们要在这里开个新年晚会。

这东西肯定在海瑟赢回大家关注的过程中帮上了忙，实景里甚至还有香槟酒。

一闻到酒精味儿，汤姆就不由自主地想到了他的父亲，他打心眼里相信，即使碰一下虚拟的酒精饮料也将会是他所犯下的最愚蠢的错误。于是他离开了那些学员，决定和虚拟角色来一场决斗，纯粹找找乐子。

还没走到比武场，海瑟就追上了他，“汤姆，等一下！”

汤姆拉缰下马，等着海瑟，海瑟取笑地拍了下汤姆的盔甲。

“你这是要去哪儿？现在可别离开实景，先留下。”

汤姆有些迷惑，因为之前海瑟一直忙着在和拿破仑学院的萨姆·施瓦布和布鲁斯·泰伯攀谈，根本没有理会他，“我不离开实景。”汤姆说，“只是去找个人打一场。”

“哦，你可真嗜血。”海瑟赞叹道，不知为何，他的回答似乎让海瑟很开心。海瑟用她那黄褐色的眼睛直视着汤姆的眼珠，然后又靠近了一些，“我给你的决斗再加点东西，加些更合适的虚拟。”

她的距离实在是太近了，汤姆都能感觉到她呼出的空气拂过自己的面颊，感觉到她肌肤的热量。一种想要一把拉过她，将她揽入怀中的野性冲动占据了他的头脑，直到大脑中不信任海瑟的理性部分重新夺过控制权。

海瑟变出了一条金色的丝带，然后将绶带缠在了汤姆的长矛柄上，“这是我的一份心意，好小伙儿，不管你的敌人是谁，为我打败他。”

这几句话听起来真是热辣极了，汤姆不得不在心里不断提醒自己，海瑟是个狠毒的人物，“现在就可以告诉你。”他回答，“我会带他的头回来。”

“还是不带了吧，怎么样？”

汤姆不好意思地咧嘴笑了起来，“不带脑袋。”他骑着马，四处寻找对手；但不一会儿他就抛弃了战马，抛弃了盔甲，并将长矛换成了一把剑。

他跳上石墙的墙头，从高处观察城堡前的空地，搜寻着可能的虚拟角色。这让他注意到了院子中一个隐蔽的角落，卡尔正在那里和一个女侍搭讪。

一阵阴暗的快感闪过汤姆的脑海，对，就他了。管他什么虚拟敌人，眼前这个正好。

他缓步前行，最后停在了两人上方的一堵矮墙上。

“啊哈，卡尔！”汤姆大叫道，卡尔被吓得跳了起来。“哇哦，她可是度日如年呢，看来连虚拟的姑娘都不喜欢你啊，真可怜啊，伙计。”

卡尔推开那个角色，双手一挥删掉了她。他转向汤姆，整了整衣冠，满面通红，“你应该知道……”卡尔挺起胸，得意扬扬地说，“我现在可是名人了，所以……”

“哇哦，都成名人了还只能和虚拟的姑娘交往？”汤姆打断道，“真令人伤心啊。”

卡尔瞪着他，眼中闪着恶狠狠的光芒，“我知道你是怎么回事了，你受了挫折，想在别人身上找回来，是不是啊？我知道你的事，你搞砸了，再也成不了战斗员了。真真正正的玩儿完。”

事实确实是这样，但汤姆绝不会承认，“切，我在这里只是因为我喜欢和你在一起，卡尔。”

“我会让你满意的。”卡尔拔出剑，肉乎乎的手紧握着剑柄，“我会打败你，把你按扁在地。”

“好啊，不过你倒是已经被按扁，哦，三次了吧？不过我倒真的挺羡慕你的战斗力的……”汤姆忍不住了，“伙计，我板着脸都说不下去。”

卡尔大叫着冲了上来，挥剑恶狠狠地劈向汤姆的腿。汤姆赶紧跳了起来，剑刃闪着白光从他的脚下扫过。汤姆滚到一边，一脚踢向卡尔的脸将卡尔踹倒在地。他兴奋地大叫着冲了过去，用剑柄击打在卡尔的下巴上，把刚刚站了起来的卡尔再次击倒在地。汤姆迅速滚到一边，躲开卡尔那粗壮的手臂，大口喘着气。卡尔像一头巨熊一样冲了过来。汤姆小心地紧盯着卡尔，卡尔可是摔跤冠军，而且体型也不小，要是被他抓住可就完了。汤姆可不想这种情况发生。

两个人互相注视着彼此，愤怒扭曲了卡尔脸上的表情。“你就喜欢在实景里充硬汉。”卡尔叫道，“在实景外，你只是个瘦弱的小混蛋。”

在这个实景里，他们的外形和现实中一样，所以汤姆在这里并没有什么优势。但他并没有指出这一点，“不，我喜欢在实景里，是因为在实景里可以真的杀掉你。”

卡尔恶狠狠地笑了一声，然后就消失了。

汤姆皱了皱眉，等一下，他应该不是被吓跑了吧……

接着汤姆就睁开了眼睛，发现自己正躺在训练室里，卡尔的拳头正结结实实地打在他那并非虚拟的胃上。汤姆吐出一口酸水，疼得全身蜷缩了起来，气都喘不上来。

“我们来看看现实中的情况。”卡尔咆哮着，拳头飞落在汤姆的胸口，汤姆费力地喘息着，卡尔捏住他的领子，一把将他从床上提起来扔在了墙角。汤姆的头撞在了旁边的床腿上，他的眼前直冒金星。中间还有一行字：

错误：连接中断，下载暂停，98%。

哈？汤姆猛吸了一口气，意识在紧盯卡尔和关注这行不该出现的文字间来回切换。这是……怎么……

卡尔弯腰要抓汤姆，汤姆的神经处理器迅速给出了最佳应对方案：掌击卡尔的鼻子，把他的鼻软骨打进脑子里去。

不行，不能这么干。会死人的。

因此，他一脚蹬在卡尔的脸上，起身用手臂勒住卡尔的脖子，压上所有的体重让卡尔失去平衡摔倒在地。汤姆用膝盖顶住卡尔的脖子，将他按住，然后一拳打在卡尔的脸上。但他错误地估量了自己用身体压住卡尔的能力——卡尔抱住他的双腿，一把将他提起来扔了出去。摔落在埃摩法床脚下的汤姆挣扎着站了起来，卡尔又过来了。

汤姆一边后退一边想找个能够利用的东西。他躲过卡尔的攻击，趁卡尔还没恢复平衡时猛推了一把，同时用脚绊住卡尔，将卡尔摔倒在他的空床上。他想都没想就一把扯过神经导线绕在了卡尔的脖子上，拉紧导线，整个身子都压在卡尔的背上，好不让卡尔挣脱。

这时他才意识到自己在做什么：杀人，在现实中。这会让他进监狱的——为什么不能想个不那么致命的方法呢？忽然的一松让卡尔有机会扯下导线抓住了他。汤姆知道自己完蛋了，他不计后果地使劲一头撞在卡尔的脑袋上。

“啊。啊啊啊啊啊啊啊。”汤姆踉跄着后退了几步，感觉好像被重重地砸了一榔头，视线一片模糊。对面的卡尔也站不稳了，他那肥大的双手正捂在鼻子上，鲜血不断地从指缝中流出。

“你个蠢货！你怎么能这么干？”卡尔叫道。

“在电子游戏里很管用啊。”汤姆吼了回去，“我能想到的其他法子都会杀了你。”

卡尔挥了挥手，“正常。下载了那些如何杀人的资料后你得重新学习打架。揍几个小子就好了。”

汤姆大笑了起来，“哈，好主意，不过我觉得这法子不太适合我，我可不是个喜欢到处跑来跑去揍人的神经病！呃，和你比起来！”

汤姆和卡尔互相瞪着对方，一个抱着头，一个捂着鼻子，那种想要干一架的冲动已经从汤姆的体内消失了。卡尔肯定也是这种感觉，他一边咒骂，一边用衣袖捂着鼻子离开，嘴里还咕哝着什么医务室。汤姆坐回到床上，揉着疼痛不已的脑袋。他想起了一件事，于是花了点时间重放自己的记忆，直到再次看到那行字，那行因为卡尔拔出他的神经导线让他提前醒来才出现的字。

错误：连接中断，下载暂停，98%。

神经处理器里的什么东西被下载了？汤姆扫描了一遍自己的系统日志，不管是谁干的，不管那个人想要的东西是什么，他都隐藏得很好，毫无痕迹。要不是因为提前退出了实景，汤姆根本不会意识到发生了什么。

午夜，几个军官和学员们一起来到了十四楼，透过巨大的玻璃幕墙观看迎接新年的焰火表演。布莱克伯恩中尉也在。汤姆揉着酸痛的脑袋，心中确定了从他的神经处理器中下载资料的人。

一定是布莱克伯恩，没有什么人比布莱克伯恩对他神经处理器中的东西更感兴趣了。

这种事他干过多少次呢——在汤姆没有意识到的情况下在对战训练应用中刺探他大脑中的情报？汤姆看了看布莱克伯恩宽阔的背影，中尉正看着窗外，一言不发，不和任何人交谈，甚至连教员也不例外。

汤姆发觉海瑟正在看他，目光中隐含着的东西让他有些迷惑，汤姆举了举手中的饮料罐。

战斗员簇拥下的海瑟也举了举自己的玻璃杯作为回礼，她的脸上散发着胜利的光辉。

汤姆根本没有费心去想其中的缘由。

第十七章

黑曜石集团的见面会一般在假期结束后的第一周举行，但学员们通常对此并不热衷，理由主要有这么几个：首先，也是最主要的，黑曜石集团并不赞助战斗员，所以参加这种活动纯粹是浪费时间。其次，大家都不愿意去，因为布莱克伯恩对约瑟夫·文格洛夫有一种病态的偏执，认为文格洛夫会利用聚会的机会在他们的神经处理器里动手脚。所以不论是谁，只要是从黑曜石集团的见面会上回来的，都要被隔离在尖塔的系统之外，接受耗时五个小时的深层扫描，以便确定神经处理器里没有恶意软件。

对每个人而言，这都是件付出巨大但收效甚微的活儿，但他们还不得不去。因为支撑这场太空战的就是文格洛夫的技术。他的监控系统和自动武器系统保护着联盟内的其他高管。他的投票机上的代码决定着哪位政客能够获得监督战争的权利。在这个世界上，黑曜石集团实在是个庞然大物，根本无法被忽视，所以，只要文格洛夫想要人去拜访，那些学员们就得去。

假期后返回尖塔的第一周，华耶等新晋升的高级生就好像消失了一样。

维克处心积虑地抓住华耶不在的机会，侵入了华耶的新宿舍，然后将宿舍模板又重新修饰了一番。他在旧版本的基础上又有所升级，增加了更多的照片，其中一张上印着康涅狄格州的轮廓，上面叠加着一堆黑白人像，所有人都苦着脸——大人们一脸沮丧，小孩子哭哭啼啼——因为他们刚刚意识到自己生活在康涅狄格。

“这个不算是康涅狄格笑话吧？只是张康涅狄格海报。”维克有些不确定地对汤姆说。汤姆刚刚提醒过他，华耶有个无情的机器人守护者。

维克还增加了两张自己的照片：一张没穿衣服的，一张黑白艺术照，上面的维克正靠在窗边，托着下巴，一脸深沉地望着窗外，一点儿也不像平时的维克，看到照片的汤姆忍不住哈哈大笑了起来。

冬季见面会当天，汤姆去体育场旁边的举重房待了一会儿。尤里正在里面躺在凳子上练习卧推，杠铃的重量差不多是他体重的三倍。其他学员都去汤姆被禁的那几家公司访问了。汤姆唯一的预约在下午晚些时候，就是通过真空管直接前往文格洛夫在南极洲的设施。尤里根本没有获得参加这一轮活动的资格。

“嗯，你在干什么呢？”汤姆问，这个问题的答案很明显。

“锻炼。”尤里透过杠铃的上方看了看汤姆。

“好吧，这个问题蠢到家了。我能听听你的建议吗？”

“当然可以。”

汤姆想了想该如何描述自己和美杜莎间的问题，然后开口说：“有个女孩，很喜欢你。”

就算吃了一惊尤里也没有表现出来，他谦虚地耸了下肩，“我想应该是因为我身材好。”说着，他坐起来秀了秀肱二头肌，若有所思地说，“不过这都是表面现象，我只关心一个女孩儿对我的评价，那个女孩儿就是……”

“华耶，我知道，我知道。好吧。我的问题是：假设，有个女孩儿，对自己的外表很不满意，而我又不小心在这个问题上羞辱过她。我该怎么弥补？”

尤里扯了扯因为汗水而粘在身上的白色薄T恤，“你对这姑娘说什么了？”

“我大概是这么说的，既然我们只能在网上见面，永远也见不到对方的真人，那么就用化身好了，这样就看不到她长什么样子了，所以她长得丑对我来说没什么关系。”

尤里转身对汤姆皱了皱眉，“真希望你没这么说，这可不是什么好话。”

“原话不是这样，不过，呃……得了吧，老兄，你肯定能想出法子的。我觉得你应该知道要怎么说才能让她感觉舒服些，或者教我个道歉的法子。你肯定知道的，因为华耶就长了一张马脸……”

尤里微微起身，“马脸？”

汤姆不由得再一次注意到尤里的体型比他魁梧不少，他赶紧抬起手，“是她觉得自己有张马脸。我可不是在羞辱你女朋友，伙计。”

“啊，当然。”尤里又坐了回去。他揉着下巴，思考着，“华耶确实向我表示过她对自己的外形不满意。这种对话向来很麻烦，因为如果我说，‘你的脸不像马’，她就会觉得我是在说假话。可要是我说，‘很好，我承认你确实有张马脸’，我敢确定她一定会不高兴。”

“嗯。”汤姆想象着，“确实。”

“所以我是这么做的。”尤里靠近了些继续说道，“我握住她的双手，看着她的眼睛，说：‘如果你确实像马，我就会觉得那是一匹非常漂亮的马，我会觉得自己有什么不对，因为我发现马儿居然会那么的可爱，那么的有吸引力。”说着，他满意地点了点头。

“管用吗？”汤姆问。

“她的反应总是一样的：‘真是太诡异了，尤里。’”说着，他又满意地点了点头。

“也就是说不管用。”

“不，管用。”尤里竖起一根手指，“事实上，托马斯，她的注意力会放在思考这有多诡异上，这样她就不会再提自己是不是长着一张马脸了。”他摊开双手，好像刚刚表演了一场魔术似的，“明白了？问题解决。”

汤姆敬畏地看着尤里，“你简直就是个天才。”

尤里笑了笑，“我确实是。”

忽然，汤姆想起了一件事，他倚着杠铃低声说：“听着，伙计，你可不要告诉任何人我问过你这个女孩儿的事，谁也别说，尤其是约瑟夫·文格洛夫。”

尤里抬头看了眼汤姆，就好像根本没有听到他的话，而是注意到了什么。

“那个网上的姑娘是谁？”尤里问，他的声音很轻，但眼睛直视着汤姆的眼睛，“是不是你以前在网上约会的那个，汤姆？是不是美杜莎？”

“我没有再和她约会，只是偶尔聊一聊。”汤姆说，“文格洛夫跟我问起过她，具体的我不能再说了，不过他想让我对美杜莎做些我不能做的事。所以在他面前，在任何人面前，我都得说，自从被控叛国后我就再也没有见过她，明白？”他使劲抬了抬眉毛，“我要正式告诉文格洛夫，美杜莎拒绝和我再见面。”

尤里移开视线，脸上凌厉的表情也消失了，取而代之的是一丝疑惑。

“尤里，不能告诉别人。”汤姆说，尤里的反应让他有些心烦意乱。

尤里眨了眨眼，“以我的生命担保，托马斯。我不会告诉任何人。”他皱了皱眉，“希望你不会做什么傻事。”

“得了吧，伙计，你说的可是我啊。”

“我知道。”说着，尤里又躺回到板凳上继续练习卧推，“我担心的正是这个。”

汤姆独自一人待在真空管列车车厢中，感觉有些不安，这趟列车前往的是南极，路上花费的时间很长。走进通向黑曜石集团的电梯时，他终于松了口气，其他那些因为持续了一天的各种宴会活动而筋疲力尽的中级生们也在那里。

不过汤姆还是被吓了一跳——布莱克伯恩中尉正高度戒备地站在那儿。

“你们所有人必须都待在我的视线范围之内，听清楚了吗？”布莱克伯恩说。他用灰色的眼睛扫视着他们，人工照明的光线让他脸上的皱纹变得非常明显。“在此期间不得使用无线功能，我戴了干扰器。”他拉了下袖子，露出了一个像是手表的装置，“如果你们的无线装置不明原因地忽然上线，应当首先怀疑是黑客入侵，立即通知我。开始吧。”

布莱克伯恩转过身，带领他们穿过一扇旋转门，那扇旋转门会自动扫描他们的视网膜。过道内的机械警卫侧过身让他们通过，警卫身上的金属摄像头紧盯着每一个经过的学员。

汤姆也走在人群中，受监视的感觉挥之不去，他不由得回头看了一眼。

身后所有机械警卫的摄像头都在看他。

这番景象把他吓了一跳。周围的人推挤着他走上了楼梯。真奇怪，太诡异了。汤姆继续前进，一边走一边警惕地观察着周围的情况。

黑曜石集团里确实有一种让人不安的气氛。所有的走廊都只有微弱的亮光，而且还很冷。他们经过了好多弹药库那么大的房间，里面放的都是精密的超级计算机，很少能看到人。事实上，几乎一个人都看不到，甚至都没有保安和技师，只有机械警卫和监控摄像头。汤姆花了好长时间才想明白这里到底为什么让人感觉不舒服：整座建筑似乎都是为机器建造的，人类就像入侵者一样不受欢迎。

就连带领他们参观黑曜石集团的普通技术人员都显得很紧张，完全不在状态。他们很蹩脚地开着玩笑，说南极为集团省下了数十亿美元的空调费。学员们都笑了起来，技术员们却都眨巴着眼睛。

“不骗你们，真的是为公司省下了数十亿美元的空调费。量子超级计算机发热量非常大。”其中一个技术员说，“我们在绝大多数房间里都只能穿大衣。”

他们带着学员们来到了一扇可以俯瞰冰原的大窗前。天空--片灰暗。每年的这个时候，南极的这个部分都没有黑夜，但天也亮不起来。

每个房间里，汤姆都会不由自主地注意到那些监控摄像头和机械警卫。汤姆一直在等文格洛夫或其他什么人过来找他，和他商量在美杜莎身上使用病毒的事——文格洛夫说过他想要在见面会的时候得到汤姆的回答。但是没有一个人过来。没有人叫他，也没有人给他发信号。电子眼一路跟随着他，时间长度刚刚够让他意识到自己受到了监视，但却不够引起其他人的注意——就连紧挨着他走在前面的维克都没注意到。汤姆的汗毛都竖了起来。

文格洛夫肯定已经知道了，汤姆想，*他知道我会拒绝*。

汤姆想象着文格洛夫那张棱角分明的脸，还有他那灰色的眼睛和几乎连在一起的银色眉毛——那个家伙正潜伏在摄像头的另一端，看着他。可文格洛夫怎么会提前知道他的回答呢？他怎么能确定？

除了尤里外，汤姆没有告诉过任何人，而且尤里都没有来。

为了确定自己是不是想太多了，汤姆故意落在了队伍的最后，这样监控摄像头要是还在跟踪他的话动作就会明显得多。

人群进入了下一个房间，汤姆从眼角注意到，一个机械警卫正在注意他，他吓了一跳，猛地转过身，机器又静止了。

这时，他的身后传来一声响动，汤姆赶紧转过身，发现隔在他和其他人之间的那扇门已经咣当一声关上了。

“嘿！”汤姆赶紧跑了过去，但眼前只有冰冷的金属，门上连个把手都没有。他使劲推了推门，然后又用拳头砸，但对面什么声音都没有。

居然还是隔音的，这下好了。

汤姆深吸了一口气，转过身。所有机械警卫的摄像头都光明正大地锁定着他。汤姆的汗毛又竖了起来。屋子里只有机器的嗡嗡声，那声音似乎越来越响。他走向大窗，外面只有冰原和灰色的天空。于是，他又不得不走回到最近的监控摄像头前。

“我被锁在外面了。”他对摄像头里的人说，“开门。”

他的声音在空旷的屋子里回荡着，真不知道会不会有人听见。他在心里打开网信，希望能用思维交互界面给维克发个信息，但他的眼前只出现了一行字：错误：频率不可用，信息发送失败。

肯定是布莱克伯恩的破干扰器。

汤姆感觉脚上有一种奇怪的刺痒感。刺痒变成刺痛，然后是针扎一样的剧痛，是地板上带电。他后退了几步远离那些机械警卫，那种感觉稍微轻了一些，但电流又变得越来越强，他的双腿都颤抖了起来，只得被迫一步步走向另一扇门，远离那似乎是想要电死他的地板。

他进入了紧挨着的那间屋子，但那间屋里的机械警卫都站在他的身旁，挡住了去路。

警卫们离得实在是太近了，汤姆只有侧过身好避免被撞倒。他一不小心碰到了其中一个警卫，一股电流迅速穿过了他的身体，他赶紧后退，电流的刺痛让他不由得叫了起来。他一步步后退，警卫们一步步地逼近。汤姆忽然想到了军方的武器测试场，他们有时候会用几个叛乱分子来测试机器的性能。汤姆之前从没有意识到，这种事有多可怕，有多没人性。

可这一切都是人为操纵的。肯定有人在幕后操纵着这些机器。汤姆走到最近的摄像头前，希望那个监视他的人能够明白自己是在跟他说话：“我不怕你。”

作为回应，一个机械警卫走了过来，汤姆踢了它一脚，想让机器退后，但机器只是旋转了一下，基座仍然在朝他的方向前进。而且刚才那一踢又让他被电了一下，整条腿的肌肉都痉挛了起来，不得不踉跄着后退。汤姆一步步后退，想要躲开那些机器，避免再被电击，最后，他们把他一直逼到了走廊里一堵冰冷的墙边。

汤姆紧靠在墙上，无路可退，机械警卫还在步步紧逼。约瑟夫·文格洛夫不会杀他。他不会的。即使知道汤姆拒绝用病毒来对付美杜莎，他也不能就这么将他杀掉。这是在吓唬自己，汤姆打心眼里确信是这样。文格洛夫之前对他说过的话还在耳边回响：*真正的问题是，你是否愿意满足我这个合理的要求，还是说需要我采取一些不那么令人愉快的说服手段？*

两台金属设备转动了一下，将他们那高精度的电子眼对准了他，空气中弥漫着不安的气氛，汤姆觉得自己好像正在和某个机器人对视，他想要通过空洞的金属眼看出些什么。

“好吧。”汤姆说，“很显然有些事情让你很不满意。”

摄像头抬起又落下，算是冷冷地点了下头。

汤姆靠着的那堵墙一下子动了起来，他这才意识到那不是墙，而是一扇门，直接通往室外。刚一跌坐在雪堆上他就意识到了这一点。咣当一声，门又关上了，只留下汤姆一个人待在南极寒冷的冰原上，而他连一件防寒的外套都没有。

第十八章

汤姆躺在那儿，穿着一身单薄的西服，浸透在寒冷之中。一阵刺骨的寒风吹来，让他的脑子清醒了一些，意识到自己确实是在外面，就穿着一件薄薄的西装，而且外面不是一般的冷——简直要冻死人了。

汤姆站了起来，走到门口，伸手摸了摸刺骨冰凉的金属门，这门上也没有把手。他从没想过，自己这辈子还能体会到这种程度的寒冷。他的耳朵火辣辣地疼，刺痛感直冲脑门，他的耳膜抽痛不已，头盖骨也疼得要命，而那寒风感觉就像几千把扎人的小叉子一样。汤姆使劲砸着那扇门。

“嘿！嘿！你不能这么干！开门！开门！”

他后退了几步，浑身剧烈地颤抖着，连牙齿都在打战，摔倒时衣服里钻进了冰碴子的地方更是冷得让人难以忍受。汤姆发现门上也有个监控摄像头，摄像头也正对着他——看来文格洛夫正在等他被吓破胆跪地求饶。

没门儿，现在不行。他可不愿意做任何文格洛夫想让他做的事。

汤姆下定了决心，尽管冷风刺痛着他的肺，撕裂着他的牙龈，让他流着鼻涕，而且手指刺痛难忍，心烦意乱地想要做点什么好摆脱困境，但他还是故意对摄像头做了个下流的手势。

忽然间，他想起了小时候的事，那时候他还和父亲住在一起。有一次，是晚上，他们在内华达州没有赶上车。尽管白天的沙漠酷热难耐，但晚上却冷得吓人，被汗湿透了的衣服就像冰块儿一样冰冷。那时候尼尔曾告诉他要不断运动，站着不动就会被冻死。

于是，汤姆把酸痛的双手夹在腋下开始跳了起来。他看了看那一望无际的建筑群，每眨一下眼，眼皮都疼得不行。寒风刺痛着他的眼球，顺着脸颊流下来的眼泪立刻冻结了起来，感觉就像虫子爬在脸上。不远处有扇窗户，而且窗沿也不太高。

汤姆跑了起来，寒风中的剧烈呼吸让他的肺被刺得生疼。他有种奇怪的感觉，就好像自己是在迷宫里一样，因为那扇窗户似乎并没有变得更近——实际距离比看上去远多了。一路上，汤姆不断地滑倒。他用颤抖的双手推搡着窗框，但窗扇纹丝不动，于是他用身体去撞，用脚使劲踢，希望能把玻璃弄碎，但还是毫无效果。他的牙龈生疼，牙齿打战。他用网信求助，但频道仍然是被阻断的。汤姆注意到另一个摄像头正从窗户上方对着他，真希望能扔个什么东西过去把摄像头砸掉。他看了看地面，发现雪里半埋着一块石头。终于可以有东西砸坏摄像头了！汤姆欢天喜地地想道，不，砸窗户！他跪倒在地，把石头挖了出来。

一行信息出现在他的眼前：警报：检测到体温过低。95.2华氏度[①]。建议学员立即寻找庇护所。

汤姆笑了起来，他实在是忍不住了，“我，我这，这不正在找嘛！”汤姆一边叫一边用颤抖的手指抓着石头的边缘，他的手指已经感觉不到石头了。

一道亮光出现在他的眼角，汤姆一愣，不敢相信自己看到的东西：文格洛夫让步了，他又打开了门！

---

① 约合35摄氏度。

当然，当然，他可不能让他们就这么在外面冻死。只是个比谁胆子大的游戏，汤姆赢了。汤姆朝门口走去，但他已经走不快了。他的腿在打战，路上不断地摔倒，双手和膝盖在雪地里盲目地乱扑。走到门边时，他已经感觉不到自己的四肢了。室内诱人的暖风徐徐吹来——接着门就又关上了。

“不！”汤姆大叫着冲向门口，但已经太迟了，“不！”他用麻木的双手砸着门，感觉自己的胸口都要裂开了，他的喉头发堵，一阵疯狂的笑声从口中喷薄而出。摄像头还对着他。

“开门！把门打开！打开！不然我就宰了你！”

尽管脑中有个声音告诉他，这个时候通过威胁来让别人开门并不是个特别好的方法，但这种想法并没有在他的脑子里停留多长时间。

一行警报再次出现在他的眼前：警报：检测到体温过低。93.3华氏度[①]。发送紧急求救坐标。

汤姆心头一动，会起作用吗？会有人收到吗？接着出现的那行字又让他尖叫了起来：错误：频率不可用，紧急求救坐标发送失败。20秒后重试，19、18……

汤姆放弃了，他的眼睛盯着远处的窗户，太远了。

他可能就要死在这儿了。

这个想法闪过他的脑海，就像一把刀子。一幅画面出现在了他的眼前：自己的尸体冻僵在雪中。汤姆怎么也无法从心头抹去这幅画面。

文格洛夫不是在开玩笑，这也不是什么比胆大的游戏。他真的有可能会死。愤怒和恐惧占据了他的心灵，汤姆再次朝窗口走去，这是他最后的机会了。他的喉头已经失去了感觉，摔倒后就向前爬，积雪摩擦着他的衣服和四肢，他继续向前，还没意识到怎么回事，就陷进了雪坑里。他恐惧

① 约合 34 摄氏度。

万分，不知道该怎么办，除了寒冷外，他的脑子根本组织不起什么成型的想法。

冷、好冷……他已经受不了了。汤姆蜷缩成一团，但没有什么能挡住冰雪。他感觉自己就要被抹去了，所有的人性和意识都在从他的心里消失，被一种无名的折磨取代，除了寒冷外他什么都理解不了。他全身麻木，意识在慢慢地消失。

警报：检测到体温过低，危及生命。92.0华氏度[①]。发送紧急求救坐标。频率不可用，紧急求救坐标发送失败。20秒后重试。

必须要起来，一定要。汤姆慢慢地舒展开身体，他都不知道自己还有这么做的力量。他的双腿麻木，或者说根本感觉不到双腿的存在。站起来也成了一件艰巨的任务，就好像举起一吨花岗岩一样。他强迫自己一步步前进，尽管自己根本感觉不到自己的双腿。这就好像在沼泽中前进。周围的一切都是黏稠的，就连脑子也黏黏糊糊的，连自己的脸都感觉不到。

窗户。

窗户。石头能砸烂窗户。必须要过去，只有这个机会了。

他抬腿一步步朝窗口挪去。每一步都像一年那么漫长。有几次，他坚持不下去了趴在地上喘气，那扇门就又打开了，就好像是在诱惑他，告诉他只有那里才是安全的。门又关上了，汤姆继续朝窗口走去，他可不会再上当。

他走到了窗户边，全身僵硬地蹲了下来，抓着雪，想要把石头弄出来。但已经太迟了，他的手指头根本动不了，拳头也握不起来。他能看到自己的双手，但却动不了。恐惧感立刻浸透了他的心，汤姆这才意识到，自己的身体已经瘫痪了。

即使在对战训练应用中面对死亡时，他也从没想过自己有可能真的

① 约合 33 摄氏度。

会死。他从没想过约瑟夫·文格洛夫这样的人随便就能灭了他；从没想过自己居然会感觉这么冷，身体居然会真的失去控制；从没想过即使用尽全力自己也会无法握起拳头；从没想过他的生死存亡居然和指头能不能动这种小事密切联系在了一起。而此时此刻，汤姆能够在耳中听到自己脉搏的跳动，这些念头在他的心中久久萦绕不去。

汤姆摇摇晃晃地走向窗户，感觉血液都涌到了头顶。一股奇怪的、不自然的热流在他的体内涌起。用尽全力，临门一脚，他能做到的，一定得做到。就算踢断腿上的每一根骨头也无所谓。如果不能从窗口进去，就是死路一条。

他盯着窗户，抬起一条腿，另一条腿却一弯，结果眼前一黑，重重地摔倒在了地上。冰雪灌进了他的鼻子，他虚弱地咳嗽着，意识一片模糊，连雪都变得温暖了。甚至有些热。简直太热了，好像有人在他的体内点燃了一把火一样。他真想扯掉领带，好缓解那难耐的炙热，但他很快就又放弃了。他想要坐起来，但却做不到，就是没有办法。忽然，一切似乎都变得舒适了起来，就好像沉入了一张精美的大床。

就这样不知过了多久，汤姆一直这么神游着。脸埋在臂弯中，躺在南极的冰原中，全身麻木，似乎意识已经离开了身体，似乎大脑离自己越来越远，已经远到了够不着的地方。原来死亡就是这个样子啊，汤姆有些超然地想道。愚蠢、毫无意义，就这么死在了十五岁，孤身一人，荒郊野外。但感觉也不坏，已经不疼了。

真不知道之前自己为什么那么想要砸碎窗户。视线中的那行字出现又消失，但已经毫无意义：警报：检测到体温过低，危及生命。87.2华氏度[①]。发送紧急求救坐标。频率不可用，紧急求救坐标发送失败。20秒后重试。

---

① 约合30摄氏度。

他的意识又回到了那个晚上，那个沙漠中的夜晚，那条空无一人的马路上。父亲将一件过大的外套披在他的身上，他的牙齿终于不再打战了。尼尔抱起他，将他背在身后，拖着沉重的步伐在漆黑的道路上越走越远，等待着下一组路灯在黑暗的远方出现。汤姆已经不再颤抖了。

他并没有感觉到一双手臂抱起了他，按压他的胸部。木然地睁开眼睛时，他只觉得脸上盖着的厚棉衣让呼吸变得更加困难。他感觉自己被埋在了某个厚厚的东西里，窒息感让他惊恐不已，尽可能地挣扎了起来。伴随着一声咣当声，汤姆睁开了眼睛，感觉眼前火辣辣的。是那扇门。有人把他带到了门的另一边。

一双大手扒掉了他那湿透的衬衫和扭成一团的领带，一个声音大叫着“保温毯”。又有几句话飘了过来，“这是在南极洲中心，整栋建筑里居然没有保温毯？浴缸呢？员工宿舍在哪儿？不，太远了。再给我一件大衣。”接着是几句脏话。他又被拽了起来，一个厚实的东西围在了他的身上，是件大衣。

他的脑子昏昏沉沉的，直到脸上、鼻子上传来阵阵刺痛时，他的意识才渐渐清晰了起来。刺痛感沿着耳朵、嘴唇扩散开来，感觉越来越强烈，疼，真是太疼了。他想要躲开这种感觉，但却怎么也甩不掉。在沉重的大衣之下，他的意识渐渐回来了。

他的眼睛很疼。眯起双眼，他看到了自己毛茸茸的双腿，颤颤巍巍的样子就像两根电缆，但他感觉不到自己的双腿。他的双手刺痛难忍，手指就像瓷器一样苍白，有人正跪在前面揉搓着他的双手。他又闭上了刺痛的双眼。

“不，别管他的手了，阿斯旺。”一个声音在他的右边响起。

“那冻伤怎么办？”

“没有手指他也能活。但要是因为血管扩张让低温血液流入心脏造成心脏骤停，那他就活不成了。”

汤姆心头一颤，*没有手指*？但这个念头在脑中转瞬即逝。

又过了好一会儿，他才再次睁开眼睛，站在眼前的那个男孩脸色铁青，一言不发地看着他，就好像根本不认识他一样。汤姆花了好长时间才想起那个男孩的名字，“维，维，维？”他的声音模糊，嗓子好像打了砂纸一样，牙齿也在打战。

“嗨，汤姆。”维克轻声说。

“想待在这儿就给自己派上点用场。”一个声音在他的身后说，“给他的眼睛湿敷。”

维克跑开了。

汤姆回过头，看到了那个用大衣包裹着他的人。他又坐起来了一些，身体的感觉也回来了一些，热量源源不断地传入他的后背。脚趾、耳朵和鼻子上的刺痛感变成了一种折磨，扩散到了全身。他想要开口说话，但却一个字也说不出来。他有种奇怪的感觉，自己应该做点什么，但做什么呢？必须做点什么，这不安全。有事发生了，尽管不确定是什么，他挣扎着想要弄掉身上的大衣，他要离开这里。

“镇静，雷恩斯。”

但他还在继续挣扎，想要挣开那双抱着他的大手，他知道肯定有什么事不对，他要起来，必须得做点什么，这种感觉越来越强烈，恐惧感抓住了他的喉咙。他激动地使劲抬起头，他要……要……一只大手揉了揉他的头发，把他的头又轻轻按了下去，那手掌摸了摸他的前额，“你没事了，汤姆，放松。有我呢。你很安全。”

“爸？”

那只手在他的前额上顿了一下，“不是。”说话的是布莱克伯恩。

他的意识还在飘忽不定。布莱克伯恩伸手举起了他的手臂。汤姆眯起眼睛，看到布莱克伯恩在揉他的手指，他的皮肤变成了一种奇怪的颜色，苍白，而又泛着蓝。汤姆这才意识到自己感觉不到布莱克伯恩的动作，一点感觉都没有。“这，这是，怎，怎，怎么，了？我，我，我的……”

布莱克伯恩把他的胳膊放回到大衣里，“嘘，闭上眼睛吧。”

汤姆不想闭眼，但他的意识又沉了下去。他全身发抖，牙齿打战，意识渐渐模糊了起来，温暖与那种久违了的安全感再次将他拖入了黑暗。

说话声惊醒了汤姆。

“……无坚不摧的詹姆斯·布莱克伯恩。”文格洛夫的腔调似乎有些戏谑，“真不敢相信你居然会离开五角尖塔，考虑到最近那么多的安全漏洞。而你却在这儿，在我的地盘，和你的服务器完全脱离，这种时候系统要是出了点问题该怎么办？”

汤姆强迫自己睁开眼睛，这里似乎是间小医院。在他模糊的视线中有一个输液瓶，站在附近的……是两个人，就在他的床尾，互相看着对方。

“哦，我可不会这么轻易就做出威胁，约瑟夫。”布莱克伯恩的声音很严厉，“我愿意冒那个险来这儿，原因很简单：你的员工内网。我觉得能够连接一下你的公司内网，也许这趟南极之旅也就值得了。事实证明我是对的。”

文格洛夫的声音非常轻，“你入侵了我们的系统？这是违法的。”

“说到违法。”布莱克伯恩的声音中有种享受的成分，“你真该看看我在学员们参观时发现的东西。”

两个人的手都抓着病床的护栏，只不过布莱克伯恩青筋暴露，好像随时准备要将病床撕碎，而文格洛夫只是随意地抚弄着金属栏杆。布莱克伯恩一脸敌意，文格洛夫则只是伸手从兜里掏出电脑，查看布莱克伯恩发给他的文件，一副似笑非笑的表情。

布莱克伯恩说，“我们的战术总是和大陆同盟保持完美的同步，我一直有种预感，这不是巧合……”

“又是个阴谋论而已。我还以为你有什么能耐呢，詹姆斯。”

“如果是事实的话就不是阴谋论了，而是被证实的阴谋。多亏了这次进入你们系统的机会，我找到了证据。全都在这儿了。银行账号，电子邮件，数码印迹——说服没有被黑曜石集团和LM莱默舰队收买的调查机构所需的全部证据。你们在玩两面派——同时从交战的双方收钱，提供双方武器。你可能也是LM莱默舰队的CEO，而不仅仅是黑曜石集团的首脑。”

文格洛夫一言不发。他还在检查布莱克伯恩发过来的文件，但脸上的笑容已经消失。

布莱克伯恩抱着胳膊幸灾乐祸道：“这要是传出去，嗯，你的麻烦就大了。我知道我们的国会议员们腐败得可怜，一点点贿赂就会让他们假装什么都没发生过。”

文格洛夫关掉平板电脑，很镇静地将电脑放回口袋，轻声说：“你要是认为我会让你就这么离开这里那就太愚蠢了。显然你是不会这么不小心的。”

“还是你了解我。真让人感动。我当然不会以为你会让我带着这些资料离开。所以我已经采取措施确保资料先离开了。一小时前，资料已经被学员们带走了。刚一获得这些情报我就把它们传到了那些孩子们的神经处理器中，只要他们一离开这座建筑，数据就会被传送到数以千计的存储站点中。”

文格洛夫抓着栏杆，“我会从你这里挖出每一个存储点！”

布莱克伯恩一脸恶狠狠的笑容，“我设置了触发开关。除非我发送一个密码……在五小时零六分之内，不然数据就会自动打开，你的两面派行为就会被公之于众。哦，最棒的是：只要我丧失行为能力，密码就会自动从我的神经处理器里删除。如果任何未经授权的数据，比如说来自普查器的数据，进入了我的大脑，再或者发生任何，我是说任何影响我自由活动的事，密码也会自动从我的神经处理器里删除。所以你肯定会让我自由离开这儿，而且也会同意我的条件。”

周围安静得可怕，文格洛夫直了直身子，“你考虑得可真周全。也就是说，你不发布消息，作为回报……怎么？我猜你是要我撤回黑曜石集团对五角尖塔的动作？”

“所有的系统漏洞攻击在今天结束。”布莱克伯恩轻声说。

“这两个条件互为因果，好吧。”

汤姆注意到了布莱克伯恩的表情变化，他终于确定了文格洛夫就是系统漏洞和无人机劫持的背后黑手——尽管脑袋还有些晕乎，但他还是松了口气。他之前的感觉是对的，搞鬼的不是美杜莎。

“现在，中尉……”文格洛夫说，“我建议你还是关心一下这个竖起耳朵偷听的学员吧。”

布莱克伯恩猛地转过身，目光凌厉地盯着汤姆。

汤姆叹了口气，不再装睡，而是在床上用尽全力坐了起来，他感觉全身乏力，口干舌燥，“这是哪儿？”他的声音沙哑。

“还在黑曜石集团。”布莱克伯恩边说边走近了一些，“医务室。过会儿我们的人会来接你，你还记得发生了什么吗？”

汤姆虚弱地点了点头。

“好好休息吧。”布莱克伯恩命令道，但他的语气却出奇的柔和，“你需要恢复体力。”

但汤姆不想休息，他不能休息，文格洛夫还站在他的床尾呢。这就像是毒蛇近在眼前随时准备发起攻击，但自己却要闭上眼睛睡觉。

文格洛夫目不转睛地盯着他，“很遗憾发生了早前的那种事故，雷恩斯先生。我从来没想过要派人去注意对外的监控摄像头。毕竟，没有人会想要闯入放满杀人机器的建筑，而且还是位于南极大陆中央。当然，你的医疗花费都算公司的。”

文格洛夫这是在装给谁看呢？汤姆知道在幕后操纵这一切的就是文格洛夫。布莱克伯恩肯定也已经猜到了。

“嗯，我想你一定非常遗憾。”汤姆说，他的声音听起来很刺耳。他看了看自己的身体，踢门的右脚脚趾都肿了起来，手上还缠着绷带。他把一只手夹在胳膊下面，想要扯掉绷带看看自己伤得到底有多重，“那扇门居然还会开开合合那么多次，真有意思。”

“没有什么硬件是完美无缺的。我们的自动门也是一样。”文格洛夫的视线落在了汤姆撕下的绷带上，他的目光中带着一丝戏谑，“一想到当我待在奢华的室内时，一个受惊的孩子却被困在严寒中，哭天喊地地想要进来，我就感到万分的困扰。”

汤姆又愤怒了起来，眼中的怒火直射文格洛夫，“我从没有哭天喊地。”

文格洛夫肯定知道他的真正意思——他没有被打败，尽管差点丢掉了性命。真希望文格洛夫会露出伤心或失望的表情，但那个波尔雅裔寡头只是笑了笑，脸上似乎还有一丝欣赏的神色。

布莱克伯恩似乎意识到了汤姆在干什么，“别把那个弄掉了……”他开口道，但汤姆已经扯掉了所有绷带。他看到了绷带下的事实，乌黑而毫无知觉的手指让他震惊不已。他用牙咬住另一只手的绷带，将绷带拆了下来，另一只手的手指也同样黑乎乎的。他的内脏搅在了一起，不，不，不，不……等一下。这不可能。他想要弯曲手指，想要活动一下。他伸出双手，将两手的手指按在了一起，没有感觉，什么都没有。

热血涌上了他的脑门。不，他需要双手，好多事情都要靠着双手才能完成，游戏，没有手指他就玩不了游戏了。要是成不了战斗员了呢？就只能这么勉强活下去了吗？

布莱克伯恩抓住他的手腕，将绷带重新缠上，“会给你换上电子手指的。由神经处理器控制，和真正的手指一样好用。想想强化机甲吧，就好像二十四小时全天候地穿着强化机甲一样。”

但强化机甲并不是用来代替身体已有部分的。它们应该是好玩的东西，让他变得更强、更敏捷的东西。应该由他来决定是不是要穿上，是不是要使用。汤姆看着自己那发黑的手指，根本无法接受这个事实，这不可能是真的。

约瑟夫·文格洛夫一定非常的满意，因为汤姆终于意识到了拒绝的后果。他转身大步离开，消失在了走廊里。大楼的走廊错综复杂，就像一座机械化的堡垒，而文格洛夫和机器一样的无情。

第十九章

“至少你的鼻子还在。”几天后，华耶对汤姆说。

汤姆正坐在五角尖塔医务室的床边，维克正在查看他的新电子手指。感觉真奇怪。手指上的触觉感受器和真实的手指不同，每次接触到什么东西——不管手指有没有连接在他的手上仍然完好的部分上——他都会感到一阵刺痛。他还没有学会分辨不同的电信号，不过冈萨雷斯医生向他保证过，用不了多久，他的大脑就会学会分辨冷、热、软、硬的区别了。

维克把他的手指翻了过来，汤姆感觉一阵刺痛从手上传来，他的头好像都快要爆掉了。

“我在网上搜了冻伤的人的照片。”华耶继续道，她正坐在汤姆的床边，今天华耶把乌黑的头发梳成了一个高高的马尾，“其中好多人的鼻子都冻掉了。所以你的鼻子没掉真是件幸事。”

维克笑了起来，“得了吧，恩斯洛。”

“怎么？”华耶说，“这确实是件好事啊，我在给汤姆打气呢。”

“他看起来可一点精神也没有。”靠在门框上的尤里说。

“我没事。”汤姆咕哝道。

维克把椅子朝床边挪近了一些，“这到底是怎么回事？我听到的官方版本是：你去找洗手间，结果不小心走到了外面，但我不信。你到底是怎么被困在外面的？”

“对呀，你当时在干什么呢？”华耶也问道，“我一直以为是你和维克脑子发昏打了个赌，看谁在外面待的时间长，你因为想要赢差点死在外面，这太像是你的做派了，但维克说不是这样。”

“对，我否认。”维克生气地叫道，“拿那个打赌简直太蠢了，我和汤姆可没蠢到那种程度。呃，至少我没有。”看到汤姆没有笑，维克推了他一把，“我在开玩笑呢。”

过了好一会儿汤姆才回答，“我知道。”

“啊，我觉得我们还是不要这么快就问他这些事的好。”尤里插话道。

不知为何，尤里的话让汤姆火了起来，他的胃搅在了一起，他不希望朋友们待在这儿，他想要他们都出去。

“汤姆，别对尤里竖中指。”维克一边对尤里竖起汤姆的中指一边说。

汤姆的视线移到了维克握着的手指头上，刺痛感告诉他那根手指其实是他的。他感觉喘不上气了，所有人都在看他的手指，他感觉自己的汗毛都竖了起来。

“还给我。”汤姆对维克说。

一团火焰正在他的内心深处闪动，仿佛随时都会爆炸。让他心烦意乱的不是新安上的手指，而是其他的东西，某个他不能确定的东西。他非常非常希望这些朋友赶紧离开。

“这些和你的旧指头一样吗？”华耶问。

“不一样。”汤姆说，“这些是电子的，华耶。上面的皮是假的。整个卸下来也无所谓。旧的那些，嗯，已经冻成黑炭了，只要卸下来就用不成。真想比较的话，可以问冈萨雷斯医生把我真正的指头要过来。”汤姆笑了起来，他的笑声越来越响，接下来的话都有些听不清了，“我敢打赌他把它们都扔进医疗废品堆了。”

“博士。”维克一边说一边对他晃了晃手指，“我已经看到了我们光辉的未来，许多许多的恶作剧。想想看，我们可以用各种方法假装你的手指掉了下来，而且……”

“对，好。”汤姆使劲想要挤出一个笑容，但却怎么也做不到，“现在，说真的，还给我。”

“你的声音听着有点怪。”维克边说边用卸下来的手指摸了摸汤姆的头。

汤姆大吼了起来，“还给我！”

周围一片安静，维克把手指还给了他。汤姆把手指按在了关节的连接点上，感觉自己很蠢。

维克朝华耶和尤里点了下头，那两个人便一起离开了病房。

维克走近了一些，“汤姆，我知道你……”

“对，我小题大做。我知道。都是因为医疗程序。他们弄乱了我的脑子。”让他产生这种感觉的并不是药物和疲惫，但他无法控制自己的感受，这让他觉得非常尴尬。

“得了吧，汤姆，我不是……”维克叹了口气，“需要给你找社工吗？”

“在你之前她就来过了。”汤姆刚从麻醉中清醒过来时奥莉维亚就坐在他的床边。她想要和汤姆说话，但汤姆假装睡着了。

维克揉了揉脸，“我得告诉你件事。你在黑曜石那里和大家分开的时候，我……”

但汤姆注意到了远处轻微的动静，他一下子坐了起来，“尤里还在？”他叫道，眼看就要爆发了，“他要干什么？”

“尤里？”维克眨了眨眼，“没有啊，他和华耶去……”维克走到门口朝走廊里看了看，说：“嘿，尤里，伙计，我说了，食堂见。”

尤里的声音很轻，很温和，“当然，维克兰。”他把头伸了进来，“回见，托马斯。”

窃听。不知为何，这个词一下子在他的脑子里冒了出来，尽管他想要甩开这种想法。

几周后，汤姆出院了。他觉得自己就像行尸走肉一般。周围的一切似乎都变了，但他说不上是为什么。最糟糕的就是他的朋友们。只要他们四个在一起，他就感到一阵恶心，伴随而来的还有阵阵恐惧。就好像是在期待某件可怕的事发生，但却不知道到底会发生什么。

五角尖塔里的其他人也好不了多少，他们都听说了发生的事。一些人在私下里议论着他居然会那么蠢，在南极洲的荒郊野外乱跑，其他人则一见到他就表现得有些怪怪的。

比如已经升入了高级的沃尔顿·考夫纳，他不再故意扰乱汤姆的脑子，而是表现得像个汤姆从来都没有见过的怪人一样。就拿那天来说，他们俩在电梯里偶遇，沃尔顿说："很遗憾你在南极发生了那种事，你现在还好吧？”

“很好。”汤姆语气强烈地说。

沃尔顿那尴尬的表情甚至让汤姆感觉到了一丝恶意的快感。他忽然想道，这是个扰乱沃尔顿脑子的绝佳机会。

他靠近了一些，低声说，“嘿，沃尔顿，替我谢谢他们。”

“谢谢谁？”

“你知道的啊，就是他们啊。”汤姆抬了抬眉毛，“你的地精小弟们啊，伙计！他们救了我。我那时候就要被冻死了，是他们到外面，用小手抓住我，小脚跑着把我带到了它们的小洞里。我以前一直觉得你是在糊弄我。但我现在明白了——你真的有地精小弟。光荣、勇猛、伟大的地精小弟。”汤姆小心翼翼地保持着天真的表情，那种表情在虚拟现实厅里曾经帮他赢了不少回。

他的伎俩一定是得逞了，因为沃尔顿说："我觉得你那时候可能是产生幻觉了。"

"是吗？"汤姆竖起拇指，"我知道官方的说法，我'产生了幻觉'。"边说边做了个引用的手势。

"不，汤姆，我说真的。你真的产生幻觉了。"

"是，是。我明白的。看：把这个给他们。"他卸下一根手指，"拿着。"

沃尔顿畏缩了一下，"呃，雷恩斯。我可不想看到你这么做。"

"拿着。"汤姆把手指伸到他的眼前，"给他们，作为谢礼。"

"我觉得他们不会想要你的手指的。"

"可这是我敬意的象征啊！"

"你得把那个象征安回到手上。"

电梯里，汤姆一直想要把那根手指给沃尔顿，而沃尔顿则缩在电梯的一角，尽量躲开汤姆。电梯门刚一打开，沃尔顿就头也不回地逃之夭夭了。汤姆开心地笑了起来，这还是这些天来的头一次。他低下头，想要把手指安回去……但动作却停在了半空，他看着自己的手，手指在本该是关节的地方断开了。

他的汗毛又竖了起来。

回到宿舍，汤姆一屁股坐到了床上，把电子手指一根一根地拔了下来，只剩下光秃秃的右手，他的手，看起来奇怪极了。

真诡异。

汤姆看着自己的手，眼中带着一种病态的迷恋。接着，他又安上手指，对另一只手如法炮制。这只手看上去更恶心，其中几根手指是断在关节之上的。等到把手指安上时，他全身颤抖，感觉都快要吐了，这种感觉非常难受，就好像是犯了一个巨大的错误，但却不知道该如何纠正。

接下来的很多天，汤姆都无法摆脱这种感觉。电子手指感觉还是有些不合适，颜色有些太粉。即使是戴着手指的时候，汤姆也不自觉地将手插在口袋里。他变得有些神经质了，忽然传来的笑声总会让他胃里一沉，觉得好像是受到了嘲笑一样。他总觉得其他学员在看他的手，但是又不能确定。也许这一切都只是他的想象。

过了好长时间，他才鼓起勇气去做自己害怕了好久的事。他一直不愿在维克面前玩电子游戏，因为不知道结果会如何。这天，他终于下定决心，在宿舍里玩起了《不朽的武士》。他把游戏难度设定为专家级，就像以前玩的时候一样。

结果，最让他害怕的事情发生了：电子手指移动的感觉和真实的手指完全不一样，根本无法像以前那样使用武器。汤姆沮丧地扯下虚拟现实手套，卷成一团扔在了墙角。踩坏手套的疯狂想法占据了他的大脑，不过最后他还是忍了下来，因为这双手套可是花了他一个月的津贴才买回来的。

但那种焦躁的感觉还是挥之不去，比失去真实的手指感觉更可怕。

他完蛋了，彻彻底底地完蛋了。在进入尖塔前，游戏就是他生活的全部，是他的生存手段。现在，他不仅仅完全丧失了升入战斗级的机会，和约瑟夫·文格洛夫敌对——而且连原有的备用计划也被毁掉了。

汤姆没有注意到华耶敲门，他只是模模糊糊地意识到华耶进了屋，走到了他的身旁。看到汤姆面前卷成一团的手套，华耶笨拙地拉了他一把。等到回过神时，他已经回到了床边，坐在了华耶的身旁。

“你没事吧？”

“我没有伤心沮丧或者怎么样。我只是意识到自己现在玩游戏也是菜鸟了。”汤姆边说边弯曲着自己的手指，“感觉不太对头。”

“你的大脑更习惯以前的手指。”华耶说，“这就像强化机甲一样。不管有多强，你的大脑操纵它们时所用的神经元总是有些不一样的。你会习惯的，多加练习就好。”

汤姆沮丧地摇了摇头，“再也不会一样了。”

“好吧。玩游戏菜也无所谓嘛，反正那些玩意儿也只是浪费时间而已。”华耶严肃地点点头，“少年，多看书。”

汤姆看着华耶，“华耶，这话一点也不安慰人。你太不擅长安慰人了。”

“呃，反正又不是世界末日。你现在又不需要通过玩游戏来赚钱。”

“嗯，可是……”

汤姆忽然意识到了什么。

他全身一僵，想要搞明白这到底是怎么一回事。

“啊，等一下，等一下。”汤姆说，“等一下，你是怎么知道的？”

华耶一下子睁大了眼，接着又赶紧低下头。

汤姆后退了几步，“华耶，你怎么知道我靠打游戏来赚钱？我从来都没跟你说过。只有马什将军知道这事儿，还有……”

还有布莱克伯恩中尉，那家伙看过很多他的记忆。

不知为何，意识到布莱克伯恩告诉了华耶，汤姆觉得自己被吓了一跳。他一直以为布莱克伯恩会谨慎对待通过普查器获得的信息。现在，只要想想布莱克伯恩他的脑袋都会搅成一锅粥。就是那个家伙，差点把他弄疯，又救了他的命，而且……在他受伤迷惑的时候还安慰过他。可这确实让他吃了一惊，布莱克伯恩居然把他的私事告诉了华耶？

汤姆都没有告诉过华耶自己知道的有关布莱克伯恩和他家人的事。这感觉就好像是被人从背后捅了一刀。

“布莱克伯恩还告诉你什么了？”他冷冷地问。

“不是他，汤姆。是我的错。”华耶的双手纠结成了一团，“就在放假前，在我们被木星了的时候……这个词可真傻，顺带提一下。总之，看到你表现得那么奇怪，我就知道在普查室里一定发生过什么非常不好的事，所以，我就把监控录像下载下来了。”

汤姆浑身一僵，哦，不。她看到了，她全看到了。

对，他是告诉过朋友们自己进入尖塔前的生活，当然。赌场啊，挥金如土的尼尔啊，疯狂的人群啊，搭乘火车穿梭于各州之间，享受着自由的光彩，还有裸女如云的泳池边的高层套房，诸如此类的。全都是些如梦幻般美好的东西，那些偶尔出现但在现实中并不总是存在的东西。

其他那些事他从没提过，那些不好的事。那些事不属于在这里的汤姆。

“标签上说时长是两天。”华耶继续道，她看了一眼汤姆，接着眼神就又飘到了一边，“我就把它加进作业订阅源了。结果一觉醒来后我就都知道了。可是汤姆，要是知道的话，我是绝不会看的……”

“你觉得呢？”汤姆打断道，“我告诉过你很糟的。”

“我知道，但我真的没想到有那么糟。没想到他会那么可怕。”

汤姆感觉想吐，他无法直视华耶。

“我从没跟别人说过，你知道的，而且……而且我也没和布莱克伯恩中尉说过。我很生他的气。他那么对你真是太可怕了。他也注意到了。他让我不要一看到他就给他发‘伤心的小狗的表情’。嗯，但我确实有话要说，我要告诉他， 定得跟他谈谈。”

汤姆都没仔细听华耶在说什么。他的汗毛都竖了起来。所有那些记忆，那些幻想。她肯定也看过那些幻想了。不仅如此，她还看到了他崩溃时的样子。她全都知道了。全都看到了。她看到了他的一切。汤姆感觉自己都动不了了。

“很抱歉。”华耶说，“真的，真的很抱歉。我现在知道你为什么那么记恨布莱克伯恩了。之前我不明白，但我现在知道了。”

华耶的声音听起来似乎很遥远。汤姆感觉有些缺氧，他揉了揉头发，想要理清思绪，但却怎么也做不到，就是做不到。

“你真的都看到了？”他只说出了这么一句。

“呃，不是全部。我是说，有些段落缺失了。呃，一些片段。大段的。好像是被抹掉了。比方说，一开始你和布莱克伯恩都还表现得挺正常的，接着是一大段空白，然后一切就都变得奇怪了。一开始都还挺正常的，可之后，你们俩就都……不一样了。”

汤姆闭上了眼睛，知道那是在布莱克伯恩看到他能利用机器做什么的时候。汤姆犯了个致命的错误，承认自己见过约瑟夫·文格洛夫，促使布莱克伯恩得出了那一堆结论。也就是说，华耶看到了后面的事，但没有看到缘由。

“我不明白你在跟他隐瞒什么。”

“我在跟他隐瞒什么？”汤姆叫道，“你以为呢，华耶？‘扰乱脑子’这几个字对你有什么特别意义吗？‘叛国’呢？”

华耶的脸白了，“是那个。”

“对，就是那个。”

“我不会让你这么做的。尤里也不会。要是我们知道……”

汤姆愤怒地大叫了一声，靠在墙上怒吼道，“对，好，反正也无所谓了。已经完了，过去了。全都忘掉，OK？已经结束了，完了，就当没有发生过吧。所以不要提你看到的东西，别告诉任何人。”汤姆脱口而出，甚至有些语无伦次，“什么也别提，别告诉其他人，这是隐私。维克也不行，别告诉维克。你没告诉维克吧，是不是？华耶，不能告诉维克这些。别告诉他……”

“我什么也不跟他说。”华耶保证道。

汤姆脑袋发胀，他揉了揉脸，心里五味杂陈。要是有选择的话，他是绝不会和别人分享那些普查器下的记忆的。朋友也不行，尤其是朋友。他喜欢以前的样子，喜欢他们以前对他的印象。他不想要朋友们觉得他是个窝囊废，是个可怜的失败者，也不想别人觉得他蠢。那样他可受不了。真不知道华耶现在是怎么看他的？

华耶盯着汤姆，她皱着眉，咬着嘴唇，就好像是在解什么高难度的数学题。但汤姆完全没有想到她的下一个动作：走上前，笨拙地拥抱了一下汤姆。

汤姆一动不动，他能感觉得到华耶的身体有多僵硬，感觉得到华耶有多不舒服，这举动可一点也不像她。两个人就这么坐着，汤姆忽然觉得有些好笑，屈辱感也不那么强烈了，“这是干什么？”

“我也不知道。”华耶说，她的胳膊还绕在汤姆的脖子上，“感觉应该就是这种时候做的事，可以吗？”

“嗯，可以。”汤姆又坐了一会儿，然后把头靠在墙上，他感觉到华耶把头枕在了他的肩膀上。感觉还挺不错的。他摊开双手，对着华耶，问出了那个难问的问题，“我的手是不是真的很难看？说实话。”

华耶看了看，说：“不难看。不过肤色调得确实不太好。适合皮肤非常粉的人。你的肤色不是那样的。不过也不是特别难看。”

“谢谢。”汤姆轻笑了一声。华耶最大的特点就是诚实了。也许还有其他情况会比肤色太粉、安着假指头、隐私曝光更糟糕吧，他想。比如说鼻子被冻掉。或者一个朋友也没有。

或者经历美杜莎经历过的事。

汤姆心里一惊，明白了过来。有生以来头一次，真的，他理解了自己在国会山峰会上对美杜莎所做的事造成的伤害。只因为手指残缺安了电子手指他就觉得自己是个怪物了。可是每一天，美杜莎走到哪儿都只能带着那张布满疤痕的脸，无法隐藏。

她比汤姆更坚强，这毫无疑问。汤姆忽然明白了过来，他终于了解了。必须要纠正错误。他知道该从哪儿下手了。

“华耶，能帮我个忙吗？我不理解编码，但你会。是个病毒。我不能告诉你是从哪儿来的，谁给我的，但我需要弄清楚这病毒的作用。”

华耶有些好奇了，“哦，行，发给我。”

“谢谢。”汤姆边说边撸起袖子露出前臂键盘。

华耶一把抓住汤姆的手腕，睁大了眼睛，“你确定是压缩包吗？可别不小心用到我身上了。”

“啊，华耶，你真以为……”

“好吧，你应该没那么蠢。”

不过在收到文件时华耶还是畏缩了一下。看到病毒没有在她身上释放，华耶拍了拍汤姆的头，算是某种赞许。尽管华耶缺乏对他的信心，但汤姆还是觉得心里暖洋洋的。华耶走后，他又想了想，也许自己的人生并没有之前感觉的那么糟。

在美杜莎的视像中投放消息需要冒巨大的风险。汤姆知道这不会让她高兴，甚至还有可能引来报复，但他还是做了。

所以，当美杜莎在对战训练应用课中出现时，汤姆就做好了被扁的准备。

“你是疯了还是傻了？”美杜莎叫道，“我们说好的。”美杜莎双手放在臀部，出现在第一次世界大战的实景中的一片氟气云里。

“你说我疯了？”防毒面具让他的声音变得闷声闷气的，“你都没戴防毒面具，任何人都有可能看到你。”

美杜莎摇了摇头，穿过铁丝网，蹲在汤姆的旁边，“不。我没有侵入实景的总系统，只是进入了你的视像源，而且我还时刻盯着外面，以防有人想要看看你在实景中的表现。所以我们都很安全。只有你能看到我。因此，我要再问你一遍，‘你是疯了还是傻了？’”

“既没疯也没傻。听我说。我可是有合情合理的理由才联系你的。只不过……稍等一下，让我先把这几个家伙干掉。”

实景刚一开始，他就尽可能地接近了敌方的防线，潜伏了起来，打算一个一个地击毙敌方军官，只要他们移动过来。现在，他已经做好了干掉那两个刚从战壕里出来的学员的准备。

“真不知道他们为什么要用第一次世界大战的实景进行训练。”美杜莎观察着周围的情况，评论道，“这和太空战一点关系也没有。”

伴随着远处的一声巨响，汤姆击毙了那两个学员中的头一个，“那可不是军方让我们在这种实景中战斗的原因。”又一声巨响，第二个学员也被干掉了，“我们当中只有很少人能成为太阳系部队的战斗员，对不对？他们用这些实景来测试我们的心理，评估我们的力量，观察我们如何应对压力，看我们的创造力如何，能否迅速做出决策，团队协作精神如何，等等等等。”

“那你的团队协作精神如何？”美杜莎讽刺道。

汤姆知道，美杜莎指的是自己正一个人蹲在这儿，“嗯，那是我的弱项。”

他顿了顿，看着远处的战壕，里面的士兵正在探头探脑，搞不清楚自己的两个人怎么这么轻易就被干掉了。

他们没有看到他，又一个敌方学员爬出了战壕。远处的爆炸声变小了，汤姆却焦躁了起来。他要和美杜莎交谈，但他也想干掉这个家伙。

“为什么要联系我？”美杜莎问。

“几个原因。”汤姆边说边盯着越来越近的敌人，“首先，我要向你道歉，关于我之前说的化身之类的话。我那时候不明白，不知道那会让你不高兴，但我现在明白了。我就是个混蛋，是吧？而且……而且……”汤姆灵光一闪，想起了尤里的小聪明。他盯着美杜莎的眼睛，诚心实意地说，“而且我想让你知道：美杜莎，要是见到一匹长得像你的马，我一定会觉得那匹马很有吸引力。”

美杜莎看着他。

“而且我也很担心。”看到她一脸的迷惑，汤姆赶紧说，“听着，那可是马呀。明白了吗？我就像这样，‘啊哦’‘太糟了’。就因为长得像你，我就会喜欢上那匹马。那可就糟了，我是说马的事。不过那只是因为它像你。明白我的意思吗？”

美杜莎慢慢退后了几步，“我看我真得走了。”

“不，等一下。”汤姆叫道，“可能是我的说法不太合适。”

“真有什么合适的说法吗？”

嗯，她说得对。“我的意思是，很抱歉伤害了你。而且我觉得你有很多很多过人之处，我希望你知道我是这么看你的。”

过了一会儿，美杜莎开口道，“马是哪儿来的？”

“别管马了。”汤姆叫道，远处又传来一声爆炸声，汤姆抓住机会击毙了这名学员，距离已经有些太近，不够安全了。他转过身，对美杜莎说，“这才是我联系你的主要原因：黑曜石集团的约瑟夫·文格洛夫之前找过我。是他向你们那边透露了我们俩会面的事。他还想让我用诡计来对付你。他写了个电脑病毒，能让你失去活动能力。为了以防万一我让朋友查看过那个病毒的功能。按照他的意思，我应该把病毒用在你的身上。”

美杜莎退后了几步，汤姆知道她是在害怕汤姆要释放病毒。汤姆举起了双手，尽管他知道这个动作可能会让他暴露。

“别走！听我说，美杜莎。我不会那么做的。我觉得应该警告你，事实上，这是个好消息。”

“好消息？”

“对啊！LM莱默舰队在监视你，不是因为他们怀疑你我的能力——而是因为你获胜的次数太多了。文格洛夫不喜欢这种情况。LM莱默舰队公司跟黑曜石集团一样都是他的。他不希望你太早结束战争。这可是我听他亲口说的。”

“LM莱默舰队公司监视你，这和我们的超能力一点关系也没有，美杜莎。你就随便输掉几场，不要对他们的战争事业构成太大的威胁，他们就不会紧盯着你不放了。”

美杜莎抱着胳膊，氟毒气云环绕在她的身旁，让她看上去异乎寻常地孤单。“这么说你不打算在我身上用病毒？”

“你真以为我会？”汤姆叫道。

“怎么？”美杜莎说，“你从来都不用卑鄙下流无耻的手段来赢得胜利吗？你是这个意思？”

汤姆轻声笑了笑，这是他自找的。“好吧，我的名声是不太好，可你看，我这不是已经告诉你了嘛。要是真想用的话我会提前说明吗？”

显然，敌方已经明白了过来，有个狙击手正潜伏在他们的阵地附近。他们正在展开地毯式的搜索，想要找出潜伏的偷袭者。汤姆一边说一边注意着敌方的动向，做好随时应战的准备。

“事实上，我还有点被羞辱了的感觉呢。”汤姆说，他想用这种方式让美杜莎放下心来，“你真以为我是电视上那种干坏事之前会把自己的计划统统解释一遍的大反派吗？那也太扯了。”

美杜莎的声音里也带上了一丝笑意，“你就是那种自鸣得意的类型，这我很清楚。你所有的邪恶计划在动手前就都被我看得清清楚楚的了。”

汤姆装出一副深受打击的样子，就好像美杜莎的话让他伤心欲绝一样。作为回应，美杜莎大笑了起来。汤姆抬起头，看到美杜莎对他眨了眨眼，“好吧，莫德雷德。我就当你不会长篇大论你的邪恶计划吧。现实生活中应该没什么人会那么做。”

“其实，我认识个家伙。”汤姆承认道，“他叫尼格尔，那家伙弄了个非常邪恶的计划。在动手前，他就给我来了一番长篇大论，他的方法啊、动机啊什么的，甚至连后续的计划都说了。我可没说谎。”

马齐斯·卡缇希发现了汤姆。在马齐斯叫出声之前，汤姆就跳了起来，一把将他拉到了毒气雾中，割开了他的喉咙。干完这些，汤姆又回到藏身处，把泥土盖在身上作为掩护。

“也就是说我没什么可担心的。”美杜莎说。

“对。除了胜得太多需要被阻止之外。”

“你这次只是要警告我吗？”美杜莎的声音有些好奇，“就这些？”

“就这些。”汤姆犹豫了一下，忽然感觉自己很蠢，“还有马的事。”

又一个走得太近的学员被汤姆射死了。完事儿的汤姆正好看到了美杜莎挂在嘴边的笑容。这让他的胆子又大了起来，“告诉我，就一件事。你的名字……是叫木兰吗？”

“差远了。拜拜，莫德雷德。”

“下次再见。”汤姆脱口而出。

美杜莎想了一会儿，“也许吧。”

美杜莎消失了，只留下汤姆一个人掩藏在泥土中，周围环绕着死尸和毒气。美杜莎没有说不行。

第二十章

汤姆和美杜莎并没有像以前一样经常在虚拟现实游戏中对战。不过美杜莎时不时地会插入到对战训练应用课程里，出现在汤姆的多媒体数据源中。美杜莎每次出现都是在东亚联合体那边的一大早。由于东亚联合体学员每隔一天才睡一次觉，所以美杜莎经常都会有时间过来，次数比汤姆原来希望的还要多。每次训练中，汤姆都会脱离团队，希望能够碰到美杜莎。至于尤素福·赛义德则只关心杀敌率，而汤姆为了显摆，每次都会在美杜莎面前制造一个尸横遍野的现场，所以就连作为指导员的赛义德也对汤姆印象深刻，让他把势头保持下去。

在实景中，美杜莎不能杀敌，因为她只存在于汤姆的数据源中。但她经常会给汤姆提一些建议，这让汤姆产生了一种他们在组队厮杀的感觉。在一个蒙古人和波尔雅国人对战的时间压缩实景中，两个人又遇到了一起，那时候汤姆正独自一人在西伯利亚的丛林中生火。

“你该把火灭掉。”那时候正近黄昏，天冷得要命，汤姆扮演的是蒙古人。“我到树上去看哪里有烟，你去把他们干掉。”

“过会儿吧。”汤姆说。

“至少先把火灭了，汤姆。”

“我不喜欢太冷。”

“那你喜欢死掉吗？要是有人注意到烟的话你就死定了。”

在这时候的汤姆看来，受冻和去死差不了多少。他没有动，美杜莎笑了笑，开始把泥土踢到火堆上。汤姆可不想让美杜莎把火灭掉，他出其不意地冲了上去，一把将美杜莎扛了起来。

“你这是要干什么？”

“用男人的方式把你扔到一边。”汤姆说，“我觉得，把你也在雪里埋一埋，你就会认识到火的重要性了。”

“只要我愿意随时都能下来。”美杜莎说。

汤姆笑了起来，“被扔进雪堆前不行！”

美杜莎在汤姆身上挣扎了起来，她伸手想要戳汤姆的眼睛，汤姆把头扭到一边，躲开了她挥过来的手臂。美杜莎踢打着汤姆的身体，想要让他失去平衡。汤姆摇晃了几步，在摔倒前先把美杜莎扔进了雪里。两个人都倒在了雪中，美杜莎奋力反击，一拳打在汤姆的脸上，打得汤姆趴倒在地，都来不及去想雪到底有多冰。

美杜莎骑到了汤姆身上，抓起一把雪从汤姆的衣服里塞了进去。汤姆挣脱开美杜莎，想要把她抓住，但美杜莎的身手敏捷，迅速脱离了汤姆伸手可及的范围。

汤姆起身抖掉衣服里的雪，大笑了起来。美杜莎也在火堆的另一头笑了起来。

“我的计谋得逞了。”汤姆说，“你现在也离不开火堆了。”

美杜莎扬了扬头，“那是我心情好。不然我随时可以把火灭掉离开实景。”

汤姆立刻冷静了下来，“我不关心火堆怎么样，你可别走。”

美杜莎什么也没说，火光映射在她的眼中。刚才的打斗让她的头发变成了乱蓬蓬的一团，汤姆看到了她想要隐藏在发型之下的疤痕。美杜莎似乎意识到了汤姆在看什么，她把头扭向了另一侧。

“等一下。”汤姆走到了她的身边，“你不需要……我是说，我以为你不在乎……”

“我是不在乎。”

汤姆站在那儿，有些茫然，不知道该怎么办。他伸出手，美杜莎躲到了一边。

“怎么？你说你不介意的。”汤姆说，“到底介不介意呢？”

“我从很小的时候起就这样了，汤姆。”美杜莎的声音有些酸涩，“我已经习惯了，所以，对，我不在乎。”

“那为什么在我那么做的时候你还会伤心……”

“和你在一起不一样。”

这句话让汤姆心里一震：他的错，得自己弥补。

这一次，他在美杜莎想要躲开前就轻轻地抓住了她的肩膀。他伸手轻轻拨开美杜莎一侧的头发，美杜莎则抽出了汤姆剑鞘中的剑。汤姆没有理会美杜莎的动作。不一会儿，他就看清了美杜莎的脸，大片的疤痕盘踞在她的头部，顺着一侧一直延伸到脸上。

美杜莎站在那里，全身僵硬，汤姆清楚地意识到那把剑正悬在他俩之间，似乎美杜莎正拿不定主意，是要一剑刺入汤姆的身体还是要把剑扔到一边。汤姆的手拂过美杜莎的脸颊，他不知道这么做对不对，于是干脆停止了动作，用手感受着美杜莎的体温。

“疼吗？”他问。

美杜莎注视着汤姆，剑尖微微刺入了汤姆的身体，“这里的神经已经萎缩了。你以为呢？”

汤姆张了张嘴，好半天才说出了一句，“我的手指头都没了，冻掉了。”承认这一点让他感觉有些难为情，但他还是伸出手，“我知道那里的神经已经没有了，但有时候还是会想象，还是会感觉到疼。这很奇怪。感觉很傻。”

美杜莎看着汤姆，汤姆感觉到剑被撤到了一边。美杜莎把剑插进脚边的泥土里，“我不该要踢灭你的火堆，你说得对，会冻死人的。”

美杜莎坐在火堆旁，拉了拉汤姆的裤腿，汤姆也坐在了她的身边。两个人在摇曳的火光中看着彼此，美杜莎握起汤姆的手，将手放在自己的脸颊上。

“我什么也感觉不到。”她说。

这一次，汤姆抚摸着那疤痕，很奇怪，他本以为那疤痕会很硬，很粗糙，但事实上却是冷冰冰的，而且还很柔软。这么近距离地看到美杜莎的烧伤，感受到那疤痕，反而让疤痕在他的脑海里渐渐消退了。过去那只能偷偷瞥上一眼的可怕景象渐渐消退，眼前只剩下一个普通的姑娘……呃，只有一个方面远非普通。

“你今天没有猜我的名字。”美杜莎说。

“哦，对，忘记了。”说完汤姆就猜了起来，“梧彤？”

美杜莎瞪了他一眼，“这是你猜得最差劲的一个。”

汤姆靠近了一些，轻声说：“告诉我你的真名，就不用再听我乱猜了。”

美杜莎轻轻推开他，“你瞎猜的那些东西可吓不倒我。”

“我可以继续试，穆加特洛伊德。”

“穆加特洛伊德？”美杜莎笑了起来，“这是名字吗？都不是东亚联合体语的。”

汤姆看着美杜莎，脑中忽然一片空白，即使后来回过神后他也没弄明白这到底是怎么一回事。也许是因为距离美杜莎太近，让他暂时性失忆了吧。也许是被她那黑色虹膜上闪耀的火光给催眠了。

也许只是因为此时此刻，他的脑中已经没有什么理性的成分能够阻止他了，汤姆伸手将美杜莎拉入怀中，他的双手抚摩着美杜莎那脆弱的肩膀，嘴唇靠近了美杜莎的嘴唇。

上次接吻时，汤姆在虚拟现实游戏厅里，没有感官连接。那一次，他一边亲吻着美杜莎，一边在心里惊叹这终于发生了，也许正是因为如此，他才没有全身心地投入进去。

这一次不一样。

美杜莎的身子软了下来，那种舒服的感觉直达汤姆的脚尖，他从没有过这样的感觉。他用双手抚摩着美杜莎的后背，捧着她那温热的脖颈，手指摩挲着她那丝绸般黑亮的头发。整个世界似乎都静止了，清澈的西伯利亚星空下，万物似乎都消失了，只剩下美杜莎。她的体温，她的味道，让汤姆想要大叫，他紧紧地抓住美杜莎，吻得更深了。

远处传来了学员的声音，“火光好像是在那边！”

汤姆一下子睁开了眼睛。

眼前正是美杜莎的黑眼睛，近在咫尺。那种感觉一点一点地消失了，美杜莎的肌肉重新紧绷了起来。她伸手推开了汤姆，站了起来。

汤姆一动不动地看着美杜莎，他动不了了，只能那么待在火堆边，仿佛整个人都瘫痪了。感觉就像有人切开了他的身体，将他的骨骼、内脏都暴露在了寒风中。美杜莎看着他，好像还在回味刚才发生的一切，她挥了挥手，然后就从汤姆的视野中消失了。

一大群波尔雅国人出现在了山头，箭雨洒落在汤姆的四周，但汤姆仍然坐在那儿，一动不动，直到被一箭穿心。

汤姆终于能够区分新手指的感受器传来的基本信息了。只要再安装一个程序，将这些感觉与大脑中过去的那些感觉对等起来，他就能够分辨物体的软硬程度、锋利与否，以及其他诸如此类的信息。

不幸的是，这事儿得去找布莱克伯恩。

一天傍晚，汤姆提心吊胆地来到军官们所在的楼层，敲了敲布莱克伯恩的房门，走了进去。倒不是他觉得布莱克伯恩对他有敌意，不能信任，要是那样还容易些。问题是，他知道布莱克伯恩救了他的命，他还记得布莱克伯恩把他暖和了起来，还有……嗯，让他感觉安全，不那么害怕。

真是一团糟，因为普查器的事还历历在目，汤姆不想对他太过感激，所以还是绕着走比较安全。

汤姆尴尬地站在那儿，看着布莱克伯恩拿出一个匣子扔在桌上。布莱克伯恩示意他走近些，汤姆从没进过布莱克伯恩的寝室，这里和他想象的完全不同。这家伙在五角尖塔住了差不多四年了，但他的墙壁还是光秃秃的，架子上也空空如也。真正算得上家具的也只有一张桌子、几把椅子和一部电视。屋里还有一颗光秃秃的圣诞树，显然布莱克伯恩还没顾上把它收起来。

“你的假树看起来快死了。”汤姆说。

“它比你的年龄大，雷恩斯，放尊重些。”

比他大……

汤姆明白了过来——这肯定是布莱克伯恩以前的东西，他精神失常以前的东西，那时候他还有孩子，妻子还没有离开他。汤姆把头扭到另一边，眼前的东西让他感觉更糟了。

他曾和维克、华耶以及尤里一起去五角购物中心买圣诞礼物，那时候华耶想给布莱克伯恩也挑一个。华耶一点挑礼物的天分也没有，买的东西和别人想要的总是相差万里。汤姆和维克也没帮什么忙，因为他们觉得看着她把尤里建议的漂亮钢笔换成基座上缀星星的亮紫色香烛是件很有意思的事。

“真的不会太娘吗？”华耶担心地问他们。

汤姆和维克都一本正经地点着头。维克说，“华耶，男人都喜欢熏香蜡烛。”

“对，香烛要多男人味儿就有多男人味儿。”汤姆添油加醋，“这可是传统的合众国假日啊：啤酒在手，电视上播着足球赛，旁边点着香烛。”

“不仅仅是合众国。我小学毕业的时候我爸就说过，‘儿子啊，你现在是个男人了。’然后他就给了我一根香烛，告诉了我生小孩是怎么一回事。”

维克用尽全力憋着笑，他指着香烛的玻璃基座，声音有些颤抖地说，“再说了，小星星会让布莱克伯恩想起外太空。我想他会喜欢的。”

这些理由对华耶来说足够了，于是她买下了那根香烛。副作用是他们所有人的圣诞礼物都是香烛，不过这也值了。

在那时候是。

如今，看着布莱克伯恩在匣子里翻找着，整座公寓空空荡荡——目光所及之处唯一的装饰品就是那根可怜的蜡烛——这让汤姆觉得自己就是个小混蛋。他甚至都没为南极发生的事道过谢。

“呃。”汤姆开口道，“谢谢你救了我的命，还有其他一些事。”

作为感谢这种表述并不是很诚恳，但布莱克伯恩看起来一点儿也不在意，“我是不会让你死的，小傻瓜，坐下。我们来看看能不能让你恢复点触觉。这个程序还不是太精细，分不出温和烫，不过冷和热还是能分清楚的。”

汤姆坐在椅子上，布莱克伯恩挥了挥手，示意他把手放在桌上。

“关键还是要看你自己是不是已经学会了区分冷热软硬。要操纵这些神经，首先需要它们建立牢固的连接。”

汤姆不耐烦地点了点头，“嗯，冷的感觉是一种缓缓地震动，热的震动快。硬就好像被一小把针扎，软就像一大把针。这我分得出来。”

“闭上眼睛。”

汤姆闭上了眼睛。他的手指触摸到了个东西，那种感觉应该是冷。

“这个怎么样？”

“冷。”

“很好。接下来我们要将电信号替换，欺骗你的大脑，让它感觉到冷，就像以前一样。眼睛别睁开。”

一行行代码从汤姆眼前闪过，他感觉到了指尖上的冰凉——非常的冰，从指尖直通关节，汤姆忍不住叫了一声，他抽回了手，睁开眼睛。

看到他的反应，布莱克伯恩抬了抬眉毛，他拿起汤姆之前摸着的东西，是一块冰。

“太冰了。”汤姆说。

“你感觉到了。”

“不是，你设定得不对，感觉太冰了。”他不想继续，但布莱克伯恩用手指敲了敲桌子，汤姆只得勉强把手又伸了过去。

布莱克伯恩一边准备下一组测试一边说，“我希望你注意到了，我并没有逼问你约瑟夫·文格洛夫的事。”

汤姆心里一惊，“嗯，注意到了。”

“我知道他对你有所求。”

汤姆抬头看了看布莱克伯恩，不知道自己该透露多少。布莱克伯恩有些不耐烦了，“你一个劲儿地睁眼，测试就没办法进行下去。知道我的时间有多宝贵吗？”

汤姆闭上了眼睛，“比我的时间宝贵无数倍。”

“是吗？看来确实长了点记性。这次呢，硬还是软？”

汤姆的指尖传来被一小把针扎的感觉，“硬。”他睁开眼，猜对了，手指正放在一把刀的边上。汤姆脱口而出，“文格洛夫真的会杀了我，对不对？他下得了手。就那样。”

“要是他真想杀了你……”布莱克伯恩一边敲打前臂键盘一边说，“我就不可能及时找到你。他只是想吓吓你。”

“但他有可能会杀了我。”汤姆恼怒了起来，“他真的会，而且还会逃脱制裁。”

“那当然了。好好想想：法律都是谁制定的？”

“国会。”

“那国会议员都听谁的？”

“寡头。”汤姆恶狠狠地说。

布莱克伯恩点了点头，让他再摸一下刀子。汤姆使劲按着刀刃，那种锋利的感觉非常清晰，他抬起手，上面一点血迹都没有，不像真正的指头。指尖的皮肤只是有点粉，像塑料一样。

“我爸爸恨他们。”汤姆说，“约瑟夫·文格洛夫、鲁本·劳埃德、西格德尔·维托，恨他们所有人。但是假期时，亲眼见到文格洛夫时，他一个字也没说，看起来好像被吓坏了。我那时候不明白，但现在我明白了。文格洛夫手握生杀大权。要是我爸惹到了他，他随时都能让我爸消失，而且对他自己一点儿影响也没有。”

“这就是真实世界，金钱统治一切。”布莱克伯恩伸出两根手指，捏了捏，汤姆想了起来，又把眼睛闭上，“要想证明一些人比另一些人更平等——君权神授已经不行了，所以就只能靠法律。而整个法律系统都受金钱的控制，但它还是被标榜为所谓的中立裁决机构。如果你违反法律，你就有罪，就应该受到惩罚——即使你违反的不是人类社会的普遍原则，只是违反了富人们用钱制定的法律，他们制定这些法律就是为了治你的罪。软还是硬？”

分散的刺痛感穿过手指，“软。”代码从眼前闪过，汤姆睁开眼睛，看了看自己摸着的东西，是一个棉花球。

“所以面对约瑟夫·文格洛夫那样的人才需要小心谨慎。”布莱克伯恩继续道，“如果你的敌人比你强大无数倍，你的首要目标就是要淡化自己作为威胁的存在。不要表露身份，不要在他面前抗议，不要在你的朋友面前提起他，甚至是在网上匿名时也不要提起——在这个警察国家里可没有真正的匿名这回事——到处都是数据库和监控名单。真正的聪明人是不会暴露自己的所思所想的，因为如果暴露了，他就会在真正能有所行动前被瓦解。雷恩斯，真正危险的敌人，是那种沉默寡言、独自行动，并在敌人面前带着大大的微笑的人。在将氰化物投入咖啡杯前，在将刀子刺入敌人的后背前，他只是芸芸众生中的普通一员。等到别人知道他的威胁时，要阻止他已经太迟了。”

汤姆忽然想到了自己的父亲。尼尔到处宣扬自己的理念，不管对方想不想听……而他从没有达到过目的。对任何人来说，尼尔从来都不是个威胁，只是因为他说话的方式，走到哪儿他都被当作是个威胁，真奇怪。

布莱克伯恩抱着胳膊，“尽管我不知道你到底做了什么惹恼文格洛夫的事，雷恩斯，但有一件事我很清楚：你露出了招式，于是他抢先攻击了。”

“我没有。”汤姆抗议道，“我没有‘公开’招惹过他。事情是这样的，他想让我联系美杜莎，用病毒对付她。我连拒绝的机会都还没有呢。在他看来，我只是没有下定决心而已，我谁都没有告诉过……”他不说话了。

他“告诉过”，只对一个人说过。

汤姆感觉想吐，之前和朋友们在一起时他老是感觉怪怪的，因为潜意识里他已经意识到有人在向文格洛夫泄露信息，有人已经那么做了。

只有一个人可能掌握着汤姆已经见过美杜莎的线索。只有一个人能够告诉文格洛夫汤姆一直在联系美杜莎，但却没有释放病毒。

是那个被军方扰乱了大脑的家伙，因为军方觉得他是波尔雅国间谍。

是尤里，意识到这一点的汤姆惊恐万状。*是尤里……尤里……*

第二十一章

汤姆完全不知道该拿尤里怎么办，而且他也一直没有找到机会去征求维克的意见。维克似乎一直在忙其他事。自从那个吻之后，美杜莎就再也没有来找过汤姆；而汤姆和维克的小组将在下一场对战训练应用中相遇，于是汤姆决定在实景里征求维克的意见。很不方便的是，那天的实景是穴居人。

看到维克时，汤姆只发出了一声战斗的鸣叫。维克前额突出，紧锁着眉头，冷淡地咕噜了一声。汤姆握着石头靠近维克，维克愤怒地挥了挥棒子，汤姆投出石头，打在了维克的肋骨上。

维克摔倒在地，棒子也滚到了一边，汤姆跳到维克身上，不断地扇他耳光，但维克只是半心半意地推搡着汤姆，似乎心思完全不在战斗上。

这让汤姆感到很伤心，他没办法跟维克说尤里的事，甚至都不能和他好好打一架。汤姆一拳打在维克的胸口，“为啥不打？打汤姆！”

维克不高兴地哼哼了两声，“不。”

汤姆又打了他一拳，“打！”

维克噘着嘴，“不！”

汤姆放开维克，满心疑惑。他抓着头，就算现在自己的大脑功能完全正常，他也搞不清楚维克不想打架的原因。他们不是挺喜欢打架的嘛，在虚拟现实游戏里老是打个没完。

“维克可怜。”维克咕哝道，“维克伤心。”

维克蹲在一块巨石上，从纠结的头发中揪出一只虫子，一脸严肃地凝视着虫子。有那么一会儿，维克看上去像极了华耶宿舍模板中那张黑白照片上假装哲思的维克，尽管现在的他额头前凸，一副原始人的模样。很显然，他在思考非常严肃的事情，这可一点儿也不像平时的维克。不一会儿，这种假象便烟消云散，因为维克把那只虫子扔进嘴里吃掉了。

“为啥伤心？”汤姆问。他用拳头敲打着维克的胸脯，“维克，打。维克，开心。”

维克抱着脑袋发出一声哀鸣，“维克看见汤姆走。维克没说。汤姆冷。维克坏。”

汤姆疑惑地坐在地上，“维克不坏。”他想要说得更清楚些，好鼓舞起这位老朋友的士气，“维克……好。维克很好！”他拍了拍维克的肩膀，非常使劲，“好！维克，朋友。使劲打。维克壮。打汤姆？”

维克摇了摇头，又噘起嘴，“不。”

汤姆知道自己应该想办法弥补一下，但以他现在的大脑，任何想法在脑子里都停留不了多少时间。他边走边想，看到旁边有一丛浆果，就大口吃了起来。汤姆把剩下的浆果留给了一个新晋升的中级生，伊曼·阿塔尔。看到他的浆果，伊曼露出了一个大大的微笑，然后就大口大口地猛吃了起来。汤姆刚想抱住伊曼，伊曼就不高兴地哼哼了起来，她指了指远处的布莱特·施迈泽，施迈泽正在使劲朝远处扔石头。

汤姆知道自己遇到了挑战，他大步向前，自己也捡起大块的石头扔了起来。伊曼拍着手大叫着，“汤姆壮！汤姆棒！”

汤姆很喜欢这种感觉。发觉风头被抢的施迈泽发怒了，他张开嘴，对汤姆露出了牙齿。汤姆也以牙还牙地吼了回去。布莱特冲了过来，粗壮的手臂一拳打在汤姆的头上，不过汤姆一把就将布莱特打翻在地。汤姆拿起一块石头，一下又一下地打在布莱特的头上。他高叫着转过身，准备接受伊曼的倾慕之情，但尤素福·赛义德已经揪着伊曼的头发，将尖叫不已的伊曼拖走了。于是汤姆又冲过去杀掉了尤素福。不过等这一切都弄完，伊曼已经脾气暴躁、疲惫不堪，不想和男孩子在实景中干任何事了。

“坏汤姆！”伊曼用棍子敲打着汤姆的头，“丑！”

汤姆伤心了起来。伊曼又敲了他一下，然后就跑开了。汤姆的心很疼，头也很疼，和维克的对话也几乎被他忘了个一干二净，实景终于结束，汤姆在训练室里醒了过来。

布莱特和尤素福正在谈话，两人一脸严肃的表情。

“……一场灾难。”尤素福说，“你在想什么呢？怎么会选那种程序？”

“标题上写的是第一次世界大战啊。我还以为是一战呢，谁能想得到真是字面上的‘第一次’世界大战。”

汤姆和伊曼匆忙对视了一眼，接着汤姆就跑出训练室去追维克了。他追上维克，两个人都停下了脚步。

维克笑了笑，但笑得很勉强。两个人继续向前走。“那个实景啊，哈？”

“维克，你都不愿意和我打，到底是怎么一回事？”

维克被激怒了，他深吸了一口气，“好吧，你真想知道，汤姆？好，南极发生的事我有个大问题。”

汤姆又停下了脚步，“等一下，什么？为什么？”

维克拽了拽衣领，“你知道吗？我当时早就意识到你不见了，比其他人都早得多，比布莱克伯恩也早得多，但我什么都没说。”他挠着头发，“我以为你溜出去干其他事去了，捣捣乱啊之类的——就像以前你老做的那样，就像我们以前一样。我以为我是在给你打掩护。”

“十次有九次，这种看法是对的。”

“我知道。”维克说，“十次有九次，这种想法是对的，因为你总是会去做那种蠢事，而我每次都会帮你。可这一次，我差点让你死掉了。万一下一次我又想错了呢？”维克脱口而出，越说越愤怒，“比如尤里的事！你和华耶决定把他的脑子弄好，可我连一点选择都没有。我绝不会那么做，可你们做了，黑锅却需要我一起背，因为我隐瞒不报。”

汤姆的心中有些不安，尤里的脑子，这件事现在对他来说也有些棘手。

“我还记得刚知道时华耶提出要帮我抹去记忆。”几个学员走过了他们附近的走廊，维克小声说，“那时候你就不该拦她。”

“你想让她帮你把记忆抹掉？”

“还是不知道的好，对。”

汤姆摇了摇头，“好，我们走，这就让华耶帮你抹掉。”

维克叹了口气，“不是这么简单的。只有知道‘确切的时间段’才能抹掉。要是她那时候做了，那早就没事了，我现在也会轻松得多。可她没有，几个月来我一直在想那事儿，相关的记忆越来越多，要想确定需要被删除的全部记忆，我得在普查器下坐好几天才行，而且我敢打赌到时候我一定会注意到记忆中的空缺。已经太迟了，我的意思是，我认为我们以后对待事物应该更严肃些。你需要对待事物更严肃些。”

等到其他学员都消失在了电梯中后，汤姆建议道，“我们可以重新扰乱尤里的脑子。”

维克吃了一惊，“什么？”

“我们可以啊。”汤姆说，“我敢说他本人甚至都会同意的，我们去找他说，让他去找华耶。”

维克眨了眨眼，“你说真的？”

“真的。”

“就这样？”

“就这样。”汤姆按了下电梯钮，没有看维克，“我知道这听起来很疯狂，甚至感觉不对，但我要说件事。别太多疑，也别对我说的话太紧张，更别想多了，嗯，我说了：如果我不再百分之百确定尤里不是间谍了呢？当然不是说他就是波尔雅国人的间谍。也许只是‘某个’波尔雅国人的间谍，某个特定的人。”

汤姆看了维克一眼，从维克的眼神中，他很确定地知道，维克确实开始变得紧张多疑，而且胡思乱想了起来。

汤姆觉得脑子里乱糟糟的。这下好了。

“怎么回事？”在普查室见到他们俩时，华耶问。

“汤姆有秘密的第二人生。”维克躺在普查器下的椅子上说。

汤姆没有说话，真是说到点子上了。

“我以为他不知道那些记忆的事呢。”华耶对汤姆说，“你跟我说谁也别告诉的。”

意识到华耶误解了，汤姆的脸红了起来。华耶还在想那些普查器提取出的记忆。

维克又坐立不安了起来，“什么，还有其他我不知道的事？”

“不，不，不。”汤姆说，“维克，她说的事完全无关。那事儿不重要。”汤姆转向华耶，“对于你，维克的意思是，我有事要告诉你，关于尤里的事。”

“尤里怎么了？”华耶问。

“记忆的事指的是什么？”维克坚持道，“告诉我，我分得清什么有关什么无关。我可不想再等到事情变成个大麻烦了才知道。”

“什么事情变成大麻烦了？”华耶紧张地叫道。

汤姆揉了揉太阳穴，低吼了一声，他正觉得头疼得要命，“是这样。”

他闭着眼睛走到了一边，“维克，华耶说的是，她看到了我的一些记忆，这都多亏了布莱克伯恩，不过那事儿已经不重要了。华耶，维克说的是，我叫你过来有事要告诉你，这件事有关的记忆就重要了，我把它提取了出来让你们看，这比我用嘴说要强得多。我已经让维克看过了，现在该你了。”

说完，汤姆点了下头，维克在普查器的控制台上按了起来，提取出的记忆被放映了出来。第一段是汤姆在新墨西哥州的路边想要搭顺风车的情景。

“汤姆，你怎么能搭顺风车呢。”华耶担心地说。

“重点不是这个。”汤姆说。

“你可能会被杀掉的。或者被抢，被强奸。或者先抢再奸后杀。万一开车的是连环杀人案的凶手呢？汤姆，要是那人把你给吃了可怎么办？”

接着，约瑟夫・文格洛夫出现在了屏幕上，华耶不说话了。

“你对他确实有些没礼貌。”华耶说。

“再说一次，不是重点。”

看到文格洛夫提到了美杜莎的事，华耶陷入了沉默。她转向汤姆，大睁的眼睛里反射着普查器发出的光，“你没有再和美杜莎联系吧，汤姆？”

“他有。”维克嘲笑道，“秘密人生的又一面。”

“这很复杂。”汤姆说。

“哦，不。”华耶低声说，“这太糟了，这主意太糟了，真是太糟了。而且……”她看着屏幕上的文格洛夫，“……你不能这么对她。不能用病毒，她喜欢你，那么做就太刻毒了！”

“美杜莎可是敌方的人。”维克提醒道。两个人都扭过头看着他，“怎么？总得有人说出来事实吧。”

“可……”随着第二段记忆的出现，华耶又不说话了。她看到了南极洲的机械警卫步步紧逼，大门打开将汤姆逼了出去。

“嗯。”汤姆看了看维克，维克正坐在椅子上，浑身僵硬。

“你肯定被吓坏了吧。”华耶说。

“没有。”汤姆愤怒地抗议道，“我不怕。”

维克说，“关键点是，文格洛夫已经知道了，恩斯洛。他知道汤姆不同意这么做。有人告诉了他。”

“也许是他猜到的呢？”华耶有些不确定，“同意或不同意。百分之五十猜对的概率。”

汤姆使劲摇了摇头，“不，他知道。”他又朝维克点了下头，示意维克播放下一段记忆。

是在举重房里，汤姆告诉尤里关于美杜莎的事情的时候的情景。屏幕变黑了，几个人都站在普查室里久久无言。

“就是这个。”汤姆说，“只有他知道。只有他能够告诉文格洛夫我拒绝了。唯一可能的人就是他，华耶。”

“可是，不对。不，汤姆。不可能是这样的。还有其他可能啊，也许被其他人偷听到了。”

“只有我们俩。”汤姆说。

“也许那里有窃听器。”

“窃听举重房？”维克说。

“约瑟夫·文格洛夫可能会在举重房安装窃听器好监视汤姆。”

“那他就是个白痴。汤姆像是那种会在举重房花费大量时间的人吗？”

“喂！”汤姆抗议道。对，他是不打算去赢什么举重大赛之类的，但自从来到尖塔后他也没少锻炼啊。

“监控录像呢？”华耶问。

“我查过了。”维克说，“没有人监控过那个视频源，也没有获取那段数据的记录。恶妇，就是机器人干的。”

“可那是尤里啊。”华耶争辩道。

“我知道。”汤姆叫道，“我也不想这样。我也不希望这是真的。”他抓着脑袋，“我一直有种感觉，知道吗？就是说不清楚，直到我忽然意识到……还有件事，尤里认识文格洛夫。尤里的爸爸为文格洛夫工作。军方一直认为尤里是个安全威胁，但我们从没有考虑过其中的缘由。也许是我们搞砸了，华耶。如果文格洛夫就是利用他来破坏尖塔系统的呢？也许我们当时把他的脑子弄好就是件错事。”

“自从你俩那么做以来我一直都是这么说的，这点需要补充说明一下。”维克说。

华耶不住地摇着头，“不对。”

“至少我们应该去当面质问他一下。”维克说，“你可以写个程序，让他必须说实话，恶妇。也许确实有什么我们不知道的事。”维克好像一下子有了个不错的想法，脸上闪现出一个大大的笑容，“嘿，也许机器人被重新编程了，他也不知道自己在做什么。或者他被人勒索了。”

汤姆也感到了一丝希望，“对，对，说不定文格洛夫威胁要除掉他的家人之类的。”

“你听他提起过他妈妈吗？我反正没有。”维克兴奋地说，“也许是有人在威胁他的家人，他肯定一直在想救他们的方法。然后他就做了，就是这样。”

汤姆和维克高兴地看着对方，这听起来确实很像尤里会做的事。

“我确信尤里是不会这么做的。”华耶坚持道。

“做什么？”一个声音问道。

所有人都吓了一跳，是尤里从走廊里走了进来。

“我在到处找你们。你们三个干什么呢？”尤里看着他们三个，表情和善而朴实。汤姆僵住了，感觉好像自己做坏事被抓住了一样。

一阵怀疑闪过他的脑海，要是他们错了呢？

维克一点儿也没有犹豫，“无意冒犯，伙计，有人把汤姆给出卖了，所有迹象都表明那个人是你。”

尤里睁大了眼睛，“你说什么，维克兰？”

“你知道汤姆在和美杜莎联系。”维克边说边看了汤姆一眼，“要我说，作为一个已经被指控过一次叛国的人来说这么做非常愚蠢，蠢头。不过我们还是先注意主要的吧，也就是你，尤里。对，就是你。现在的问题是，你把汤姆告诉你的和美杜莎有关的事告诉约瑟夫·文格洛夫了吗？如果告诉了，那么你是约瑟夫·文格洛夫的间谍吗？如果是，你就是个肮脏可恶的叛徒，那就太糟了，伙计。”

汤姆注视着尤里，在提到“文格洛夫”的名字时，尤里的眼中闪动了一下，整个人也僵硬了起来，就连瞳孔都收缩了。那变化很细微，要不是因为具有过目不忘的记忆，记得那天在举重房提起“文格洛夫”的名字时尤里也有同样的表现，汤姆甚至有可能会认为这都是灯光或其他因素引起的错觉。

“说实话吧。”维克催促道，但汤姆根本没有注意听他的话。他的心里不安极了，一阵又一阵的焦虑冲击着他，他现在十分确定，尤里不能信任，让他赌上 万美元都行。

听到维克的话，尤里轻轻摇了摇头，“为什么这么想，维克，我是绝不会做这种事的。”

可是，他的声音听起来都有些不一样了，汤姆敢发誓！他的口音不如以前听起来那么明显了。

“……事实上，这种指控让我深感痛心。”

愤怒搅动着汤姆的身体，“尤里。”他似乎认不出自己的声音了，“我们是好朋友，对不对？”

“当然，汤姆。”

“那么，我需要你帮我个大忙，伙计。很大的忙。”他的声音中充满了绝望，“我解释不了，但你必须相信我。你能救我的命。”

“什么忙？”

汤姆伸出手，“让我们再把你的脑子扰乱，就一小会儿。”

温和的表情消失了，“你为什么想要那么做？我是你的朋友啊。你告诉我的事我没有告诉任何人。我发誓。这么做完全没有必要。”

“你是我的朋友。”汤姆同意道，“所以我相信你一定能理解，如果不能暂时将你的脑子再扰乱的话，我们都将处在巨大的危险中。我不能详细说明，但请你相信我。一定要相信我，伙计，帮帮我们吧。”

事实上并没有什么立竿见影的危险，但汤姆确信，这个理由是尤里无法拒绝的。只要存在一丝威胁，就算汤姆不能解释，但只要有点危险的迹象，尤里就会卷起袖子提供帮助，用他可能的方式。

可是这一次，尤里说，“你对我们的友谊加了太多的假定。”

“哦，不，尤里。”华耶叫道，“他们说对了，是吗？你确实有问题。”

尤里的眼睛紧盯着华耶，但目光却像蜥蜴一样空洞。接着，他又看了看一脸仇恨的维克和汤姆。

片刻之后，尤里笑了起来，“真是不幸啊。”

他抬起前臂键盘，一行字从汤姆的眼前闪过：*数据流收到：瘫痪程序启动*。汤姆和维克同时尖叫了起来，那种感觉就好像脑袋要裂开了一样。汤姆的双腿瘫痪了，他跌坐在地，电击般的感觉让他的大脑痛苦不已，他失去了平衡感，根本无法活动。

“你把他们怎么了？快停下！”华耶对尤里大叫道。

汤姆抬起头，模糊地看到华耶穿过房间抓住了尤里的胳膊。尤里很容易就摆脱了华耶，一把将她推到一边，逼到了普查室控制台的一角。汤姆挣扎着想要站起来，但他就是做不到。

尤里将华耶的双手固定在体侧，身体紧靠着华耶，头倾向一侧，如同医生观察病人一样地看着华耶，“看来这个程序没有搞掉你的防火墙啊，明白了，我们可以纠正一下。”

“放开我！”华耶挣扎着想要逃脱。尤里一把扯下她的前臂键盘，咣当一声扔到了一边，然后又抓住华耶。华耶抬起胳膊抵在尤里的胸膛上，想要把他推开，“你要干什么？我不明白。”

“关掉你的防火墙。”尤里直视着华耶的眼睛催促道。华耶倔强地瞪着尤里，尤里一把捏住了她的脖子，华耶倒吸了一口冷气。“快点！”

华耶一脚狠狠地踩在了尤里的脚背上，尤里双手一松，华耶抓住机会一拳打在他的脸上。但尤里就像一堵墙一样纹丝不动，他一把抓过华耶，把华耶转到面向汤姆和维克的一边。

汤姆瘫倒在地上，挣扎着想要保持住自己的心智，华耶脸上充满了恐惧和迷惑。

“我会把你们一个一个地放在普查器下。”尤里说，“把每一段和怀疑有关的记忆都找出来。我会把这些记忆都消除掉，然后放你们走，毫发无伤。如果不配合，我就会伤害你的朋友，直到你妥协。现在，告诉我你的防火墙密码。我们和平些解决。”

“华耶，不要！”汤姆喘息道。

尤里向前走了一步，靴子一脚踢在汤姆的后背上，汤姆的头撞到了墙上。他瘫软在地，想要站起来，模模糊糊地意识到维克正想要撸起袖子使用前臂键盘。他的心中升起了一丝希望。

“你要……干……什么？”汤姆挣扎着低声说。

“求……援。”

汤姆不再看维克了，他不想引起尤里的注意。

“为什么要这么做？”华耶问，她的声音哽咽不止，“我不明白。”

“按我说的做。”

“好让你像对汤姆和维克那样对我？没门儿！”

华耶尖叫了起来，尤里正在拧她的手腕。汤姆愤怒不已，他想要站起来，但却只能在地上不断地扭动，他的头眩晕不止。

维克输入完了，他痛苦地蜷缩成了一团，看到尤里正在对华耶所做的事，他的脸上写满了愤怒与无助。

“按我说的做。”尤里重复道。

“不！”华耶大叫。

尤里一把将华耶狠狠地推倒在普查器下的椅子上。华耶想要挣脱，但尤里抓住了她，“那就从你开始。”他用束缚带绑住华耶的手臂，然后把普查器的金属爪对准了华耶的脑袋……

门一下子打开了，布莱克伯恩冲了进来，一把将尤里从华耶的身上推开。看到尤里一拳打在布莱克伯恩的脸上，将布莱克伯恩打倒在地，华耶畏缩了一下。但布莱克伯恩立刻站了起来，猛点着前臂键盘。

尤里看了看他，似乎想到了一个好主意，他退后了一步，又一步。

“谁在反黑我的系统，希瑟维奇？”布莱克伯恩咆哮道，他的所有程序都失效了。

尤里一言不发。他一直退到最远的地方，脸上毫无表情，令人不安。

布莱克伯恩放下前臂键盘，放弃了用程序打败尤里的念头。他小心谨慎地盯着尤里，然后一把将华耶拉了过来，推到维克和汤姆那边。

“帮一下那两个。”布莱克伯恩说。

华耶在前臂键盘上输入着，然后将导线插入汤姆的接口，移除了锁定住汤姆肌肉的程序。伴随着穿透全身的疼痛，汤姆痛苦地坐了起来。

布莱克伯恩和尤里都没有动。布莱克伯恩暂时失利，尤里则躲到了普查器控制台的另一侧。

“看来阿斯旺的网信说得很对。”布莱克伯恩喘着气，“有人卸除了他的过滤程序。”

华耶一下子抬起了头，一脸的惊恐。

“已经没了。”维克确认到，他还瘫软在地上，脑袋歪斜着，“已经没了一段时间了。从国会山峰会起就没了。”

汤姆全身都绷紧了。这可是叛国。他看着普查器，全身不由自主地颤抖了起来。为了保住这个秘密，他在普查器下被布莱克伯恩折腾了两天。

为了华耶。

为了尤里。

结果都是白费。

华耶看着尤里，一脸恐惧。

“嗯，那么看来我的选择面就比较小了。”布莱克伯恩半是对自己说道，“黑曜石集团里有个很强的程序员，现在正在阻止我干掉希瑟维奇。”

华耶去除了让汤姆和维克瘫痪的程序，她的双手还在发抖。汤姆缓缓站了起来，双腿还在不住地打战。尤里还站在屋子的另一端，一脸陌生的表情，那个不是尤里，只是一片冷峻空虚的剪影。

“他这是怎么了？”华耶的声音颤抖着，“为什么他会这样？”

布莱克伯恩盯着那个大个子男孩，似乎还在仔细考虑该怎么办，“那不是尤里·希瑟维奇，恩斯洛。我的看法是，你触发了一个半自动的后台安全程序。这个程序一直在他的后台运行，直到遇到威胁。然后程序就会启动，接管对神经系统的控制权——完全控制他的心智——并企图消灭威胁，在这里，也就是你们三个。”

“等一下，也就是说这是人工智能了？”维克声音嘶哑，“有个人工智能在控制尤里？”

“那里面没有自我意识。”布莱克伯恩仔细打量着尤里，“只有一个自动反应系统，不过刚才有人进行了反侵入，阻止我进入他的处理器，还让他彻底失去了意识，我猜应该还有个远程管理员在注意着这边的情势……程序触发时你们三个在干什么？”

“我们问他是不是文格洛夫的间谍。”维克承认道，“还问他能不能让我们重新扰乱他的脑子。”

“重新扰乱。”布莱克伯恩尖刻地重复道，“那就是这个了。侵入系统漏洞引发故障的就是希瑟维奇。至于你们三个，你们真以为我把那个程序放在他的脑子里是为了好玩吗？”

“我只是想帮他。”华耶低声说。

“我很信任你，恩斯洛，把我的加密算法都告诉了你。”布莱克伯恩说，“我只告诉了你一个人。知道我为什么从没有怀疑过希瑟维奇吗？知道吗？因为只有你能逃过我的注意做到这一点。”

华耶的脸色更苍白了，“对不起。”

“已经太迟了。”

随着肾上腺素水平的消退，华耶全身颤抖了起来。所有人都不说话了，只剩下尤里……或者那个不知道是什么的东西，在漆黑的普查室另一端直愣愣地盯着他们。

“那个后台安全程序为什么现在不动了？”维克低声问。

“因为——”布莱克伯恩的语调有些奇怪，“它的程序告诉它在处于劣势时要采取不同策略。之前用身体力量压倒你们的策略已经被证明无效，我敢说这个程序里还包含了好多可以触发的代码，这完全取决于我们下一步的行动。也许它还在等远程管理员的指令。”

“我们把它干掉吧。”华耶低声说，“得把这个程序从他身体里弄掉。”

布莱克伯恩摇了摇头，“做不到。”

“如果是病毒的话，我们就能搞定，我就能搞定！”

“这可不是流氓软件，我已经告诉过你很多次了，恩斯洛，在我接管这里的系统安装工作后我发现了不少的漏洞。我把那些安全漏洞一个一个地修补好——除了这一个，这个我无能为力。”

布莱克伯恩缓缓地走到另一边，尤里的目光也跟随着他。布莱克伯恩语气随意地说着话，就好像这是在上编程课一样，“告诉我，阿斯旺，尽管太阳系这么广阔，但我们为什么可以用卫星进行同步通信，即使是十三光时外的地方也能立刻联系到？”

维克皱着眉头，这个问题把他和汤姆都吓了一跳，“是量子纠缠，长官。”

“量子纠缠。”布莱克伯恩同意道，他抬起前臂键盘，再一次尝试侵入尤里的处理器，“基本而言，每颗卫星都是一部更大的电脑的一半，通过一对纠缠的光子进行通信，一半在太空中，另一半在地球上。这种联系是实时的，没有延迟，也无法侵入。现在想象一下，某个波尔雅国寡头正在南极洲使用超级计算机，纠缠的光子一半在计算机的发射器里，另一半在某人脑中的接收器上。”

华耶猛吸了一口气。

“同样的道理。这种连接不会延迟，不能被干扰，也不能被阻断。我看约瑟夫·文格洛夫是精挑细选才选中希瑟维奇先生作为接收者的。从自己雇员的子女中找一个可靠的、有魅力的——一个他好接近的人选。他选中了这个阳光、坚定、乐观、前程大好的年轻人。然后就是花大钱，让这个孩子上最好的学校，体格锻炼得棒棒的，真正变得超凡脱俗。这就让他拥有了机会，把这个孩子放在他想放的地方——让这个孩子来充当他的耳目。”

华耶捂住了嘴。

“然后，他决定把这匹特洛伊木马派到五角尖塔，在我接手之前下手，这样他才有机会。作为额外的奖赏，这个孩子现在安上了神经处理器，花的是合众国纳税人的钱。我们的老乔这下就可以让他做间谍以外的工作了——他可以通过程序远程控制这个孩子的行为……用他来扰乱外太空的行动，监视他感兴趣的人，你说是不是，雷恩斯？”

汤姆感觉怪怪的，有些麻木。这么多事，这么多模糊的怀疑，这么多被他忽略了的事，现在都渐渐拼成了一幅清晰得可怕的图景。尤里没有告诉文格洛夫，是文格洛夫直接“通过”他看到、听到的。

“刚到这第一周我就发现了他脑子里的传输器。我们不断地找借口一遍又一遍地扫描希瑟维奇的大脑，希望能找到漏洞，好让传输器失去作用。但这根本做不到。那东西在他还很小的时候就安进去了，他的神经细胞已经将传输器包裹了起来，几乎可以说，那就是他大脑的一部分，就跟小脑、脑干一样。它和神经处理器是分离的，但能够对神经处理器进行控制。不管去掉哪一样，尤里都会死。我只能向老乔投降了：这种方式太无情，又复杂得令人叹为观止，就是为了确保没有人能把它拆掉。毕竟，只有怪物才会为了消除安全威胁而杀掉一个孩子。”

他的手抚摸着嘴巴，声音里隐含着一丝愤怒。

“现在你知道情况了，雷恩斯先生，恩斯洛女士，现在你们知道自己对朋友做了什么了吧。”他指着尤里，“他就是我们的系统里一个会动会说话的后门，而且我还关不掉他。我不能迫使他退出这个项目，因为那个想让他待在这儿的人非常有权有势。如果把希瑟维奇踢出去，那么就将会有一群参议员要求把马什将军替换掉。这孩子自己也不会愿意离开，因为他的神经处理器里一个写保护的区域中保存着一个预装的程序，那个程序会‘强迫他’无论如何都要留在这儿。”

华耶睁大了眼睛。

汤姆不由自主地想到了那天攀爬尖塔时楼梯间里的事。那时候，尤里曾告诉他，每次一想到离开，就有一种有东西重重地压在太阳穴上的感觉。汤姆忽然对自己生气了起来，当时怎么就没多想想呢。

他熟悉那种感觉，就好像脑袋在被钳子挤压一样。道尔顿用程序来控制他时就是这种感觉。汤姆应该知道，他知道，但他没有朝那个方面去想。

“所以我才安装了那个过滤软件，这个软件会扰乱希瑟维奇的感官数据，让他不能发送任何有用的信息。你们去掉了这个软件，就等于是给了黑曜石集团完整的接入权，让他们不仅能进入希瑟维奇的大脑，还能进入我们系统里所有的神经处理器。算我们走运，他们没有搞出更大的动静。”

“现在，时间应该已经够久了吧。”布莱克伯恩低声说。他转向尤里，那个后台程序立刻警觉了起来，让尤里抬起头，身体摆出防卫的架势。“我可不管计算机交互程序有多复杂，我想和人打交道。这段时间应该已经足够远程管理员接过希瑟维奇的控制了。所以我猜，现在我是在和人说话？”

汤姆扭头看了看尤里，尤里微微点了下头。

“好。”布莱克伯恩抱着胳膊，“我想你已经预见到我的下一步行动了吧？”

“你打算终止这个设备。”尤里语气刻板地说。

“不，不。”布莱克伯恩摇了摇头，“上次这么做的效果并不好，别人会有重启他的机会。这次我打算换个方式。你们把希瑟维奇扔到了我这里，阻止了我的一切努力。从今往后，我要利用他来对付黑曜石集团。我在想，要不要找些黑曜石集团心怀不满的前雇员，让他们看看这个神经处理器，然后再找些专家证人，让他们查看下神经处理器里的数据，这样他们就能在国防委员会作证，证明在尖塔的系统出现漏洞时，黑曜石集团正在操纵希瑟维奇的神经处理器。希瑟维奇将会成为我的证据，证明黑曜石集团在我们的背后捅刀子。”

汤姆看到尤里身子一僵，“这是不容许的。”

布莱克伯恩的眼中闪着光，“这就不是你能说了算的了。他处理器里的数据绝对够硬，证明黑曜石集团的丑闻完全不成问题。”布莱克伯恩故意顿了顿，然后继续道，“除非有人，不知道用什么手段，把他的神经处理器从五角尖塔里弄走了。除非希瑟维奇不在我的手里了，也许某人会觉得，他做得已经够多的了，即使再强迫他待在这里，也不会有什么新的成果了。”

汤姆消化着布莱克伯恩的暗示。伴随着一阵懊丧，他明白了过来：布莱克伯恩正在强迫文格洛夫将尤里从尖塔里弄走。文格洛夫十有八九会同意的。汤姆的头一阵阵地疼，不公平的感觉刺痛了他的心，尤里不该是这样的结果。

此时此刻，尤里——或者说是那个控制着尤里的人——仍然一动不动，消化着布莱克伯恩正在说的话。

布莱克伯恩似乎不耐烦了起来，“怎样？”他摊开双手，“选择权在你。是把希瑟维奇留下做我的武器呢，还是把他弄走，让他的处理器离我远远儿的？”

尤里那空洞的视线越过他们几个，定格在了布莱克伯恩的身上，他的嘴唇缓缓上弯，露出了一个微笑，这微笑让汤姆起了一身的鸡皮疙瘩。

“很好。这件事到此结束。他的神经处理器将不会再威胁到五角尖塔系统的完整性。这部设备将被从你的系统中移除，布莱克伯恩中尉。”

忽然间，尤里又恢复了过来，就好像刚才只是在课堂上打了个盹一样。他直起身子，一脸的疑惑，但那确实是他，是尤里。

“这是……我怎么到这儿了？”他疑惑地眨了眨眼，看着这几个人，华耶低着头，维克一脸愁苦地看着汤姆，只有布莱克伯恩脸上挂着冷淡的表情，似乎对眼前的情况感觉还算满意。“长官！”尤里赶紧立正。

布莱克伯恩叹了一口气，“有个坏消息要告诉你，希瑟维奇……”

汤姆不敢看尤里的表情，他一边听着布莱克伯恩的话，一边盯着尤里的手。汤姆有些糊涂了，尤里的手开始在普查器控制台的键盘上飞快地按动了起来，但他的眼睛还在看布莱克伯恩，似乎完全没有意识到自己在做什么。

汤姆忽然明白了过来。不是尤里。

是另一个人。

伴随着一声轰鸣，汤姆的血压降到了冰点，普查器启动了。布莱克伯恩的声音被淹没在了普查器五根金属爪启动的声音中，几道闪光冲向尤里的脑袋。

尤里的脖子一下子僵直了，肌腱全都鼓胀了起来。蓝色的电光射入他的太阳穴，尤里发出了可怕的尖叫，他的双臂挥舞着，整个身体因为触电而剧烈抽搐着。

汤姆想要冲上前去，但维克抓着他的胳膊把他拉了回来。尤里在地上抽搐着，华耶吓得畏缩在布莱克伯恩的身上。

“别动。”布莱克伯恩叫道，“小心触电！”

普查器爆出阵阵火星，因为系统过载而最终关闭。电流消失了，尤里躺在地上，一动不动，周围安静得可怕。

约瑟夫·文格洛夫确实执行了布莱克伯恩的条件，把尤里的神经处理器从他的手中拿走了，那个尤里赖以生存的处理器，就这么被他给抹杀了。

第二十二章

这几个月，汤姆经常去医务室看尤里，但每次都不知道该做些什么。大多数时候，他只是站在那儿，看着尤里的心电图上的那道绿线，他的神经处理器告诉他，正常的窦性心跳就是这个样子。今天，他听到冈萨雷斯医生和另一个医生在屋子的另一头讨论尤里的病情。两个医生都在惊叹，尤里居然在没有神经处理器支持而又深陷昏迷的情况下存活了这么久。

“也许他天生就是个幸运儿吧。”冈萨雷斯说，意识到自己说了什么，医生自己先笑了起来。

汤姆转身走出了病房。他已经不愿意再欺骗自己了。每天看到尤里还躺在那儿，他都会感到一丝吃惊。尤里就那么躺着，戴着呼吸机，体内植入的起搏器帮助他的血液循环。有一次，汤姆敢发誓自己看到尤里的眼珠子在眼皮下转动，好像正在做梦，可是走近一看他才发现，那只不过是光线造成的错觉。

汤姆从食堂里拿了个三明治，他看到华耶正在门口，于是又考虑了一下，为什么不呢？距离上次华耶有机会不理他已经又过去一两天了。

汤姆把餐盘朝桌子上一扔，坐到了华耶的对面，“有什么新闻吗？”

华耶看了汤姆一眼，然后就把注意力全放在了手中的金属罐上，那罐子里灌着液体，浸泡着需要重新格式化的神经处理器。因为空闲的神经处理器都来自于上一批安装神经处理器后死亡的士兵，所以要先一个目录一个目录地把里面的内容都清除掉，然后才能安装再次使用。这几天不论去哪儿，华耶都会带上一个，吃饭的时候也在弄，汤姆怀疑，其他任何时候华耶说不定也都在摆弄这些东西。

汤姆吃东西的时候，华耶还在对她连接到金属罐盖子上的放大镜进行调整。她总是那么的小心谨慎，一次只用镊子捏取这个蛛网形电脑处理器的一根导线。

华耶似乎是觉得，只要修复足够多的空闲神经处理器，尤里就有机会再安上一个。汤姆知道那是不可能的，但是当他这么告诉华耶的时候，华耶立刻就起身离开了。于是汤姆再也没有提起这个话茬。

“奥萨雷女士让我提醒你今天去见她。”汤姆塞着满嘴的食物咕哝道。

华耶点了下头，表示自己听到了。

汤姆不明白奥莉维亚为什么要费这个劲儿。如果华耶不跟她说，那就表示近期之内她都不可能开口谈这件事。华耶上次开口说话还是尤里触电第二天的早晨。那时候汤姆、维克和华耶都在尤里的病床前，几个人都还没从头天发生的事情中缓过劲儿来，尽管才过去一晚，但感觉却已经是很久以前的事了。

华耶干瞪着他们说：“都是我的错。”这就是她的最后一句话了。从那之后，她就全身心地投入到了格式化旧神经处理器的工作中。尽管他们已经得到了明确的指示，尤里不可能再安装神经处理器，即使为了救他的命也不行。

毕竟，这完全没有意义。文格洛夫的传输器并没有随着尤里的神经处理器一起毁掉。军方觉得在一个没有价值的人身上浪费资源毫无意义。要是给尤里安上新的神经处理器，而他又恢复得很好，那到头来他也还是一个会动的安全漏洞。神经处理器太宝贵了，单纯拿来救人太浪费。

汤姆听到了食堂另一头的声音，是莱拉正在打维克的胳膊。莱拉满脸通红，而维克正为了不知道什么事笑得前仰后合。汤姆和维克也有段时间没说话了。布莱克伯恩已经正式宣布，尤里的事是硬件错误引发的事故，但与叛国罪擦肩而过的经历吓到了维克。很显然，他不愿意再和汤姆交往，以免惹上新的麻烦。表明这一观点的第一项行动就是在餐厅和编程课上不再坐在汤姆的身边。

绝大多数时候，维克都和莱拉在一起。他俩又复合了，这次的时间可不止十二分钟。汤姆经常看到他们俩吵架，有时候两个人又如胶似漆得一塌糊涂。莱拉似乎很容易生气，而维克每次都觉得这很有意思。

汤姆并没有伤心，他很确定自己没有受到伤害。不过他有一种非常奇特的感觉，就好像一个硬硬的东西生长出来且结晶在了他的身体里。事情就是这样。也许，在目睹朋友被谋杀后，就连他们这么亲密的小圈子也无法幸存。

汤姆把宿舍模板和蠢头雕塑删掉了，所有一切处理得一干二净。

当然，一开始汤姆也很生气。当他知道尤里不能安装新的神经处理器，无法得救的时候，他就下定了决心，他要尽己所能——进入系统，穿过黑曜石集团的防火墙进入文格洛夫的系统，从另一头毁掉文格洛夫的传输器。要是失败，就把整个黑曜石集团给毁了。那样的话尤里就不会再是安全漏洞了，他就能得到新的神经处理器。

但他试了，又失败了。他感到难以置信，黑曜石集团的防火墙居然无法穿透。

当美杜莎出现在中途岛战役实景汤姆的飞机上时，汤姆转身大叫了起来，“美杜莎！”最近发生了这么多事，他差点都忘记美杜莎了。“你能来真是太好了。”

“我知道我最近一直躲着你。”美杜莎说，“我想告诉你……”

“美杜莎，我要问你件事。”汤姆在混乱中叫道，此时此刻他的意识只有一小部分还在关注着眼前的战斗，“很重要。”

“我也有事要问你，关于，嗯，我们接吻的时候……”

“现在不行。”汤姆说，“现在不好说这个，时机不对。你想想，你在和其他系统互动时有没有被弹回来过？我需要知道。”

美杜莎半天没有说话。“什么意思？”她的声音冰冷。

汤姆没有注意，“如果你用我们的方法和系统互动，进入了系统，然后又被弹了出来，这意味着什么……”

美杜莎用手指戳着汤姆的肩膀，“你要干什么？”

“我必须要进入黑曜石集团的系统。这很重要。”汤姆说。

“黑曜石集团？黑曜石集团，汤姆？”她戳得更狠了，“你是故意想要被抓住吗？你会把我们俩都卖出去的。”

“可我必须这么做！”汤姆转向美杜莎，飞机开始急速下降，重力势能挤压着两个人的身体，“美杜莎，我必须要从他们的系统里拿个东西。你能不能告诉我怎么做？”

“不能。”美杜莎脱口而出。

“好，我自己试，没人帮忙我也做得到。”

飞机在剧烈震动，美杜莎一言不发，接着，她轻轻说了声，“我就不该回来。”声音轻得汤姆几乎都没听见。

“等一下……”汤姆说，但已经太迟了。

美杜莎消失了，汤姆这才意识到自己又搞砸了。他的飞机正沿着坠毁的路线疯狂下落，整个世界爆裂成了一团火球。

汤姆又换了个法子，他去找了布莱克伯恩。汤姆走进布莱克伯恩的办公室，一屁股坐在对面的椅子上，完全不理会布莱克伯恩脸上疑惑的表情，“长官，我穿不过黑曜石集团的防火墙，你能帮我吗？”

“你想干什么？”

“你知道我在做什么。”汤姆狠狠地说，“我要消除安全威胁，我要毁掉黑曜石集团的传输器。”

布莱克伯恩摩挲着下巴，“不能容许你这么做。”

“我不能眼睁睁地看着尤里死掉！”

“你有没有做过什么让约瑟夫·文格洛夫意识到你的能力的事，雷恩斯？”

“当然没有。”

“那他为什么能把你挡在防火墙外？”布莱克伯恩狐疑道，“我自己都不知道该怎样阻挡你——而我还研究过尤里。约瑟夫·文格洛夫知道你的事吗？”

“不知道！我不知道他是怎么做的，我只知道我在和系统互动时穿不过他的防火墙。”汤姆双手撑着桌子，“长官，只要你帮我穿过防火墙，我就能弥补这一切。你也见过我那时候把普查器怎么了，整个机器都烧了。”

“我记得那次是个事故。”

“可我做得到！我能。所以我也能把传输器干掉。我能把尤里从传输器中解救出来，然后你就可以去找人给他换个神经处理器了。我得进入黑曜石集团的系统，只要几分钟你就能让我进去！”

“几分钟我都进不去，雷恩斯！”布莱克伯恩吼道，“不然你以为我为什么要亲自护送学员们去南极？要是可以的话我宁愿舒舒服服地在自己的公寓里挖掘黑曜石集团的黑材料，可我做不到。知道为什么吗？因为你不可能利用黑曜石集团的硬件和黑曜石集团的软件去黑进黑曜石集团的系统。那整个机构就是个虚拟的诺柯斯堡[①]，根本无法从外部侵入。只能从内部入侵，通过他们自己内网的特别权限——不然你以为我为什么要亲自去？”

汤姆眨了眨眼，他这才意识到当时布莱克伯恩冒了多大的险，在黑曜石的地盘上，文格洛夫完全可以随便处置他的神经处理器。

“既然你无法用自己的方式侵入进去。”布莱克伯恩说，“我觉得这反倒是件好事。对我们所有人都好。你毁掉传输器，不仅仅会让文格洛夫发觉有个幽灵在他的系统里，还会让他锁定那些想要毁掉传输器的人，嫌疑人名单很容易就会缩小到三个——你、恩斯洛还有阿斯旺。你对你朋友们的伤害还不够多吗？”

汤姆咬紧牙关，“我把连接传输器的整个超级计算机都毁掉。这样他就没办法发现真正的目标是传输器了。”

“答案还是不行。就算有能力，我也不会帮你做这么危险这么愚蠢的事。”

“冒险的是我不是你！”

布莱克伯恩冷笑了几声，“你还是欠缺将行动与长期的、意想不到的结果联系起来的能力啊，雷恩斯。只要约瑟夫·文格洛夫锁定了你，那危险的就不是你，而是我了，因为他会把你从你自己的脑子里抹去，把你撬开观察原理。他会找出把你的能力变成武器的方法。他会用尽你的能力来对付尖塔。我还待在这儿，但也仅剩下抓住窗台的那一点点指尖了，只要还有能力，我就不会让你把这一点点也夺去。”

“可尤里会死啊！你不能让这种事发生，不能。”

布莱克伯恩坐了下来，“当我告诉约瑟夫·文格洛夫我会用希瑟维奇的神经处理器来对付他的时候，你以为会发生什么事呢？”

---

① 是美国陆军的一处重要基地，乔治·巴顿将军纪念馆以及一些重要美军机构均位于该地。

汤姆没有说话，他说不出来。

“我不能告诉你我以为会发生什么。有一种可能性，文格洛夫会让他的这个东西离开，一劳永逸地举手投降，但我觉得这个可能性并不大。”

汤姆看着他，“你知道他会……”

“消灭可能会被我拿来对付他的潜在威胁？是，我知道。这是最有可能发生的情况。但我还是威胁他了。”

汤姆说不出话来。

“不要这么看着我。”布莱克伯恩狠狠地说，“造成这种结果的是你们，不是我。在你们私自决定要去除我的软件的时候希瑟维奇就已经死了。要不是知道把你们扔到外面造成的损害会更大，我早就让你们三个好好享受一下杀死同伴的后果了。”

汤姆畏缩了一下。

透过模糊的视线，他看到布莱克伯恩正摩挲着下巴，“睡觉去吧，汤姆，不早了。”

但汤姆还没说完，“那华耶怎么办？”

布莱克伯恩压抑着火气，“给我消失，雷恩斯。”

“她这次真的搞砸了。”

布莱克伯恩一言不发，他的脑门上青筋暴露。

“她不和我说话，不和任何人说话。她很仰仗你，要是你能……”

布莱克伯恩摇了摇头，“你找错人了，带她去奥萨雷那儿。”

“华耶犯了个错，仅此而已。不要表现出一副被人背叛了的样子——她帮尤里那么做的时候你都不跟她说话，那时候你正因为她没做过的事责怪她呢。可她就不计前嫌。你现在不管她了？我一直以为你会照顾她。”

过了好一会儿，布莱克伯恩才开口说话，汤姆还以为他已经不打算回应了。布莱克伯恩轻声说：“她很有天赋，但对这个世界毫无防御。没有人站在她的一边，家人也没有。我承认，有时候我确实觉得……很想保护她。而这有时候又会让我想起以前。”他停住了。

“以前什么？”汤姆问。

“以前做父亲的时候。对未来充满期待。”他的声音中带着一丝对自己的嘲讽，“拥有灵魂，充满希望。不过那都已经是过去了，我知道自己是什么样的人，所以我现在也帮不上忙。她现在需要的东西我给不了，汤姆。我无法原谅，我的心里早就没有原谅了，我自己就不值得原谅。”

最后的一线希望也没有了，汤姆感到一阵凄凉。他的抽离感越来越强。有时候，在阻挡奥莉维亚·奥萨雷那源源不断的问题的时候——尤里的事情之后，他们几个都被强制要求参加心理辅导——汤姆总是会忍不住地想，对他来说，事情总是这么容易过去，他却总也不会觉得深受打击，会不会是他不正常？他没有像华耶那样把自己封闭起来，也没有像维克那样斩断与事件的一切联系。他只是，怎么说呢，不断地前进。

失去了所有的朋友，失去了未来，感觉却好像事情终于变得正常了。汤姆知道了一无所有的感觉，知道了前途渺茫的样子，知道了了无牵挂的心情。

他所害怕的一切终于过去了，但这并不是一个巨大的打击，顶多算是一种熟悉的大幅震荡。另一个人——那个和维克一起组成末日双博士的汤姆，那个帮助华耶与人交流的汤姆，那个对超人尤里赞叹不已的汤姆，现在已经变成了一个陌生人，一个曾经偶遇，现时已经死去的人。

现在的汤姆经常和沃尔顿·考夫纳等老一些的学员们一起玩扑克。在实景中，他仍是一个令人望而生畏的杀手。他已经习惯了那些假手指，但他不再玩虚拟现实游戏了，也再没有戴过虚拟现实手套，尽管有时候，出于习惯，他还会拿起手套把玩一下，每当那种时候，他都会觉得心里空落落的。

他也不是不开心，自从布莱克伯恩明确表示不可能改变主意，不可能让他进入黑曜石集团的系统；自从意识到已经没有了希望，他才终于接受了冰冷而残酷的现实：这个世界喜欢文格洛夫那样的变态，尤里那样的好人不会有好下场。

汤姆终于明白了为什么父亲觉得人类不值得拯救。坏人总是会赢，在这其中根本看不到天理的体现。

也许长大就是这个样子吧。

汤姆刚和华耶吃完相对无言的午餐，海瑟就来到了他们的桌子旁，她的手拂过汤姆的肩膀，“嘿，汤姆！我们今天要在对战训练应用中下注。”听声音她似乎很兴奋。

汤姆看了看海瑟，“哦，很好。”

“令人期待啊，你觉得呢？”

“当然。”

过去的几个月发生的事不知为何又点燃了海瑟对汤姆的兴趣。她总是不断地注视着汤姆的眼睛，脸上挂着温暖的笑容，那笑容曾让汤姆倾心不已。海瑟还会时不时地整一整汤姆的衣领，抚弄一下他的头发。汤姆搞不懂这都是怎么一回事，于是也就干脆不费那个心了。

“到时候你会和我单挑的吧？”海瑟边说边眨了下眼。

“嗯。”汤姆耸了耸肩，“行啊。”

“好极了。”海瑟用手指抚弄下汤姆的脖子，然后就转身离开了，她一个字都没和华耶说，连过去那些假装的客套都省了，只留下汤姆在那里疑惑。为了在今年的国会山峰会上作为埃利奥特的代理出战，海瑟已经更换了IP地址。只要一次胜利，或者只要输得不太惨，她的耻辱历史就会被洗刷得一干二净，来年成为战斗员中的排头兵也就指日可待了。海瑟的愿望就要成真了——成为战斗员中的骄子。汤姆倒是不太在意，至少海瑟现在不招惹华耶了。

“哦，我要去参加对战训练了。”汤姆对华耶说，他站了起来，“过会儿就去。”

他没有等华耶的回应，因为他知道，华耶是不会回应的。

下午西班牙无敌舰队的实景中，汤姆没有采用历史上英国的战术：战舰退后，倚靠重炮；而是直接派登船队登上了一艘艘燃烧的西班牙战船。在他擦剑上血的时候，船舱楼梯上传来了一阵脚步声，是海瑟·埃克隆，她穿着梅迪纳·西多尼亚公爵[①]的盔甲，深色的长发披散在肩上。

“时机正好。”海瑟说，“之前我还担心，还没等你来，船就沉了呢。”

“我来了。”汤姆举起剑，“到底打不打？”

海瑟摇了摇头，“之前我没说实话。我见你可不是为了打架。有个东西我想让你看一下，我已经等了很久了，你从舷窗往外看。”

汤姆耸耸肩，走到了圆形的舷窗旁。海瑟肯定是修改了实景，因为窗外并没有海洋，出现在汤姆眼前的是一幅熟悉的景象。

镜头是俯视的角度，布来克伯恩正站在普查器的灯光下，“给我看那段记忆，雷恩斯！”而汤姆则被固定在椅子上，拒绝他的要求……

汤姆一下子警觉了起来，他的心在狂跳。

“监控录像，这段你应该不会觉得陌生的。”

“那又怎么样？”汤姆故作镇静道，“所有人都知道布莱克伯恩用普查器对付过我。”

海瑟靠近了汤姆，汤姆都能感觉到她的气息，“还记得去年十二月，

① 第十二代梅迪纳·西多尼亚公爵，时任西班牙无敌舰队司令。

我和恩斯洛有点小争执的时候吗？我给她安了个跟踪Cookie。有段时间，我能看到她在系统里干了些什么。”

汤姆冷笑了一声，“为了挖掘她的黑材料吗？”

“对，而且颇有成效。我发现了这段录像，不过不完整，其中缺失了几个小时，系统里哪里都找不到，但这反而更让我好奇那段时间到底发生了什么。”

汤姆靠在墙上，一言不发。

“这时我才想到了一件事，汤姆。”她说，“有两部电脑里肯定有这些内容，一部是布莱克伯恩的神经处理器，另一部就是你的了。所以那时候，我邀请你加入那个马上枪术实景。

汤姆这才明白了过来。是海瑟。新年夜实景中那条奇怪信息的幕后主使是她。**错误：连接中断，下载暂停，98%**。是她在窥视自己的神经处理器。

不是布莱克伯恩。

也就是说……她知道了。汤姆不知道接下来会发生什么，“被你发现了。看来你都知道了？”

“哦，你的能力我都知道了。”海瑟说，“我还知道布莱克伯恩一直都在替你掩饰，他没有告诉军方，更没告诉黑曜石集团。有意思，我敢说他们肯定非常想研究研究你。”

汤姆知道，她这么说的目的是为了吓唬他。他知道他应该感到紧张才对，但他只是觉得有些恼怒，“很显然你想从我这里得到些什么，直说吧。”

海瑟耸耸肩，“一个双赢的协定：我不告诉任何人你的事，你帮我做件事。”

汤姆轻笑了两声，“这么说你是在勒索了。”

“我一直想用一种更让你舒服的方式来做。不过汤姆，你对我想和你增进友谊的表示一点反应都没有，所以，是的。我现在正式对你进行勒索。你瞧，今年我要作为埃利奥特的代理在国会山峰会上出战。这个机会绝不能浪费。我必须要赢——而赢过美杜莎的只有你。既然知道了你的能力，我想你赢的原因也就很清楚了。”

汤姆仰起头，想着美杜莎。在这种时候突然提起她让汤姆心头一痛。他忽然觉得自己孤身一人，形单影只。

海瑟继续施压，她盯着汤姆的眼睛，“我想，如果你能不失时机地让她的一两艘飞船发生故障，那么对我击败她将会产生巨大的帮助。”

“显然。”汤姆有些不耐烦地说。他的冷淡让海瑟不由得愤怒了起来。海瑟对此非常重视，而他却无动于衷，尽管海瑟拿说出他的秘密来威胁他。此时此刻，汤姆满脑子想的都是，又是美杜莎，总是美杜莎。一切总是和要他打败美杜莎有关。尽管他竭尽全力要避免这一点，尽管他非常不想这么做，但似乎老天已经认定，他就是美杜莎的克星。

植物园里，汤姆枕在华耶的腿上，华耶一如既往地不理会他，专心地格式化着处理器。奥利维亚·奥萨雷教了汤姆几个练习手指灵活性的招式，据说是医生推荐的法子。感觉真奇怪，一个成年人整天催促着他，让他再开始玩电子游戏。奥利维亚似乎是觉得，电子游戏可以重新提振起汤姆的士气。

练习招式还不错。其中一项是在指节上翻转硬币，还有一项是用刀子削苹果皮，削得越薄越好。汤姆正在看他的最新练习成果，那个苹果被他削得只剩下核心的一小块了。

“看到了吗？”他在华耶面前晃动着那个苹果，“我要是外科医生，病人肯定已经失血而亡了。”

华耶抬头看了一眼，这倒有些出乎汤姆的意料之外。汤米在苹果上咬了一大口，看着华耶。一阵脚步声穿来，他朝树篱瞥了一眼，是埃利奥特正在朝这边走。

“汤姆，华耶。”问候完后，埃利奥特指了指旁边的长凳，“介意我坐这里吗？”

“嗨，伙计。”汤姆点了下头，埃利奥特坐了下来。

自从在约塞米蒂谷，埃利奥特表示不再管汤姆以后，他们就再没好好谈过，除了在那个《执法悍将》的实景中以外。埃利奥特坐在长凳上，两肘支撑在膝盖上，看着地上的苹果碎片，问：“在玩食物吗？”

“说来话长。”汤姆说，其实是他不想解释而已。他把刀子插在苹果上，扔在一边，“这么说，海瑟要在国会山峰会上做你的代理了。看来你要把她变成女皇的邪恶计划起作用了。”

“但愿吧。”埃利奥特在大腿上敲打着手指，他看了看汤姆，又看了看华耶，“找个更私密的地方谈谈？”

汤姆抬了抬眉毛，“我觉得华耶是不会告诉别人的。她最近不太说话。”

埃利奥特叹了口气，“汤姆，我得问你件事。这件事已经拖了很久了，看你最近这么消沉，我觉得不能再拖了。”

“消沉？”汤姆有些奇怪。

埃利奥特揉了揉后颈，“南极洲的时候，你那样跑到外面……不是想要自杀的吧？”

汤姆看着他，“什么？”

“我原以为拒绝与你共事会让你吸取教训。”埃利奥特急切地说，“但我并没有放弃你，不是要夺走你全部的希望。我觉得你在这里还是有未来的。”

汤姆终于听明白了埃利奥特的意思，他不由得笑了起来。

“这一点也不好笑。”埃利奥特冷冷地说。

“埃利奥特，你真以为我会因为你而自杀吗？”

埃利奥特笑了笑，“听你这么一说感觉确实挺白痴的。”

“嗯，是有点。”汤姆看了一眼华耶，觉得华耶似乎也笑了一下，尽管那笑容转瞬即逝。这让他的心情一下子好了起来。“得了吧，埃利奥特。我没有想要自杀。而且我也不消沉好吗？就算我消沉了那也是因为……”他看了华耶一眼，华耶正全神贯注地盯着正在重新格式化的那个处理器，努力装出一副没有在听他们讲话的样子。“……因为其他一些事。”

埃利奥特挠了挠头，说：“不论如何，我最近想了很多，想到你该怎么做了。”

“是吗？”汤姆问。

埃利奥特俯身靠近了一些，“比起第一印象好的人，你知道人们更欣赏什么样的人吗？懂得从他的失败中吸取经验教训的人。”

“我的失败？”汤姆重复道。

“对。你还没明白吗，汤姆？见面会上发生的事已经是老皇历了。这次濒死体验足以改变你的人生，再加上你还失去了一个……”他没有在华耶的面前提起尤里的名字，“再加上其他一些事。你可以合情合理地宣称自己增长了见识，有了新的见解。如果你正式向那些CEO道歉，或者再用正式的信纸亲笔写上一封道歉信，说不定他们就会被说服，给你第二次机会。”

埃利奥特说得很认真，但汤姆还是不由得想起了道尔顿让他跪在地上为“自己的不当行为”求饶时脸上的那种得意。

“哦。”汤姆叫了起来，“这样他们就可以把我的手写道歉信裱起来挂墙上了。啊，说不定还会顺便把我再加到其他的重点监控名单上。不可能吗？”

“这个险你必须得冒。”埃利奥特说，“道歉是你最后的机会。不管你信不信，道歉也许能……”

“让他们大大自我膨胀一番？”汤姆爆发了，突如其来的愤怒如洪水般倾泻了出来，“让他们觉得我像个猎物一样被打败了？我宁愿冻死也不会让他们得到满足！”

“又是这样。”埃利奥特叹气道，“这又有什么好处，一有机会就让他们知道你有多鄙视他们？这对你一点好处没有，远的不说，就说卡尔·马斯特斯吧。”

“切！”汤姆激动地挥着手，“错又不在我。我一到这儿卡尔就盯上我了。”

“卡尔可不这么看，在我看来也不是这样。”

“好，好，那你解释一下：卡尔想要弄死我为什么会是我的错？”

埃利奥特俯身靠近汤姆，“你真想知道卡尔为什么那么恨你？因为你在到这里的第一天就当着所有人的面打了他。”

“那是电脑病毒的缘故。”汤姆抗议道，“布莱克伯恩也是这么说的！”

“对，布莱克伯恩中尉是这么说的，但用的方式却羞辱了卡尔，他说卡尔被体型比他小的人给揍得发火了。‘两次。’我记得他是这么说的。你觉得卡尔会有什么感受？”

“发疯，想杀人，就像他平常那样。”

“是没面子，汤姆，这伤到了他的自尊。”

“怎么，卡尔找你哭诉了吗？”

埃利奥特揉着太阳穴，“记忆回放，其他部分我自己想得出来。”

“几天后他还想要揍我，结果自讨没趣。”汤姆抱怨道。

“我知道他会那么做，我也确定他不会就此停止。”埃利奥特说，“我敢说，卡尔从来都没有赢过你，因为只要卡尔在和你交手的过程中赢过一次，他那被你损伤的自尊就会得到修补，那样的话他早就不会再理会你了。”

汤姆差点把嘴里的话一下子都倒了出来：卡尔怎么没有赢过？……

就比如他帮道尔顿给自己洗脑的时候，他肯定是赢了啊。就在这时，汤姆忽然想道：不对，卡尔并没有占到便宜。之后的水淹贝灵格俱乐部，再加上在那些高管们面前当众受辱，卡尔输惨了。

“要是你没有不断地刺激你的敌人，非要让他们知道你对他们不屑一顾；而是时不时地让他们取得一些毫无意义的小胜利，那么你的生活就会容易得多。这就叫妥协。”

汤姆又火了起来，“你放弃了那个和你互有好感的人，就因为联盟说不行；你想要退出但也没退，还是因为联盟不让。如今你浪费了一整年的时间想尽办法帮助海瑟·埃克隆取代你在那个舒适的牢笼里的位置，就算让她在你背后捅刀子也在所不惜。这一切都是因为你不愿意反抗那些自认为能够支配你的人。埃利奥特，听你在这儿讲什么妥协真是太可笑了。我得告诉你，伙计，你对妥协的定义在我看来更像是‘缴械投降’。”

“你觉得我让步太多？好，但我得说我觉得你寸步不让，即使对方是正确的你也毫不让步。”

“你说得对。”汤姆说，“我做不到。”

二人相对无言。

埃利奥特终于开口道，“你这就自相矛盾了，是吧？”

“我没有。”

“不，不。你现在就是这样。我精准地指出了你那不可救药的顽固，而你立刻通过同意我的说法来削弱我的观点，你是故意的。”

“我本来就是这样，抱歉，不针对个人。”

埃利奥特的笑容消失了，“在你看来我一定是弱爆了。”

汤姆不自在地挪动了下身子，这个转折让他有些措手不及，“我可没那么说。”

“不需要直说。”埃利奥特起身准备离开。

汤姆差点就这么让他走了，差一点。他不禁又想起了埃利奥特到道明·阿格拉去救他时的情景；埃利奥特曾告诉汤姆，是他推荐汤姆升入中级的。汤姆不想让他在离开时还觉得自己认为他是个软蛋。他不是。

“嘿，埃利奥特……等一下。”

埃利奥特半转过身。

汤姆耸耸肩，“不管怎么说，比起我来大家都更喜欢你。想把我揍扁的人成千上万，真的有那么多！当然，不认识你的人也想把你揍扁，因为你是个名人，而且所有的小姑娘都爱你，不过，嗯，真正见过你的人就不一样了。他们都喜欢你。你不弱。我觉得你比我聪明得多。”

埃利奥特扭头看着汤姆，笑了笑，“你的敌人当然会比我多了，汤姆。力量会让控制欲强的人感到威胁，而谁都阻止不了你。正因如此他们才会不介意我：因为我不是那样的人。”他想了想，“有时候我也觉得，这并不是一件好事。”

汤姆不知道该怎么回答。埃利奥特走远了，汤姆又靠在了华耶的膝盖上，享受着植物园里人造的宁静。他低下头，华耶正在轻轻地推那个被他用刀刺穿了的苹果。

过了一会儿，华耶停下了手中的动作，对汤姆说出了几个月来的第一句话，“你这辈子是当不了外科医生了，汤姆。”说话时的语调严肃异常。

汤姆愣住了，一时间惊讶得不知道该怎么回答。想了好一会儿，他才决定了一个最佳的回应方式——越显得漫不经心越好。

“嗯。”他一边同意一边握着刀柄拿起苹果，那东西看起来就像是插在长矛上的脑袋，于是他又抓了点泥土在上面抹上了眼睛和嘴。

“我发现把头砍掉要比重新安上去容易得多。”

华耶又低头在神经处理器上折腾了起来，但汤姆看到了她脸上的笑容，也许，一切终于要恢复正常了。

第二十三章

国会山峰会的直播现场就在国会大厦里，对战的战斗员们将在圆形大厅里遥控飞船。他们使用的服务器就在国会大厦里，但东亚联合体人每次都会将斯凡特拉娜的连接转接，让美杜莎接手控制。同样的，合众国人也在用代理来代替埃利奥特——今年的代理是海瑟，她会在圆形大厅地下的密室里遥控埃利奥特的战舰。

离开五角尖塔前，海瑟给了汤姆一样东西，是一副思维交互中继器中的一支。另一支海瑟自己戴着，藏在她那深色的长发下。这是一副短距通信设备，所以汤姆也必须到国会大厦才能和海瑟进行通信，并通过海瑟来控制她的飞船，进而控制美杜莎的飞船。

无人机停靠在德克萨斯，他们将在这片荒野中进行一场自由度极高的实战对战。高耸的山峰成了掩体和障碍，战斗员所需要做的就是在一个指定区域中战斗，好让公众能够充分欣赏，为了这次盛会，所有天空广告牌的位置都进行了重新排列，好让摄像机在拍到战斗飞船时也能拍到背后的广告。

避免被国土安全部的生物特征信息库扫描出来的要诀就是要让脸变得不对称。所以汤姆在脸上贴了张笑脸贴，好让自己在这个重大场合不被识别出来……以防万一。他穿过聚集在国会大厦门前的人群，来到树立在前方的巨大显示屏前。屏幕上显示着德克萨斯的风景，镜头是仰拍的，战场上方联盟各公司购买的广告牌上，各公司的商标被拍得一清二楚。所有海洋同盟和大陆同盟的附属公司都在上面显示着各自的存在。画面切回到了圆形大厅内，这个世界上最具权势的男男女女都聚集在那里观看。

埃利奥特坐在一个控制台后，大陆同盟的斯凡特拉娜·莫利亚科娃坐在他的对面。两个人都做好了准备，要假装操纵战斗中的无人机。

汤姆站在人群中，将思维交互中继器插在后颈的端口上，向海瑟发了条消息，我到了。

海瑟的想法出现在了他的脑中，很好，就快要开始了，准备好获胜了吗？

汤姆冷笑了一声，你之前可没说过要赢，你只说要给她制造故障。

可要是我输了能有什么好处？

反正不关我的事，汤姆发送道。

哦，不是这样的，如果我输了，那绝对会关你的事。

汤姆有些恼火了起来，面对美杜莎，那个在公平的条件下与他旗鼓相当的人，他不能保证一定会赢。最后关头你不能得寸进尺。

不，我能，因为——你可别忘了——牌都在我手里，我可掐着你的喉咙呢，聪明点儿的话是不会忘记这一点的。

汤姆咬紧了牙关，他压抑着不顾一切后果想要扯掉中继器的冲动，盯着屏幕，那些他所鄙视的公司的标志正闪现在屏幕上，汤姆盯着黑曜石集团的标志，目光阴沉。

一想到约瑟夫·文格洛夫，他的火气就不由自主地升了起来。汤姆把视线从屏幕上移开，眼前看到的却是更多的文格洛夫产品：监控摄像头。大量的监控摄像头正对着人群。他抬起头，看到无人机正在头顶上空盘旋，为进一步充实数据库而采集着人群的图像。通往国会大厦的阶梯旁围满了防子弹和导弹的玻璃幕墙，保护着那些被投票机器和幕后公司送进办公室的立法官员。文格洛夫保护着他们所有的人，正是他监控着这个国家，维护着社会的稳定，让这些人在人群中显得无比的高大。

海瑟发来信号，将中继器与国会大厦的服务器连接了起来，汤姆的意识立刻被神经处理器的轰鸣声包围了起来，他脱离了自己的身体，融入了无形的信号海洋，到处都是0和1组成的字符串，到处都是电子信号……

忽然间，汤姆进入了海瑟操纵的飞船，飞船所有的传感器都紧盯着美杜莎的飞船。

继续，海瑟对他想道，*进入她的飞船，把飞船破坏掉*。

汤姆注视着美杜莎的飞船，飞船在天空广告牌的霓虹灯光下散发着光亮，一种确信感忽然出现在了他的心中，他不能这么做，不能再伤害美杜莎了。

汤姆，海瑟催促道，*为什么你还待在我的系统里？去她那里*。

汤姆迅速闪回到了自己的身体里，他还站在那里，被人群环绕着。在那短短的一瞬间，他躲过了海瑟的视线，和海瑟的神经处理器交互了起来。他看到海瑟正随意地跷着腿，坐在圆形大厅附近空荡荡的密室中，眼前的大屏幕上显示着那些充满期待、带着骄傲表情的脸，那些世界上最具权势的男男女女，环绕在他们那两位可爱的小演员——埃利奥特和斯凡特拉娜身边。汤姆看到了鲁本·劳埃德、西格德尔·维托、约瑟夫·文格洛夫、潘蒂娜·拉姆法、阿布哈曼王子，以及道明·阿格拉公司的罗奇兄弟……

整个世界的主宰者们都聚集到了一起，而这个警察国家正在倾全国之力来保护他们的安全，看到这一点，他的心又狂跳了起来。他们夺走了一切，所有的一切，但却没有人反抗。人民已经乖乖地交出了世界，只希望这些CEO最终能够感到满足，好放过他们。但汤姆很清楚，就算让鲁本·劳埃德、约瑟夫·文格洛夫或者他们当中的任何一个人独霸整个地球剩余的部分，再加上整个太阳系，他们也还是会想要夺走你脚下踩着的那块仅有的土地，只因为那块土地在“你的”脚下，而不是“他们的”。他们就是这种人，永远都不会得到满足。

海瑟也一样。一次故障不能满足她，她需要的是一场胜利。名利还不够，她需要的是成为最出名的那一个。所以她才要在媒体上抹黑其他战斗员；成功不是她所需要的，其他战斗员统统失败才是。如果他替海瑟赢得了国会山的胜利，海瑟肯定还会提出新的要求，一个接一个。她就是这种人。举手投降永远不会让她得到满足，她总会想办法从汤姆身上榨出新的价值。

汤姆下定了决心。

海瑟。他发送道。

怎么了，汤姆？

开始。

他夺过了海瑟对武器系统的控制权，对准距离最近的道明·阿格拉天空广告牌，把广告牌轰成了碎片。海瑟半天都没回过神来。汤姆操纵飞船转过一道漂亮的曲线，对准了下一个目标：黑曜石集团的广告牌。好，他发射了导弹，伴随着一团火光，广告牌的碎片像一场火雨般坠落了下来，直逼飞船，海瑟在他的脑子里尖叫了起来。汤姆闪到了海瑟的神经处理器中，发觉海瑟正准备拔掉思维交互中继器。

他迅速行动，激活了海瑟神经处理器中的热传感器，哪怕轻轻碰一下中继器，海瑟都会被烫得跳起来，那景象让汤姆不由得笑了起来。

不，我还没玩够呢，汤姆对她想道，*再碰那玩意儿你的手指就会和我的一样多了*。

如果海瑟静下心来，她一定会想到这一切都是幻觉，不是真正的烫伤，但她现在又惊又怕、思维混乱，只能手足无措地看着自己的计划脱离自己的控制。汤姆，你疯了吗？发什么神经？你要干什么？

汤姆将炮口对准西格德尔·维托的巨幅肖像，然后又轰掉了一块温德姆·哈克斯公司的广告牌。他就这么穿梭在坠落的碎片之间，绕过一块广告牌，穿过两块广告牌间的空隙，飞船俯仰间，地平线升起又褪去，天空广告牌的碎片在四周飘散。

文字出现在了他的脑中，这次不是来自海瑟。

我喜欢这个游戏，不过你怎么只打你自己那边的跨国公司？

是美杜莎！

说得好，汤姆回信道。说完，他操纵海瑟的飞船绕过一个大圈，一路击碎了好几块大陆同盟的广告牌。他只脱离了飞船一小会儿，好阻止海瑟将中继器从脖子上拔下来。透过海瑟的眼睛，他看到那些最具权势的男男女女正聚集在圆形大厅，目瞪口呆地面对着眼前的这场大破坏。

埃利奥特和斯凡特拉娜都呆立在那里，根本没有假装操纵飞船。反正也没有人顾得上看他们。汤姆再次闪入飞船，一边炸毁先声公司和诺布瑞迪斯的广告牌，一边向美杜莎发送信息，说实话，是不是让你叹为观止了？

肃然起敬，莫德雷德。

她知道是自己干的。意识到这一点的汤姆只觉得头晕目眩。他又炸掉了两块广告牌，只用了一炮。

肃然起敬，嗯？这下你总算知道我在你身边时对你经常有的感觉了。汤姆回复道。

肉麻。

远处，汤姆的身体咧嘴笑了起来，肉麻极了。

远处的身体里，他的耳朵听到了国会山外那些群众疑惑的声音，他们都想要搞清楚，今年海洋同盟的战斗员这是要干什么。

不管怎么样，汤姆发送道，*你上次出现时我对你实在是太糟了，活该被踢*。

美杜莎开始和他玩起了游戏。她故意躲到一块广告牌后，然后又换一块，这个游戏汤姆也喜欢。他故意开炮打偏，看着炮弹击中轨道上的广告牌。透过海瑟的耳朵，他听到圆形大厅里有人在议论，“那姑娘实在是太不行了。”汤姆刚刚炸毁了美杜莎的掩体——强力能源公司的广告牌，听到这话，他差点都要乐疯了，玛切特·雷迪的一块广告牌也被他轰了下来。

不一会儿，德克萨斯战场的上空就飘满了闪闪发光的碎片，坠落的碎片在大气层中燃烧着，发着光。汤姆和美杜莎的飞船在一望无际的蓝天上环绕着彼此，不断飞翔。

*这个怎么样……春丽？*汤姆对她想道。

他几乎可以感受到美杜莎的笑声，*在公平对决的时候打败我，我就告诉你我的真名*。

这个提议和提议背后的暗示都让他兴奋了起来。他驾驶飞船飞向美杜莎，想要取得胜利。但这次不像上次的卫星大赛；不是游戏。这是真正的战斗，而美杜莎也不仅仅是个训练充分的战斗员，她还是太阳系部队的战斗员，一个能够独自一人改变整场战斗的战斗员。她迅速降低飞船，躲过了热追踪导弹，然后绕过一个大弯，朝汤姆飞了过去，让汤姆自己的导弹阻断了汤姆的退路。

够狠，汤姆发送道。

我也这么觉得，美杜莎回复。

汤姆急速转弯，但躲避自己的导弹给了美杜莎发射导弹的机会，导弹和他的飞船擦肩而过。

在这种空旷的战场上他打不赢美杜莎，他需要掩体。那些山。汤姆朝德克萨斯的地平线飞去，没有了指示战场的天空广告牌，他发觉自己居然有些迷失方向。海瑟应该接到过指示，知道标识战区边界的地理标志在哪里，但他不知道。

说实话，美杜莎发送道，你是想迅速而惨烈地结束呢，还是缓慢而惨烈地结束呢？

随你的便，汤姆回复。

他飞过崎岖的山峦，在空中急转，但美杜莎的飞船总是紧跟在他的后面，寸步不让。汤姆总觉得可怕的惊喜马上就会到来，但美杜莎只是维持着这种步调紧跟着他。汤姆朝后发射导弹，美杜莎优雅地转弯躲开。美杜莎发射导弹回礼，汤姆的躲避动作则笨拙得多。不过汤姆自认为躲得还不错。有几次，他紧贴着地面飞，吹起的尘土如滚滚乌云。他希望这样能阻挡美杜莎的视线，让美杜莎撞到山上去——但美杜莎每次都看出了他的企图，早早就让飞船爬升躲开了他的陷阱。

该轮到美杜莎出招了。就在汤姆绕过一座山峰时，他发现美杜莎已经直接越过了山峰，三枚导弹已经发射了出去，每一枚都直冲他的飞船而来。汤姆看出了美杜莎的策略，意识到美杜莎故意哄骗了他，让他以为一直会被紧跟，这样当她改变策略时就能真正出其不意了。

你真是太棒了，汤姆发送道，他刚刚躲过那三枚导弹。

我知道，美杜莎回复，第四枚导弹击中了汤姆的飞船。

汤姆回到了自己的体内，周围的欢呼声让他诧异不已，在国会山峰会上取得正式胜利的可是大陆同盟啊。他眨了眨眼想要看清楚，周围的欢呼声震耳欲聋。

大屏幕上显示着圆形大厅里的情景，埃利奥特和斯凡特拉娜看起来还没回过神，欢呼声更响了，如同打雷一般。人们大叫着一个名字，仿佛他就是国会山峰会上的英雄。

“拉米雷斯！拉米雷斯！拉——米——雷——斯！”

画面从圆形大厅切回到了德克萨斯的战场，镜头再一次拉近到了埃利奥特飞船的残骸——还有天空上的广告牌碎片。人们的欢呼声越来越响，汤姆整个人都能感觉到那种震动。汤姆迷惑极了，他战败了啊。大家应该都知道，今年埃利奥特又输给斯凡特拉娜了。

看着周围那些兴奋的面孔，他才渐渐明白了过来。他们看重的不是这场战斗作为国家间实力展示的作秀意义，人们欢呼的是另一种胜利。

他们都看到了“埃利奥特击毁联盟各公司天空广告牌”的情景。

汤姆穿过人群。通常，这时候已经该发表演说了。获胜的一方总是会立刻派出埃利奥特·拉米雷斯或者斯凡特拉娜·莫利亚科娃，让他们讲一些爱国啊、为正义而战啊之类的东西，旁边也总是会有各位高管和强力人士所组成的方阵，所有人外面都围着一圈防弹玻璃。

今年，这一切都推迟了。汤姆在想，不知道他们会让埃利奥特怎样解释“他的”行为。联盟肯定会想办法利用他的知名度来化解人群的兴奋。

这时，海瑟出现在了人群中。她冲到汤姆的身边，狠狠地扇了汤姆一耳光，这反而让汤姆觉得有些好笑。

“我也很高兴见到你。”他舔了舔嘴角的血。

“你知道你干了什么吗？”海瑟叫道。

“知道啊。”汤姆放低了声音，好只让海瑟一个人听见，“‘我’什么都没做，海瑟。在联盟看来，是‘你’炸掉了所有的天空广告牌。真是勇猛啊，我觉得都可以称得上是革命了。他们肯定不会喜欢的。”

“你觉得这很好玩吗？我要彻底毁了你！”

汤姆不傻，他知道海瑟肯定会说到做到，但他还是选择坦然接受，

“好啊。”他恶狠狠地笑道，“有种就来吧。嘿，截至目前对你来说结果都还不错啊，这么折腾我，为什么不来个临门一脚呢？告诉你吧，从今往后，不管发生什么，我总会时不时地想起你是如何洋洋自得地掐着我的喉咙的，然后我就会记起我怎样毁掉了你的职业生涯。说实话，海瑟，这段回忆一定会让我开怀大笑。”

说完，汤姆就转身离开了，只留下海瑟一个人在人群中流着眼泪瑟瑟发抖。一个声音从远处的大喇叭里传出，宣布埃利奥特将要发表讲话了。汤姆放慢了脚步。他转过身，看着大屏幕，埃利奥特正站在讲台前，表情凝重。

汤姆知道原因：海瑟的职业生涯完蛋了，也就是说，埃利奥特让海瑟取代自己的希望也破灭了。

“亲爱的合众国同胞们。”埃利奥特的声音在各个喇叭间回荡，人群安静了下来，“你们可能都注意到了战斗中天空广告牌所遭遇的不测。”

他回头看了一眼身后国会大厦台阶上防弹玻璃后的男男女女——各位CEO，他们豢养的政府高官，以及他们的保镖……

埃利奥特回过头，脸上闪过一丝决绝，“我应该在这里谴责那些破坏我飞船的黑客，但这不是事实。”

汤姆一下子僵住了，他抬起头，紧盯着埃利奥特。

“事实是，对天空广告牌的破坏都是故意的。事实上……”他深吸了一口气，“是我。都是我干的。我把它们都毁了。”埃利奥特顿了顿，伴随着周围的低语声，笑容浮现在了他的脸上。

汤姆看到鲁本·劳埃德和西格德尔·维托在埃利奥特身后交换了一下目光。很显然这不是剧本上预定的内容。

“你们看，我承认这一切都是我做的。”埃利奥特继续道，“因为，面对现实吧——”他指了指身后的各位CEO，“——除了台上的这几位之外，人人都恨天空广告牌。那都是光污染。它们年复一年地挂在天上，对于贫困地区——比如我以前在洛杉矶时住的街区来说就是一种折磨。它们为了私人的利润亵渎了公共的天空。一开始容许把它们发射到轨道上就是因为这种装置本该是暂时的，但那些公司从不清理它们，而本该有所动作的监管部门一个手指头都不愿意动——因为他们都想在那些公司里谋个一官半职。”

一个政府官员上前想要抢走埃利奥特的麦克风，但埃利奥特做了件惊人的事——他打开防弹玻璃上的一个通道站到了玻璃外。没有一个CEO敢采取同样的行动。他们立刻把防弹玻璃拉紧，再次围得密不透风。埃利奥特站在人群面前，毫无防卫，手里拿着麦克风。

“你们今天所见到的，就是我对此做出的正式抗议。”埃利奥特说，“所以我才毁掉了所有的天空广告牌。”

人群中发出一片赞同的议论声。汤姆知道，只要愿意，技术人员随时都可以切断埃利奥特的麦克风信号，而且上面应该已经下了这样的指示。也许那些技术人员也不想就这么阻止埃利奥特。

“事实上……”埃利奥特继续道，“这是我作为太阳系部队战斗员的最后一战。我觉得这正是个向军队表明辞职意向的合适时机。我的一个朋友曾经告诉过我，一味地妥协不会让你获得一丁点儿的回报，嗯，这和投降没有什么区别。我的朋友说得对。”

汤姆的下巴都快掉下来了。

“事实是，我已经投降得太久了。”埃利奥特继续道，“今天，我受够了。”他微微转向海洋同盟的CEO们，同时继续面对着观众，真是个习惯了秀场的老将，“谢谢你们所做的一切，先生们，女士们，不过再和你们一起共事对我来说将会是一种玷污。如果你们不喜欢——”他向欢呼的人群挥了挥手，“——那就去找我的朋友们说吧。”

说完，埃利奥特跳向人群，淹没在了五万人的保护之中，脱离了联盟的控制。

合众国政府新闻秘书拿着另一个麦克风跑上台，想要让人群安静下来，但人们对埃利奥特的欢呼声淹没了她的声音。人群似乎变成了一个巨大的怪兽，完全压倒了台上那些权倾天下的玩家。

随着情况的发展，画面切到了远景。汤姆眯起眼睛，辨认着台上那些畏缩成一团躲在防弹玻璃后的CEO们，他们看起来是那么的渺小。下方，埃利奥特·拉米雷斯被支持者们围在当中，掀起阵阵人浪。汤姆看到远处无人机正在飞近，防暴警察开始用微波武器驱散人群，机械警卫也被激活，随时准备发射催泪瓦斯。舞台上的男男女女已经迅速撤离到了安全地带。

看着沸腾的人群和抱头鼠窜的CEO，汤姆忽然感觉自己好像回到了亚轨道空间，正俯视着地球，单个的人是多么的渺小啊——所有这些人都是。尽管能够呼风唤雨，但台上的那些高管其实和其他所有人一样脆弱。

马什将军只对了一半，汤姆忽然想道。警察国家掐住了他们的喉咙，动力只有一个——恐惧。那些寡头们害怕极了。他们把其他所有人都困在安保措施和监控所组成的陷阱中，这是唯一可行的方法——既能让他们夺取一切，只让大多数人勉强糊口，又能避免必然的后果。他们的贪婪注定了他们的命运，所有那些措施，所有那些防暴警察，所有那些固若金汤的世外孤堡，坚如汇聚点工业的高塔，阔如西格德尔·维托的私人国家公园，这些都保护不了他们。

尽管权倾天下，但那些高管们没有一个人敢不带保镖在大街上行走。他们当中没有一个人能够享受到埃利奥特·拉米雷斯所享受到的那种自由：直面人群，不用担心被撕成碎片。不管是防弹玻璃还是电网或者铁丝网，没有一座监牢是坚不可摧的。

这个世界上还有正义。有。意识到这一点的汤姆眼前终于开阔了起来，就好像乌云终于散去。他忽然意识到，世界并非必须是尼尔所憎恨的那个样子。最坏的人总是赢家，其他人总是在不可阻挡的事物面前举手投降，这个世界不必是这样。反社会者取得霸权并非必然。

文格洛夫也许能逃脱摧毁尤里的惩罚，但这只说明了一件事：还没有人站出来纠正这个世界的错误。

这就是汤姆要做的事。

第二十四章

回到五角尖塔后，汤姆在医务室找到了华耶。华耶正坐在尤里床边的椅子上，抱着双腿。开始跟人说话后——至少是跟汤姆说话——她终于开始来这里了。

汤姆看了看尤里。波尔雅男孩儿看起来瘦小了很多，也比以前脆弱多了。汤姆想到了自己能为尤里做什么，想到了搞定南极洲那个传输器的方法，但他一个人做不到。

“华耶，我要请你帮个忙。”他低声说，“有件事我一个人做不到，但你也许能。”

“这种事有很多。”

“之前有一次，海瑟·埃克隆下载了我的记忆片段……”

“什么片段？”华耶打断道。

汤姆摇了摇头，“不重要了。是这样，这让我想到了个主意。一月份在黑曜石集团时，我被困在外面的那段时间很好确定。你能不能帮我个忙，把所有人那段时间的记忆都下载下来？比如利用对战训练应用的时候？”

“为什么？”

汤姆犹豫了一下。他想要创建一张类似于心理地图的东西。如果能获得所有人那天在黑曜石集团里看到的情况，依靠他们过目不忘的记忆力，他就能合成出一幅图景，在脑中建立起那个地方的三维模型。这项工作完成后他就能专心研究如何单人突进黑曜石集团了。

汤姆没法给华耶解释这么做的原因，因为他并不想让华耶知道他的计划。所以他想都没想就撒了个谎，“奥利维亚·奥萨雷建议我这么做的。她认为，呃，如果我能从其他的角度看看发生的事的话，也许能让内心平静下来。”

华耶皱了皱眉，“你真想这么做吗？这和用普查器看记忆可不一样，汤姆，不是视听资料。这东西要复杂得多，你会记得所有的感受，就像是你在经历那些记忆一样。”

“听着，那天其他人的手指又没有被冻掉，所以我想其他人那段时间应该过得都比我好。所以我应该能搞得定。”

一个小时后，他们来到了十三楼最里面的一间中级生训练室，华耶趴在地上，接入了地板下的一个处理器。

“在对战训练应用课上，记忆会直接进入你的神经处理器。”华耶对汤姆说，“尽量在实景里待久些不要被杀掉吧。只有在你接入的时候记忆才会下载到你的处理器里。”

“明白。”汤姆拔下神经导线，华耶正准备将地上的嵌板安回去，维克就开门走了进来。

他停在门口，一脸惊讶，很显然没有想到汤姆和华耶会在这儿。华耶也被吓了一跳，一下子站了起来。

“你们在干什么？”维克问。

汤姆看了华耶一眼，华耶表现得很紧张。

“没什么。”汤姆粗鲁地说，他蹲下身子把嵌板安了回去。

“很显然不是没什么。”维克指着地板说。

“你来干什么？”汤姆反问道。

“来见莱拉。她室友讨厌我，而且我们也想找个没有朱塞佩的地方，她坐在旁边看着我们的样子实在是太令人毛骨悚然了。”维克说，“该你了。”

汤姆摇了摇头，“你不会想要知道的。”

“我问了，所以不，我想知道。”

“操那个心干什么？”华耶忽然开口道，“知道其他那些事的时候你都快气疯了，所以这个还是不要知道的好。”

维克眨了眨眼，“你又说话了。”

“对，她又说话了。”汤姆说。

“很高兴，真的。”维克说，“我能说我很高兴吗？”

“不能。”汤姆说，忽然间，他对维克生气了起来。还没意识到怎么回事，怒火就从他的体内倾泻而出，“你没有权利对华耶那么说，你也没有权利问我们在干什么。是你和我们断绝了关系，不是我们不要你。”

“不是这样的。”维克抗议道。

“那是什么样？”

门开了，莱拉・马丁走了进来。几个人一下子都不说话了。莱拉摇着头看着维克，“没门儿。”她说，“我们不能和他们分享这个房间。”

汤姆碰了碰华耶，向华耶使了个眼色。完事了吗？

华耶点了点头。

汤姆转身面向一脸冰冷的莱拉和局促不安的维克，“别担心，我们就走。”

维克一句话也没说。

自从差点被冻死后，汤姆就特别讨厌寒冷。尤素福的小组接入实景后，汤姆发现自己扮演的是拿破仑军队的士兵，身处天寒地冻的波尔雅国荒原，他立刻在心里咒骂了起来。冷风吹过，他的关节开始咯咯作响，就在这时，华耶的程序启动了，其他中级生的记忆源源不断地冲入了他的大脑。

朱塞佩眼中的黑曜石集团进入了他的视野，汤姆在雪地上摔了一跤，湿冷的冰雪钻进了他的袖子。他摇摇晃晃地站了起来，朦朦胧胧地意识到他们已经遭遇了敌军，双方开始交火，但他的心思全都在一月份的画面上。

参观的绝大部分时间，朱塞佩都在做着巴黎旅馆的白日梦，黑曜石集团的画面时不时地就会被那些想象的景象给打断。

一个虚拟的波尔雅国士兵冲向了汤姆，汤姆勉强从记忆中抽出身来，一刀刺死了那家伙。朱塞佩正在自恋，全神贯注地欣赏着玻璃大窗上自己面容的反光。旁边，布莱克伯恩正背对着黑曜石集团的技术人员，微微缩着肩膀在前臂键盘上猛敲。汤姆知道，他肯定是正在黑入黑曜石集团的内网，搜索他要找的黑材料。

实景中，汤姆摇摇晃晃地远离了自己部队的主体，因为他觉得自己不可能战斗和记忆两者兼顾。他必须要隐藏起来，最坏的情况也不过是有人找到他把他给杀掉。汤姆走进一间废弃的破屋，靠在墙上，远处不时传来炮弹雷鸣般的爆炸声，更多的记忆涌入了他的大脑。

他的神经处理器自动将黑曜石集团内不同的画面拼合在了一起，建立起了一张完整的心理地图，匹配了时间戳。这种感觉真奇怪，就好像自己同时出现在许多不同的地方，就好像自己长上了许多双眼睛。他能同时通过不同人的眼睛看到整个景象。

自己被困在外面后的记忆看起来更加的奇怪，他还记得那种酷寒。而其他人都在建筑里进行着人畜无害的参观。有人注意到了布莱克伯恩正在黑进黑曜石集团的内网，有人什么都没发现。

就在汤姆挣扎着想要在冰雪中站起来的时候，其他学员正在轮流抚摸一只名叫迦尔吉的孟加拉虎，那只老虎就像家猫一样驯良，因为它也安装了神经处理器……

汤姆在冰雪中人事不省的时候，布莱克伯恩完成了黑客工作。他抬起头看了看人群，忽然厉声说，“有人不见了。”他转身问维克：“雷恩斯呢？他在哪儿？汤姆·雷恩斯在哪儿？”

维克不自在地扭动着身子，尽量摆出一副无辜的样子。

布莱克伯恩在前臂键盘上按了几下，恶狠狠地叫道：“那小子是怎么到外面去的？”

每一段记忆中，意识到发生了什么的维克都忽然睁大了眼睛。

维克自己的记忆让汤姆心头一动。透过维克的眼睛他看到，自己刚一离开维克就注意到了——就在他刚脱离队伍的时候。维克什么也没说，为他打了掩护。

接着，汤姆感受到了意识到自己一直在室外时维克的震惊。他看到维克顶着布莱克伯恩的怒火，在其他学员都被勒令回尖塔后仍然坚持留了下来。透过维克的眼睛他看到自己被抱了进来，感受到维克当时心里一沉的感觉，维克当时在想，汤姆是不是已经死了。他看到维克想起了汤姆差点爬上传输塔时的情景，耳边又响起了布莱克伯恩对维克说的话，“你的所作所为对他一点好处都没有……”他的身体真真切切地感受到了维克的那种内疚。

下载完最后一段记忆后，汤姆终于回过了神，他发现废屋中自己并不是独自一人。维克也在旁边，汤姆觉得自己终于明白了一切，他终于知道维克最近的表现为什么那么奇怪了。

“嘿。”汤姆叫道。

维克转过身，在这个实景中他们是交战的双方，不过此时此刻那都已经不重要了。“你没事吧？实景刚一开始我就知道你肯定不会喜欢的。我点了堆火。”

“我没事。”

“好。”维克抬了抬眉毛，“所以你才会在这儿，昏过去？”

“我没昏过去。我只是在想事情。”

“当然，汤姆。”

汤姆站起身，坐到了火堆旁，热气冲刷着他的身体，温暖着他那麻木的双手，“是之前你问的那件事。现在还想知道我和华耶在干什么吗？确定？”

维克点点头，“告诉我。”

“我要潜入黑曜石集团，把连接尤里的传输器炸掉。没有传输器就意味着尤里不再是安全威胁，也就是说可以给他安装新的神经处理器了。我要一个人进去，维克，所以需要先收集所有有用的信息。”

维克看着他，“这太疯狂了。”

“不计后果，而且愚蠢。维克，那可是座充满杀人机器的建筑，还在南极大陆中央。如果你想在对战训练应用结束后立刻删掉这段记忆我也不会怪你。不过就是这样，这就是事实。你想要知道，我就告诉你。选择权现在在你了。”

屋子里很安静，只有篝火的噼啪声不时传来。“有可能会救尤里的命。”维克半是疑问地说。

“要不是觉得有这个可能，我是不会做的。”

“就算我告诉你这主意糟透了，你也还是会去做的。”维克说，“华耶也是，只要她知道了你的真实目的。所以为了救一个朋友，我有可能会一下子失去三个。”

“维克……”

“我加入。”

“真的？”汤姆惊讶道。

“真的，博士。有我的帮助你成功的可能性更大。”维克的声音中带着决心，“他也是我的朋友，我们一起救他。”

向维克表露了自己的真实目的，也就意味着必须向华耶公开。汤姆本以为华耶会惊恐不已，但华耶居然表现出了无比的兴奋，急切地想要帮尤里做点什么，自从尤里的神经处理器被文格洛夫烧掉后，华耶还从没有这样过。看了一眼汤姆通过众人在黑曜石集团里的记忆合成的心理地图，华耶就下定了决心。

“我觉得能成。”她说。

结果他们发现，华耶自己也有些秘密，主要是关于布莱克伯恩的数据库的。原来，布莱克伯恩这么多年来也积攒了一个关于黑曜石集团的数据库，从有关安全系统的笔记到关于黑曜石集团的机器所用的几百种编程语言的记录不一而足。

“这可不正常。”维克说，“一般人是不会积累这些情报的，除非他们有所企图，布莱克伯恩打算干什么？”

汤姆被那些编程语言给震懵了，“我一样都没可能搞定，更别提这一堆了。”

华耶碰了碰汤姆，“汤姆，电脑自编程是非法的。也就是说我们不能依靠神经处理器来下载学习佐藤II代和克朗代克语言，因为那是神经处理器所用的编程语言。但是并没有什么规定禁止下载神经处理器不用的其他编程语言，那样不算自编程。”

一小时后，汤姆用伯内斯－6编程语言写出了控制天空广告牌的程序，这项工作简直和做数学或者说外语一样容易。

真是太神奇了。

这让他头一次意识到，不能用神经处理器进行佐藤II代编程带来的不便有多大。

他们最大的发现是在仓库：一台黑曜石集团负责尖塔安保时遗留下来的机械警卫。华耶拔出了警卫的控制芯片，用机械警卫专用的编程语言SE雅努斯试了几个程序。

与此同时，维克为汤姆写了一个新的令人尴尬的宿舍模板，“既然确定了要捣毁这家公司，那么我希望汤姆在死前知道，自己的宿舍里还有张丢人的壁纸。”维克解释道。

“真是我的挚友。”汤姆说。

“我们不会死的。”华耶笑着说，“我真的觉得这次能成。黑曜石集团的防御完全专注于机器入侵者。他们盯的都是车辆和小型无人机，但从来没有人类闯入过这座南极中央的建筑。那里的环境对人来说并不友好，尤其是现在，在那里是冬天。除了楼里那个对移动物体敏感，地板可通电的部分外，其他部分根本无法防住人类侵入。”

维克一下子坐了起来，竖着手指，“快速问答：环境对人类不友好为什么不会对我们造成困扰？上次查看的时候，我们还99.9%都是人类呢，除了汤姆，他是99.8%……这事儿现在可以用来说笑话了吧，汤姆？”

汤姆竖起机械大拇指，“随你怎么笑。”

他边说边看心理地图，把墙上的每个神经端口都标注了出来。黑曜石集团就是设计神经处理器的，所以看到这些接口并不奇怪。不知道这接口都是给谁用的。

“那么我们要怎么进去呢？”维克追问道，“我们不能在外面乱跑，‘夏天’的时候汤姆都差点冻死在那儿。”

汤姆信心十足地说：“简单，黑曜石集团的员工怎么进去我们就怎么进去：直接走前门。”

他们决定周日行动，就在那天的一大早。汤姆想要在出发前小睡几个小时，用普通人的方式躺在床上，而不是脖子上插着神经导线。

宿舍里很黑，这让他想起了自然睡眠的一个特点：有时候你就是睡不着，尽管你非常想睡。

汤姆坐了起来，迷迷糊糊地意识到一点噪声。他揉了揉眼睛，四处张望，寻找着声音的来源。终于，他看到了墙角的监控摄像头，摄像头正在前后移动，指向了他。

“嗨，不知火舞。”汤姆说。

提示：我的名字和电子游戏里的角色不一样，而且也不是日本的，莫德雷德。

汤姆笑了笑，从床下的抽屉里抽出一件T恤，“我一直盼着你来呢。”

美杜莎的话出现在了他的网信上：我不想吵醒你。

“我没睡着。等我连接到虚拟现实游戏里会面吧。你挑场景，马上见。”

汤姆把神经导线插入了虚拟现实游戏系统，他已经好久没有这么做了。五角尖塔的学员数据库里保存了大量的游戏，美杜莎选了一个大沙漠的场景。她的化身出现了，是个高大而强壮的男性，手握一条锁链。神经处理器告诉汤姆，那是神话中的参孙[1]，世间最强壮的人。汤姆看了看自己，发现自己扮演的人物和他母亲同名，也叫蒂莱拉[2]，是个邪恶的妖妇。

“我演女的？”汤姆看着自己的胸部。

“别担心，你长得很漂亮，汤姆。”美杜莎用男性角色的声音调笑道，

---

① 参孙是圣经《士师记》中的犹太人士师，凭借上帝所赐的极大力气，徒手击杀雄狮，并只身与以色列的外敌非利士人争战周旋。非利士人让参孙的情妇蒂莱拉套出了参孙神力的秘密，出卖了参孙，挖掉了他的双眼并将他囚于监狱中折磨。

② 参见注①。

“也许化身会让事情容易些。”

“什么容易些？”

美杜莎抱着胳膊，“我要保持距离。”

“可你就在这儿啊。就现在。没有多远啊。而且我也没有意见。”汤姆上前一步，“听着，上次是我混蛋。我有个朋友有麻烦了，我必须要到黑曜石集团拿样东西好救他，那时候我很着急，想的都是那事儿，没顾上其他的。上次接吻后我就一直想和你谈谈，是我把你给吓跑了，我知道。”

美杜莎低吼了一声，“要不是我的角色比你的强壮二十倍，我早揍你了。你没有吓跑我。你吓不到我的。只是情况出乎意料外而已，莫德雷德。这主意糟透了。我们处在交战的双方，你被控叛国，上次这么做的时候我也差点面临相同的指控。”

“可那是因为我们没有使用我们的能力。”汤姆靠近了一步，“对，这真的很傻。明明可能被跟踪到还在网上见面。可是像你我能做到的那样进入系统就不同了。我们有这种能力，虽然也许不能在外面随便用，可为什么不这样用呢？为了我们彼此？听着，我不会为吻你而道歉。不会。我还想再做一次。我认识的人中没有一个和你一样，如果你现在的样子不是这么男性化，我一定会一把抱住你。”他想把手插进兜里，但蒂莱拉这个角色身上并没有口袋。“就是这样，现在就看你的意思了。”

美杜莎举起双手，那个长发猛男的化身消失了，汤姆所熟知的美杜莎形象显露了出来。汤姆感觉自己的身体也变回到了自己熟悉的样子。他走近一步，但美杜莎把手放在他的胸前阻止了他。

“我要先警告你。我这人不那么容易相信别人。如果你要吻我，如果我们要这么做……”她的另一只手握紧了拳头，“汤姆，不要伤害我，否则我会加倍奉还。”

尽管看起来是那么的娇小而又脆弱，但汤姆知道，美杜莎比世界上最强壮的男人还要可怕无数倍，而且她说到做到。

“我不会的。”汤姆发誓道。

然后他就吻了美杜莎。

决定性的时刻到来时，汤姆在他的系统文件里存了两份说明，一份给他的父亲，一份给美杜莎——不过上面的收件人写的是“穆加特罗伊德”。他没有给妈妈留什么信儿。他考虑过，但最后还是决定不留了，反正妈妈也不会想看。

倒不是汤姆觉得一定会发生什么情况。为了确保能够回来，维克、华耶和他一起制订的计划非常周密……但汤姆总有种奇怪的预感，要是留下信息，他在黑曜石集团就会遭遇可怕的命运，让他后悔当时怎么没有在什么地方留下几句遗言。

毕竟，他差点在那里死过一次。所以回到那个地方还是让他有些害怕，但他必须这么做。保存好说明后，他披上光学迷彩，出发前往真空管列车预定的地方。华耶黑进了真空管系统，预定了一趟匿名且不会留下记录的行程，维克则去病房看了尤里。他给尤里塞了两个不断发出“哔哔”声的耳塞。

一切都在按照计划进行。尤里脑中的传输器会记录下耳朵听到的哔哔声，并发射给黑曜石集团系统里对应的接收器。这就让他们有了一个锁定传输器的专用识别印记。汤姆的工作就是把搜索程序放进他的处理器里，通过与黑曜石集团的系统互动来锁定传输器的位置。

汤姆穿过真空管外沉重的铁门，走过那一排排的假树。他的心跳因为兴奋和焦虑而不由得加快了。

就在这时，他们的计划遇到了第一个岔子。

华耶在看过原理图后解释说，光学迷彩会帮他们骗过视网膜扫描仪。

可是只要一有人通过大门，视网膜扫描仪就自动激活了。假树上射出道道绿光，扫过墙面，寻找着可以扫描的视网膜。

汤姆的心在狂跳，他躲避着光线，觉得自己就像个傻子，大大咧咧地宣布要冲入黑曜石集团解救尤里，结果却被该死的视网膜扫描仪给拦住了去路，连真空管都没进去。

海瑟·埃克隆出乎意料地出现并救了他。绿光锁定了她那棕褐色的眼睛，确定了她的身份，然后消失了。

汤姆一动不动地看着海瑟走到漆黑的玻璃门前，他迅速向维克和华耶发了条消息。

推迟五分钟。

他静静地等待着，在光学迷彩的掩护下盯着海瑟。国会山峰会上的事一劳永逸地终结了她在尖塔的职业生涯。温德姆·哈克斯公司撤回了对她的赞助；军方举行了一次聆讯，专门调查她是否适合继续担任战斗员。她被迫退出；国家安全局为她提供了个职位作为安慰。按照官方的说法，她去那里是当分析师，但所有人都知道这对一个被从项目中清理出去的学员来说意味着什么：她将充当活电脑的角色。如果谣言属实的话，她所受到的待遇也将如此。就像尼尔·哈里森一样。

铁门再次打开，有人紧随着海瑟走了进来。汤姆被吓了一跳——来人是布莱克伯恩中尉。汤姆连气都不敢出了。

“埃克隆女士。”

海瑟转过身，一脸戒备地说：“是你，你想怎么样？”

绿光再次在空中扫过，但布莱克伯恩只是抬起粗壮的前臂在键盘上按了几下，视网膜扫描仪就关掉了。

这是怎么一回事？看着走向海瑟的布莱克伯恩，汤姆不由得想道。布莱克伯恩开口了：“看了你发来的那个有趣的文件后，我怎么能让你就这

么简单地走掉呢？我们得先谈谈。”

“谈话时间已经过了。”海瑟盯着那些假树说，汤姆从她那凌厉的眼神中看出，海瑟也注意到了布莱克伯恩关闭视网膜扫描仪的方法。“你没有为我说话，也没有站在我这一边。你本来可以告诉他们，是我中了电脑病毒，或者系统发生了故障，但你没有。所以我也要让你看看，我可不是唬人的。”海瑟的眼中闪过一道光，“军方一定会对你为汤姆掩饰的秘密而着迷。”

汤姆屏住了呼吸。是这个。海瑟对汤姆的勒索落空了……她肯定也把同样的手段当作救命稻草一样用到了布莱克伯恩身上。很显然，布莱克伯恩也不吃她那一套。

“不要！”海瑟叫道，她的声音充满了恐惧。

汤姆靠到一旁，透过茂密的假树冠观察着他们。布莱克伯恩刚放下前臂键盘，皱着眉头。显然，他刚刚想用的那个程序失败了。

海瑟发出一阵轻蔑的笑声，她把长发拢到脑后，举起了自己的前臂键盘，一副意气风发的样子，“我的防火墙可没那么容易被搞定，长官。你的小徒弟给了我不小的激励，这个防火墙可没少费我功夫。不过这也是件好事，我知道你可能会阻止我离开。”

布莱克伯恩放下胳膊，“没有什么事情是容易的。”他叹了口气。

“你到底打算干什么呢？”海瑟虚情假意地问，敌意充斥在他们二人之间，“真以为可以删掉我知道的事吗？那怎么可能。”

布莱克伯恩深吸了一口气，然后慢慢地呼了出去，“我原打算把你带到普查室，然后找出和那段记忆有关的所有记忆线，把记忆删掉，然后你就可以走了。我还是认为你是会合作的，埃克隆。你是个聪明的女孩子，知道不配合的后果，你是不会冒那个险的。”

“你可不能把我扛在肩上拽到普查室去，会有人听见，会有人看见。”

“你说得很对。这里的人太多了，即使现在天色还早，强行把你带上楼风险也太大。所以，你应该自愿和我上楼，修正你的记忆，要知道我是不可能让你带着那些记忆离开的。”

海瑟眯缝着眼睛，“汤姆 · 雷恩斯毁了我的人生。你为什么要保护他？政府知道了他的能力又怎样，关你什么事？”

汤姆也想知道答案。

“汤姆 · 雷恩斯？他不是我来这儿的原因。”布莱克伯恩靠近她，“让我换个你能听懂的说法吧：整整十七年——几乎相当于你的全部人生——我都在为了一个目标而活着。只是因为这个目标，我才没有吞枪自尽。直到最近，我才发现了一个潜在的武器，可以帮我实现这个最后的愿望。而你却出现在这儿，威胁要把它交给我的敌人。我希望你能明白，为了阻止你，我可以有多么的不择手段。无论报复能给你带来多大的快感，不论有多大，只要你敢转身走过那扇门，我就会让你明白，你的所作所为将会是个致命的错误。”

汤姆恍然大悟，原来是这样。所以在南极洲的时候布莱克伯恩才要千方百计地把他救活；所以在普查室发现汤姆的能力时他才那么的着迷。他在汤姆的能力中发现了利用价值，汤姆是他的武器。汤姆的心狂跳了起来，感觉心跳剧烈得几乎都能被那两个人听到了。

“你不能把我怎么样。”海瑟说，“就算你现在把我杀掉，证据也会留得到处都是，你也没办法及时把我的尸体藏起来，你这是在唬人。”

黑暗中，真空管列车从管道中升了上来，候车室开始加压。海瑟的列车到了。

意识到自己的余生很可能会取决于这两个人在这里的对决，汤姆忽然感到一丝不真实。

“海瑟。”门打开了，布莱克伯恩说，“最后的机会，和我上去吧。”

“再见，长官。”海瑟夸张地挥着手，“我本打算说很高兴认识你，不过想想又觉得，现在是我领先，而且考虑到我们俩之间绝不可能就这么玩儿完，所以就先这样吧。”说完，海瑟转身穿过了大门。

汤姆蹑手蹑脚地探出身子，看到海瑟转过一个弯，快步跑向等在漆黑的房间中的金属列车。

布莱克伯恩疲惫地叹了口气，看起来好像一下子老了十岁。他在前臂键盘上输入了几下，“笨丫头。”

一个合成声音宣布道：“减压程序启动。”

这句话并没有引起汤姆的主意，他只注意到巨大的气流声。海瑟已经靠近了列车，但还没有近到可以进去避难。她转过身，脸上满满的全是恐惧。她终于意识到了将会发生什么，明白了布莱克伯恩所说的话的意思：

只要你敢转身走过那扇门，我就会让你明白，你的所作所为将会是个致命的错误……

随着减压程序的进行，金属列车再次进入了管道，巨大的气流带着海瑟一起跌入了磁化真空管。

终于一个人了，汤姆走到门旁，透过玻璃看着黑暗的对面，感觉就好像还在一个奇怪的梦中没有醒来。这不可能是真的。刚才那些事并没有发生，是吧？

他的神经处理器重放了刚才的画面，并向他说明了海瑟被吹入真空管后可能发生的事。

她大概会有十五秒的清醒时间，如果屏住呼吸的话。接着，她的肺会爆炸。如果没有屏住呼吸，她大概会清醒四十五秒，这段时间足够让她意识到自己就要完蛋了，没有办法从真空管中逃出来，不一会儿，她的血液就会沸腾。

汤姆揉着太阳穴，他无法集中注意力，不可能啊，他怎么可能会在这里目击到海瑟被杀的经过？不可能，他怎么可能就这么一动不动地站在那儿，看着布莱克伯恩转身离开，就好像什么都没有发生？

不会留下任何证据，对不对？她的尸体在真空管里，谁也不知道确切的位置。只要被任何一列以每小时几千英里速度行驶的真空管列车击中，她的神经处理器就会灰飞烟灭。汤姆忽然有种想要狂笑的冲动，因为他知道布莱克伯恩做了什么，他是这个世界上唯一目击了这件事的人。

汤姆看着玻璃幕墙，上面反射着他自己的形象。他很想知道，自己刚才怎么就那样一动不动地看着布莱克伯恩给舱室减压？是因为惊讶，还是……还是因为自己大脑的一部分也明白，这是处理掉海瑟的唯一方法？

他不知道答案，他的脑子现在转不过来。

听到身后传来的一阵脚步声，汤姆一下子跳了起来，是华耶和维克。

"OK，显然视网膜扫描仪没用。"华耶说，"准备好了？"

就在刚才的几分钟里，汤姆眼前的一切都不一样了。整个世界的轮廓一下子清晰了起来，感觉就好像所有以前错过的细节都一下子浮现了出来。他们可能会死，他们所有人都可能会因为他而死。汤姆忽然自我怀疑了起来，他们认为计划非常周密，但要是他们错了呢？

但他又想到了尤里，那个让他们这么做的理由，这让他平静了下来。

不，他们不会死。

他不会让这种事发生，至少这次不会。

现在不能想海瑟。他还有任务要完成，想海瑟的事只会让他犹豫，分散他的注意力。现在需要的，就是考虑怎么进入黑曜石集团，怎么摧毁传输器，然后再怎么逃出来。在这一切都完成之前，所有其他的事情都不重要。

"走吧。"汤姆说。

第二十五章

真空管列车到达了南极洲，几个人朝电梯走去。他们穿着光学迷彩，等在电梯口，等待载着黑曜石集团雇员的电梯来到真空管。等了好久，大约三十七分钟后，电梯门打开了，一些黑曜石集团的雇员走了出来。汤姆、维克和华耶抓住机会跑了进去。

一条来自华耶的信息出现在了汤姆的眼前，*我把网信的思维交互界面激活了，不过修改了一下，在发送前你得先确认。这样我们就不会听到每个人的全部想法了。*

幸好如此，因为汤姆的眼前还在闪动着每次思维交互界面启动时他的脑中都会闪过的那个想法：*不要想胸部*。看到“取消信息”和“发送”两个选项，汤姆感觉高兴极了。

电梯开始上升，汤姆感觉到华耶抓住了他的手，于是他也捏了捏华耶的手作为安慰。整个向上的途中，维克一直在用肩膀轻轻碰他，几个人的耳朵都在嗡嗡作响。

几个黑曜石集团的雇员走进了电梯，他们三个赶紧紧贴在墙上，并趁着电梯门关闭前溜进了大厅。

在光学迷彩的伪装下，他们穿过了旋转门，没有激活视网膜扫描仪。

几个人激活了汤姆的心理地图。他们得先找到一个黑曜石集团的神经端口，这是他们的首要任务。

他们混在雇员中溜出了走廊，进入了黑曜石集团那些勉强适合人类生存的区域。那里光线昏暗，地板上满是各种设备的电源线。机械警卫在标准巡逻模式下会经过这里，其他时候，它们都处在睡眠模式，紧靠在墙上。

记住，小心地板。维克在重机械部门的门口对他们想道。

汤姆点点头，尽管维克并不可能看到。在这种导电的地板上，他们不仅有可能会被机械警卫给电死，如果他们不小心碰到了地上的传感器的话，还有可能会触发各种报警器。

几个人紧挨在一起，穿着光学迷彩进了门廊，等待着机械警卫经过。

汤姆的心狂跳了起来，他们曾用尖塔里那个老旧的机械警卫把这一部分练习了二十五遍。那个老警卫无法透过光学迷彩看到他们，现在，他们就只能靠运气了。

看到绕过墙角出现在眼前的机械警卫，汤姆猛吸了一口气，机械警卫直线形的基座上顶着曲线形的头部，沿着走廊朝他们滑行了过来。汤姆紧张极了，感觉就好像虫子正在自己的身体里蠕动一样。只要远程操作员的一条指令，这些机器就会让走廊里充满毒气，就能直接电死他们，就能用激光将他们的脑袋切掉，或者直接将他们轧死。如果华耶的代码有问题，或者要是他们滑倒了，再或者维克的手指头不够灵活，那么他们就死定了。

机械警卫从他们的身旁滑了过去，汤姆一把抓住那家伙的脑袋按在基座上。警卫在挣扎，维克和华耶也冲了上去。汤姆把它的脑袋扭过来，露出后方的面板，华耶迅速打开面板露出控制芯片。

警卫头上的摄像机亮了起来，警报在它的内部响起，维克一把揪出它的控制芯片，并把替换芯片插了进去。汤姆的心都提到了嗓子眼，真希望自己的手指足够灵活，可以亲自做这事儿。但他们还是成功了。机械警卫的系统关闭，重启。

他们等待着，在光学迷彩下，汤姆可以感觉到维克和华耶的紧张。几个人都在剧烈地呼吸。

机械警卫重新启动了，整部机器一动不动，处理器运行着华耶的SE雅努斯程序。机器警卫重新沿着走廊开始巡逻，他们三个就扒在警卫的身上。汤姆把嘴埋在臂弯里，掩饰着想要狂笑的冲动，尽管他知道任何多余的声音都会触发警报。他感觉到维克挪动了一下，用胳膊碰了碰他的胳膊，华耶伸手按住了他的手，手指紧紧捏着他的手指。

意识到华耶也很紧张后，汤姆放松了下来。

放松，他对华耶想，*我们会全身而退的*。

机械警卫带着他们沿华耶程序中指定的路线向最近的神经端口走去。接下来要由汤姆接入系统，他神经处理器里的搜索程序会直接进入黑曜石集团的数据库，自动搜索与五角尖塔里尤里耳塞上的音频信号相匹配的信号。一旦确定位置，华耶的程序就会命令机械警卫将他们带到来时的地方，并命令另一个机械警卫前往传输器所在的位置，然后发射电流将传输器与连接在一起的超级电脑一起烧焦。

等到传输器被破坏，警报响起的时候，他们已经到达了真空管，在前往弗吉尼亚州阿灵顿老家的路上了。

就这么简单。

前往黑曜石集团内最近的神经端口的旅程似乎永无止境。他们笨手笨脚地挪动着身子，每人只有一只脚踩在机械警卫的基座上，另一只脚悬在空中。三个人都紧紧地抱着警卫弯曲的长脖子。最大的考验就是警卫经过睡眠模式的机器人的时候。汤姆屏住呼吸，看着警卫在那些睡眠警卫的监控摄像头前滑过，他的心都提到了嗓子眼儿，两腿不住地颤抖。

不过他们还是通过了，穿过一个又一个走廊，经过一台又一台机器，没有被发现，光学迷彩发挥了作用。睡眠的机械警卫一动不动，汤姆感觉自己都快要吐了，他在心里暗自庆幸着，幸亏自己没有独自来干这件事。

他们经过了一扇窗户，窗外是南极漆黑而冰冷的夜景。机械警卫停了下来，神经端口就在眼前。一种如释重负的感觉从汤姆的体内流过。他笨手笨脚地在光学迷彩的掩护下将手伸进外衣口袋，摸出一根神经导线，并将导线连接在端口上。该让脑中的搜索程序去搜索黑曜石集团系统中相同的音频序列了。他犹豫了一下。

*你们俩确定在我接入的时候你们能帮我保持平衡吗？我可不想掉下来触电而亡。*汤姆对他们想道。

*有我呢。*维克想。

*确定？*汤姆狐疑地想道。

*维克行吗？*华耶同样狐疑地想道。

维克被刺激到了。*嘿，我像头牛一样壮，和尤里差不多。*

*别担心，我会抓住你的，汤姆。*华耶想道。

一直等到维克用胳膊把他钩住，靠在机械警卫的脖子上，汤姆才把导线的另一端插在了脖子上。脑中的搜索程序被激活了，开始在黑曜石集团的数据库里搜索了起来。汤姆自己心里也有个搜索方案。他脱离了自己的身体，进入了黑曜石集团那信息翻涌的系统中，他觉得自己应该能比程序更快地找到传输器的位置。越快离开越好。

但黑曜石集团和五角尖塔不同。汤姆对这里的数据流向一点儿也不熟悉，稍不注意就进入了向外的信息流，或者进入了从国会议员办公室通向文格洛夫数据库的信息源……智能电器的信息源、自动照明的信息源、建筑物本身的信息源……他发觉自己进入了黑曜石集团的外部防御系统，然后进入了犹他州国安局聚变研究中心的系统，那里储存着每一个合众国人的监控录像。汤姆忽然回到自己的神经处理器，他的视野中心显示着搜索结果，是一个仓库，里面是空的，只有几台机器和一台超级计算机——以及尤里的传输器。

就在这时，一件奇怪的事发生了。一股巨大的能量抓住了他，沿着另一个方向将他拖了过去。那感觉就好像被拖入真空，或是被扔进黑洞的瞬间，那股将他拽入子系统的力量根本无法抗拒。汤姆的意识被迅速淹没在了数据流之中，到处都是0和1在跳动，他的意识遇到了另一个意识，那种感觉就和在海瑟的飞船上遇到另一个神经处理器的意识时一样。

那个神经处理器灼烧着他的意识，通过另一个人的眼睛，汤姆看到了一块漆黑的屏幕上反射出的影像。

约瑟夫·文格洛夫似乎正直勾勾地盯着他，那一刻，汤姆似乎感觉到他们的心也连接到了一起，真可怕，好奇与恐惧所引起的各种感觉迅速充满了他的脑子。

“如果你是机器里的幽灵……”文格洛夫对着自己的反光说，“是你吗，耀兰？”

惊恐不已的汤姆跌跌撞撞地撤出了文格洛夫的大脑，几乎是连滚带爬的。幸好华耶和维克在机械警卫上紧紧地固定着他，他们俩的想法立刻进入了他的大脑。

*找到位置了吗？*维克想。

*传输器在哪儿？*华耶想。

汤姆直起身子，他的全身都湿透了，焦虑感就像一只猫一样在胸腔内抓挠着。

*我们得赶紧离开。*他惊恐万状地向那两个人想道，*马上，我觉得文格洛夫知道我们在这儿了。*

第一波警报声响起。

他们的机械警卫被触发了。它的金属脖子扭动了起来，渐渐缩进了身体内。汤姆听到了华耶的喘息声，金属在他们的指间滑动，能被抓住的部分越来越少。汤姆听到华耶在前臂键盘上疯狂敲击的声音，她正在试图让机械警卫的脖子恢复到正常的高度。

这一举动带来了新的危险。编程行为肯定是触发了系统中的某一部分，向每一台机器暴露了他们的位置，旁边房间的另一台机械警卫朝他们的方向移动了过来。汤姆意识到了接下来会发生什么。他一把将维克和华耶按倒，那个机械警卫发射的激光扫过了他们刚才所在的位置。他们的机械反击了，激光闪过，另一个机械警卫变成了碎片。

*华耶，搞定地板！*汤姆对华耶想。

华耶将神经导线插入端口，另一头插在自己的脑后，将病毒释放进了黑曜石集团的无线系统，让地板充电电路失灵，并关闭监控系统。这是他们的应急方案——就是为这种灾难性的紧急状况准备的。

汤姆的心都快要跳出来了，他不知道这个程序管不管用，不知道地板是不是还有电。但又有一台机械警卫靠近了，华耶还没来得及行动，他们的机械警卫就自动缩成了战斗形态，好尽量减小自己的目标，三个人一下子都被摔了下来。

维克尖叫了起来，华耶也叫了一声，汤姆不由得闭上了眼睛。几个人跌坐在地上，都没有注意到他们的机械警卫已经摧毁了另一台警卫。

所有人都一动不动地坐在地上，等待着不测的发生。

程序起作用了。华耶想。

汤姆忍不住低声笑了起来。

*安静！我还不确定有没有关掉监控呢！*华耶想。华耶回到了端口旁，再次接入。几秒钟后，“好了，看来监控还是关掉了。”

汤姆和维克坐在地上，大口地喘着气。

“又来了，还有好多。”维克说。

“大概几百个吧。”华耶说。

“跑去真空管？”汤姆建议道。

“冲！”维克喘着气。

几个人争先恐后地起身朝来时的方向跑去，他们使劲跑着，都快把自己给绊倒了。他们的机械警卫也跟在一旁。

拐角处出现了另一个机械警卫，他们自己的机械警卫发射出激光，几个人赶紧卧倒在地。那个机械警卫及时躲开，并用激光回击，切掉了他们的机械警卫的激光发射器。汤姆、维克和华耶呆立在那儿，全身瘫软——他们没有武器了——但他们的机械警卫继续向前，底部火花闪动不已。

“它要放电了，快跑！”汤姆叫道，几个人立刻朝旁边最近的走廊跑去，然后一把关上了门。他们几个大口喘着气，这是一间冰冷的大仓库，他们被困住了。

汤姆喘不上气了，他脱掉了头上的光学迷彩，华耶和维克也依样行事，三个人看上去就好像三颗飘浮在空中的脑袋。汤姆疯狂地转着圈子，想要寻找出路，寻找能够拿来防身的东西……

没有。什么都没有。连神经端口都没有。这里只有两扇门，一扇通向机械警卫越聚越多的走廊，另一扇通向外面。

外面，汤姆打了个寒颤。

“我没办法了。”他承认道，“你们呢？”

“这计划糟透了，糟透了糟透了。”华耶低声咕哝着，“黑曜石集团是怎么发现我们的？我们那么小心！”她揪着头发，“我到底漏掉了什么？”

“不是你的错，是我。他在系统里发现我了。”汤姆轻声说。

“可我们隐藏你的IP了呀！不可能被监测到的！”

嗯，确实不可能。一个可怕的念头闪过他的脑海。

他在找我。

文格洛夫管他叫“机器里的幽灵”。汤姆想起了这个词，最早是从布莱克伯恩那里听来的。他又想起了那天尤里在楼梯上跟踪他们的事。各个关键点都连接了起来，原来是这样。

文格洛夫那天一直在偷听，他听到了布莱克伯恩的话，知道了有像汤姆和美杜莎那样的人存在，他以为那个幽灵是汤姆的朋友，知道这些后就容易多了，只需找出最有可能的人就是。而汤姆有个出名而又非凡的朋友，“美杜莎”。

所以文格洛夫才会接近他，让他给美杜莎病毒。而汤姆还傻乎乎地跑去告诉美杜莎LM莱默舰队盯上她只是因为她赢得太多——他转述的是文格洛夫的谎言。这不是文格洛夫重点关注美杜莎的真正原因。汤姆才是。文格洛夫在寻找那个幽灵，他认为幽灵是美杜莎，是汤姆把她给卖了，他把他们都给卖了。

维克焦急地绕着圈，“机械警卫会越来越多的。”他盯着通往走廊的大门说，“我们必须得出去。不能待在这儿！他们随时都可能破门而入！”

“我们没地方可去了，维克。”华耶抱着胳膊，全身颤抖，“我们跑不过这些机器的。只有那一条路，再就是到外面的路了。”

外面。汤姆出去过，但那时候还不是冬天，现在只会更冷，出去只有死，他打心底里确信这一点。

忽然间，一个声音从四面八方传来，那声音操着一口英国上流社会的英语，带着一丝波尔雅国口音，听出了这个声音的汤姆全身发起抖来。“侵入我设施的入侵者，或者入侵者们，向你们致敬！”

维克和华耶全身僵硬，汤姆也屏住了呼吸，听起来文格洛夫很享受这个状况。

“很抱歉你们受到了我的杀人机器的欢迎，不过嘛，你们可真是吓了我一跳呢。我知道你们被困住了，我也知道在哪儿。坚持了这么久，向你们表示祝贺。真可惜你们关闭了我的监控系统，不然我会很享受看到你们的脸的。此时此刻，我向你们保证，五十个机械警卫正聚集在你们所在的位置，只要我一声令下，他们就会破墙而入。”

维克又转向门口，好像那扇门随时都会爆炸一样。华耶耷拉着脑袋。汤姆全身止不住地颤抖。

“但我看不出这种毫无意义的流血和戏剧性的暴力场面有什么必要。”文格洛夫继续道，“所以，我打算给你们一个投降的机会。如果我的机器发现你们脸朝下趴在地上，解除了武装，双手放在脑后，它们就会放过你们。否则，你们就会像狗一样被杀掉。给你们九十秒时间考虑，你们的生死就取决于此了。”

文格洛夫的声音忽然切出，汤姆、维克和华耶在仓库里瑟瑟发抖，大睁着眼睛，满脸恐惧。

“我们必须按他说的做。”华耶说，“必须放弃了。”

维克脸色铁青，“我们会被扔进监狱的。”

“总比死了强，维克！我们告诉文格洛夫事实：他毁掉了尤里，我们是来救尤里的。这种事情文格洛夫是不会跟警察讲的……应该就是他下令毁掉了尤里的神经处理器！”

“他也可以这么对我们。”维克指出，“他一点也不关心尤里的死活——你凭什么认为他不会这么对我们？”

“他不会的。”华耶结结巴巴地说，“他，他不能。我们对军队还有用，而且文格洛夫和我们是一边的。最多是纪律处罚，是吧？”

“没人知道我们在这儿，华耶。”维克反驳道，他的目光坚定，“他不需要把我们交回去。只要他愿意，想怎么做都行。”

“我们必须投降，不然还有什么选择？”华耶坚持道，“你怎么不说话，汤姆？你觉得呢？”

两个人都看着汤姆。

面对着即将到来的厄运，汤姆却忽然奇异地平静了下来。他知道接下来将会发生什么。坚持抵抗，他们会死；投降，文格洛夫会操纵他们的神经处理器，他有普查器。只要抓住他们，他就能从他们脑子里挖出更多的信息——把他们捆到普查器下，把他们的脑子翻个遍，挖出所有的一切，发觉汤姆的能力。

有什么办法能够阻止他吗？他们不在合众国，而是在一片遥远的大陆。没有人知道他们在这儿，没有什么能够阻止文格洛夫做他想做的事。文格洛夫会发现汤姆进入了他的大脑，透过他的视线往外看，他会发现汤姆就是那个他一直在寻找的幽灵；他会继续挖下去，发现拥有这种能力的一共有两个人，另一个就是美杜莎。他们会把美杜莎给泄露出去，而且没有办法阻止这一切发生。

汤姆闭上了眼睛，不能让这种事发生。维克和华耶还不知道美杜莎的事，他们俩可以投降，他们也应该投降。

“华耶说得对，我们没有选择了。”汤姆对他们说，“想要活下去只能指望文格洛夫的仁慈。很抱歉，我没想到事情会变成这样。趴在地上吧。”

汤姆先带头趴了下来，好让华耶和维克效仿。所有人都趴在了地上，脸冲着地面，大口地喘着气，汤姆又悄悄地爬了起来。

他还有好多话想要对维克和华耶讲，但他知道，就算再努力，他也讲不出来。所有的话都堵在了嗓子眼儿，他的朋友们会意识到他想要做什么，会想要阻止他——他会被他们说服，因为他也不愿意这么做。他真的不愿意。一想到是他让他们落到了这种地步，他就难受不已；只要能让他们逃掉，他愿意做任何事。但现在，他只能帮美杜莎了。他可以给她发条信息，警告她文格洛夫盯上她了。

但在黑曜石集团的围墙内不行。

汤姆小心翼翼地移动着，好不让他的朋友们注意到。通往外界的门越来越近了，他的双腿在不住地颤抖。到了，他的手握住了冰冷的门把手，他知道，时间就快用完了。他打开了门，寒冷像一堵厚墙一样砸在了他身上。但他还是强迫自己朝外走去，尽管他的心里正有一万个声音在尖叫，催促他转身回去。

他关上了身后的门，把自己关在了无法躲藏、无法忍受的寒冷中。

他站在那里，被自己的所作所为给吓坏了。“我被困在外面了”，他在心里不断地咒骂着。寒风像刀子一样刺痛着他的头骨，他的耳膜生疼，皮肤都要结冰了。神经处理器建议他找个地方躲起来，但他知道，只有待在外面，才不会落得个被普查器扫描的下场。

寒风刺得他不住地流着眼泪，眼泪都冻结在了他的脸上。神经处理器正在连接远程服务器，他的耳朵也烧了起来。过去的噩梦一下子又鲜活地出现在了眼前，在这漫天的星斗下，看着天边飘洒的极光，他就要死了。

天上的星星忽然抖动了起来，失真越来越大，汤姆搞不清楚自己看到的到底是什么，忽然，一股气流将他击倒在冷硬的雪地上，他的耳朵在疯狂地鸣叫，一架百夫长级无人机褪去了隐形伪装，出现在了他的头顶。

看到你的信息了，莫德雷德，美杜莎通过网信发送道，*我记得我告诉过你：‘不是个好主意。’*

美杜莎的无人机让汤姆目瞪口呆，似乎连寒冷都忘记了。他对着寒风大喊，“*我的朋友们还在里面！*”

百夫长级无人机迅速转向，对着仓库开火，在墙上炸出了一个洞。穿过忽然爆出的热气，汤姆看到了趴在地上的华耶和维克。维克正要伸手拉华耶，想要躲避飞入仓库的无人机。

这时，机械警卫小队也炸开墙壁，冲进了仓库。美杜莎的百夫长级无人机开始向机械警卫开火，汤姆跑过去一把抓住维克和华耶，交替的冷热刺激让他的肺火辣辣地疼。他把维克和华耶拉了起来，然后弯下腰躲避机械警卫那划过夜空的激光束。美杜莎的无人机在空中一边盘旋一边开火，三个人紧紧地挤在一起，滚滚热浪伴随着仓库内的爆炸喷涌而来，雪花伴随着火花四溅，机械警卫一个接一个地被打成了碎片。

“汤，汤姆……这是怎么……”维克颤抖得都说不出话来了。

他们的身后又出现了另一艘光学迷彩隐形的战机，战机的客舱大门打开，尽量安全地接近他们。

维克和华耶全都僵住了，不过汤姆迅速行动了起来，他催促他们上去，只有那上面是安全的。他们爬上台阶，钻进了狭小的舱室，那个客舱本来至多只能搭载两人。带有舷窗的舱壁放了下来，将他们包裹了起来。

汤姆用思维交互界面发送着网信，此时此刻他可没有注意力无法集中的问题。美杜莎，无人机还好吗？他发送道。这是黑曜石集团的外部防御网，这是我们要销毁的超级电脑……还有那个没来得及下手的传输器。他将自己在黑曜石集团系统内发现的坐标都发送给了美杜莎。

收到。

在颠簸着离开大气层前，他们最后看到的就是仓库接连爆炸的画面。

收工。美杜莎回复道。

南极冰原在下方展开，火光中，黑曜石集团那巨大的建筑群正变得越来越小，最终变成了一个几乎不可辨认的小黑点。

汤姆这才发觉刚才自己一直在紧靠着舷窗观察，呼出的气体都在窗户上结成了一层雾。华耶的手紧抓着他的手臂，维克正全身僵硬地靠在他的身上。汤姆在那狭小的空间里转了转身，双腿紧紧地顶在了身上。黑暗中，华耶和维克都睁大了眼睛。

“谢，谢谢你。”汤姆对着空气恭敬地说，“谢谢你救了我们的命。”

“你在和谁说话？”维克终于开口道。

“我不明白。”华耶全身发抖。

“我能说吗？”汤姆问，“他们可以信，信任的。”

好一会儿，三个人都在静默中瑟瑟发抖，等待着回答。

如果你真的确定的话，美杜莎回复道。

汤姆如释重负，他觉得自己都快要哭了出来，他想要大笑，又一个秘密终于不需要再保守了。一直等到牙齿不再打战，他才开始组织语言，“伙计们，这位是美杜莎。差不多吧。是她在控制飞船，那架无人机也是她的。美杜莎，这两位是我的朋友，维克和华耶。嗯，他们俩是我最好的朋友。”

作为回应，飞船迅速降低高度，划过了漆黑的水面，就好像是敬了个礼。

维克和华耶看着汤姆，两个人都睁大了眼睛，半天说不出话来，汤姆开始担心了。

终于，华耶开口道，“谢谢，呃，美杜莎？”

维克也开口道，“又扯到你的秘密人生了，是不是？”

汤姆把头靠在玻璃舷窗上，露出一个羞怯的微笑，“差不多吧。”

第二十六章

美杜莎把他们放在了她能到达的距离五角尖塔最近的地方。汤姆、维克和华耶搭了个便车前往阿灵顿。天色已晚，五角购物中心已经关门了，所以他们又进行了今晚的第二次隐身行动。侵入黑曜石集团的行动紧张异常，甚至要冒生命危险；而为了进入五角购物中心而侵入陶德里肉鸡馆则完全是另一回事。

走在从购物中心通往五角尖塔的路上，几个人都无法抑制自己的笑声，他们绞尽脑汁想要想出个理由，解释为什么他们人在外面，名字却不在五角尖塔的外出人员名单上。最后他们决定，与其想办法溜进去，不如干脆跑到执勤军官那里去，假装想要溜出尖塔却被抓。以周末劳动和禁足为代价，几个人回到了尖塔内，没有人对他们的行为产生一点的怀疑。在这个宵禁后常常有学员想要溜出去的地方，没人把他们的事当成是个异常事件。

汤姆的兴奋感还没有消退，如果需要的话他可以一口气再跑十英里。于是他自告奋勇地接过了把带出来的那些装备偷偷放回军械库的活儿。只要不去睡觉就行，现在他无论如何都睡不着。

溜到体育场附近时，一个影子引起了他的注意，汤姆这才发现，布莱克伯恩中尉一直在等他。想到海瑟，想到自己之前看到的景象，汤姆浑身发冷，站在那儿不知道该怎么办。

“怎么？”布莱克伯恩疲倦地说，他看上去一下子老了很多，“反正你肯定已经准备好各种谎话了，先说一个听听吧。”

“我借这些，是想搞个恶作剧。”汤姆提起了手中的光学迷彩。

布莱克伯恩摇了摇头，“不，你不是。我晚上一直在工作……”

汤姆心里一惊。工作？这么说海瑟的事情之后布莱克伯恩也一直没睡。

“……通过保密线路，听到了一些有关黑曜石集团事故的即时消息。南极基地的一个侧翼整个被炸掉了。尽管非常令人震惊，但我立刻就想到了你。我查了一下，按照你的GPS信号，你在厕所里待了三个小时。巧合的是，维克和华耶也是。”

“可能是吃坏肚子了吧。”汤姆辩解道，“你也知道克里斯·马哈天竺菜馆……”

“雷恩斯，我被你的故事骗到过吗？我的意思是，我曾经有任何一次被你那些可笑的故事骗到过吗？”

汤姆叹了口气，“好吧，被你抓住了。是我们做的，这你也知道。传输器没了，被我们毁了，我们救了尤里。我知道我必须要对那个地方造成更多的破坏才能把传输器这个目标给掩盖起来，不然就太显眼了，所以我们还攻击了其他一些东西。”

“知道什么叫显眼吗？把整个警察国家的心脏付之一炬。”

“我们很小心了。”汤姆保证道，“我们搞定了监控系统，而且还穿了光学迷彩，裹得牢牢的，不会留下任何DNA证据。唯一一个脱掉光学迷彩的地方也被完全烧掉了。就连真空管里也没有我们的航行记录。传输器不再控制尤里了，已经没有了。带我去普查器那里也行，我给你看，这样你就能再给他批准一枚神经处理器了，趁还来得及。”

布莱克伯恩靠近了一些，阴影划过他那伤痕累累的脸，“如果我按照你说的做，向上级报告希瑟维奇已经不再是个威胁，那么，我就等于是在拍你的后背作为奖励，鼓励你的所作所为。”

汤姆坚持着，“我知道你那时候可能已经打算让文格洛夫杀死尤里了。我也明白你有能力……我不知道……”他耸耸肩，不敢直视布莱克伯恩的眼睛，“去杀死敢威胁你的人。”

布莱克伯恩的肩膀紧绷，汤姆知道他在想，这句话后面有没有隐含的意思。

“可我觉得，你是不会在毫无必要的情况下让尤里去死的。”汤姆又想到了布莱克伯恩那空荡荡的公寓，以及那根傻乎乎的香烛，“你可能不在乎我怎么看你，也不在乎其他人怎么看你，但我觉得你并不是没有感情的怪物。如果你就这么让尤里死了，华耶是一定挺不过来的。她肯定不会原谅你，也不会原谅她自己。你不该让这种事发生。”

布莱克伯恩就像雕塑一样，一动不动地站着。

“哦，而且，如果还需要动力的话，我可以拿别的东西和你交换尤里的新神经处理器。”汤姆忽然想到了个主意，“我还有情报，你会喜欢的。”

“什么？”布莱克伯恩平静地问。

“约瑟夫·文格洛夫也有神经处理器。”

布莱克伯恩的脸僵住了。

“我就觉得你不知道。反正我之前是不知道。”

布莱克伯恩呆立了好久才说：“不可能，他太老了，雷恩斯。这会毁了他的大脑。没人敢那么做。”

“哦，他的大脑没被毁。神经处理器就在那里，在他的脑子里。我看到了。这消息对你一定有用。”汤姆有些疲惫地说。他把手中的装备扔给布莱克伯恩，布莱克伯恩下意识地接住了那些东西。“考虑考虑吧，我先睡觉去了。累死了。”

汤姆双手插着兜离开了，留下布莱克伯恩一个人呆立在阴暗的体育场中，一动不动，手中还抓着那一捆光学迷彩服。

安上新神经处理器后不到几个小时，尤里就开始了自主呼吸，所以呼吸机也就被换成了鼻导管。鼻孔里的导管看起来远没有插在喉咙里的大管子吓人。

一开始，尤里一次能清醒几分钟，后来慢慢就能清醒整整一个小时了。这天，尤里终于在汤姆、维克和华耶都在的时候清醒了过来。大个子波尔雅国男孩儿眨着眼睛看着他们，一脸茫然。尤里的所有记忆都被下载到了新神经处理器上，但他们都还没跟他说过话。

“托马斯？维克兰？”他还没有看到在门口探着身子的华耶。

汤姆和维克走了过来，“嘿，伙计。欢迎回到现实世界。”

尤里在床上坐了起来，“我也很高兴回来。”他抬起手臂，睁大了眼睛，“我的肌肉呢！”

“抱歉，伙计。”汤姆感觉很替他惋惜。

“嗯，你落下的活儿可多了。谁让你在床上一躺就是几个月。”维克责备道，“顺便说一句，尤里，现在这个时候看起来挺合适我俩来场举重比赛的，赌一百块。”

汤姆替尤里打了维克一拳，尤里只是虚弱地笑了笑。

看到华耶轻轻走了过来，停在了身边，尤里脸上困惑的表情渐渐消退了。他使劲仰起头，含情脉脉地看着眼前的华耶，华耶也含情脉脉地看着他，在汤姆的记忆中，这还是头一次。

华耶俯身亲吻着尤里，汤姆的思绪飘到了一边，他需要再见见美杜莎。

这几天，五角大楼里紧张异常，所以几乎没有人注意到尤里·希瑟维奇奇迹般地康复，只要体力恢复，他就又能回到现役了。尖塔里的人们不是谈论着埃利奥特的戏剧性公开倒戈，就是悄悄议论着海瑟·埃克隆在国会山峰会上的疯狂表演，而且现在就连海瑟本人也不见了。她的GPS信号也消失得无影无踪。

汤姆知道真相，这让他心神不定，这可是掩盖谋杀啊……但他不知道还能怎么办，他的很多秘密都和布莱克伯恩纠缠在一起。

还有些事就没那么复杂了。

他欠美杜莎一条命，尤里的命也是美杜莎救的，还有维克和华耶的自由。似乎又过了好久好久，美杜莎才再次出现在了系统里。这次相见，他们谁也没有用化身，也没有任何虚拟的设定，就是一间白色的空屋，一个空白的模板。汤姆一把将她揽入怀中，转着圈，“我欠你的实在是太多了。总有一天我一定会报答你的。”

美杜莎笑了起来，“我知道。你确实欠我太多了。你可真是好运气，我看到了你的临别遗言。”

“你怎么那么快就看到了？”汤姆问，“我出发前才写的。”

“告诉你，我一直在监控你的线上行为，好确保你没有做什么危及我们自身的事。只要你的个人数据库一提到‘美杜莎’，我这里就会收到警报。为了以防万一，我把‘穆加特罗伊德’也设成了关键词。”

汤姆笑了起来，“我应该把收件人的名字写成‘罗伊德’。”

“那你就死定了。”

“嗯。”汤姆忽然严肃地点点头，“那我就死定了。”

“一知道你去了哪儿，我就让那些飞船待命。”她说，“你刚一到建筑外，我就锁定了你的GPS坐标，以防万一你需要帮助。”她轻轻打了汤姆一拳，“你一开始就应该叫我帮忙的。”

汤姆凝视着她，“可我们这么做是因为我们的朋友需要我们毁掉传输器，美杜莎。我不能要求你冒这种险……”

“不需要有这种顾虑。”美杜莎说，“不要有。”

“哦，我想也是吧。”汤姆叹了口气。

一年前，在国会山峰会前，他曾想求美杜莎放水，但他说不出口。他觉得美杜莎肯定会拒绝。怎么会有人为他做那种事呢？事后，美杜莎曾告诉他，当时他要是提出来自己是有可能会同意的。但他不相信。直到很久之后，直到现在，直到美杜莎为他做了这么危险的事，他才明白了过来，美杜莎为了他甚至愿冒被黑曜石集团盯上的风险。

汤姆紧紧地抓住美杜莎，他忽然产生了一种恐惧感，感觉只要一放手，就会有可怕的事发生，“我得问你件事，美杜莎。”

美杜莎轻轻后退了一些，直视着汤姆的眼睛。

汤姆紧张地抚摩着她的头发，“嗯。”他舔着嘴唇，心里因为各种理由而翻滚不已，“告诉我件事。但愿是我错了，但我要再猜一次你的名字。”

“现在？”

“就现在。”汤姆的声音中透着紧张，“你的名字是‘耀兰’吗？”

美杜莎全身一僵，一种冰冷而可怕的感觉穿过了汤姆的身体，他知道自己猜对了。

“你怎么会……”美杜莎喘着气，“你进太庙的人事数据库了？我告诉过你不要那么做的，汤姆！”

“我没有。”汤姆紧抓着美杜莎的肩膀，心里充满了恐惧。他俯下身子，直视着美杜莎的眼睛，“是约瑟夫·文格洛夫说的。我和他的神经处理器互动了，大概来说是这样。”

“他的神经处理器？”

“他的神经处理器。”汤姆确认道，“他有神经处理器。你之前是对的，LM莱默舰队确实在监控你——其实是文格洛夫在监视你，因为他盯上了你的能力。我进不了黑曜石集团，是因为他已经想出了阻止我们的方法。他知道机器里有幽灵，他知道怎样发现我们，怎样阻止我们，发现我在他的系统里时，他叫我‘耀兰’。”

美杜莎抱着胳膊，后退了一步，又一步。汤姆真希望她在不安的时候不会离开自己。

“你不明白吗？”汤姆急切地说，“你有危险了。他盯上你了，尤其是黑曜石集团又发生了那种事。我觉得这才是他想让我对你使用病毒的原因——他想把你除掉一段时间，好看看幽灵是不是还在。如果不在了，那就证实了他的猜想，他已经在怀疑你了。”

美杜莎咬紧牙关站直了身子，“谢谢你警告我，我会小心的。”

“光小心是不够的，美杜莎！他已经知道了。”

美杜莎摇了摇头，汤姆感觉自己失败极了，因为他无法让美杜莎明白。对她来说，约瑟夫·文格洛夫只是联盟里的又一个CEO而已。她没有接触过文格洛夫的心理，哪怕是短暂的接触也没有；也没有感受过文格洛夫那凶残的占有欲，那种不顾良心、毫无顾忌、没有自我怀疑的占有欲。她的身边也没有布莱克伯恩或者尤里那种活生生的例子好提醒她文格洛夫对人命是多么的轻视。

“那我该怎么办？”美杜莎反问，“就算他在怀疑我，我也没办法来消除这种怀疑。”

“不，有办法。”汤姆说，“你可以来这边。”

“这边？”她怀疑地说，“五角尖塔吗？”

但汤姆的思维已经快速转动了起来，他已经有了确定的答案。这里有样东西是美杜莎没有的——奇怪的是，汤姆很确定那将是他最强大的武器。

他有布莱克伯恩。

布莱克伯恩知道汤姆的一切，他也是唯一一个在技术层面上能与文格洛夫抗衡的人。而且他对文格洛夫的恨是那么的坚定，完全不用怀疑他会变节。目击了布莱克伯恩杀死海瑟的经过后，汤姆又有了新的认识：为了不让文格洛夫染指汤姆的能力，布莱克伯恩愿意做任何事。他会不择手段。尽管汤姆一点儿也不喜欢布莱克伯恩，连一点点好感都没有，但他打心眼里确信，他可以依靠布莱克伯恩对文格洛夫的恨，可依靠的程度前所未有，甚至可以超过他对父亲的依靠。

而且还有一点——他可以信任布莱克伯恩，百分之百的信任。

布莱克伯恩一直在阻止文格洛夫接近汤姆；因此他也会阻止文格洛夫接近美杜莎。对美杜莎来说，地球上没有比布莱克伯恩的地盘更安全的地方了。

"对，来这儿。"汤姆兴奋道，"找艘飞船，我会接你过来的。我把你藏起来，我们互相帮助，而且……而且还有很多理由，但我确信，你在这里会更安全。我确信。等到文格洛夫去太庙抓你的时候，你早就已经不在了。明白吗？"汤姆又想到了一点，他心头一动，"我们可以见面。我是说，真正的见面，头一次。"

美杜莎的表情柔和了起来，她俯身轻轻弹了下汤姆的鼻尖，这让汤姆忽然觉得自己很蠢。"我很感激你愿意为我提供保护，但我觉得我们俩当中谁更容易陷入危险已经很清楚了。"

"美杜莎，你要是现在不过来，以后可能就没机会了。我在你的系统里可没有程序可以让我知道你有没有陷入麻烦。就算有事情发生了我也不会知道，没办法帮你。"

"我愿意冒这个险。"美杜莎轻声说，"我不能离开，不能放弃现在的一切。"

汤姆明白了过来：不管他说什么，美杜莎都不会改变主意。就算像他一样严肃认真地看待自己所面对的威胁，美杜莎也不会把自己的命运托付给他。这一点汤姆可以理解，尽管美杜莎从来都没有背叛过他，不像他曾经做过的那样，但他自己也不会心甘情愿地离开尖塔，进入美杜莎的世界。

感觉到美杜莎抱住了他，汤姆长长地出了一口气。他轻轻地搂着美杜莎，抚摸着美杜莎的长发，感受着美杜莎的气息。

“耀兰呀？”他的神经处理器将这两个字翻译了过来，“发光的兰花？”

“闪亮的兰花。”美杜莎退后了一些，抬起头看着汤姆的眼睛，“感觉真怪，我们终于都知道对方的真名了。”

汤姆笑了笑，“我们的关系进展可真快。”

美杜莎顽皮地笑了起来，“我知道，真是超级快。我们需要更多的空间。东亚联合体和合众国的距离还不够远。”

“那我们当中的一个得搬到海王星上去。”

美杜莎靠在他的耳边，轻声说：“反正我不去。”

汤姆亲吻着美杜莎，整个世界一下子似乎都消失了，只剩下美杜莎……耀兰。汤姆一点儿也不想让她走。

但他不愿意欺骗自己，也不愿意被动地接受命运。他轻轻后退，想到了的解决方案让他的每个毛孔都浸透了恐惧。他能救她，还有个办法。只有一个办法。为了她，汤姆愿意在南极的冰天雪地中行走。他现在就愿意这么做，就算美杜莎永远也不原谅他，他也要这么做。

“抱歉，耀兰。”他轻声说。

一丝阴影从美杜莎的脸上闪过，“抱歉？”

汤姆直视着美杜莎的眼睛，在脑中回忆着那个触发短语。*我永远不会这么对她*。

疑惑闪过美杜莎的双眼，文格洛夫的病毒进入了她的神经处理器。汤姆看了她最后一眼，接着美杜莎的化身就土崩瓦解了，空虚中，只剩下汤姆一个人。

餐厅里，汤姆焦躁不安地用电子手指翻动着硬币，文格洛夫在旁边小口喝着杯中的红酒，重放着汤姆释放病毒的片段。汤姆用普查器下载了这段记忆，剪掉了所有无关的内容。然后，他联系了文格洛夫，安排会面好让文格洛夫查看证据。他有种奇怪的感觉，就好像一个笨蛋正在给异教神献祭。文格洛夫的心态显然就是这样，召唤汤姆就像使唤他的私有财物，他的脸上没有丝毫表情，就好像是在接受某个卑贱的仆从献上的贡品。

文格洛夫重放着那段视频，直到心满意足。他用两根手指夹起那个神经芯片，打量着汤姆，“我很高兴，雷恩斯先生。就在我怀疑是不是应该再派别人去完成这项工作的时候，你终于来了。太庙里发来的报告证实了你的说法。我很高兴能亲眼证实这一点。干得很好。”

他的声音里没有任何怨恨的成分，似乎完全不介意汤姆让他等了这么久。一点儿也不介意。只有对汤姆被迫接受了他的命令的满意。

汤姆还记得自己短暂进入文格洛夫大脑时的感受，他没有感觉到任何的恐惧和焦虑。那都是人类的正常反应，而文格洛夫一点儿也没有。汤姆只感觉到了期待，还有一丝挑战，以及一种占有欲、控制欲。汤姆不禁想要知道，到底是文格洛夫的神经处理器将他调整到了这种非人的状态，还是他生来就是如此。

“告诉我。”文格洛夫温和地问，“是什么让你改变了主意？”

“我想你可以这么说，我吸取了教训。”汤姆淡淡地说。

文格洛夫笑了笑，棱角分明的脸上显露出满意的表情。很显然，他认为汤姆指的是那天差点被他杀死的事：那时候他想要向汤姆显示什么才是无能为力，只要他动一根小指头，汤姆就会死无葬身之地。

但汤姆想到的却是埃利奥特和国会山峰会。只有埃利奥特可能对数十亿人说出那样的话。只有埃利奥特才能用那种公然的方式逃脱，因为没有人料到他会那样。只有一直合作、一直妥协的人才能在全世界面前对联盟发起那种突然袭击。这就是埃利奥特教会他的。

“纯粹好奇地问一句……”文格洛夫说，“成为战斗员后，你想怎么称呼你自己？”

“成为后”，不是“如果”。汤姆知道这是什么意思：文格洛夫正在告诉他，他的出色工作是会得到回报的……说不定未来的什么时候文格洛夫还能用得到他。这让汤姆感觉备受煎熬，但他还是小心地掩饰着神色回答道，“还没想好呢，我的主意总是在变。”

“啊。那今天的主意是什么呢？”

汤姆看着这个站在警察国家顶峰的寡头，这个世界上最有权势的人，这个坐在那里，握着酒杯，脑子里秘密地安着一颗神经处理器的家伙。

他笑了笑。

“氰化物。”

汤姆、维克和华耶共同决定，不告诉尤里他们在黑曜石集团的行动。这样要是尤里见到约瑟夫·文格洛夫，他就不用费劲撒谎了。维克一直坚称无知是福。

等到尤里可以独立行走的那天，汤姆、维克、华耶和他一起来到了拉法叶厅。这天正是宣布晋升的日子，最后一个下级生的名字被念出的时候，他们都看着尤里，“尤里·希瑟维奇。恭喜所有新任中级生。”

尤里呆坐在那儿，蓝色的眼睛睁得大大的，准备抚摸华耶头发的那只手也冻在了半空中。他脸上那惊讶的表情让汤姆和维克窃笑了起来，华耶握住尤里的手，轻轻吻了一下。

“祝贺你，中级生。”

尤里还没有从喜悦中缓过神来，维克的名字就被念了出来——这毫不奇怪，但晋升高级生名单上的最后一个名字把所有人都吓了一跳。

“……以及托马斯·雷恩斯。”

汤姆渴望这一刻已经有一年了。真的。可是在所有的朋友们都扭头看他的时候，他却感到一丝阴暗与不安，他很清楚他的晋升是在文格洛夫的授意下进行的，是对他背叛美杜莎的奖赏。他又一次背叛了美杜莎。

尤里拍了拍他的肩膀，华耶揉了揉他的头发，维克则开玩笑地推了他一把，但汤姆连一个虚假的笑容都装不出来。

有一个人对汤姆的晋升非常不爽。最后一次去上周一的中级体育课的时候，为了不用和其他人一起进行锻炼，汤姆故意去迟了一会儿。卡尔埋伏在体育场外，一把将他推到了墙上。

“你是怎么做到的，大黄？”卡尔叫道，酸涩的气息直冲汤姆的鼻孔。

汤姆把他推开，“你就没其他事情好做吗？”

“你是不是抓住马什将军的把柄了？”卡尔叫嚣道，肌肉发达的脸上写满了仇恨与愤怒，“你明明已经上黑名单了！”

要是在过去，汤姆肯定会觉得卡尔那张红透了的脸和捏得紧紧的拳头很有意思，但今天他的心思却很奇怪的不在这里。这完全是浪费时间。

“看来我已经不在黑名单上了。”汤姆说。

“哦。”卡尔用粗壮的手指使劲戳着汤姆的胸膛，“我是不会让你就这么升入战斗级的，想也别想。我要挡住你前进的每一步。”

汤姆仔细考虑着眼前的情况，埃利奥特之前已经给他指出了一条明路：一个拆除“炸弹”的确切方法。

“好啊。”汤姆说，“那你就去吧。”

“什么？就这样？这就是你要说的？”

汤姆挠了挠头，“嗯，你想踩死我，我知道。你可一直都没停止努力。真该给你发个持之以恒奖。”他转身朝体育场走去，卡尔的大手一把抓住他的肩膀，把他拉了回来。

“你在耍什么把戏，阿花？不管是什么，都不会有用的！”

汤姆有些惊奇了，他敢发誓，此时此刻的卡尔看起来比平常被他刺激到的卡尔要沮丧得多。“没什么把戏。”汤姆故意温和地说，“我说的都是实话，卡尔。我钦佩你的决心，赞赏你的品质。”

卡尔皱着眉头，松开了手。

汤姆整了整衣领，大步朝体育场走去。新晋升的中级生正在归还装备。汤姆趁乱穿上强化机甲，并且顺了一套光学迷彩和一副离心钳。

他爬上了五角尖塔的顶端。

站在顶上，他甚至都能看到远在弗吉尼亚州里士满市上空闪耀的天空广告牌。

汤姆掏出远程接入传输器——这是发给他们在假期里用的——将传输器插入颈部的端口。他知道，美杜莎现在已经丧失了行为能力，不能联网。更重要的是，文格洛夫知道这一点。因此，那个站在警察国家中心的家伙，那个掌握着维持这个世界运行的监控设施与无人机的家伙将会发现，耀兰不可能是那个人，那个做了汤姆将要做的事情的人。

要是联盟的各位高管以为埃利奥特·拉米雷斯炸毁远在德克萨斯荒漠中的天空广告牌的行为具有煽动性，可能会产生星火燎原的效果，那么汤姆就要点把地狱之火给他们看看。

他进入了控制西半球所有天空广告牌的中央系统，植入了之前写好的代码，他从一个节点跳到另一个节点，最后回到了自己的体内。所有的天空广告牌上都显示着他所编制的内容，明亮的光线照射着下方的地面。接着，他又进入了国土安全部的服务器，接入了监控摄像源，观察着西半球各个城市的市民。他们都停下了脚步，站在街上，抬头看着天上的广告牌。每个城市，每面天空广告牌上，广告都不见了，上面显示的都是汤姆用白底黑字所写的挑战书：

机器里的幽灵

在看着

看监控的人

汤姆看着远处的天空广告牌上这条专为约瑟夫·文格洛夫和他那控制国家的安保体系所定制的信息。他们控制不了这个，他们也没有预料到这一刻的到来。

他给了约瑟夫·文格洛夫足够的时间，好让他呼叫技术人员，透过电话命令他们跟踪信息源。他给了约瑟夫·文格洛夫足够的时间，好让他想明白，那个被他弄瘫痪了的东亚联合体姑娘不是他一直寻找的那个机器中的幽灵。

*就是这样，文格洛夫。我才是你的机器幽灵。*汤姆恶狠狠地想，*来抓我啊，有本事就放马过来。*

接着，病毒进入下一阶段。所有的屏幕都变得越来越亮，直到系统过载，每个广告牌都爆裂成碎片，如雨幕般洒落。

汤姆感觉自己好像飞了起来。他知道自己做了件大事，他知道这将改变一切，但他从没有这么确信，确信自己做的是正确的事，就好像这就是他的使命，就是他存在的原因。

毁灭的碎片四处飘洒，不一会儿，跨国企业联盟曾经遮蔽天空的证明物就消失得一干二净。夜幕降临，只见漫天星斗。

本卷完

致谢

我想对以下人士表示诚挚的谢意：

我的妈妈，谢谢您给了我力量；还有爸爸，谢谢您一直支持我。罗布，谢谢您在所有那些有关真实世界的事情上对我的帮助，那些东西时常让我措手不及。

感谢贝齐、斯特拉、麦迪、格雷西和马特。

感谢杰米、杰西卡，我的两位最好的朋友。

致朱迪和帕索福斯，以及海滕斯、巴布和安迪瑟维奇家的几位，你们都买了这本书，只是因为它是我写的——你们都是我最棒的朋友！

致我的书商和图书管理员，谢谢你们为我推销，到处宣传我的书。我欠你们的情。

致朱莉、海伦、卡罗琳、斯蒂芬妮、朱利安，以及所有从一开始就支持“烽火游戏”系列的博客达人们。

致莫莉·奥尼尔和其所属的凯瑟琳·特根图书团队。我真幸运，能有您这么出色而又有耐心的编辑。

致大卫·道顿和哈维·克林格代理公司，以及公司那些卓越的子代理们。谢谢你们的支持和建议！

致凯西、德鲁、桑德尔，以及20世纪福斯公司里所有的那些看好“烽火游戏”系列的人。

我还要感谢热键图书、艾格芒特出版社、戈德曼出版社，以及出版我这套书的所有的外国出版商们、翻译们和编辑们。

致维多利亚·罗斯、丹·威尔斯、阿普利琳妮·派克和雷伊·卡森，谢谢你们与我分享你们的智慧。

致太空探索技术公司的德里克·韦伯，谢谢您解答了我那些关于亚轨道飞机的不着边际的问题。

致布拉泽·盖·康瑟玛格诺，谢谢您帮我找到了减少上下文不对应的方法。

也向NASA致敬，谢谢你们的远见。

最后的最后，谢谢各位读者，是你们让这一切都有了意义。谢谢你们！